*Minagawa Hiroko*
COLLECTION

# 皆川博子コレクション

## 9

# 雪女郎

日下三蔵 編

JN249804

出版芸術社

# 皆川博子コレクション

*Minagawa Hiroko* COLLECTION

9

雪女郎

目次

PART 1



PART 2

PART 3

## 単行本未収録連作短篇



PART 4

装画　木原未沙紀
装幀　柳川貴代

# 雪女郎

## PART 1

# 雪女郎

吐息のように、空は淡雪をふりこぼした。

胸苦しさをおぼえた。頭の芯に、かすかな痛みも芽ばえはじめる。

麓《ふもと》にとってかえしたほうがいい。

そう思いながら、せっかくここまで登ってきたものを、後戻りする決心はつかず、爪先のぼりの山路を、重い足を進める。

ふところの金の包みが、腹に冷たい。

商いものを買うための金だから、路銀として手をつけるわけにはいかない。江戸を発って何日になるか、道中は、つましく過ごしてきた。

越路にさしかかったとはいえ、まだ雪には早い季節ではないのか。

過ぎてきた道は、蔦が紅く崖《がけ》をおおい、行く手も、少し盛りをすぎた紅葉が、風に散る。その紅や黄に、白い雪片がいりまじる。

子供のころ、雪がこわかった、雪を憎んだ……と、いやでも、思い出してしまう。

雪女郎の子。

雪が降るたびに、からかわれた。

言葉でからかうだけではない、雪責めにされた。

雪玉を投げられ、縛り上げて雪の坂を蹴転がされ、下まで転がり落ちたときは雪だるまで、骨の髄まで凍った。

お雪女郎は、男を取り殺して逃げた。

お雪女郎の子。お化けの子。

陽気が暖かくなって、梅がほころび、桜の梢が空をいろどるようになると、雪女郎の子という悪罵は少しずつ忘れられ、仲間はずれも意地悪もされなくなり、黐《もち》竿をふりまわしてオニヤンマやギンヤンマをとらえ、嚙《か》み合わせ、首をちぎらせ、強さをきそうころは、雪女郎の子などとだれも言わなくなり、なんのくったくもなく、遊びほうけるのだけれど、こころの隅にどすぐろく脅えはしみついていた。

　朝夕の風が冷たくなって、木の葉が黄ばみ、一枚一枚と散り落ちるにつれ、脅えは強まる。

　だれも、〈雪〉という言葉を思いださなければいい、木枯らしが吹いても、霜柱がたっても、雪さえ降らなければ……と願うのだけれど、空が重くよどんで、底冷えして、かじかんだ指の先が、地獄の到来を予感する。そして、ひとひら、ふたひら。胸苦しさがつのり、頭の芯にきりきりと痛みをおぼえる。

　どっと大雪になって、裏長屋の路地に一寸も降り積もれば、

　雪女郎の子！

　雪つぶてが彼をめがけて放られる。

　おれのおっ母さんは雪女郎。男を殺すお化け。

　おれは、お化けの子。

　幼いころは、そう納得し、冬が去り雪が消えるのを、ただ耐えて待つばかりだった。

　ほんとに、おっ母さんは雪女なのかい。

　たしかめようにも、母親はいない。

　物心ついたとき、母親はすでに彼のそばから姿を消していた。

　父親もおらず、彼は、遠縁にあたるらしい夫婦に養われて裏長屋で暮らしていた。

　養い親には、彼より五つ年上のお三輪と二つ上の安吉、二人の実子がいた。

　お三輪の方はじきに、奉公にでた。

　双親の、顔も彼はおぼえていなかった。

　雪女郎という言葉から、漠然とうかぶ顔のかた

ち。それが母親であるなら、雪そのもののように肌の白い、凄艶《せいえん》な女であろう。

父親の方は、思い浮かべようもない。

養い親は叩き大工で、天気がよければ手間とりに出ていた。

雨で仕事にあぶれると、朝から酒びたりで、女房にどなられていた。

雪女郎の子、と真っ先に彼をゆびさし、からかい始めるのは、いつも安吉だった。

おれが雪つぶてを投げられ、雪だるまにされて、苦しくて辛くてならないのに、雪女郎のおっ母さんはなんだって助けてくれないのだろう。

雪女郎なら、子供のために、雪のつぶてをやわらかい花びらみたいに変えることだってできようものを。

いや、おれが雪女郎の子なら、雪だるまにされたって、冷たいのが心地よくて、苦しくも何ともないだろうものを。


人の血が半分入っているから、雪責めが辛いのだろうか。そのかわり、夏になっても平気だから、父親が人でよかったということか。

事情がわかったのは、奉公に出ていた娘が正月の藪入《やぶい》りで帰ってきたときだ。

その日は雪で、彼は人目につかない路地裏で縛りあげられ雪だるまにされた。

もしかすると……と、彼は思っていた。

こうやって、おっ母さんが迎えにきているのかもしれない。雪女のおっ母さんのところに行くには、おれが凍ってしまうほかはないのかも。

「なにをやっているんだよ」

目をあけると、お三輪がいた。

「莫迦《ばか》だねえ。なんだって、助けを呼ばないんだよ」

叱りつけながら、手はせっせと雪をかきくずし、縄をほどく。

からだの感覚がなくなって歩けない彼を背負っ

て長屋に連れ帰った。

ぬるま湯でからだを拭き、次第に熱い湯に変えて、ゆっくりと全身を温めてくれた。

血がかよい始め、肉をしぼりあげられるような痛みを感じた。凍えるより辛い痛さだった。

その間、養い親夫婦と安吉は、飯を食っていた。

「だれが、あんな酷《むご》いことをしたんだよ」

彼は目を伏せた。

安吉だと告げたら、お三輪は困るだろう。

「いいんだ」

「よかァないよ。だれだい、姉ちゃんがとっちめてやる」

「おっ母さんが迎えにきてくれるから、いいんだ」

「千《せん》のおっ母は化け物」

と、飯をほおばったまま、安吉が言った。

「安、おまえかい、千坊にこんな酷いことをしたのは」

「知らねえや」

安吉はうそぶいたが、その表情からお三輪は察しをつけ、いきなり横っ面をはりとばした。

ぴいと泣き出す安吉をかばって母親が、

「何をするんだよ。おまえ、実の弟を」

なじるのを無視して、

「千坊のおっ母さんが化け物とは、どういうことだよ。いくら、傷が……」

言いさして、お三輪は語尾をのんだ。

「雪女は、お化けじゃねえかよ」

母親にすがりついたまま、安吉は言い返した。

「千のおっ母は、男をたぶらかす雪女郎だ。千は、化け物の子だい。みんな、そう言ってらい。姉ちゃんだって、前にそう言っていたじゃないか」

あ、と、お三輪は思い当たった顔になった。

そうして、

「気にするんじゃないよ」

彼を抱きしめた。

――そうか、姉ちゃんも、かげではそう言っていたのか。

お三輪の腕の中で、彼は、わずかにこわばった。

「千ちゃん、蕎麦を食べにいこう」

唐突にお三輪は言った。

せっかく少し温まったのに、また外に出ていくのはいやだな。

彼は思ったが、お三輪は、羽織った半纏の中に彼を抱き入れ、土間の高下駄をつっかけた。

寒空の下の二八蕎麦の屋台で、お三輪は蕎麦と熱燗を注文した。

彼の目からはずいぶん大人にみえたが、後で思い返すと、そのときお三輪は十五ぐらいだったはずだ。

じきにお三輪はとろりと酔った口調になり、

「おまえね、おっ母さんが、ほんとにお化けの雪女なのと、人じゃああるけれど御法度にそむいてお仕置きになったのと、どっちがいい？」

と訊いた。

彼は答えようがない。

「おまえのおっ母さんの名前が、おゆきといったのだよ」

彼は黙って熱い蕎麦をすすりこんだ。

母親の名前をはじめて知ったが、意外ではなかった。

「この長屋に住んでいたのだよ。ひとりもので、お針で暮らしをたてていたが、若い女がひとり暮らしだから、それだけでも、なにかと取り沙汰されたらしい。そのうち、父《てて》無し子を産んで――おまえのことさね――それでますます、ふしだらだと、悪いうわさがたったのだって」

自分とはかかわりない遠い話を聞くような気が、彼は、した。

「そして、じきに、また男をつくって、こんどは、心中さ。しそこなって、日本橋にさらされて、その後は、行方知れずになった」

お三輪は、酒をあおった。

「おまえが、ひとりきりになってしまったから、お奉行所からのお達示《たつし》で、長屋のだれかがひきとって育ててやることになって、うちのお父っつぁんが、御上からいただく御手当めあてで、ひきうけたものさ」

彼がだまっていると、お三輪はつづけた。

「おまえのおっ母さんがさらされているとき、わたしも見に行ったおぼえがあるよ。おまえがまだ二つぐらいだったたから、なにもおぼえちゃあいまい。わたしは、七つだった。相手の男の顔もなにもおぼえていないけれど、お雪さんの怖かったこと……忘れられないよ。耳の下から喉をとおって胸にかけて、血まみれでね。剃刀でついたのに、死にきれなかったんだね。顔も手足も、血の気がまるでなくて。名前がお雪だし、みだらふしだらだしで、この長屋では、だれいうとなく、お雪女郎、雪女郎と、おとなたちが呼んだっさ。それを、子供たちも聞きおぼえてね。わたしは、奉公にでてしまったから、おまえがあんな酷い目にあわされているとは知らなかった」

みだらな性行ゆえに女郎と呼ばれたとは知らない子供たちにとっては、雪女郎はすなわち化け物の雪女。

〈心中のしそこない〉も、〈みだらふしだら〉も、幼かったそのときの彼には、意味がまるでわからず、それでも化け物の子といわれたほうがまだましなような気もして、うつむいて蕎麦の汁をすすったのだった。

雪の責め苦がその年で終わったのは、お三輪のおかげではない。彼が紺屋に奉公にだされたからだ。

堅気の店に奉公していたお三輪は稼ぎのいい水茶屋につとめ替えし、じきに妾奉公するようになった。

藪入で長屋に帰っても、養い親はいい顔をしないし、お三輪にも会えないので、彼は、休みのときの居場所を失った。

雪責めにあうことのない冬をむかえ送ることが、二十年を越えたにもかかわらず、毎年、雪の気配を感じただけで、胸苦しくなり、頭の芯が痛み出す。生涯癒えることのない古傷のようだ。

風に舞う薄墨色の鵞毛が、次第に数を増す。

奉公して二年もたったころ、彼は紺屋を飛びだした。

そうして、いまの仕事にありついた。

旅が多い。やわらかい心をもっていては、できない仕事だ。

雪の夜、藍まみれになって走った。あのときから、おれの血は冷酷な青にかわった。

そう、彼は思う。

無数の蛾がとびかうように、雪片は、彼の周囲を舞う。

雪だるまにされても何もさからえなかったのは、ずいぶん昔のことだ。化け物の子と信じていた自分の幼さがたあいない。それでも、旅の途中で雪にあうのが嫌で、冬の長旅はさけてきた。

まだ、雪には早いと気をゆるしていたら、このざまだ。もういいかげんに、雪におびえるいくじなさは、追い払いたい。そう思って、嵩《かさ》をましてきた雪に足を踏み入れる。

行き来の旅人が踏みわけた細い坂道は、雪におおわれ、両側の笹藪とみわけがつかなくなった。

雪雲にとざされた空の下を行き暮れた目に、家らしい影が一つ、黒くうつった。

囲炉裏の火が照らし出した女の横顔に、無惨な傷があった。

雪にまがう白い肌の、耳の下から喉をよぎり、襟の陰まで走る傷の痕だけが、盛り上がっててらりと赤黒い。

お三輪にきいた話を、とっさに思い出した。

しかし、彼の母と思うには、年が若すぎたし、喉に傷のある女が彼の母ひとりとかぎったものでもない。

女は榾《ほた》を折り、火にくべた。

囲炉裏端に子供が寝ていた。

薄い掻巻《かいまき》の襟からのぞく顔は、雛人形のように愛らしい。切下げ髪の女の子であった。

父親のいる気配はない。

道が雪でとざされる冬のほかは、茶屋をひらいていると、女は言った。

「毎年、雪が深くなる前に、店をたたんで麓におりるのだけれど、今年は、まだ早いと思っていたら、急に降りだして」

榾《そだ》を折る音が鋭くつづく。

自在鉤にかけられた鍋からたちのぼる湯気が、味噌の煮えるにおいとともに、ただよう。

「じき煮えるから、少しお待ち」

兄弟子に藍甕《あいがめ》に突き落とされたときのことを、彼は思い返す。

もがいてよじのぼろうとする彼を、兄弟子たちは、棒でつつき、頭をおさえつけ、邪魔したのだった。

藍甕は、仕事場の土間に二列にならんで埋め込まれている。

四つごとに、間に火壺を埋め、冬のあいだは炭火であたためる。冷えると藍が死に、泡をたてなくなる。

冬の夜は、幾度も起きて、仕事場に行き、火が消えないように炭をつぎたし、そのつど藍をかきまわしてやらなくてはならない。

交替でやることになっていたけれど、ほとんど、一番下っぱの彼におしつけられた。

寝過ごして火を消してしまおうものなら、下の方の弟子はみな、親方にどなられ、そのぶん、後で彼一人が、兄弟子たちから半殺しの目にあわされる。

親方の娘のおきみというのが彼を気に入り、なにかと好意をみせるのも、兄弟子たちはしゃくにさわっていたらしい。

おきみは彼より二つ年下で、色の恋のという年ではなかったのだけれど、なにかというと彼にまつわりつき、甘えた。

そんなに千が好きなら、千が一人前になったら、おまえの婿にしてやろうか。

子煩悩な親方は戯れ口にそう言い、おかみさんも彼に親切で、小遣い銭や菓子の包みをくれたりした。

子供といったらその娘ひとりで、跡取りの息子はいなかったから、親方の戯れ口を、弟子たちはかなり真剣にうけとめ、腹をたてもしたのだろう。

雪もよいの冬の夜、彼は、炭をつぎたしに、仕事場に行った。

待ちかまえていた兄弟子たちに押さえ込まれ、手とり足とり、藍甕に放りこまれた。

その甕の藍は死んでおり、捨てて新しく仕込みなおすことになっていた。

もがいて甕のへりをよじのぼろうとすると、兄弟子たちは、棒でつつき、突き落とし、頭をおさえつけた。

死んだ藍が、鼻からも口からも、からだに流れ込んだ。

親方とその家族の寝所ははなれていたし、兄弟子たちは物音をたてぬよう気を配っていた。

くりかえし、押し沈められ、彼は吐き気がした。

意識が薄れた。

やがて、兄弟子たちは去った。

彼は、這《は》い上がる気力も失せ、かろうじて顔を藍の水面からだしたまま、動かないでいた。

炭火の灯が、仕事場のなかを、おぼろに照らしていた。

からだの芯まで藍に染まって死ぬより、雪の中で凍え死ぬほうがましだなあと、彼は思った。

いま、外にでていけば、雪に包まれることができる。

喉に傷のある、肌の白い女が、眼裏に浮かんだ。おいで、包んであげる、というように、ほほえんでいた。凄艶な微笑であった。

雪はおっ母さんだものな。

彼は、甕のへりに手をかけ、力をこめ、外に這いだした。

全身から藍がしたたり落ちた。

どうせ死ぬのなら、と彼は思った。

あいつら、ぶっ殺してから。

血の脈を、青い藍が冷酷に流れるのを感じた。

行灯に使う油を桶にいれ、兄弟子たちが寝ている部屋の前に行き、襖《ふすま》にかけた。

油に浸した紙片に火をつけ、襖にちかづけた。油を吸った襖紙は、たちまち燃え上がった。

彼は、逃げ走った。藍まみれのからだに、雪片が散った。

凍え死ぬつもりだったのに、生き延びたい本能のほうがまさった。

彼が逃げ込んだのは、お三輪が妾奉公をしている家であった。

お三輪はおどろいて彼を迎え入れた。

事情を話すと、

「火つけしたのかい」

すっかり大人びたお三輪は、

「いいよ、おまかせ」

とひきうけた。

お三輪は、大釜に湯をわかし、彼のからだを洗い流した。いくら洗っても、しつっこく、藍は湯を青く染めた。

お三輪の旦那は、口入れ稼業をしながらも、御上の御用をつとめていると、彼は知っていた。

火つけは、人殺しとならぶ大罪だ。

旦那はよほどお三輪に惚れていたのだろう、彼をかくまうことを承知した。

ほとぼりがさめてから、彼は、旦那の下で働くようになった。

雑用に使われていたが、やがて、お三輪がわずらって死んだ。

彼は、旅まわりの仕事を、みずからのぞんでするようになった。

口入れは、奉公人の周旋が仕事だが、旦那は、僻村《へきそん》をまわって貧窮のあまり子を売ろうというものを探し、買いたたいて江戸につれてくることも、かげでしていた。

彼はその仕事をひきうけた。

思うように集まらなければ、さらってくる。

器量のよい女の子は、廓に売るといい値がついた。

非情の鱗で固く心を鎧《よろ》い、彼は子供を買い集め、さらい、売り飛ばしてきた。

最初に子供を買ったのは、越後の寒村だった。

連れて行こうとすると、母親は子供を抱きしめ、泣いた。

泣くくらいなら、売るな。いっしょに飢死しちまえ。

彼は罵《ののし》り、母親をつきとばした。

油を撒き火を放ったとき、やさしいやわらかい心は、いっしょに焼きつくされた。

わずかに残っていたやわらかさは、お三輪が死んだとき、潰《つい》えた。

お三輪は、労咳《ろうがい》にかかり、血を吐くたびに痩せ、肌がすきとおった。

骨に皮をかぶせたようで、醜くなった。

喉に血痰をつまらせ死んだとき、顔はにぎりこぶしのように小さくなっていた。

江戸への道々、子供が泣くたびに、彼はなぐりつけた。

いっそ、くびり殺したらせいせいする、と思った。

そんなふうに思う自分におどろき、思える自分が頼もしくもあった。

「そろそろ、煮えごろだ」

傷のある女は、木蓋をあけた。

彼の目は、寝ている女の子に注がれていた。

これなら、いい値で売れる。

ゆくゆくは、廓でお職もはれそうな器量だ。

懐の銀を、彼は思った。

銀をあらいざらいつぎこんでも損はしないほどの値打ち物だが、売らないだろうな。

貧に餓《かつ》えたようすは見えない。

女を殺して子供をさらうか。

そんな考えが浮かんだとき、そろそろ煮えごろだ、と女が言ったのだ。

そうして、女は彼に目を向けた。

心の中を見透《みす》かされたかと、彼はぎくりとした。

木の椀に、女は汁をもった。

胃の腑は空だ。唾がわきだした。

口をつけようとして、女の強い視線を感じた。

彼の手もとを、女の目が見つめている。

汁の中には、茸らしいものが入っている。不安をおぼえた。

懐の銀。

女にしてみれば、濡れ手で粟のぶったくり。骸《むくろ》は雪の谷間に放り捨てればすむことだ。

「疑っておいでか」

彼の心中を見抜いたように、女はうすく笑い、のどの傷痕を指でなぞった。

「おそろしげに見えようもの。無理もない。それなら、わたしもお相伴しましょう」

彼の椀に口をつけ、汁をすすり、茸を箸でつまんで半分食いちぎり、残りの半分を彼の口にいれた。

　茸の舌触りは、口を吸いあう感覚に似た。

　毒茸よりも濃厚な陶酔感を、彼はおぼえた。

「その傷は、どうしたことだ」

「知っているだろうに」

　女は言った。

「し、知らねえ」

　さわさわと鳥肌がたった。

「おまえがつけた傷じゃあないか」

　女は一膝にじりよった。

「知らねえ……」

「薄情だねえ。思い思われ、添うに添われず、いっそ心中しようと言ったのは、おまえじゃないか」

　深い夢の中で、いきなり現《うつつ》の真《まこと》という刃を突きつけられたような感覚を、彼は持った。

　――そんなこともあったっけか……。

　彼は、あやふやになった記憶をさぐった。


「ふたりで刃物をもって向かい合い、わたしの刃は手元が狂って、それた。お前の刃物は、ここからこう、切り裂いた。わたしは死に切れなくて、でも、逃げたおまえのことは、一言も、お役人に言わなかった」

「そりゃあ、人違いだ。おれには、心中するほど思いつめた女はいなかったもの」

「それはみじめだねえ」

　女は笑った。

「そんなみじめな過去は捨てておしまい」

「通ってきてしまった時は、捨てようもない」

「そんなことはないよ。ここはわたしの夢の中だから、おまえがその気になれば、すむことだよ。その子は、おまえがわたしに産ませた娘」

「嘘だ」

　彼はあがいた。

「夢の中に、嘘も真もあるものかね」

　からめとる女の夢の糸からのがれようと、彼は、己の中の冷酷な悪の部分をかきたてた。

囲炉裏の灰につきたててある火箸をぬいて、寝ている娘ののどに擬した。

「夢なら、血は噴くまい」

「殺せるのかい」

女が笑った。

「子供を殺せるのかい」

「殺せないでか」

兄弟子たちを焼き殺したおれだ。

おきみもおそらく焼け死んだ。

もう一息力をいれれば、子供のやわらかい皮膚を、火箸の先端が突き破る。

その一息が、とほうもなく重く、彼はうめいた。

そうして、藍甕にひたっている自分に気がついた。

這い上がる気力も失せ、かろうじて顔を藍の水面からだしたまま、動かないでいる。

炭火の灯が、仕事場のなかを、おぼろに照らしていた。

彼は、甕のへりに手をかけ、力をこめ、外に這いだした。

全身から藍がしたたり落ちた。

どうせ死ぬのなら、と彼は思った。

あいつら、ぶっ殺してから。

血の脈を、青い藍が冷酷に流れるのを感じて、ぞっとした。

いいや、まだ、おれの血は赤いものを。

からだの芯まで藍に染まって、おきみを焼き殺したり、小さい子供をさらったり売り払ったりするより、雪の中で凍え死ぬほうがましだなあと、彼は思った。

彼は、戸外にでた。

雪が降りしきっていた。

たちまち、包まれた。

喉に傷のある、肌の白い女が、眼裏に浮かんだ。

おいで、抱いてあげる、というように、ほほえんでいた。凄艶な微笑であった。

おれは雪女郎の子だもの。

肩に頭に、雪が降り積もるのに彼はまかせた。

# 少年外道《しょうねんげどう》

1

いかにも、おれは、雲助と呼ばれた。

問屋場に名を届けた駕籠《かご》かきじゃあねえ。もぐりだった。

それでも、土地の親分に話をつけてあるから、稼ぐのはお目こぼしになっていた。

雲助どもは、強請《ゆすり》たかりはあたりまえ、女なら手込めにする。

六郷《ろくごう》の船渡しと日本橋の間を、稼ぎ場にしていた。およそ四里半。

雑敷《ぞうしき》、新宿《にいしゅく》、かまだ、大もり、やはた、不入計《いりやまず》村《むら》、そうして、鈴が森だ。晒し首やら磔《はりつけ》やら、大の男でも薄っきび悪いわな。

ぶじに、礫場をすぎれば、浜川、さみず。南品川、品川は、宿場女郎がかしましい。それから大木戸を入れば、江戸の内。

駕籠にのるのは、おかげまいり、伊勢参りの、往来の客が多かったな。

ことに、足弱なお店者や女は、行きはともかく、帰りの道中でくたびれはてるのだろう、里心もつくわな。帰心矢のごとしだ。六郷の渡しの舟を下りると、もう、歩くのが辛くなり、そこに空駕籠がいれば、もっけの幸いと、むこうから頭を下げて乗り込む。木戸が閉まる前に家に帰りたい一心だ。

道中おそわれないように、眉を落とし、歯を鉄漿《かね》で染め、前帯にして、女房をよそおっていても、初《うぶ》な生娘は、一目でわかる。

腰つきがちがう。

もっとも、女房だろうと生娘だろうと、雲助ァ斟酌《しんしゃく》しねえ。人目がなけりゃあ、襲うわな。あいにく、女がただひとりで旅をすることは、めったにあるこっちゃあないのだが。

客はひとり、駕籠かきは先棒後棒の二人でしかも人相が人相だ。ちっと揺らせば、何も言わねえでも、たいがいの客は、酒手をはずむわ。

渡し場についた舟から下りた客を、おれたちは物色したが、駕籠にのりそうなやつはいなかった。近間の百姓ばかりだ。

そのなかで、若いのがひとり、目立った。化粧して着飾ったら、葭町の色子でとおる。おれは、背筋がぞくっとした。

なに、紅白粉をつけちゃあいなかった。なりも、縮緬の大振袖なんかじゃあねえ。黒いのが褪せて赤茶けた小袖に裁着袴《たっつけ》。細身の大小二本差し。前髪がまだ残っているが、元服前にしてはいささか薹《とう》がたっている。十七か八か。

どこぞの殿様の寵童であったのを、不都合があっておかまいになり、浪々の身、江戸で身過ぎを考えた、というような子細ではあるまいか。

おれは、そんなふうに思った。

根っからの、おれァ、無頼じゃあねえ。といっても、だれにしたところが、生まれたときから無頼というのはいねえか。いや、生まれついての気性が無頼は、いるだろうな。

おれは、芝居町の一筋裏、新乗物町で育った。親父は紺屋だった。

藍のにおいが、おれは、芯から嫌えだ。

おれァ小っちぇえころは、寺子屋に通わされ、読み書きひととおり身につけた。

雲助で文字が読めるなんざ、稀有《けぶ》なの。

おれのことァどうでもいい。その若衆さ。

美しかった。十二、三のころはどんなきれいな稚児ぶりだったかと、思うだけで身の毛がよだつ。

いまさらしく言うまでもないが、かぶき若衆の色気の根源は、におやかな前髪にあるものを、野暮な御上が前髪御法度、剃り落とさせたのは、百年あまりも昔のことだ。

当節は、女郎が客への心中だて、小指を切って銀の香箱、入れ黒子《ぼくろ》、二の腕にだれさま命と彫りもするが、若衆かぶきが盛りのころは、まだ戦国の余波残り、魂を奪われまなこ眩んだ相手のために、己が腿に小柄《こづか》、深く突き刺したあまりに足立たずとなったの、腕に切り傷、それも筋まで切って左の腕はものの役にたたなくなったのと、凄まじく荒々しい心中だて。傷の痛みもあふれる鮮血も、美しい若衆への供物。盃に受けて飲みかわし、腕と腕、ひたとあわせて刀で押し切り、墨を入れれば、二世かわらぬ契りのしるし。

いっそ羨ましいほどに、若衆も念者も、すさぶる荒御魂であったのだ。

戦国の風は、まこと、はるかに遠い。

かの猛将武田信玄、春日源助という寵愛の美童がいるのに、弥七郎てえ小姓にちょっかいをかけたと思いねえ。

源助に恨み言の百万陀羅も言われて、信玄がなんと、春日源助に誓詞を書いたというぜ。

弥七郎、ときに寝させ申し候ことこれ無く候。此前にもその儀無く候。

昼も夜も、弥七郎に手を出したことァねえと、御大将が、これがいつわりなら富士、白山、ことに八幡大菩薩、諏訪上下大明神の神罰くだるであろうと、花押《かおう》入りの誓文だ。

散る花びらも前髪にこぼれかかってこそ、美しい。蝶の宿りも前髪さ。

遊女が城を傾ければ、若衆は寺を傾ける。色に狂った坊主らが、女かとみれば男のふたなりひらの美童にいれあげ、金襴の袈裟、弥陀の利剣、質にいれて金子ととのえ貢ぎ奉る。

その前髪を剃りこぼせと、野暮な法度をだしたのは、江戸町奉行の石谷将監てえ野郎だ。

こいつが、さる宴の座に招かれたときのことだ、賢そうな、見た目も美しい少年が侍《はべ》っていた。こころを惹かれた。たまたま、小姓を召しかかえたがっている大名がいるのを思い出し、間にたって口をきいてやった。お奉行様が桂庵をやったわけだ。その後も、誼《よしみ》を通じることができるとの算段もあった。ところが、お大名のほうで、少年の素性をしらべたら、これが、堺町の色子と知れた。若衆かぶきの役者には、旗本衆やらお大名やら、その奥方からお嬢様まで、うつつをぬかし、恋の鞘《さや》当て、喧嘩沙汰、はては心中の色騒ぎもしばしばおきているご時世。吟味し、処罰するのが役目の、石谷様は、町奉行だ。

色子を小姓に推したとあっちゃあ、天下の笑いもの。

てめえのぶまァ棚に上げて、かぶき子の前髪が世を惑わせる、切れ、とお達し。

ひでえものだ。散る花びらも舞う蝶も、宿無しになってしまったわな。

剃り落として青々と寒い額を若紫の野郎帽子でかくす算段を考案したのはだれだったのか。御上の法度を逆手にとって、役者の色はいやましに増した。〈役者衆道の儀まかりならず〉も、三日法度さ。

役者から色を奪うのは、あたら若木を枯枝にするようなもの。

と、話がそれた。

前髪立ちの若侍がことさ。

「江戸に行かっしゃるか。乗りなせえ、乗りなせえ」

先棒の辰が猫なで声をだした。後棒は六。

おれは、前棒の市がこのとき腹下しで藪陰に入っていたものだから、おくれをとった。

「今からじゃあ、おまえさまの足では、品川にたどりつく前に日が暮れる。一人の足よりゃあ二人の足のほうがずんと速い」

若いのは、四手駕籠も駕籠かきも目に入らねえもののように、顔色をうごかさず、行きすぎようとしたが、ひょいと、おれと目があった。

遠いものをたしかめるように、相手は瞼を細めた。

そうして、辰の四手駕籠に乗った。垂れをおろす。束の間、白い顔が、おれの眼裏に残った。

「行くぜ」

と、辰。

「ほい」

と、六が声をあわせ、え、ほ、と走り出す。

そのとき用をすませて藪から出てきた市が、

「なんだなァ。客を取っぱぐったな。総体《そうてえ》、おめえは愚図でいけねえ。おれがちっと目をはなすと、これだ」

「片棒ばかりじゃあ、かつげねえわ。かんじんなときに、おめえがいねえからだ」

言葉をかえすと、とたんに、市の拳がおれの横っ面をはった。

素早くよけたので、拳は空振りした。

おれは、よけたからだをぐっと沈み込ませ、反撃にでようとした。

喧嘩がそれ以上すすまないですんだのは、「駕籠屋」と、声をかけた男がいたからだ。

中年の侍だ。

長旅をしてきたのか、身拵えは薄汚れている。

さっきの舟から下りたのを、おれは見ている。若衆とのやりとりのあいだ、物陰にいたのか、姿を見なかった。

「へ、どちらまで」

喧嘩より商売の方が先だ。

市が威勢よく応じる。

「前の駕籠についていってくれ」

「お連れさんで?」

おれの問いに、男はあいまいに首を動かした。

客の気がかわらぬうちにと、市は駕籠の垂れ筵をあげ、

「乗んなせえ」

とうながす。連れであろうとなかろうと、余計な詮索だ。

おれは、後棒に肩を入れた。

辰にしろ六にしろ市にしろ、肩に瘤《こぶ》がもりあがり、てらりと光るほどに鍛えられているが、おれは駕籠かきとしてはまだ新米。かつぐたびに、肩の皮がすりむけ、痛くてならない。

こんな難儀な商売をつづけるより、桜田の師匠に詫びを入れて狂言方にもどったほうがましかと、ときには思いもするが、からだはいたって頑丈だから、それほど苦になるわけでもなかった。

おれの手に入る稼ぎは、わずかなものだ。先棒が受け取る駕籠賃の、半ばは地元を仕切る親分にとられ、残り銭から、市がほどこしでもくれるようたに、ちょんびり。酒と博奕であらかた消える。

この暮らしが、嫌ではなかった。だいたい、嫌なことァ、なるべくしねえの。気ままが何よりだ。

……と思う心の隅に、なんだか虚ろな気分がないわけではなかった。

わざと揺らすつもりはねえのだが、不馴れだから、駕籠は大揺れに揺れる。たいがいの客は、途中で気分が悪くなり、いやがらせをされていると誤解して、銭をはずむ。はずんでくれても、おれの担ぎようがとたんに上手くなるものでもないのだが。

先の駕籠について行けと男は言ったがおれの担ぎようが悪いから、遅れる。

いそげ、いそげ、と、客は追い立てた。

「鈴が森で、追いつけ」

## 2

汐のにおいと腐肉のにおい。浪の音と松風の音。

江戸開府以来の、千住小塚原とならぶ刑場、鈴が森。

江戸出入りの、小塚原は東の口、鈴が森は西の口。磔《はりつけ》、鋸《のこぎり》挽き、獄門、火焙《ひあぶ》りが、街道を往き来する人の目にいやでも入る地獄の景色。

みせしめのためというのが御上の思案だろうが、刑場の荒れ地の先には、女郎屋、料理屋、軒をならべ、怖いものみたさの見物が集まり、たいそうな繁盛だ。

鈴が森の陰惨な刑場は女郎衆でにぎわう品川の宿のはずれ。

風向きによっちゃあ、女郎屋に屍臭が流れ入り、刑場に紅白粉の香りがただよい込む。

高さ四尺の獄門台には、少し腐り始めた首が、切り口を五寸釘に貫かれ、晒されていた。

六尺高い木の上に、と俗に言われるが、四寸角の脚は、たしかに六尺じゃああるけれど二尺は土中。地上四尺だ。かこった竹矢来はこわれ、形ばかりだ。向かい合ったらこっちが少し見下ろすかっこう。

罪状をしるした捨札の文字は、薄闇にまぎれていた。

牢屋敷内で死罪のあと、鈴が森にはこばれて打ち捨てられる骸は、年に千人を超えるという。臭いのも道理だ。犬やら烏やらは、よく肥えふとっていたわ。

もっとも、獄門はそうそう始終あるわけじゃあないから、三日晒しの晒し首を見るのも、ときたまだった。

三日前、ちょうど、この首をはこんできて晒すところに行きあって、こっちは折りよく空駕籠だったから、しばらく見物したっけが。

俵に詰めた首をさげた棒をかつぐのが二人。さらに、棒持ち、捨札持ち、抜身の槍持ち、道具持ち、それぞれ二人ずつ。その上、横目と検使同心が二人ずつだから、無宿者にしちゃあ、ずいぶんと豪気な道中であったわな。捨札に身状が書いてあったのだよ。無宿と。

洗ってあるから、俵から出した首ァきれいなものだった。

しかし、三日のうちに、腐れてきて、なんだか嫌な色になっていた。秋口だというのに、銀蠅《ぎんばえ》がむらがっていた。目鼻が少しとろけたせいか、恐ろしげなところはない、人のよさそうな哀しい仏顔に変わってきていたっけよ。

獄門台の前を通り過ぎて少し行ったら、辰と六が駕籠をおろして休んでいた。

「こう、どうしたえ」

市が、立ち止まって声をかけた。

間拍子が狂って、おれはつんのめった。

二挺の駕籠が、ならんだ。

とたんに、嘔吐のような声があがった。

二つの駕籠の間に、白刃の橋。

むこうの駕籠から抜身が突き出され、こっちの垂れをつらぬいたのだと、咄嗟にはわからねえ。

なんだかわからねえが、とにかく、逃げた。

おれは榎《えのき》の大樹のかげに身をかくし、覗き見た。

腹に抜身が突き刺さったら、どれほど痛いものか、見当がつかないが、おそらく、火の棒をつっこまれたように熱いだろう。腹ばかりではない、全身が激しい痛みの塊というふうになるのだろう。

のたうちまわらずにはおれず、動けば痛みがいっそう増す。

わめかずにはおれず、わめけば、なお痛い。

痛いというような言葉ではいいあらわせぬ感じだろうな。

刺された男は、片手に抜身を持っていた。

刺されてから抜く暇はないから、駕籠の中で、道中、鞘《さや》をはらったやつをかまえていたとしか思えねえ。

からだを丸め、抜身であたりを薙《な》ぐ。

突き刺した若い男も、駕籠からころげでていた。刺した刀の柄を両手で握りしめ、力をこめて抉《えぐ》った。

闇が次第に濃く、顔色はさだかではない。

男は地に縫い止められた。

腹を斜めに刺して突き抜けた切っ先が地に刺さったのだ。若い方がからだの重みをかけた。

逃れようと動いたために、刃は腹を裂いた。

とたんに、傷口から臓物があふれた。

刃からは自由になった男は、地にのたうつものが己の腸だと気がついたようだ。

片手に抜身、あいたほうの手で、しきりに、たぐりこんでおさめようとする。もはや、痛覚も感じなくなったのか。

若い方は、刀を地から抜き取ろうとするのだが、深く食い込んで抜けねえ。

倒れた男が、片手の刀を投げつけた。あらんかぎりの力をこめたのだろうが、弱々しく地に落ちた。

拾い直そうにも、とどかねえ。身動きするたびに、恐ろしい声をたてる。

さぐる手が、突き立った刃にふれた。正気はとうに失っている。敵の手に刃を渡したら、殺される、その一念から、刀を奪おうとしたのだろう。握りしめたから、指が落ちた。

落ちたとも気づかず、刀をにぎったつもりで手前にひいた。それから、悲鳴をあげたわな。

その間に、若いのは、男が投げた刀を拾った。

男の喉に突き刺した。

俎《まないた》に出刃でうちつけられた鰻のように、ひどくのたくって、それから、動きがゆるくなって、もう一度、ぎっくり見えをするように手足つっぱらかしてから、動かなくなった。

ぐりぐり抉った後、返り血を浴びるのをきらったのか、喉に刺した刀は引き抜かず、地に立ったてめえの刀を抜いて、男の袴の裾で血糊をぬぐった。

それから、海辺に行ったな。

すべては、夕闇の中の影だった。突然、あたりが青白くなった。日が落ちたあとの空は黒い浪のような雲がながれていたっけが、その裂け目から月が明かりを投げたのだ。

面《つら》明かりは役者の顔を下から照らすが、月の面明かりは、天から降った。

黒く盛り上がった浪の突《と》っぱなが刃物のように鋭くなって、どうとくずれ、浅瀬にかがんで手を洗う若いのの足元にひたひたと寄り、沖にさらうように引いてゆく。沖のほうでのびあがり、ももんがあ、ってなぐあいに脅してら。

辰も六も市も、とうにいやしねえ。抜けた腰をどうにか箍《たが》アはめて、這いずって逃げたとみえる。

「お侍さんえ」

おれは、声をかけた。

実のところ、この後どうするつもりか、ただ見ていたかった。

おれァ、他人を見ているのが好きだ。餓鬼のころから、そうだった。

人並みはずれて目玉が大きく、その上の眉は俗にげじげじ眉といわれるやつだから、こっちはそのつもりでなくとも、睨《にら》めていると見えるらしくて、ずいぶん嫌がられた。

見つめていると、てめえで気がついていなかった。相手にどなられても、何が悪いのかわからず、けろりとしているから、図太いだの子供らしくもないだの、根性曲がり、ふてくされ、と罵られもした。

ああ、いま、おれは見つめているな、と、てめえでも思うようになったのは、二十をすぎてからだ。狂言作者になりたくて、家を飛び出して弟子入りしたはいいが、総体、目つきが悪い、いつも睨めていやがると、餓鬼のころにもまして、うっとうしがられた。

蟷螂《かまきり》みてえだとも言われたな。

なんだか、だれかが見ているようだな、と、ひょいとふりむくと、太いげじ眉の下から上目づかいに見つめている奴がいる、それが、きまって、おれだというんだな。

おれァな、そんなとき、てめえのからだがあることを、忘れてるの。

鉢の開いた外法《げほう》頭、つん出た額の下から目ェむいて睨めつけている、そんなふうだったんだろうが、てめえが他人様の目にどううつるか、などかまうこっちゃねえの。

若いのなりゆきも、ただ見ていたかったのだが、木戸は閉まったはずだ。品川の宿にだって、いまからじゃあ入れねえし、いくら手足を洗ったところで、尋常なざまじゃあねえ。

野宿するには風が冷たかろう。ひょんな仏心を出してしまった。

いや、つい、お節介をやいたまでさ。

月の光に濡れてこっちに向けた眼は、肉を貪り食らっているときに、他の生きものの気配を感じた狼を思わせた。

かたわらに置いた血まみれの刀の柄をにぎった。

あとで、よほどしっかり研ぎなおさねえでは、使いものになるめえな。と、おれは、そんなことを思っていた。

なぜか、怖くなかったな。

相手も、感じているはずだ。おれが敵ではないと。

「これから、どうするね」

そう話しかけるおれを、もうひとりのおれが、姿を消して眺めているような気分だった。

怖くないのは、話しかけるおれが切られても、見ているおれは無傷、と、そんなおかしな気分になっていたからだろう。

そんなことアありっこねえわな。あるとすりゃあ、夢の中だけだ。

「そのなりじゃあ、困るだろう。ひとまず、おれの塒《ねぐら》にこねえか。江戸に入るなら、おれのぼろに着替えて、明日、出直しねえ。お菰《こも》のなりなら、人目をくらませる。その後、目当てのところに行って、みなりをなおすが上分別だろうぜ」

なぜ、こうぺらぺらと喋くるのか、と、我ながら奇妙だった。おれは、口が重かったのだ。我から口をきくことアめったになかった。石の地蔵といいてえところだが、それじゃあ地蔵様にすまねえ、石の牛頭馬頭《ごずめず》だ、などと悪態もつかれたわ。この中《じゅう》、話し好きになったのは、冥土のとば口までの道筋が見える年になったからだわ。

三途の川をわたれば、それっきり。魂魄もこの土《ど》から失せるわ。屁の影も残りゃあしねえ。

若いのが、ふいに消えた。

伴天連《ばてれん》の妖術をつかったわけじゃあねえ。月が雲のかげにはいったのだ。

真の闇だ。

そのとき、はじめて、おれァ身が震えたぜ。

鼻先に指をたてても見えねえ。その闇の中に抜身をもったやつがいると思ってもみろ。

からだは金縛りにあったみてえに動かないが、歯の根ばかりが、がちがち鳴るの。その音をきかせたら、こっちの居場所をさとられる。歯アくいしばった。

生涯で、あのときくれえ怖い思いをしたことアなかった。

見えてさえいりゃあ、怖くはなかった。たったいま人殺しをしたやつを、塒に招こうとさえしていたのだ。

だが、何も見えねえとなったら。

雲が流れて月明かりがさすまで、どのくらい時がたったのか。

明るくなったら、いなかった。

血だまりァ残った。二挺の空駕籠と、腸のはみ出た骸も、な。

おれは、ふらふら歩き出した。

歩きながら、ぼんやり思い返していた。

殺された男は、駕籠の中にいるときから抜身をもっていたのだったな、なんどと。

乗ったときは、むろんのこと鞘におさまっていたのだから、駕籠に乗ってから抜いたのだ。

若いのの駕籠が、あのまま品川の宿に入ってしまえば、抜身をふるう折はない。

鈴が森で追いつけ、と命じた男は、はなっから、人気のない刑場で不意打ちにするつもりだったのだ。若いのは、追われているのを承知だった。だから、駕籠を止め、逆に、出鼻を襲ったのだな。

武士らしくもねえってか。りゃんことやあ、そんなものよ。

3

次の日、おれァ、仕事をほったらかして、江戸の町中に入った。

渡し場にいたら、役人が詮議にくるわな。駕籠ォ放り出してきたのだもの。辰にしろ市にしろ、六にしろ、早々と、逃げたわ。もぐりの駕籠かき。それだけでもお咎めものだ。他のやつらァ無宿だが、おれァ、人別にのっているの。だから、よけい、困る。いつかは芝居町にもどりたいという気はいつだってあったから。名を消されたら、死人も同然だ。

だが、それだけじゃあねえ。

あの若いのをつかまえるのに、手を貸したくァねえと思った。

あっちともこっちとも角突き合いで、八方塞がり、なにも悪いことァしていねえのに、愛想のないのがわざわいして、師匠に勘当されそうになったとき、こっちから、一世一代の啖呵をきって小屋を出たが、そのときから、返り咲いてみせるわと、こころに決めていた。もっとも、まだ、蕾もついたことァなかった。下働きばかりで日を送っていたっけが。咲かせるのァ、初花だな。

若いのは、逃げおおせはしねえだろう。つかまってから、人相をあらためろと下知されるのも、まっぴらだ。

と思う一方で、若いのがお仕置になるときァ、逃さず見たい、とも思っていたのだ。

一日仕事を休めば、お飯《まんま》に困る。食わねえじゃあ、飢える。仕方ねえから、嫌えな親の家に顔をだした。

親父はとうに死んだが、おふくろは達者。

飯を、と、言いかけたら、

「米の値がどれほど上がったか、知っているのかい」

嫂《あによめ》が、ぴしゃっりとさえぎった。

知っているわ。以前は百文で三升は買えたのが、この節は、一升も買えねえ。

ここ二、三年、来る年も来る年も大飢饉だった。いや、それより前から、飢饉、疫病、洪水と、おれが生まれてこのかた、そのときまで天災のない年はないというほどだったが、二年前の浅間焼けはひどかった。三十里の余も向こうの浅間から降ってきた灰が江戸の町にも一寸も積もり、流れ出した火石が利根川の源を埋め、大川に首や手足のない人だの馬だのの骸が流れ着いたっけよ。

それにつづいての日照りに洪水。大飢饉だ。溺れ死にで土左衛門、飢え死んで干《ひ》左衛門。左衛門だらけだわ。春は火事、夏は涼しく秋出水、冬は飢饉とかねて知るべし、なんぞと落首がはやったが、知るべしといわれても、どうしようもねえわな。田畑を保ちきれねえで、潰れ百姓になり、出稼ぎに江戸にきたって、江戸も諸色《しょしき》は高直《こうじき》、奉公人は人減らしのありさま、無頼無宿になるほかはねえの。市や六にしたところが、一季半季の奉公が、お払箱で、雲助だ。

銭でも米でも、あるところからふんだくるのが無頼の甲斐性だわな。

こういうとき、おれのでけえ目ン玉とげじ眉がものをいうの。

ぎろりと睨んだだけで、嫂ァ、握り飯をくれたっけが。

「卯の花だって、おまえ、この節はばかにならないんだよ」

と刺々しいおまけつきで。

「ついでに、銭も」

「図々しい」

「三倍にして返さァ」

「賽子《さいころ》だろう。いけないいよ。兄さんが手を骨の髄まで青く染めて、まっとうに稼いでいるおあしだよ。情けない。おまえ、いつから、お菰《こも》におなりだ」

「元手がなくては、稼げねえ。くれとはいわねえ。ちっとの間、貸してくだせえ」

「おまえさん」

と、嫂は、裏で染物を干している兄貴を呼び立てた。

「三十にもなって、一人立ちもできねえとは情けねえ」

言うやつァ言え、と、腹の中で思った。

いまに見ていな、江戸中を沸かせる狂言を書くなァ、おれしかいねえ。

薪を枕に肝を嘗め、艱難辛苦の夫差、勾践《こうせん》だ。

すったもんだのあげく、

「これっきり、面ァ出すな」

で、百文。

つきがあった。賭場で、一貫に増やした。

ほとぼりがさめるまでは、六郷の雲助稼業にはもどれねえ。とうぶんの食扶持だ。

土手になじみの夜鷹がいる。蒲鉾小屋にころがりこんで、当分、夜鷹の間夫をきめこんだ。おれァ羅生門河岸か土手が性に合っているの。桜田の師匠のような、廓のだだら遊びは、費えの無駄っす。綺羅をかざったところで、肌脱ぎになれば、同じこと。花魁《おいらん》だろうと安女郎だろうと、ぼぼァぼぼ。女も男もしょせん糞袋。芸者、末社、やり手婆から新造にまで祝儀をはずんで、お大臣様と奉られるが心地好いなんざ、かわいいもんだ。

「ここのところ、面ァみせなかったの」

と、夜鷹のお松。

この女は、気っ風がよくてさばけていて、おれァいっち気に入りの女だ。六郷から江戸にはいり、戻り駕籠の客のないときは、お松の小屋で夜をすごすことがときどきある。

ふたりで寝たら、寝返りをうっても外にころがりでる狭さだ。

「おまえ、豪気にふところが重いじゃねえか」

「店賃だ」

と悉皆《しっかい》やったから、喜んだな。

これが、廓の花魁であってみねえ。二分くるんだって、愛想笑いもしねえ。

銭が入ったら、お松は、もう、稼ぎには出ねえ。それァそうだ。からだァねぶらせて銭に代えているのだ。

独り寝が気散じだという間は、おれも、無理に抱くとァいわねえ。銭イやって抱くのでは、獣爺《ももんじい》の客とかわらねえ。

酒びたりで、そのうち、女のほうから、肌恋しくなって、飲んじゃあ抱き合って寝て、二、三日。それから、少し残った銭を握って賭場に行って、そうそうは運もつかねえ、素寒貧になったら、お松も稼ぎに出て、稼ぎの分け前で、また賭場に行って、このまま、ずるずるべったりじゃあ、ちっと情けねえ、腐れちまう、と思いもした。

お松の客の中には岡っ引きもいて、鈴が森で、女敵《めがたき》討ちに追ってきた男を返り討ちにした若い男が、江戸で知り合いのところにかくれていたが、辻斬り強盗で稼ぎ、知り合いに訴人されて、つかまったという。

「女敵討ちの返り討ちか」

女房を寝取られての仇討ちでは、表立って許しももらえねえ。

その返り討ちを見たということは、お松にも話してなかった。

他人に知られてはならねえことは、産みの親にだって、打ち明けちゃあならねえ。

広めてえ話があれば、ここだけの話だ、内緒だぞ、と釘をさして打ち明けろ。だが、真実内緒のことならば、己の他はだれにも言うな。色だろうと、間夫だろうと。よけいな重荷を相手に負わすことになる。

もう、今はな、おれも、娑婆が短えから、何でも喋るの。
六、七十年前までなら、間男は、獄門だが、この節は、亭主が承知すりゃあ七両二分で内済だ。武士なら重ねて四つも許されている。堀の内の鳴子坂で、町人の女敵討ちがあったっけが、これが、酷かった。女房と相手をひっとらえ、近くの寺に引き込んで、男は羅切《らせつ》、女は玉門を抉って殺したという。検使がくるまで放っておいたから、傷口に鼬《いたち》がたかっていたそうだ。上方じゃあ、女の鼻をそいだのがいたというな。
鼻の先はそがれにけりな　いたずらに　われ間男と永寝せしまに、
だ。
あの寝取られた男は、女房をどう始末したのか。
若いのは、七両二分の算段がつかなかったか、金じゃあ相手が承知しなかったのか。

ともあれ、返り討ちにしてしまったのでは、どうで、獄門晒し首だろうな。

あの美しい生首を見たい、と願った。

4

引回しの上磔の捨札が、道筋の各所に立ったのは、半月もたたぬうちだったろうか。

吟味はずいぶん早く終わったのだな。

引回しは、軽重二つある。

軽いのは、日本橋と両国の間だけ。

若いのは、日本橋、両国、筋違《すじかい》橋、四谷御門に赤坂御門、お城のまわりをぐるりとめぐって鈴が森へという重い方だった。

斬首は牢屋敷の刑場で行われるから、町のものは見物できない。

公然と見物できる磔はそうそうはないから、裸馬にのせられた若いのが日本橋に引き出されると、大変な人出だった。

朱槍二本に、罪状を記した捨札と紙幟をそれぞれかついだ谷《や》の者が先払い、罪人の乗った馬は、菰が鞍のかわりだ。捕物道具をかついだ谷の者と宰領横目がしたがい、検使と町方与力は馬で行く。

高手小手の罪人は、やつれてはいたが、美しかった。

町の女どもがさ、騒ぎたったたな。

おれは、人をかきわけ、馬の上の若いのに目を据えてついて歩いた。

駕籠をかついで歩くより、苦労した。

「ちょいと権八だねえ」

町の女たちの話し声が耳に入る。

平井権八《ごんぱち》という若侍が朋輩を殺して江戸に逃れ、暮らしに困って盗み、殺し。窮したあげくに自訴して、引回しの上獄門、廓の女郎がその墓の前で喉をついて後追い心中したのは百年の余も前のことだ。どこまでが真か、もうわからぬほどになっていたが、若い男が美しいのと女郎の後追い心中が、人気に叶ったのだろう、言いつがれてきた。

　この若いのが引回しになる五年ほど前に、森田座で、曽我物に結びつけて芝居に仕組み、評判になった。おれは墨擦りやら柝打ちやら、そんな仕事ばかりやらされていたころだ。あまりの人気に、そのすぐ後に、今度は風来山人が人形浄瑠璃の正本を書いて、これも大入り。正本を書きたいと、どれほどおれが思ったことか。――と、いまさら、愚痴のくりかえしでもねえ。五十をすぎてから、存分に書いたわ。人の常命をすぎてから芽がでたというのは、業が深いのか、強運なのか――。

　お松はこなかった。見たくァねえわ、とお松は言った。おれよりやさしい。

　曳かれ者の馬の腹にくっつくようにして歩いている女がいた。役人に追い払われても、突き飛ばされても、遮二無二ついて行くの。

　色かと思ったが、そうでもねえらしい。

　野次馬で見物しているうちに、狂ったとみたな。

　若くて美男で、しかもこれから槍で突き殺されようというのをながめていたら、気がのぼせるほうが、まっとうなのかもしれねえ。

「歌っておくれよゥ」とその女ァ、せがんでいるの。

　百年前に磔になった平井権八は、引回しの馬の上で、『八重梅』を歌って美声だったというが、なに、そうあってほしいと思う後世のものらが、いつとなく言い出したことさ。

　そんな風流な罪人ァ、いねえわ。

　だが、女は、馬上の若い罪人に、やはり権八をかさねあわせずにはおれなんだのだろう。

　うわずった声で、

「歌っておくれってばよゥ」

　と、くりかえし、てめえが歌い出した。

「我は野に咲くつつじの花よ。ほれ、歌いねえな。おれがいっしょに助《す》けてやるから。我は野に咲くつつじの花よ。折っておみやれ、散らぬ間に」

　すると、まわりの見物までが、声をあわせた。

「我は野に住む蛍の虫よ。土手の松明、火をとぼす」

　手拍子もまじる。

　娑婆《しゃば》の見納め、馬上で歌えば、こりゃあ芝居になるが、若いのは、前に向けた目を動かしもしなかった。

　目は、てめえの胸の内しか見ていなかった。いや、何を見ていたんだか、おれには、たしかなところはわからねえ。当人にも、わかっていたかどうか。

　しかし、野次馬どもは、歌えと、しつっこくうながすのだ。

　鈴が森までは長道中だ。

　途中で去ってゆく者、加わる者とさまざまだが、刑場に着いたときは、百を越える人数が矢来をかこんで見物していたっけが。

　武士が磔になるのはめったにあることではないが、浪人だし、やり口が酷い。

　返り討ちのやりようにしても、尋常な勝負じゃねえ。待ち伏せて不意打ちだ。もっとも、相手のほうにしても、隙を狙うつもりだったろう。早い者勝ちだ。

　そうして、おれァ、あの冷酷な殺しざまが気に入ったの。

　おのれが殺されるときァ、どのような姿を見せるか。

　自若としているか、脅え騒ぐか。

　馬上のようすは、娑婆にみれんがある顔ではなかった。といって、覚悟がきまっているふうないさぎよい風情でもない。

　何も見えず、何も思わず、ただ闇の中にいるような心地なのだろうか。

刑場は、あいもかわらず、腐れ肉のにおいだ。捨てられた骸に鴉や野良犬がむらがっていた。

松林を遠見に、地に三尺の穴がすでに掘られてあり、長さ二間の栂《とが》の木が横たえられている。長いのと短いのと、二本の横木は、両腕と足首を結びつけるためのものだ。

馬から下ろされた若いのは、縄をとかれ、柱の上に仰向けにされた。

このとき暴れて逃げようとするものが多いのは当たりめえだ。まわりを役人に固められ、一足だってにげられねえと承知でも、悪足掻《あが》きァするわな。

若いのは、目を空に投げていた。

あんまり静かな顔だ。

谷の者たちが、両手を、両足を、ぐいと押し広げ、慣れた手さばきで柱にくくりつける。腕木に高手小手、足木に両足、柱に胴縄、襷《たすき》縄。

死衣の袖の脇下を切り破り、胸の前に寄せて二つところ、いぼ結び。槍で突きやすいように、肌ァ出すのだ。

それから、谷の者ァ総掛かりで、柱を起こし、穴に立て、埋め固めた。

若いのは、目を見開いていた。

生膚《いきはだ》の下は、もうとっくにからっぽだと思わせるような顔だった。

両側から、ありゃありゃとかけ声、ななめに、罪人の前に槍をかざして打ち合わせる。見せ槍だ。

槍の穂先が光った。その光がまぶしかったのか、ちっと目をそらせた。ななめ下にそらせたその先に、おれの顔があったのだわ。

目がからみあった。

そのとき、おれは、妙な気分になった。魂が若いのの目の中に吸い込まれるふうな。

右の槍が、脾腹を斜めに突き刺した。

人の声とは思えねえような吼え声を、あげた。

ぎっちりと結わえられたからだが、縄をひきちぎりそうに揺れた。
ぐうっと力を入れて、穂先が首の付け根から一尺も突き出る頃は、声も弱まった。
つづいて、左の脾腹からのど首へ。
まだ息はあって、犬がへどを吐くような声をだした。
そうして、最後に止めの槍が、左右同時に、喉を突いた。
槍を洗って、谷の者と役人は隊伍をくんで去った。
見物も散った。
歌えとせびった女は、帰る道すがら、少し調子のはずれた声で歌っていた。
「我は野に咲くつつじの花よ、折っておみやれ、散らぬ間に」
あわせてくちずさむ者がいる。
「我は野に住む蛍の虫よ。土手の松明、火をとぼす」
歌う者が数を増す。
「逢いたさ見たさは飛び立つばかり、籠の鳥かや恨めしや。さんさ、よしなの思い」
さんさ、さんさ、と、血は人を、酒よりよほど酔わせるのだなあ。
晒し首同様、磔も、三日二夜はそのままほったらかしだ。
おれは、柱の前に座り込んで、見ていた。
人気のなくなった刑場で、磔の死人を見上げて、三日すごした。
お松が食い物をはこんでくれた。
死人の前で飯を食うのは、ずいぶん奇妙な気分だった。
死んじまえば、皮と肉と骨だな。
おれが師匠に詫びをいれて狂言方に戻ったのは、その翌年だ。
また、一からやり直しだった。

師匠が死んで、やっと芽が出たのが、さっきも言った、五十になってからさ。詫びをいれてから二十年近く。はなから数えりゃあ三十年だ。それから、二十五年。何本、狂言を書いたか。江戸で作者は鶴屋南北とうたわれてら。

悪いやつほど、きれいだと、おめえも、狂言を書く気なら、知りなよ。

おれァ正月は越さねえよ。三途の川の浪音がきこえてら。

# 吉様《きちさま》いのち

1

大川が、海になったみたいだ。

かすかなさざなみにも、小さい屋形舟は、ゆれる。

流れに乗って下《くだ》ってくる舟があんまり小さいから、土手で見ている藤松は、自分が巨人になったような錯覚を持った。

舳先《へさき》から艫《とも》まで、二尺あるかないか。

船頭の姿はない。こんなちっぽけな舟じゃあ、人は乗れない。片足を乗せただけで沈んじまう。

屋形の障子がぼうっと明るんで、影が二つよりそって映っている。

じっと動かないから、

――へ、驚くことァねえや。人形にきまってら。

酒が入って気が大きくなっていた。

葉の落ちた柳の枝を折りとって、藤松はしゃがみこみ、手をのばした。

千本杭に片手をかけて支えにし、太いつけ根のほうを先にして、船縁にひっかけた。

引き寄せながら、そのとき、かすかに気が咎めた。不安――かもしれない、感じたのは。

こんな細工物を川に流すのは、呪《まじな》いか何かだ。手ェだすもんじゃねえ。

そう自戒するより先に、好奇心につき動かされてしまったのだ。

流れをよぎって、舟は岸に近寄った。障子越しの火明かりが、黒い水面に映る。

舳先に、細引がとぐろを巻いている。舫綱《もやいづな》のつもりなのだろう。よくできた細工だ。

細工を土手の芦にくくりつけ、指先を障子にかけて、ためらった。

このまま、そっと流してしまったほうがいいのだろうな。呪いの舟だったら、下手に手ェだしたら、こっちに災いがかかるかも……。

だが、すでに、手を出してしまっている。いまさら、やめても、遅いんじゃねえか。ままよ。

障子を、そろりと開けた。

2

「男と女が、がっくり、倒れた」

藤松は言葉を切り、長火鉢の銅壺《どうこ》で燗をつけた銚子の首をつまみ、空になった猪口に、手酌でかたむける。

二雫でちょん。

月もささない裏長屋だ。油がとぼしいとみえ、行灯の明かりがやけに暗い。

「思わせぶりだな、ろくさん」

藤松は、掛小屋芝居の女方のはしくれで、首がひょろ長いから、ろくろっ首のろくさんのほうが、芸名よりもとおりがよい。

藤松の長屋で御酒《ごしゅ》の相方は、となりの貧乏絵師。歌川芳雪と雅号はもっともらしいが、師匠から破門され、おもてだって歌川は名乗れない。

兄弟子の女といい仲になり、ごたごたのあげく、破門され、しばらく旅で稼いでいたが、ふと江戸恋しくなって、舞い戻ってきた。

錦絵の版下の仕事は、元の師匠の手前できない。版元も仕事をまわしてはくれないので、団扇《うちわ》絵、凧の武者絵、地口行灯《じぐちあんどん》と、何枚も描いてやっと数文になるような半端仕事で、糊口《ここう》をしのいでいる。一番金になるのは、春画《しゅんが》だ。

宮地芝居や掛小屋、見世物小屋の看板絵を描くようになったのは、壁一つへだてて隣に住む藤松の口ききのおかげだ。

梅川忠兵衛の道行やら、鏡山の草履打ち、大物浦《だいもつのうら》の碇知盛《いかり》と、狂言の題目をいわれれば、即座に描けるだけの腕はある。楽しくもあった。

見世物小屋の絵看板は、蛇をからだに巻きつけたわむれる蛇娘、全身に剛毛が生えた熊女、足芸を見せる徳利児、身の丈一尺二寸の豆男に丈七尺二寸掌の長さ一尺あまりの大女房を夫婦にしたてたもの、と、これも、おびただしい。気のいい連中で、小屋がしまれれば、おででこ芝居の役者も見世物のものたちも、いっしょに酒をくみかわす。芳雪もしばしばその仲間入りをしている。

「障子にもたせかけてあった人形二人、おまえが開けたので、ささえがなくなって、たおれた。それだけのことじゃないか」

芳雪が言うと、藤松は、妙なしぐさをしてみせた。

「ろくさん、いつ卒中にかかったえ」

「とっけもねえ。あたしが、いつ卒中に」

「だから、いつだと訊いている」

「達者だよッ」

「右腕がねじれて、のびねえようだの」

藤松は、ぐいと猿臂《えんぴ》をのばし、

「縁起でもない」

腕をひいて、もう一度同じしぐさをくりかえし、

「短刀だよ。あたしの手にあるのは」

「なにも持っていねえじゃねえか」

「持っているつもり」

「長屋の花見じゃあるまいし」

「心中」

「おれと、おまえが？　願い下げだ」

「あたしは、まんざらでもないけれどねえ」

と流し目をくれて、

「人形の話だよ。男と女がむかいあってね、短刀をたがいの胸にぐっさりと。血まみれだ」

「血糊だろ」

「どす黒かった。本物の血だったよ」

「人形の心中か。乙だの」

「怯えておくれよ」

芳雪は、おおげさに身震いしてやった。

「おまえ、ちっとも、本気で聞いてくれないのだね。夜の大川を、玩具のような小さい屋形舟だよ。しかも、中の人形が男と女。心中だよ」

「物好きなことをするやつがいるものだな」

「ほんとに、話がしづらいったら。おまえが身をのりだしてね、〝なんと奇態な話だの〟と受けてくれなくては」

「なんと奇態な」

と、芳雪は声色がかって、

「話よなア」

大袈裟に見得をきった。

「ああ、やめた、やめた」

藤松は焦れて、じたばたする。

「せっかく、おまえ好みの怖え話を教えてやっているのに。まともに聞く耳をもたねえやつに、話してなんぞやらねえわ」

「話したくて、舌がぴくぴくしているくせに。で、その人形はどうしたえ」

藤松は、だまった。

もったいぶっているのではなく、打ち明けるのをためらっている顔だ。

腰を上げ台所から一升徳利と茶碗を二つもってきた。

「猪口じゃ、まだるっこしくていけねえ。こっちにおしな」

野郎言葉と女言葉を半々に、茶碗を芳雪にわたし、とくとくと注ぐ。自分のにも手酌であおる。

「いつの話なんだい、その屋形舟人形心中は」

「三日前の夜。贔屓《ひいき》に呼ばれて」

「ろくさんにも、贔屓がいるのか」

「そんな、馬鹿にしないでおくれ。そりゃあ、うちの太夫みたような、たいそうな贔屓がついているわけじゃあないけれど……。蕎麦屋の親父だよ、ありていに言やあ。小腹がへってさ、夜泣き蕎麦の立ち食い。蕎麦屋の親父が、『おや、おまえさん、東両国に小屋掛けしている吉弥の芝居の女方じゃないか』『そうですよ、兄さん、よく知っているねえ』〝兄さん〟が効いたんだね、親父、急に愛想よくなってさ、勘定ってときになったら、二文負けてくれたよ。お神酒もよほど入って、いい心持ちで川端を歩いていたら、上の方から、舟が。おまえに話そうにも、ここしばらく、長屋にいなかったから」

「おれにもいいご贔屓がついて、泊まり込みで、急ぎ仕事のわ印を描かされていた。配り物にするそうな」

「その、人形がねえ……」

と藤松は顋を襟に埋め、思い悩む風情だ。

「雪さん」

と、すがる目になって、

「おまえ、力になっておくれだね」

「おれが、おまえの？」

「そうだよ」

「そんな仲じゃあねえだろ」

「そんな仲になってもいいからさ」

「太夫の口から聞くのなら」

一座の座頭は、水木吉弥を名乗る女方だ。水木といっても、元禄の昔の名女方水木辰之助とも、踊りの水木歌仙とも、何の由縁《ゆかり》もない、掛小屋役者の勝手な名乗りだ。年は三十を過ぎているというが、舞台はみずみずしく、路考写しだと、三座の大舞台をみる銭をもたない人々に人気が高い。路考は江戸一の人気女方だが、吉弥のほうがいっそ美しいと、芳雪は思っている。

化粧顔より素顔のほうが色気がある。白塗りにすると、あまり綺麗すぎて無表情な人形のようになってしまう。

気性はいたって男っぽく、口は悪いが、女方役者にありがちな陰湿にすねたところがない。

ろくろっ首の藤松のほうが、舞台も素《す》もしねしねしている。

「人形をね、あたし……」

「持ってきちまったのかい」

「よくわかるねえ」

「おおかた、そんな筋道だろう。だが、祟《たた》られるぜ」

ひっ、と藤松は悲鳴を上げる。反応が一々大袈裟だ。

「わたしもね、どうしようかと迷ったんだよ。だれかが、わけあって流した人形だ、このまま、そっと舟にもどしてやったほうがいい。そうは思ったのだけれど……」

「で、人形はどこにおいてあるんだい」

「せっかちに、話の腰を折らないでおくれ。雨にうたれる海棠《かいどう》の風情で、思案するさまを」

「仕方話でじっくりと聞かせてえのか。はい、ありがたく伺いやしょう」

「ほんに、やりにくい相手だよ。おまえ、少し熱くなっておくれよ」

「長い旅暮らしで、人情、不人情、裏も表もじっくりと見てきたのでね」

「すれっからしは、いやだねえ」

そう言う藤松もけっこうすれっからしだ。どこまで本気で怯えているのか。

「おまえが上手に受けてくれないから、山場がつくれなくなっちまったじゃないか。しようのない大根だ」

「おれァ、役者じゃあねえもの。お絵師だ。正本どころか口立てもなしに、せりふの勘所をつかめるか」

「おまえは、わざっと意地悪く、間をはずすのだもの。これじゃ、お化けも幽霊もでられやしない」

ぶつくさ言いながら、間が悪いのをごまかすように、邪険な手つきで、屛風の陰から舟をひきずりだす。

「浪布がほしいね」

白木の屋形舟だ。船縁は、水に濡れた痕が汚れている。

たてた障子の陰がぼうっと明るくて、小さい人影が二つ。抱き合っている。

芳雪は障子を開いた。

二体の人形は、倒れた。

3

「まず、あたしも、思った。太夫に惚れた女が、どうで添われるわけはないと、人形に想いを托した道行の心中舟」

人形を、二体いっしょに抱き上げて、藤松が言う。

双方が手にした短刀は、どちらも小さいながら本当の刃物で、衣裳を切り裂き、たやすくは抜けぬほど深々と互いの胸に突き刺さっている。

短刀の柄は、それぞれの両手にしっかりと膠《にかわ》でつけてあった。

手足のつけ根と、肘、膝の関節の部分が自由に折れ曲がるように作ってある。布で継いであるのだろう。抱くと、足はぶらりと下がった。

「この顔を見ればな」

芳雪は応じた。

男の人形が吉弥をかたどったものであることは、一目でわかる。

江戸紫の縮緬の大振袖、これも紫の野郎帽子をとめた銀簪は、吉弥の紋である結び蝶を透《すか》し彫《ぼ》りにしたもの。顔も、細面に切れ長の目、ちょいと受け口なところまで、そっくりだ。

女は、藍鼠のお召縮緬に黄柄茶の糸で細く碁盤格子を織り出した小袖。のぞく半襟は白天鵞絨《ビロード》。島田髷に、真珠玉一本足の簪を縦にさし、髷の根に唐紅の水引。

「人形のくせに、贅沢ななりをしているんだよ」

と、藤松がなんだか羨望と妬みをまぜたような声で、

「小裾に黒琥珀、帯は繻珍だろう。前挿しをごらんな。太夫と揃いの結び蝶の透かしだよ」

せっかくの衣裳を汚した血は、変色してこわばり、まがいものの血糊や紅ではないとわかる。

「その上、これだよ」

藤松は、女の人形の左の袖をめくってみせた。白い胡粉を塗った上に、〈吉様いのち〉の五文字。

それも、ただ書いたのではなく、針の先かなにかで筋彫りし、墨を塗りこんだものだ。

「これだけの細工をするには、ずいぶんお銭《あし》がかかったことだろうね」

と、藤松の関心は下世話なところにもあるようだ。


「千吉だろうかね、作ったのは」

人気役者の顔に似せた人形細工は、大坂難波新地で、大江忠兵衛の細工を、浪花年中行事を背景に飾りつけたのが最初だ。その後、江戸でも大流行《はや》りになり、浅草奥山だの深川八幡だの、生人《いき》形の見世物小屋が増えた。

人形作りの菊島千吉は、さきごろ、両国回向院で嵯峨釈迦如来のご開帳があったとき、『寺島仕込怪物問屋』というのをだして、大評判をとっている。

〈寺島〉は、猿若三座の大名題、尾上菊五郎の別宅のある地名にかけている。

菊五郎は、四谷怪談のお岩やら、蝦蟇の妖術をつかう天竺徳兵衛、九尾の狐の化身である玉藻の前、東海道五十三次の猫又など、幽霊や化け物のけれん物で大当たりをとっている。

その人気狂言のけれんの場面を、がんどう返し、せり上げ、居所変わりなど、大道具の変化を

みせ、役者生写《しょううつ》しのからくり人形に所作をさせ、たいそうな人気だった。「それとも、宇弥次《うねじ》か、目吉か……」

目吉は、変死人の人形で評判をとった人形師で、土左衛門やら獄門さらし首、枝に吊《つ》るした生首から血がしたたるさまだの、棺桶の蓋の裂け目からのぞいた亡者の首が月の光を浴びるさまなど、芳雪も評判を聞いて幾度も見に行っている。

宇弥次も、奇怪な細工にすぐれた腕をもっている。

浅草奥山にだした人魚は、丈五尺ほど、獣皮と魚皮をつかった不気味なものだった。提灯娘というのも作っており、これは、髪を粗い獣毛、顔を薄い皮でつくり、内側に牽糸《ひきいと》をとりつけ、顔の表皮を伸び縮みさせ、表情を一変させるものだ。

やはり回向院で、百鬼夜行妖怪づくしという見世物があった。小屋の中は薄暗く、線香のにおいがただよい、太鼓の音がどろどろと禍々しい。雑木を植え込んだ間の小道に、早桶や白張提灯がころがり、枝からぶらさがった幽霊が、早桶をゆびさして笑っているその先に、血まみれの手足や生首、臓腑までが散乱し、狼に食い散らされたという趣向だ。さらに行けば、小さい池があり、ふくれあがった土左衛門が浮かぶ。その先のあばら屋は、蚊帳が吊るしてあり、中に髪振り乱した女が毒をのまされたという態《てい》で、口から血を流し、仕掛けで手足を痙攣《けいれん》させ、焼酎火がその断末魔の形相をぼうっと照らす、というふうだった。

怪奇妖異をたのしむ気風が、世にはびこっている。

芳雪も、先だって、東大森の茶屋の座敷の天井から壁いっぱいに化け物の絵を描くという仕事をひきうけた。さらに、目吉の作った化け物人形をかざったので、化け物茶屋の名で評判がたち、わざわざ江戸から見物人がおしかけた。こういう風潮は、御上の気に入らないとみえ、代官からのお達しで、化け物茶屋はすぐに取り壊されてしまい、芳雪は、画工料の残金をもらいそこねた。

こういうどぎついのを見慣れているから、心中人形ぐらいでは、藤松が期待するような驚愕も恐怖も、あいにく芳雪は感じない。

心中なんざ、いっそ、ゆかしいってもんだぜ。

刃物を胸に突き刺されながら、女の目はすずやかに見開いている。男は、女の視線をはずそうとするかのように、やや伏目だ。

「着物を脱がせてみたのかい」

「いいえ、短刀を抜かねえじゃあ、裸にはできない」

刃先は、上前と下前をいっしょにつらぬいている。

「裾をめくるぐらいのことはできるけど、なんだか、悪いような気がしてねえ」

「悪いって、人形にか」

「そうだよ。太夫の裾、あたしがめくったりしたら、はりたおされちまう」

「女の裾なら、めくりなれているだろう」

「生身の女ならね。人形は、やったことがない」

「どうってことァねえやな。作り物だ」

突き放して、芳雪は女の裾に手をかけた。

「情のないことを言う」

「おれァ、神も仏もねえと思っているから、祟りも呪いも、信じねえっさ。物は物。人形は土塊《つちくれ》に胡粉を塗って、小袖をまとわせただけの代物さ」

「おまえ、土にはね、人の骨がまじっているのだよ。大昔から今までに、死んで埋められた人の数を考えてごらんな。土はね、そのままでも、死んだ人の想いがこもっているよ。まして、人の形にこしらえて、顔まで似せて作った人形。なまじな人間より恐ろしいよ」

藤松の手から人形を受け取り、むぞうさに裾をめくろうとして、芳雪は少しためらった。

人形は物にすぎないと、理屈では思っている。

妖怪づくし、化け物小屋で、鍛えられている。おどろおどろしい作り物の、正体が見えてしまっているのだ。

役者と化け物はよく似ていらぁ。嘘と承知でも、だまされる。

膝の上の、短刀で結ばれた二体の人形を、芳雪はつくづく眺める。

「人形師仲間に聞けば、だれの作かは、すぐにわかるだろうな。舟を作った細工師もな」

「注文した女の素性もね。調べたほうがいい……よねえ。うちの太夫の身になにか間違いがあったら」

「起こりっこねえよ。間違いなんざ」

「どうして、そう言い切れるのだえ」

「じかに、何もできねえから、人形でまねごとの心中。呪いみてえなことをしたのだろう。舟に乗せて、大川に流して、女はこれで気がすんだはずだ」

「気休めに聞こえるけれどねえ」

女の人形の裾をめくるのをやめ、芳雪は、短刀をひき抜こうとした。

素っ裸にしたほうが、いっそいさぎよくて、人形も気分がいいだろう。

あ、いけねえ、人形を一人前の人間扱いするなんて。

人形が妖《あや》かしの力を持つと見えるのは、こっちの気持ちが反映するからだ。

人形には、気分も感情も、ありはしない。

そう思いながら、どうも、裾をめくるのは凌辱的で気がすすまず、着物を脱がすために、短刀を抜こうとするのだが、抜けない。

深く突き刺してあるせいばかりではないようだ。

少し抜けたところで、なにかつっかえたように、動きが止まったのだ。

逆に押し込むと、刃はいっそうくいこんで、軽くぶつかる感触で止まった。

胴が空洞になっていて、背中の内側につきあたった感じだ。

女の胸にくいこんだ吉弥人形の刃を、ひき抜いてみた。

これは、すいと抜けた。

芳雪は、女の小袖を脱がせた。

下着は黄八丈。長襦袢は浜縮緬に花絞り鹿子の裏。どこまでも凝ったこしらえだ。

吉弥の胸に刺さったままの短刀に小袖はひっかかる。

胡粉で白塗りにした胴体は、とりたてて特徴はないが、左の乳房の乳首のそばに、黒々と濃い毛が一筋植えられているのは、この人形の誂え主になぞらえたものか。秘所も生写《しょううつ》しにつくられているが、乳房の毛のほうが淫蕩の気配が濃いと、芳雪には感じられた。乳房の毛の生えぎわに、刃を抜いたあとが細い穴になり、縁《へり》が毀《こぼ》たれていた。


手足の付け根や関節をつなぎあわせた筒型の白布が、そこだけいかにも作り物じみている。

腕の〈吉様いのち〉の文字が、鮮やかだ。

吉弥人形の、花色唐琥珀の帯を、芳雪は解いた。

しかし、短刀で縫いとめられ、はらりと肌脱ぎとはならない。

はだけた裾の下は、白い下帯をしめている。

「おまえ、おやめよ。太夫の下帯といた姿など、あたしは見たくないよ」

そう言いながら、藤松の目は、芳雪をけしかけてもいるふうだ。

「女のほうをおさえていておくれ。邪魔だ」

二体の人形の間隔は、二寸とはなれていないから、芳雪は藤松と額をつきあわせる恰好になり、藤松の鬢つけのにおいが、鼻先にただよう。

江戸紫の縮緬の裾を、芳雪は、うしろからまくりあげてみた。

胡粉で真っ白に塗りたてられた胴体の背中に、

さしわたし一寸ほどの円を描いて、細い窪みがはいっている。

「ここが、開くのかな」

押してみたが、動かない。

「こう、ろくさん、切出しかなにか、細い刃物を貸しな」

「太夫を切り刻まないでおくれよ」

たしか、ここにいれてあるはずなんだけどねえ、と、長火鉢の引出をさぐっているので、

「ああ、いいや。これを使おう」

女の胸から引き抜いた、吉弥人形の手に膠でくっつけてある小さい刃物を、吉弥の背中にまわした。

人間ならとてもできない不自然な恰好になる。円形の窪みに沿って刃先をひきまわした。

切り抜かれた円は、ことんと落ちた。

「行灯を、いまちっと明るくしておくれ」

藤松は灯心をかきたてた。


「こいつが、ひっかかって、刃物が抜けねえんだ」

干からびた細いものを、切っ先から抜いて、丸い穴からとりだした。

行灯の明かりにかざすと、藤松が「ひっ」と声をあげた。

「指だね」

「作り物だ」

長さは一寸五、六分、女の小指をかたどったもので、これも胡粉の白塗り、爪に淡く紅をさした精巧なものだ。

「物好きだな」

「女郎が銀の香箱にいれたら、客はだまされようという代物だねえ」

「これだけ念入りに作れば、なにか霊験もありそうな」

「舟も人形も、お祓《はら》いでも頼もうか」

「神主や坊主にもうけさせるだけだ」

「おまえは、ほんに冷たい」

「ろくさん、おめえが作らせたんじゃあねえのか、この細工」

「おまえ、酔ったね。なんで、あたしが」

「おめえが太夫に岡惚れなのは、お見通しだい」

「あたしは、しがない下回り。太夫は、あたしの親方だよ」

なにしろね、と、藤松は、細い首をしねしねさせ、

「これがないよ」

と、指で輪をつくってみせた。

「これだけの細工、ずいぶん高いことだろうよ」

「おめえ、売るものを持っているじゃねえか」

「下司だねえ。可愛い口から、そんなせりふがよくもでるものだ。おまえにならね、ただであげるよ。売りはしない」

「売ると言っても、買わねえよ」

「邪険だねえ」

藤松は芳雪にしなだれかかり、背中にぽっかり穴をあけられた人形は、赤茶けた畳に放り出された。

「なんのかのと脅えた顔をしてみせても、てめえも、お化け人形には馴れっこのすれっからしだな。ずいぶん手荒に放り出したじゃないか。大事な太夫を」

「ホ、ホ」

と口元にそらせた手をあて、

「ほんに、この、お化け流行りのご時世、たいていのことじゃあ、おたがい、驚きァしねえわなア」

「だれの仕業か知らねえが」

と、芳雪は裸にむかれた心中人形に目を投げる。乱暴にあつかわれ、元結《もっとい》が切れて、男も女もざんばら髪。けっこうな衣裳が、ぼろ長屋の畳を豪《ごう》奢《しゃ》にいろどった。

「無駄なこったなア」

芳雪が見得をきれば、藤松が火鉢で銅壺を叩

き、甲高い音が、柝《き》の代わり。

4

柝が入って、幕が開く。

粗末な掛小屋だから、役者が動くたびに、根太がぎしぎしきしむ。

「吉様ッ」

と女の声がかかるのも、役者の数にもいれてもらえないおででこ芝居だからで、三座なら、土間から女客が声をかけるなど、まわりがゆるさない。

水木吉弥、この日の狂言は、地でゆくような、女方役者の役だ。江戸紫の大振袖に、紫帽子。

ろくろっ首の藤松が、真っ白《ちろ》けの白塗りで、芸者の役。

酌をして、すぐに、目立たぬところにひっこむ役どころなのに、

「太夫にご執心の女客が、妙なまじないをしたんですよ」

舞台の上で、地声でささやいている。

「でも、いまどき、効き目はありゃあしませんよねえ。お化け人形をたねに、人間様が一稼ぎというご時世ですものねえ」

「ばか、早くひっこめ」

と、吉弥の朱唇が、伝法な言葉を投げる。小声だが、舞台と土間が近いから、芳雪の耳にとどいた。

藤松は、どこからだしたか、小刀で、自分の小指をすっぱり押し切った。

酒をみたした盃に、血のしたたる小指をしずめ、

「お一つ、どうぞ。太夫さん」

と、これは、芝居のせりふ。

「作り物の指や人形で、心中立てたアおこがましいや。わが身を傷めつけねえじゃあ、ねえ、太夫」

地声で言い、

「さあ、飲んでくださんせ。浮かぶ瀬もない下回

りが、花の太夫さんへの念《おも》いざし」

紅く濡れた刃物を吉弥の胸に突き刺し、ぐりりと抉《えぐ》って引き抜くと、

「心中たアこうするんでえ」

土間に声を投げ、刃先をわが胸に力まかせに突き刺し、抉った。

「あ、ばかやろ」

芳雪は思わず叫び、

——人形め、ろくさんにとり憑《つ》いたか……。

語尾は声にならないつぶやき。

# 闇《や》衣《ご》

死場をさがして、歩いていた。

ふらふら迷いこんだのが、浅草奥山。

花は盛りをすぎて、すでに葉桜。それも、闇にとけこみ、花はなくとも酒だけは、と、弁当持参の遊客もとうに散った丑《うし》みつどき。

けもののにおいが、千吉の足元に近寄った。狸か、狐か。なに、野良犬だ。花見の客が食べ残した竹皮包みに鼻先をつっこむ。

気がつけば、足の下は埃溜《ごみため》同然。残り飯に食い散らした蒲鉾《かまぼこ》、玉子焼き、尾頭付きの鯛《たい》の骨ばかりになったのが、犬にとっては贅《ぜい》をこらした美食とあって、彼を寄せつけまいと、うなり声で威嚇《いかく》した。

「いくら腐っても鯛《てえ》でもな、こっちァ人間さまだ、骨ァ食わねえ」

骨、と口に出して、思わず、自分の手を目の前にかざす。

十三という年の割にふしくれだった指だ。指先はささくれ、汚れがしみこんでいる。腰を落としてべったりと座ると、臀の下が妙にやわらかい。手触りで酔っぱらいの吐物の上だとわかり、情けなくて笑ってしまった。

こんな汚いかっこうで死ぬのはいやだな、と水をさがす。

どこかに井戸がありそうなものだ。

江戸にでてきて四年たったけれど、奥山にまで足をのばしたのは、千吉は、はじめてだ。それどころか、観音様におまいりしたことさえ、ない。

両国とどっちかというくらいおもしろい所だと兄弟子たちからさんざん話をきかされてはいたけれど、お天道さまの昇る前から起き出し、日が暮れるまで追い使われる小僧の身では、遊ぶひまなど、まるでなかった。

死のうと思い決めた足が、奥山に迷い込んだのは、いつか一度は行ってみたいという、こころの隅に巣くった願望のせいかもしれない。

しかし、すでに、掛け小屋はすべて筵《むしろ》をたたみ、柱が黒々と夜空を刺しているばかりだった。

帆を下ろして林立する漁船の帆柱を、千吉は思いかさねた。房州の海辺の育ちだ。

＊

親父は漁師だったが、海で死んだ。

いっしょに舟にのっていた漁師仲間の話では、親父は、海の魔にとり殺されたのだという。

黒い長いものが海のおもてにぬうと首を突き出し、舳先に巻きついた。

櫂《かい》をふるって打ち殺そうとすると、するするのびて櫂に巻きつく。刃物をかざせばさらにのびて刃に巻きつく。

どこで果てるともなく、のびつづけ、彼の父親の首に巻きついた。そのまま頭のほうから海にもぐろうとする。仲間のひとりが、胴体を鉈《なた》でぶった切った。二つにわかれて、半分は父親の喉頸に巻きついたまま、それぞれ、海中に消えた。

逃げ帰った仲間の漁師たちがそう話すのを聴いて、

「それは〈いくじ〉だろう」

と、古老たちはうなずきあった。

海が奇妙に凪いでいるとき、そいつがでるという言い伝えは昔からあって、古老の中には実際に見たことがあると言うものもいる。

「蛇とも鰻ともつかぬ姿だったろう」

「まあ、そうだが……。恐ろしくて、まともには見られなかったが、髪の毛の束のようでもあった」

数日後、父親の骸が浜に打ち上げられていると報せがきた。母親と兄は裸足で駆けだし、九つの彼はおくれがちになりながら、追った。

彼がようやく追いついたとき、浜では、母親が女と取っ組みあっていた。

女は流れ者で、彼も、ときたま顔をみかけることがあった。

いつもは結い上げている女の髪が、肩のあたりでばっさり断ち切られ、乱れていた。

母が切ったのかと思ったが、どちらも刃物は手にしていなかった。

集まった漁師仲間が止めに入ろうとするのだが、取っ組み合いの凄まじさに、はねとばされる。

「疲れたら、そのうち、やめるだろう」

と、手をつかねて見物するほかはない。

どうして、あんな喧嘩《けんか》を？　と兄に目顔でたずねると、母親と兄がかけつけたとき、親父の骸に、先に、あの女がとりすがって泣きくずれていたのだ、と兄は言った。おっ母アがつきとばして、それから、喧嘩になった、と言って、指さした。その指の先に、浜に横たえられた骸があった。

彼は、正視するのが怖かった。

以前、浜に揚げられた漁師の水死体を見たことがある。尻から息をふきこまれた蛙のように青白くふくれあがり、目玉がとびだし、指先は魚に食い千切られて骨があらわれていた。

そんなふうになった父親を見るのはたまらないと思ったけれど、そっと目を投げずにはいられなかった。

父親の骸は、荒波に揉《も》まれたのか、衣がぬげ、下帯も解けて、裸体であった。

開きかけたままでこわばった口が空洞のようだし、赤銅色の肌が青白いし、鼻の両側の肉がそげたように鼻筋がとがっているし、不気味ではあったけれど、腹がふくれあがってはいなかった。首に、長い髪の毛が五、六本絡みつき、肉にくいこんでいるのを、彼は見た。

野辺の送りをすませた後、母親は少し離れた宿場で酌婦として働くことになり、兄は網元に奴として売られ、彼は江戸に奉公にだされた。

はじめは、酒屋で樽《たる》洗い。親のもとにいたときも、冬の海に入って海草とりなどしていたのだから、冬のさなかにひび割れた手で樽を洗うのが辛くてたまらないということはなかったが、泣きみそで、古手の奉公人にいじめられると、すぐ涙がでた。そのくせ、手に職をつけたほうが一人立ちできると先行きを考える分別はあり、どこに弟子入りしようか、できることなら、芝居の大道具師はどうだろうと思ったのは、話に聞く芝居小屋がなんだか華やかな気がして、役者など、望みもしないが、その余光が仄かにさす大道具師の下働きなら……ところが、あいにく、口がなかった。ならば、浮世絵の彫師か摺師。紅や丹、黄、草、藍、紫と、とりどりの色を摺りかさねた錦絵の華麗にもあこがれた。絵師は無理でも、彫りや摺りなら、みっちり仕込まれればものになるだろう。彼の願いを店の得意先がふと耳にして、そんなら、彫りか摺りの親方に口をきいてやろうと言ってくれた。彫りも摺りも、おまえ、文字と絵とでは、職分がちがうのだぜ。やりてえのは、絵か。おれの知っているのは、彫りなら彫駒、午年《うま》うまれだから駒吉という、これは、歌麿の毛筋彫《けすじぼり》を一手という豪気にすてきな親方だが、きびしいぜ。下手ァしたら、鑿《のみ》でぶっ殺される。摺りなら甘安。人柄が少し甘いから甘安だ。しかし、金銀摺りの腕はてえしたものだ。両手に持って揉んでも粉が落ちて手がよごれることがねえ。

などと言われ、そんな親方のもとで修業したら、いつかは、歌麿の頭彫《かしらぼり》もまかせられる職人になれるかしらん、と夢も持った。

ところが、さしあたり、彫駒も甘安も新弟子はいらないということで、彫りや摺りに縁の深いところに引き合わせてやるから弟子入りしな、と連れていかれたのだが、馬喰町付木店の板屋だった。版木屋《はんぎ》である。

板三、儀平、儀八の三軒がここに軒を並べ、江戸の錦絵用の版木を一手に引き受けている。

彼が奉公することになったのは、儀八のところであった。

まちがって木屋か大工のところに奉公したのではないかと、彼はちょっと不安になった。

裏には、桜の丸太が積まれ、職人が鋸で一寸厚みに木取りしており、表口にはその板がたてかけられ、仕事場の土間では、職人たちが、鉋屑《かんな》の山に足を埋め、尺三寸幅九寸に木取った板に鉋をかけていた。

後に知ったが、みな、桜材で、錦絵の版木には、目が細かくて硬質な桜にまさるものはないのだという。

木を切ったり鉋をかけたりするだけの仕事か、と、彼はがっかりした。それなら、大工の方がいい、などと思ったのだが、職人たちの鉋かけを見ていて、驚いた。一枚の板を、せいぜい、三回から五回も、鉋をかけるだけで、ささくれだった板の表が、磨き上げた鏡のようになるのである。

人間業とは思えない。この腕を身につけることができたら、たいしたものだ。

酒屋の丁稚《でっち》で、毎日樽洗いばかりしているより、どれほどはりあいがあることか、と弟子入りしたのだが、新入りの彼にあたえられる仕事は、雑巾がけやら鉋屑のしまつ、住み込みの兄弟子たちの蒲団のあげおろし、溝《どぶ》さらい、板戸を洗ったり、表を掃いたり、水を撒いたり。商いものの板にさわっただけでもなぐられた。

ようやく、彫師のもとに板をとどけに行く兄弟子の供をいいつけられるようになるまでに、半年あまりすぎた。

一枚の版下絵を錦絵として完成させるためには、輪郭をすべて墨で摺る黒摺の板一枚と、色数だけの色板を必要とする。墨板は色板よりよほど上質の高価なものを使う。色板のうち、一枚は、一色で潰す〈潰し〉用として、材質のやわらかいものをまぜる。などといったことを、口で教えられなくても、おのずとおぼえた。兄弟子はだれひとり、丁寧に教えてくれはしない。自分でおぼえるほかはないのだった。親方にいたっては、へまをしたとき、顔もみずになぐったり、邪魔になると足蹴にしたりするだけで、彼の名前も知らないのではないかと思うほどだ。

あちらこちらの彫師のもとに板をとどけ、ときには摺師のところにも用を言いつけられて顔を出したりしているうちに、彫師摺師それぞれの、板の好みもわかってくる。

どこでも、下働きにこき使われる小僧はいて、彫りや摺りとはまるでかかわりのない雑用をさせられていた。みな、見よう見まねで、兄弟子たちのやりようを盗みおぼえるほかはないのだった。

歌麿の毛彫《けぼり》を一手に引き受けている彫駒の仕事を見るとき、千吉は、からだに震えが走るような気がした。

いや、正確にいえば、一番むずかしい頭彫と毛彫をまかされているのは、佐七という男で、まだ三十前なのだが、腕も男振りも一番と、千吉には見えた。

絵師の版下絵は、荒いもので、髪の生え際《ぎわ》などは、だいたいの見当を描いてあるだけだ。それを一すじ一すじ彫りわけるのは、彫師である。

仕事の上の彫師の寿命は、せいぜい四十。それをこえると、目が遠くなり、腕も鈍って、細かい仕事ができなくなる。しかし、腕のいい弟子を抱えていれば、盛名はたもてる。

彫駒の名は、実質的には佐七でもっているといえた。

はりだした鬢の毛の、裏の毛が透《す》けてみえる細かさは、版木の最高の材とされる伊豆の海辺に育った山桜、俗に潮木《しおぼく》とよばれるやつでもまだ間に合わず、その部分だけ、黄楊《つげ》の小口板を象嵌《ぞうがん》する。ちょっとでも鑿がすべったら、ぜんぶお釈迦になるのだから、佐七が頭彫にかかっているときは、仕事場の職人たちは、無駄口どころか息をするのもはばかるほどだ。

彫師がどれほど精密に彫りあげても、摺りにかかると、紙の伸縮のせいで寸法に狂いが生じもする。

紙は微妙に生きていて、わずかな天候の差で、伸び縮みする。それにあわせて、版木に湿りをくれたり、天日にあて炭火にかざしてかわかしたりする。

はじめのうちは、彫師になりたいの、摺師になりたいのと、将来を思い描いた千吉だが、しだいに、自分の不器用さをみつめるようになった。

板一枚、みごとに鉋がけする腕をもつだけで、おれァ精一杯だな。

それだけだって、いつのことだか。

ようやく、板取りぐらいはさせてもらえるようになり、彫師から注文がくれば、てきぱきと必要な板をそろえることもできるようになった。

この日、女郎買いに彼を誘ったのは、彫駒の弟子たちだった。

千吉も十三、筆おろしをしたっていい年だ、とみんながけしかけた。

板屋の兄弟子たちはいまだに彼を人扱いしないが、なぜか、彫駒の職人たちにかわいがられた。

もっとも、彼らも、自分のところの下っ端には、目をそむけたくなるほど酷《むご》い仕打ちをする。殴る蹴るはあたりまえで、鑿を投げつけたりするので、下っ端は疵《きず》だらけだ。

板屋の兄弟子にしても、異なる仕事をしているものには、下働きであろうと手荒なことはしない。

「親方にどなられます」

「なに、今夜は、彫駒の佐七が千公を借ります と、おめえの親方に話はとおしてある。心配する な」

佐七が笑って言い、いっしょになって七、八人、岡場所にくりだした。行く先は、大川の向こう、御船蔵前の〈あたけ〉の局見世《つぼねみせ》だという。

「いいんですか、兄貴。およねさんを泣かせて」

仲間がからかうのを、佐七は苦笑でまぎらす。

およねというのは、親方の娘で、まだ十にもならないのだが、佐七のかみさんになると、冗談ではない口調でいつも言っている。

親方も、およねがもう少し年がいったら、佐七を婿にする算段をしていた。

しかし、まだほんのねんねなのだから、およねに操だてして女買いはするな、などと野暮は言えない。その話があるから、佐七はかってに女房をもつことはできないでいるのだった。

初の女郎買いの道すがら、冷飯草履の鼻緒が切れて、千吉は前につんのめった。しゃがみこみ、手拭いを裂いてすげているあいだに、他のものはさっさと遠ざかり、ひとりでは道もわからない、帰るほかないかしら、と思いあぐねているとき、人の気配がして目をあげた。

佐七が戻ってきてくれたのだ。

千吉は涙がにじみそうになった。もともと、泣きみそだ。それでも、ずいぶん我慢するようになっていたのだけれど、やさしい気づかいをしてくれたのが、ほかならぬ佐七だ。皆から兄ィ兄ィとたてられ、親分でさえ一目おく佐七兄ィが、と思ったら、もったいなくて、嬉しくて、やはり睫毛《まつげ》が濡れてしまった。

「おめえ、ぶきっちょだな。貸しな」

いけねえよ。兄さん、歌麿先生の毛彫をする手で、こんな冷飯草履にさわったりしちゃあ、と言おうとしたのだが、口下手だ、ほとんど無言で、草履をわたすまいと抱きかかえたので、佐七は笑い出した。

「とりあげやしねえやな。あんまり、おまえがぶまだからよ」

「あの……おれはほんとにぶまで、どんつくだから……とうてい、兄さんのような彫師にはなれねえけれど、立派な板屋になるから……兄さんの版木を削るから」

「ありが鯛《てえ》のお頭《かしら》だ」

　肩をならべて歩きだし、それだけでも千吉は恐縮して、半歩あとにさがりがちになる。

「おめえ、筆おろしだな。大川を越えるのもはじめてだろう」

「江戸にくるとき、越えた。むこうから、こっちへ」

「下総か。房州か」

「安房」

「親ァ、漁師か」

　うなずいて、

「〈いくじ〉に殺された」

「いくじ？　何だ、それァ」

　佐七兄さんでも知らないことがあるのか、それをおれは知っている、と、ほんのちょいと得意になり、海の魔物だと、教えて、母親と流れ者の女が取っ組みあっていたことまで話してしまった。

　話しているうちに、遅まきながら、千吉にも、女と母親とのかかわりがわかってきた。

　その当座も、うすうすとは気づいていたのかもしれない。はっきり言葉にならなかっただけだ。

「そうかい」

と、佐七はいたましそうな顔をみせた。

「でも、おれァ何だか……」

「どうした」

　佐七は彼の顔をのぞきこむ。

　まともに話をきいてくれる相手に、千吉は、はじめてめぐりあったという気がした。

親や兄だって話し相手になってはくれなかったし、板屋に弟子入りしてからは、なぐられるかいびられるか、だ。彫駒の弟子たちも、かわいがってはくれるけれど、千吉が冗談がわからないから、からかい甲斐があるとおもしろがっているだけだ。

「父《ちゃん》の喉頸に、髪の毛が……」

〃恐ろしくて、まともには見られなかったが、髪の毛の束のようでもあった〃と、いっしょの舟に乗っていた漁師が言ってはいなかったか。

あの女の髪の毛が、のびて、のびて、真っ黒い蛇か鰻のようにのびて、父親の喉頸にまきつき、海にひきずりこんだ……。

そんなことって、あるもんじゃねえ。

でも、〈いくじ〉なんて奇妙な化け物がいるのなら、女の髪だって、化けるかもしれない。

親父の仲間が言っていたじゃねえか。海にもぐろうとする化け物の胴体を鉈でぶった切ったら、二つにわかれて、半分は親父の首に巻きついたまま、それぞれ、海中に消えたって。

女の髪は、肩のあたりで、ばっさり切れていた……。

知らず知らず、黙り込んでいた彼の肩を、はげますように、佐七がたたいた。そうして「腕のいい職人になりな。親父さんへの一番の供養だ」と、月並みなことをいってなぐさめた。

安直な言葉ではあったけれど、千吉は嬉しくて、また涙がこぼれかけた。

「男は泣くんじゃねえぞ」

佐七の言葉は、どこまでも、ありきたりだった。

そうして、千吉の気を変えさせるように、

「御船蔵の岡場所を、なぜ、〈あたけ〉というか知っているか」

「いんにゃ」

「三代の公方様のころというから、大昔だな。相

「おや、佐七っつぁんだよ。おまえがくるとお仲間から聞いたから、ほかの客はとらずに、待っていたわな。おあがりよう」

開けはなした戸口から、なかがまる見えだ。狭い土間に三畳ほどの部屋がつづき、煎餅蒲団を敷きのべ、破れ行灯とはげちょろけの鏡台と灰吹。それだけだ。女は佐七にむしゃぶりつく。

突き放せばいいのに、と千吉は思ったが、佐七は、笑いながらひきずりこまれた。

「この子の筆下ろしに来たんだぜ」

「餓鬼ァ、まだ早いわな。佐七っつぁん、お見限りだったの。おれァ、待ちかねたよう」

「おまえ、隣の見世に行きな」

佐七の声を、ぴしゃりと板戸がさえぎった。節穴に千吉は目をあてずにはいられなかった。

＊

州三浦で、とほうもなくでかい御座船が造られたと思いねえ。船の名前が安宅丸《あたけ》だ。長えこと、御船蔵に繋いであったが、邪魔だってんで、毀《こわ》されちまった。御座船の名前が、岡場所の名前になって残っているとよ」

くすっと笑って、

「お役人に聞かれたら」

千吉の首に両手をまわし、しめるまねをした。ぞくぞくっとした。悪い気分じゃなかった。

「もしえ、おあがりよ、兄さん」

「おまいはん、おあがりよ。まあ、ちっとおいでよ」

すすけた行灯が夕闇にならんで、緋縮緬のしごきをだらりとさげた女たちが、切見世の戸口に立って、手招く。

他の仲間はそれぞれ相方をきめてしけこんだとみえる。

死場をさがして、ふらふらと迷い込んだ浅草奥山。

吐物に濡れた臀が気色悪くて、

――こんな汚いなりで死ぬのはいやだな、と千吉は水をさがす。

どこかに井戸がありそうなものだ。

ふと気がつくと、枝から枝へ、つらねた花見提灯の残り火。天も地も闇染めの、貫いてひとすじ流れる花の川。

ぼうっと白い花叢《はなむら》が幾重にもかさなって灯の色が溶けにじんで、その下に――。

やあ、何だ、何だ、あれァ何だ。

化け物の花見か。

花ァ、とっくに終わったはずなのに、ここだけ、散り忘れたか。

女、男、入り交じって十人あまり。

裲襠《しかけ》をまとい唐輪《からわ》の髷に簪笄、後光のように挿した姿は、花魁《おいらん》ともみえるが、この深夜、吉原の花魁がいるわけもない。

思わず歩み寄って、目を凝《こ》らしてみれば、なんだ、化け物じゃあねえわ。大道芸人か。

裲襠はぼろの継ぎ接《は》ぎ。夜目遠目には小紋寄せにもみえるけれど、片袖は麻の葉の緋鹿子、もう片袖は味噌漉し縞、身頃は矢絣《やがすり》の端切れやら菊五郎縞の手拭いやら滝絞りの浴衣の裁ち落としやら棒縞の風呂敷やらの接ぎあわせらしい。帯は端の破れちぎれたしごき。髪をかざった簪は、竹の箸に銀紙のぴらぴらをつけたやつだ。

花季《はなどき》とはいえ、夜風は氷の刃。それを荒縄一本巻いたばかりの素っ裸に、白衣一枚蟬の羽衣、いが栗頭に白布を巻いたのは、おん行《ぎょう》まかしょの願人坊主どもか。願掛けの修行やら水垢離《みずごり》やらを、人様に代わってしてさしあげ、礼をもらうのが本来の役目だったけれど、昨今では、寒中、この装束でまかしょ、まかしょと唱えながら、銭をねだる物乞いだ。

同じような坊主頭でも、手前に屯《たむろ》した数人は、ねじり鉢巻、白木綿の衣の裾っぱしょり、丸ぐけの帯に墨染の腰法衣、住吉踊りの連中と見た。

三味線をかたわらにおいた女がひとり、これは緋色の長襦袢の上に男物らしい半纏《はんてん》をひっかけ、片膝をたてて、手酌で酒をあおっている。

化粧廻しで腰をかくし、上は裸に弁慶格子のどてらをひっかけ、たれた乳房をむきだしの、小山のような大女は、みだらな取り組みで見物を呼ぶと評判の、女相撲か。

花吹雪がどっと舞い散って、それが光の屑のようで、闇の破片と交錯して、眩暈《めまい》をさそう。

「ぼうや、おいで」

撥《ばち》をのばして、女がさし招いた。

「やてかんせ」と、一声、どっと、皆が笑う。

とらせてやってくださんせ、と、物乞いの極まり文句がなまって、〃やてかんせ〃。

この手の強請《ゆすり》まがいの物乞いが、酒屋の店先に集まって、

「やてかんせ」

と騒ぐのを、千吉も、何度も見ている。銭を放ってやれば撥《ばち》で器用にうけとめ、

「おありがとうござい」

と、となりに移ってゆく。

「こっちにおいでな」

愛らしい声で千吉を呼んだのは、女相撲。近寄ると、膝のあいだに彼をはさみこんだ。肉蒲団にくるまった心地好さ。

向かいあって片あぐらの花魁まがいが、膝を割って、御開帳。

「や、果報ものめ」

と、願人坊主が、

「やれつけ、それつけ、あたりもせいで、奥の院。しっぽり情けの濡れ衣」

「やれつけ、それつけ」

ほかのものが囃したて、

「まかしょ、まかしょ」

願人坊主たちは、胸にかけた小さな塗り箱から、撒き散らすお札の天神様が、花吹雪とまぎれる。

「呑め、呑め、小僧。酒でも無理にまいらずば」

丼の蓋になみなみと、注ぐ。

あおって、目がくらんだ。

「死のうと思って、きたものを……。こんなに楽しくちゃあ、兄貴に、申しわけがたたねえ」

「ほ、ほ、死のうと思ったとよ、こわっぱが。しやらくせえことを吐《ぬ》かすの」

「まだ、これで、生きているつもりだとよゥ」

「生きているわな。見さっし。小さい天神様が、つんと頭をおったてて、気負っているじゃないかいな」

「や、いとしや、いとしや。皮もむけぬに、頭ふりたて、こりゃ、獅子じゃ」

「わっぱ。来さっし」


と、花魁まがいがいっそう裾を開く。

「かよう深草、百夜《ももよ》のなさけ。菩薩の甘露をのみなんし」

「いやだ、いやだ。女は嫌えだ」

「おや、女は嫌いだと言うよ」

「恐えもん」

「女が恐いかえ」

「髪がのびて、父《ちゃん》をくびり殺した」

「そうかえ」

と、花魁、やてかんせ、女相撲、みな、やさしく微笑んだ。

「女の髪がのびて、おまえのお父《とう》をくびり殺したとかえ」

「海ん中には、いくじという化け物がいるというけれど、あの女のほうが、よっぽど化け物だった」

「そうか、そうか」

「辛え恐え思いをしたのう」

「ひきずりこんだよ、海に」

女相撲の肉蒲団が、暖かくて快くて、千吉はなかばうっとりとなる。

そうして、酒がとろりとまわって、

「佐七兄イも、髪の毛で、くびり殺されたよゥ」

上掛けもない煎餅蒲団、佐七と安女郎は、もつれあい、紫のてりを帯びた猛々しい逸物が闇の襞にわけいり、女のせつない淫声が、節穴からのぞく千吉の耳に、なめくじのように入り込んだ。

そのとき、赤茶けて毳《けば》だった畳の上を、ざら、と黒い蛇が這ったのだった。

浪の音。潮の香り。

ぞわ、ぞわ、と黒い長いそれは佐七に這い寄る。

先に気がついたのは、女で、起き上がり、鏡台の引出から針箱をだして投げつけた。散乱した針やら篦《へら》やらを、それは、巻き込んで、さらにのびた。鏡を投げたが、その柄を巻き、どこまでも長くのび、佐七の喉にからみつき、しめつけた。

彫駒親分の嬢ちゃんの髪……。
千吉はそう思った。
髪はどこからしのびこんだのか。
金縛りになったように、千吉は動けない。
身動きすると、全身に痛みが走った。
身もだえる佐七の姿が、千吉の視野を占める。
快い蜜を、千吉は感じた。
女郎が、畳に落ちた鋏をとり、畳を這う髪をつかみ、ざくりと截った。
つづいて、行灯を投げつけた。
小皿の油が流れ、燃え上がった。
佐七は、身動きしない。息が絶えているのだ。
そう気がついたら、千吉は、ぼうっとなった。
蜜の中で息がつまるような感覚だった。
ふらふらと、歩いた、
そうして、いつか、奥山に来ていた。
死場をさがしていた。
「そうか、そうか」

と、女相撲のふっくらした手が、眠りかけた千吉の髪をなでた。

彼の髪はざんばらで、肩に散っていた。

「よかったの。楽しかったろうの」

女相撲は言った。

おれの髪……と千吉はぼんやり思った。

断ち切られて……。

節穴からもぐりこんだのだな、おれの髪……どこまでものびて、佐七兄さんの……とろりと睡る。

「弁天の奥の院より、心地よかったろうの」

花魁まがい、やてかんせ、女相撲、願人坊主に住吉踊り、大口あいて、首がひょろひょろのび、声なく笑う。笑い声は火の粉となって、花吹雪とともに散り舞い、

「さて、仲間が一人、ふえたわの」

「めでたや、めでたや」

「手締めといこうか」

化け物の手締めは、音がない。

# 十五歳の掟

## 1

万之助は、いつもわたしの傍にいた。万之助を美しいとわたしが思うようになったのは、いつのころからだったろうか。

あまり身近にいすぎたので、万之助の人並みはずれた肌の白さ、笑ったときの目のやさしさ、首すじのたおやかさに、わたしは心を奪われないですごしてきたのだった。わたしは——九つか十だった、あのとき。

万之助はわたしより二つ年上。冬のはじめであった。

中庭の左手の仕事場から砂糖を煎じるにおいがただよってくる。十四、五人の職人が、銅鍋で砂糖を煮とかしたり、目籠で漉《こ》したり、小豆を煮たり、いそがしく立ち働いている、表の見世では番頭が客と応対したりしているのだが、その物音は奥まった座敷まではつたわってこない。

万之助は蠟燭の焔で竹ひごを焙り、何か細工物を作るのに余念がなかった。真昼の陽射しは縁先までしかとどかず、蠟燭の灯は淡くたよりなく、ほとんどあるとも見えぬほどであった。手を近づければ、焔は熱く掌を灼いたけれど。

何を作っているの？　とたずねたが、細工に夢中な万之助の耳には入らなかった。

畳には、武者絵を描いた紙がひろげてあったのをおぼえているから、凧でも作ろうとしていたのだったろうか。

いっしょに仲間入りすることのできない遊びに

万之助が没頭しているのが、わたしは気にくわなかった。

　年上であるのにもかかわらず、万之助はいつもわたしに従順だったので、何でも言うことをきいてくれるものとわたしは思っていたのである。

　といって、万之助を寄《かか》り人《うど》とさげすんでいたわけではない。慕っていたし、一目おいてもいた。

　遠い由縁《ゆかり》のものということであった。両親を失い、菓子を造り商うわたしの家にひきとられていたのである。太寃《タイエン》、交趾《コーチ》、福建や琉球などから仕入れる高価な砂糖で作る阿蘭陀餅《おらんだもち》、藤袴、長命糖、富士霞といった数々の菓子は、お大名や高禄のお武家の奥方さまがたにおさめるものであった。

　わたしが物心ついたときには、万之助はすでにわたしの傍にいたから、わたしは彼の素性や、うちにひきとられてきた事情など、くわしく問いただしたことはなかった。そんなことを気にするには、わたしは稚なすぎた。

　父も母も、万之助を居候あつかいしたことはなかった。ひとり娘のわたし以上に大切にしているようにみえた。だから使用人や近所の人たちは、ゆくゆくはわたしと夫婦《めおと》にし、桔梗屋のあとをつがせるものと思っていたようだ。

　万之助が何か望めば、叶えられないことはほとんどなかった。わたしがねだれば贅沢《ぜいたく》すぎると叱られるようなものでも、万之助が欲しいといえば、母は少し困ったような顔はみせても、結局はききいれてやるのだった。

　万之助も、それに気づいていた。しかし、その寛大さにつけいろうとはしないつつましさを、万之助は持っていた。寄り人という自分の身柄を、子供ながらわきまえていた。

　わたしは、自分の欲しいものを万之助にねだらせることをおぼえた。池の端の七沢屋で、一寸、二寸の大きさにこしらえた手遊びの長持や簞笥《たんす》をみて欲しくてたまらなかったときも、万之助をせっついて母にねだらせた。男の子がなぜそんなものを、と母はすぐにわたしの魂胆に気づき、それでも万之助がまじめな顔で熱心に「ぜひ」と言うと、ききいれてくれた。あとで母は半ば苦笑しながら、こんなことをしてはいけない、とわたしを叱った。

一度か二度、万之助はひどく高価なものをねだったことがあった。わたしが頼んだわけではない。母はためらい、父に相談し、ひそかな溜息をつき、そうして結局承知した。すると万之助はすぐに、

「すみませんでした」

と無心をひっこめた。母の困惑ぶりをみてあきらめたのではなく、錘《おもり》のついた縄を海中に投げ入れて水の深さをはかるように、父と母の寛容の度合をはかったのだと、ずっと後になってから、わたしは思いあたったのだった。

万之助は、蠟燭の焰に竹ひごをかざして、じんわりと焙りながらたわめている。いつもはやさしく相手をしてくれるのに、自分ひとりの遊びに夢中になって返事もしてくれない。わたしは万之助の膝に手をかけて、ねえ、と甘えた声を出し、乱暴にゆすった。

そのはずみに、竹ひごは二つに折れた。

あ、と万之助は声をあげた。

怒ってなぐりつけでもしてくれたら、わたしは思いきり大声で泣きわめき、それでさっぱりかたがつくのに、万之助はわたしを咎めようとはしなかった。怒った表情さえみせず、ただ、両手に半分ずつ残った竹ひごの折れ口を、困ったような哀しいような顔で、惜しそうに眺めている。

あきらめて折れた竹ひごを捨て、新しい竹ひごに手をのばした。

しまった、悪いことをした、という気持ちと、

かまってくれない腹立たしさがいっしょになって、自分でも思いがけない行動をわたしはとっていた。畳にひろげてあった武者絵の紙をいきなり鷲づかみにし、くしゃくしゃに丸めて、万之助に投げつけたのだ。

丸めた紙は蠟燭にあたった。横倒しになった蠟燭の火が紙に燃えうつった。

めらめらと燃えあがった炎に、わたしは息をのみ、躰《からだ》がすくんだ。

万之助は、とっさに炎を両手でたたき消した。

母が入ってきて、どうしたのかと厳しい声を出した。

「粗相をしました」

と、万之助は小さい声であやまった。

黒く焦げた紙の燃えかすと倒れた蠟燭に母は目をやり、額に疳走った筋をたてた。

「火いたずらだけはやめておくれ」

とがった声を万之助にむけた。

「すみません」

つらそうに万之助は肩をすぼめた。

「火事の火元になったりしたら、たいそうなお咎めを受けるんだからね」

「すみません」

と万之助は一つことをくりかえした。

母は吐息をつき、紙の燃えかすをすくい集め、

「あとを始末しておおき」

と命じて部屋を出ていった。

畳の焦げ痕を拭こうとする万之助の両手をわたしはとって、上向けた。手のひらは赤く火ぶくれになり、火ぶくれのふちは白っぽくただれていた。

わたしは、そっと息を吹きかけてみた。どうしたらいいかわからなかったのだ。みぞおちが重く痛むような気がした。上目づかいに万之助をうかがうと、万之助は、それはやさしく笑っていた。

わたしは少し涙をこぼし、それから、二人で手鞠唄をうたった。

その後しばらく、わたしは神妙にしていたが、万之助の手のひらの火傷が薄い痕を残して癒えるころには、またもとどおり、わがまま勝手を言うようになっていた。

わがままを言いながら甘え、前よりいっそう、万之助の傍を離れなくなった。

母が、寝ている万之助の顔の上に熱湯をこぼしてしまったのは、翌年の梅雨の時分ではなかったろうか。

肌寒いような、それでいて夜着をかぶればじっとりと汗が誘い出されてくるような、寝苦しい夜だったのをおぼえている。

寝苦しいと思いながら、昼の遊び疲れで、かなり深くわたしは眠りこんでいたらしい。

けものの吠えるような叫びに目をさました。弱い灯明かりに、黒い影が身もだえていた。鉄瓶《てつびん》を持った母がおろおろし、使用人たちが集まってきた。父が追いかえした。

夜着の裾《すそ》に足がからまって、手もとが狂ったのだと、母は誰にともなく弁明していた。

「とんだことをしてしまったねえ。痛いかい。こらえておくれよ。ああ、本当にすまないことをした。かんにんしておくれ」

顔を白い布でおおって、万之助は何日か寝こんだ。医者もよばれた。

布がとれてみると、火傷の痕は、左の瞼から目尻、頰《ほお》にかけて薄いひきつれを残すていどですんだが、左の黒眸《くろめ》が鈍い濁った色になり、失明しているとわかった。右眼は無傷であった。

万之助を美しいと、はっきりわたしが思うようになったのは、このときからではなかったろうか。

傷ついた左がわの半顔が、右半面の美しさをきわだたせた。醜さと美しさが隣あわせになっていると、醜さは、美しさを輝かせるとともに、哀しさを添える役わりも果たし、哀しさを伴った美しさは、ただの美貌よりいっそう心にせまる力を持っていた。

わたしはときどき、わざと万之助の左がわに座った。いま、わたしはこのひとを見ているけれど、このひとにはわたしの姿は見えていないのだ、と思うと、奇妙な感覚にとらえられた。ほんの少し万之助が顔を動かせば、わたしの姿は彼の視野に入るので、そのきわどさも、わたしの心を波立たせた。

万之助の態度は、以前とほとんど変わらなかった。もともと口数は多くないし、もの静かなので、とりたてて陰気くさくなったようにも、母を怨んでいるようにもみえなかった。それどころか、母の心の重荷を少しでも軽くしようという心づかいからか、明るくたのしそうにふるまうことが多くなった。

美しい、と意識してから、わたしはかえって万之助に近寄りにくくなった。

「大きくなったら兄さんのおかみさんになってあげる」

と誰の前でも無邪気に言っていたのだが、その言葉も虚心に口に出せなくなった。

おだやかな日がつづいていた。誰もがやさしい感情をかわしあっているようだった。わたしは陽だまりに遊ぶ仔猫のようだった。わたしが何も言わなくても、万之助は、わたしが彼を恋い慕うのを感じとっていた。

はた目には、わたしと万之助は前よりよそよそしくなったように見えたことだろう。しかし、わたしたちは、無言で気持ちが通じあっていた。

母に連れられて山村座にわたしが芝居見物に出かけたのも、同じようにおだやかな日であった。万之助が十五、わたしが十三になった年のことである。

もっとも、その前年の暮ごろから正月にかけて、父がめっきり口が重くなり、母がひどく苛々していたように、わたしには思えていた。

元日、祝いの膳についたとき、ふだん無口な万之助が、珍しく自分から口をきった。

「おじさん」

とあらたまった口調で言った。

「お願いがあります」

わたしを菓子職人に仕込んでください、と万之助は言った。

「働かせてください」

ただ厄介になっているのが……心苦しいんです。

「おじさんはわたしを子供あつかいして、仕事場に入るなと言われるけれど、腕に職をたたきこむには、本来なら、もっと早くから……。もっとも作るものが菓子ですから、あまり子供のときでは、つまみ食いしたくなって……」

わたしは、しのび笑いした。小さかったころ、万之助を誘って仕事場に入りこみ、型くずれのした『雪あられ』や『浮石糖《カルメイラ》』、『粕底羅《カステイラ》』のくずなどをもらうのが楽しみだった。それ以上にたのしいのは、夜、職人たちがひきあげてから、万之助をそそのかし――無理じいにそそのかし――仕事場にしのびこんで、大鍋のへりに残った糖蜜を舐《な》めることだった。これはみつかるとこっぴどく叱られたから、成功したときはいっそう美味だったのである。このごろは、そんな盗み食いはしなくなっていた。

「菓子は、砂糖の煎じ方が何より大事。火加減のこつや悪汁《あく》のとりよう、早いうちから、躰でおぼえなくてはなりますまい」

万之助は大人びた口をきいた。

「この正月で、わたしも十五になりました。いつまでも遊んじゃいられません」

万之助がそう言ったとき、母が甲高い声をあげ、突っ伏した。

七草を過ぎて、母はおだやかな落ちついた表情をとりもどした。先ごろ上方から江戸に下ってきて評判をとっている水木辰之助の初春興行を観ようと言い出したのは母だった。わたしを連れて行くというので、喜んだ。

女形の水木辰之助の人気は高く、その風《ふう》をまねるのが町方ではやっていた。帯の幅を九寸と広くし、芯に綿を入れて褥《しとね》のように華やかにするのも、うしろ帯の結びの手先を二尺あまり下げるのも、みな、水木辰之助をまねたことであった。水木辰之助は女形にしては背が高すぎるので、衣裳の形で背をぬすむ工夫をしたのだが、町家の女たちは競ってそれをまねしはじめたのである。背の低いものもずんぐり肥えた女も、一様に板のような幅広の帯をしめ、手先をひきずりそうに垂らして嬉しがっていた。

母は姿がよいので、水木の風《ふう》がよく似合った。

芝居見物に出かける日、母はわたしにも念入りに化粧してくれた。

白粉をとくのにもっともよいのは寒のうちに採る雪の水である。壺にたくわえてあるその雪水でといた御所白粉を丹念に、額、両の頰、鼻の上と指先でのばしていった。首すじには油をぬり、その上から白粉をぬった。塗りおわってから、

「あまり濃いのは品がないからね」

と言いながら薄紙でぬぐい、玉屋の紅を小指の先にとって唇にさした。髪は出入りの髪結が来て結い上げ、朧《おぼろ》鹿子の新しい小袖を着せてもらった。

したくがととのうと、母は万之助を部屋に呼び入れた。

万之助は頰を染め、少しまぶしそうな目でわたしを眺めていた。

わたしは上機嫌で、呼び寄せた町駕籠《かご》に乗ったが、万之助が同行しないのが物足りなかった。

そのときの演《だ》しものも、水木辰之助が何の役をどのように演じたかも、おぼえていない。ひきつ

づいて起きたできごとの記憶があまりに強くて、芝居のことなど忘れさせてしまったのである。

家に帰ってみると、万之助の姿がみえなかった。父に訊くと、むずかしい顔つきで、その辺にいるだろうと言った。

わたしは本宅の座敷、仏間、台所を探しまわり、どこにもいないので、手燭を持って中庭に出た。

中庭をつっきり、表の見世に行った。見世は戸を閉ざし、中はまっ暗で誰もいなかった。庭に戻り、まさかと思いながら、水の涸《か》れた古井戸までのぞいてみた。

蔵の扉をひとりで開ける勇気はなかった。子供が入ってはいけないと常に言われていた。

わたしは仕事場に入ってみた。糖蜜のにおいが甘ったるくただよう仕事場は、すでに竈《かまど》の火を落とし、ここもまっ暗だった。

しかし、人の気配がした。

「兄さん？」

と声をひそめながら、わたしは人の気配のする方に手燭をさしのべた。

弱い光の輪の中に、うずくまった人影が浮かび上がった。

万之助は顔をあげた。泣き腫らしたように顔がむくみ、瞼が腫れあがって目が細くなっていた。しかし、もう泣いてはいなかった。

手をのばして万之助は灯りをわたしの手からとった。逆にわたしの姿を照らした。

わたしは光の中にあり、万之助は再び闇に溶けた。

万之助は手燭を消した。暗いなかで、わたしは万之助のにおいと肌のぬくもりを感じた。それから強い力がわたしを抱きしめた。頰に万之助の頰が触れ、それが冷たく濡れているのを感じ、わたしも、ふいに涙が溢れてきた。躰が溶けてゆくような気がした。しかし、万之助の手が着物の裾にかかったとき、わたしは万之助の胸を突き、外に走り出た。

新しい着物に糖蜜の汚れがついてしまった——そんなことを気にするほど、わたしはまだ稚なかった。

そうして、翌朝、万之助はいなくなっていた。

万之助は失踪したとわかったときの父母のうろたえぶりは甚しかった。

人手を集めて、八方探しまわった。

その日のうちに、万之助は連れ戻された。どこでみつかったのか、追手の人々によほど激しく手むかったとみえ、傷だらけで縛り上げられ、駕籠《かご》ではこばれてきた。父は駕籠かきや使用人たちに大金を払ってこの騒ぎを口止めした。

万之助は土蔵に閉じこめられた。

「なぜ、こんな酷いことを」

と、わたしは泣きわめき父や母にくってかかった。父に折檻された。

仕事場でわたしを抱きしめたそのことが父や母にわかり、厳しく叱責されて家を出たのだろうか、その咎《とが》で閉じこめられているのだろうか、とわたしは胸苦しくなった。

それなら、わたしもいっしょに、同じような目にあわせてほしい、とわたしは言おうとしたが、万之助が閉じこめられた理由がはっきりわかるまでは、うかつなことは言えなかった。

何日かたって、万之助は再び消えたのだが、今度は父も母も騒がなかった。どこに行ったか二人は知っているのにちがいなかった。

「兄さんはどこへ行ったの」

と詰《なじ》ったとき、父はおそろしい形相で、万之助のことを二度と口にしてはいけないと言った。打たれるよりもおそろしいほどの見幕だった。わたしは万之助の名を口の中にのみこんだ。

## 2

流人たちを船底の船牢に閉じこめた十五反の船が艫《とも》綱を解き出すと間もなく、数艘の小舟が漕ぎ寄ってきた。

小舟はどれも、数人の客を乗せ、彼らは舟べりにしがみつき、躰《からだ》をのり出し、口々に叫んでいた。

「お願いでございます。お願いでございます。お慈悲をもって一目会わせてやってくださりませ。お頼み申します」

小舟は、流人船の船腹に寄り添ってともどもに漕ぎ進み、船頭が、これはものなれた口調でうたうように、

「お頼み申します。一目会わせてやってくださいませ」

と流人船にむかって呼びかける。

『お目こぼし船』とよばれる、流人の家族縁者を乗せた舟であった。

流刑と決まった罪人は、縁者との対面を許されず、そのまま島送りになるきまりだが、『お目こぼし船』に乗った家族に流人船の甲板上から対面することは、その呼び名のとおり黙認されるならわしになっていた。

暗い船牢にも、この叫びや泣き声はかすかに伝わった。

何人かの流人が役人に呼ばれ、手鎖のまま船上に連れ出されてゆく。

神田白壁町、壁方人足の喜八は、あきらめて船底にうずくまっていた。彼に会いに来てくれるものがいるはずがなかった。

彼の罪状は、火事の折、中気で手足のきかない老母を見捨てて逃げたというものであった。これは事実で、弁明の余地がなかった。

目の前に燃えさかる炎と煙がただもう恐ろしか

ったのである。母親を置き去りにしたと気づいたのは、逃げのびてようやく人心地がついてからであった。

母親と二人暮らしだった。嫁にいった姉たちや縁者一統から、人でなしと罵られた。

誰も会いにくるはずがないと思いながら、心の底に、ひょっとしたらと淡い期待がうずいた。

誰からも見離されたと思いこんでいたのに、船出の前日、わずかばかりだが届け物を渡されたのである。

流人の家族は、島割りが決まると出帆の数日前に奉行所から通知を受ける。米なら二十俵、麦は五俵、銭二十貫文、金二十両を限度として、差し入れを許されるのである。

昨日、手鎖腰縄で牢前にひき出され、島割りを申し渡されたとき、銭五百文を縁者からの届け物として渡された。壁方棟梁の温情だろうかと思った。

誰でもかまわぬ、一目会いに来てほしい、と思うと涙がにじんだ。

人目をはばかる意地は消えていた。彼は、ぐっぐっとのどを鳴らして泣いた。

名を呼ばれず船底に残っているのは、無宿者や百姓が多かった。

その中に、一人、年端のいかぬ少年が混っているのに、喜八は気がついていた。

島送りになるのは、十五歳から上である。十五歳以下の子供が重い罪をおかして流罪と決まった場合は、十五になるまで待って刑を執行する。

——この年で……と、喜八は我が身を哀れんで泣きくずれる心のすみで、少年のことをいぶかしんでいた。——何をやらかしたというのだ。

華奢な躰つきで、労働をしたことのない手をしていた。こんな細っこい躰では、島に着いたら三月《みつき》ともたずくたばっちまうだろうと喜八は思った。

――こいつ、めっかちだ。

「おい」

と、はな水をすすりあげて、喜八は声をかけた。

「お前、何をやらかしたんだ」

少年は、びくっと肩を動かしたが、何も答えなかった。

「おい」

「無駄だよ」

と傍の男が言った。

「こいつは口無しだ」

「めっかちの上に、唖か」

「いや、耳はきこえるくせに、喋らねえ。俺は西牢でこいつといっしょだった」

小伝馬町の大牢は、東西二房にわかれている。喜八は東牢にいた。無宿者は二間牢、百姓は百姓牢、士分の者は揚り屋、とわけて収容されるから、船牢ではじめて顔をあわせた者が多い。

「舌でも切られているのか」

「いや。眠りながらうなされて、声をあげるのをきいたことがある」

そうだな、万の字、と男は少年の肩を小突いた。

そういえば、と喜八は思い出した。昨日、流刑に決まったものが牢前に集められたとき、この子供もいた。役人が名前を読みあげた。自分の運命《さだめ》を思いわずらうのに心がいっぱいで、他人のことまで気をつけていなかったが、こんな子供が、と、ちらと心にかかった。

江戸本町一丁目、桔梗屋清兵衛予り人、万之助。そう呼ばれていた。

「神田白壁屋、喜八」

ふいに名を呼ばれた。喜八は息をのみ、ふらふらと立ち上がった。

甲板に出ると、日の光に目がくらんだ。

小舟で手を振り泣き騒ぐ人々の中に、彼は壁方仲間の二、三人と、その一人の妹である娘を見出した。

「御赦免ということもあるんだからな」

「力を落とすなよ」

「達者でいろ」

叫びわめく声の中から、喜八は彼の名を呼ぶ娘の声を聞きわけたと思った。


浦賀番所で厳しい検問を受けた後、流人船は大海に出た。

護送役として乗りこんでいる四人の船手同心の表情がいくらかやわらぎ、流人たちのあつかいも、ややゆるやかになった。洋上では、どうあがいても脱走は不可能である。船牢は長さ三間、横幅六尺、高さ四尺という狭苦しいものである。畳数にすれば、一並べに六枚分。もちろん、畳など敷いてあるわけではない。立つにしても腰を折らねば頭がつかえる。そこに十数人が押し込められているのだから、躰を横たえることもできない。

日中は交替で甲板上に出ることを許された。何日も船牢内に閉じこめっ放しにしておいて病死されたり、囚人の気が荒れて喧嘩《けんか》沙汰が起きたりしては、護送役の落ち度になる。

甲板に出て、喜八はようやく大きく息を吸いこんだ。目に入るのは波ばかりであった。心細さがひとしおつのった。しかし、一方で腹もすわった。島の暮らしの辛さは薄々話にはきいても、どれほどのものか実感がわかなかったから、楽天的な気分にもなれた。

「万の字」と彼は甲板の隅に膝《ひざ》をかかえこんだ少年に呼びかけた。彼が口をきかないことを、つい忘れた。何か喋らせてみたくもあった。


「おめえは、どこの島だ」

「そいつは御蔵島《みくらじま》送りだ」

と、少年と同牢だったという男が言った。幸助というお店者である。

「おめえに訊いているんじゃねえ」

「万の字は喋らないよ」

「おめえがしじゅう横から口を出すからだろう」

「喋らせてごらん。できるものなら」

「御蔵か。ひどいところに割りふられたな」

と、傍の水夫《ふなこ》が腕組みして薄笑った。

「八丈なら、まだましだ。御蔵はひどい」

「どうひどいので」

幸助が、おびえた目をした。

「わたしも、御蔵なんで」

「食いものがねえ」

と水夫は言った。

喜八は海面を指さした。

「食いものの蔵にかこまれているようなものじゃねえか。島は」

「御蔵には舟着場がねえ。崖がそそりたっている。それでも島のものは小舟を出して釣もするが、流人には舟がねえ。あっても、漕げめえ」

高く低くうねる波を、喜八は今さらのように見た。


「それにしても、畑作物はありましょう」

幸助が、おずおずと口をはさんだ。

「無人の島ではありますまいに、買いとる銭は、多少は……」

言いさして口をつぐみ、媚《こ》びるような表情をつくった。

「銭が通用しねえところだ、御蔵は。作物を耕す土地がねえのだから。小さな島だが、これがけわしい山ばかりだ。食いものは親島の三宅島から舟ではこぶ。ところが、三宅からは、ぎりぎり百人ぶんしか送らねえ。だから、御蔵の住人は頭数百を越えたら食っていけねえのだ。流人にまわす余分などはありやしねえ」

見届物《みとどけもの》でもありゃあ、別だがな、と水夫は言った。

見届物とは、国もとから流人に届けられる物資である。主に米、麦、豆などの食糧だが、手続きは厄介だった。

送り主は品目、数量を記した願書を伊豆七島支配代官に呈出して許可状をもらい、送り主は許可状に記載されたとおりのものを揃え、鉄砲州の島会所にはこぶ。島会所で点検して、船で送り出す。この許可が、役人の手加減一つで簡単に下りたり、なかなか許されなかったりした。

縁者や仕事仲間が、年々見捨てないで見届物を送ってくれるだろうか。喜八は、とても期待できないと思った。めいめいの暮らしをたてるのに手いっぱいな者ばかりであった。

流人のなかには、出航時に、米や麦を持参して積みこんだものも、いることはいる。喜八は身一つだった。

何とかなるだろう、と彼は思った。

息のつまる船底の牢から汐風《しおかぜ》のさわやかな船上に出してもらったことで、せいせいした気分に浸っていた。いまの快さが先ゆきの地獄を忘れさせた。お目こぼし船に思いもかけず仲間の妹が乗っていたことが、彼を力づけていた。そう、悪いことばかり起こるはずがない。おふくろを見殺しにしたのだから、何年かは辛い思いもしなくてはなるまい、そのくらいの罪ほろぼしをしなくては、あの世に行ったとき、おふくろに会わす顔がない、それにしても、果てるまで島流しのままというような酷いめに俺《おれ》をあわそうとは、おふくろだって望んではいまい、と、彼は妙な計算で帳尻をあわせていた。

「おい、万の字」

と彼はうずくまった少年の肩を小突いた。

「そう、ふさぎこむなよ。ふさぎこんだからって、島の暮らしが楽になるわけじゃねえ」

「太平楽をならべやがって」

水夫が嘲笑った。

少年が、ふいに立ち上がった。艫《とも》先の方に歩いて行き、欄干に足をかけ、よじのぼろうとした。

喜八は仰天して躰が動かず、水夫がす早く走り寄ってひきずり下ろし、なぐり倒した。他の水夫が護送役の同心を呼び、少年は手鎖をはめられ船牢に放りこまれた。

投身をはかった者が出たために、流人全員が甲板に出ることを禁じられ、三宅島に着くまで船牢に押しこめられたまま過ごすことになった。

身動きもままならぬ牢内で、囚人たちのうっぷんは少年一人にむけられた。

荒くれた男たちに袋叩きにされ血まみれになった。床に押さえつけた顔の上に大男が臀をのせた。もがく手足は、ほかの者が背の方に折り曲げた。少年はうめき、その声がかすれた。

――死んでしまう、と思いながら、喜八は茫然と眺めていた。うかつにとめだてしようものなら、自分まで半殺しの目に会う、ということより、あまりの凄まじい光景に、思考が停止してしまっていた。

「火事だ、船火事だ」

とふいにわめきたてたのは、お店者の幸助であった。

船火事ときいて、男たちが一瞬手をゆるめた。すぐに嘘とわかり、幸助が今度は私刑の獲物になろうとする、そのときに騒ぎをききつけて同心が下りてきた。

この上騒ぎを起こせば、島に着いてから仕置きをすると釘をさし、同心が去った後、囚人たちの険悪な目がいっせいに幸助に注がれた。

「もったいないじゃありませんか」

幸助は、唇まで白くなりながら、へらへらした声で皆を一心になだめた。手荒なことをしてあとで咎めを受けるより、と彼は言った。船には女がいない、と、彼は少年の華奢な躰がほかの役にたつことを、男たちに想起させたのである。

幸助の機転は少年の命を救ったが、更に屈辱的な状態に少年をおとしいれた。

佃島《つくだじま》を出てから六日目に三宅島に着いたとき、

少年はほとんど意識を失っていた。唇や眦《まなじり》が裂けて腫れあがった顔よりも、血にまみれた下半身の方が無惨であった。

流人の大半は三宅島で下船したが、更に御蔵まで送られる数人が残った。

御蔵島は、うっそうとした樹でおおわれていた。その裾《すそ》はそそりたつ絶壁となって海に落ちこんでいる。流人船は岸からへだたった海上に碇をおろした。入江がなく、岩礁が多いため接岸できないのである。

四人の御蔵島流人は甲板にひき出された。幸助は万之助を抱きかかえて立ち、喜八は、萎えた心でけわしい襞を刻んだ断崖を眺めた。楽天的な気分は消え失せていた。

島の人々が崖の上に集まっているのが小さく見えた。やがて彼らは縄をあやつって艀《はしけ》を海上にたぐり下ろしはじめた。

波は岩に打ちあたって荒々しいしぶきを高くあげ、海面に達した艀はたよりなく揺れていた。つづいてもう一艘吊り下ろされた。数人の男が岩にへばりついて崖を下り艀に乗りうつった。

高い波のかげに見えかくれしながら、艀は流人船めざし漕《こ》ぎ寄ってきた。

流人船の上では、水夫たちが大きな網袋の口をひろげ、二人ずつ入れと流人に命じた。喜八は背を突きとばされ、網の中に足を入れた。

「かがめ」

と命じられた。もう一人、坊主頭の、もと堕胎医だったという男が入れられ、網袋の口がしぼられた。

男二人を包みこんだ網袋は波の上に突き出され、滑車と綱を使って、艀に吊り下ろされる。

縄の網目が躰にくいこみ、肉が切れそうに痛む。波しぶきが躰を打った。そのたびに喜八は、網が滑車からはずれて海に落ちこんだのかと、ぞっとした。落ちても、袋の中では泳ぐこともできない。水面の下をときどき黒い影がかすめた。鱶《ふか》が集まってきたらしい。艀の男たちは、舟べりを拍子木で叩き、鱶をおどして追おうとする。

　拍子木の音は、滑車の縄をあやつる水夫たちの掛け声と調子をあわせた。威勢のいい音なのに、喜八の耳にはもの哀しく凄まじくきこえた。

　艀の底板に、どさりと投げ出された。網袋の口が開かれても、しばらくの間、喜八は突っ伏して動けなかった。

　ようやく目をあげると、もう一艘の艀に、流人船から網袋が吊り下ろされるところであった。自分もあのようにして下ろされたのだと、喜八は、おのれの姿を見る思いで、ぞっとした。網袋に押しこめられているのは、幸助と万之助であった。

　艀は島にむかって漕ぎ出した。漕ぎ手の男たちは、流人に何も話しかけず、黙々と漕いだ。

　岩壁が近づいた。このままでは崖にぶつかりそうだ、と喜八が思ったとき、漕ぎ手の男のうち二人が、綱を躰に巻きつけて海中にとびこんだ。綱の一端は艀に結びつけてある。荒波にもまれながら、男たちは岩壁の下に泳ぎつき、岩をよじのぼった。岩上で待っていた島の人々が男に手を貸した。それから、皆で綱にとりつき、力をこめてたぐりはじめた。

　綱の誘導で、艀は岩壁にたぐり寄せられ、岩壁の壁が作る細い隙間に入りこんだ。

　漕ぎ手がたくみに艀を固定させ、下りろとうながした。

　岩の角に手をかけてよじのぼる喜八の背を、波が打ちたたいた。

　岩上の人々は、無表情に流人たちを迎えた。

　人間の輸送がすむと、米俵や味噌樽などが運びあげられた。これは坊主頭の堕胎医が持参したものであった。

　流人の受け入れは珍しくもないせいか、島人たちは、物見高く眺めもせず、散っていった。

中里集落の島世話役宅の庭に、流人たちはひき据えられた。付文と照らしあわせた後、流人頭にひきわたされた。

流人頭に率いられて石ころだらけの道を歩き出した。もと堕胎医の坊主頭だけは、役宅に残った。この男は食糧も金子も制限いっぱいに十分持参したので特別な扱いを受け、住まいも農家を借りる手筈がついていたのである。

歩きながら、

「おまえたちは運がいい」

と流人頭は言った。

「空いた小屋が一つある。着いた早々から住むところがあるとは、まったく運がいい」

流人頭は骨に渋紙のような皮膚がはりついた老人であった。島に流されてから二十年あまりになるという。


島は桑と柘植《つげ》の巨木が生い茂っていた。

嵐のおり塩害を受けた樹々が、白骨のような姿をさらす崖を背にたてられた朽ちかけた小屋の前で、流人頭は足をとめた。皮つきの丸太の柱はゆがみ、草ぶきの屋根がかたむいていた。壁は木の皮や草を編んだもので、破れかかっていた。

「食いものはどうなるんで」

喜八がたずねると、

「自分たちで工面しろ」

流人頭は叱りつけた。

「工面しろと言われても……どうしたらいいのか……」

「何とかなるものだ。海には魚もいる。海草もとれる」

流人頭が立ち去ったあと、三人は床に座りこんだ。三坪ほどの小屋の中の半分は土間、半分に低い板の床がこしらえてあったが、前住の流人が死んだあと、しばらく放ってあったとみえ、床板は腐りかけ、継ぎめのあいだから雑草がのびていた。隅に積んだ石は黒い焦げ痕があるので竈《かまど》らしいが、これもくずれかけていた。

「誰かがこうやって暮らしていたんだからな」

自分をはげますように喜八は言いかけたが、語尾が力なく消えた。

空腹感がつのった。

坊主頭の持参した米俵の山が目にやきついていた。

こいつらは腹がへっていないのだろうか、と二人を眺めた。

万之助は躰を丸めうつ伏せになっていた。船中で男たちにもてあそばれた躰が痛むのだろう。

こいつの躰とひきかえに、あの坊主は米を少しわけてくれないだろうかと喜八は思い、そんなあくどいことが思い浮かんだということに自分で驚いていた。

牢内や船中では女っ気がなかったが、島に来てまで代替物を欲しがるかどうか。

「万の字」

と幸助が声をかけた。

「私といっしょにおいで」

俺と同じことを考えたのかな、と喜八は思った。もっとも、喜八は、考えただけであって実行する気はなかった。船中でも、彼は傍観していただけであった。それもまた、少年に対して残酷な行為ではあった。

万之助が動かないので、幸助は、万之助の手をつかんで立たせようとした。万之助は躰をこわばらせ、幸助が、

「さあ、おいで、万の字」

と声を苛立たせると、喜八の手にすがりついた。

「こいつと、どこへ行こうってんだ」

喜八はなじった。

「一々、おまえの指図は受けない」

「行きたけりや、どこへでも一人で行け。いやが

る者をむりに連れ出すことはないだろう」

「よけいな差し出口はやめてくれ」

「万の字をたねに、米の飯にありつこうというのか」

「それはどういう意味だえ」

幸助は色をなした。

「あの坊主に万の字を貢いで……」

「呆れてものも言えないよ」

幸助は、あっけにとられた表情をみせた。

「邪推にもほどがある」

「船ん中で、万の字を抱けとそそのかしたのは、おまえじゃねえか」

「あれは、万の字を助けるためだった。ああでもしなけりゃあ、なぐり殺されるところだったよ。万の字、まさか私を恨んでいるんじゃないだろうね。私はおまえの命の恩人だよ。今だって、私はね、おまえにおいしいおまんまを食べさせてやりたいから……。こいつが妙なことを言うから、おまえに疑われないためにはっきり言うけれど、私は銭を少しは持ってきている。こいつのように文無しじゃない。だから、坊主のところに行って、この、私の銭で米をゆずってもらい、おまえにも食べさせてやろうと思ったのさ、私が、何でおまえに酷い仕打ちをするものか」

「それじゃ、おれをのけものにして、二人だけでこっそり食おうとしたってわけか」

「私の銭だよ、どう使おうと私の勝手だ」

喜八は幸助をなぐり倒した。幸助はいくじなく悲鳴をあげた。

「行ってこい」

喜八は命じた。

「坊主のところに行って、米をゆずってもらってこい。ただし、一人占めはなんねえぜ」

「私の銭だ」

幸助は涙声で言った。

「俺だって銭は持ってきている。だから、この次は俺が買う。これから永いこと三人で暮らしていかなくてはならねえんだ。おたがい、助けあってやっていこう」

　万の字、お前は銭を持っているのか、と喜八は訊いた。万之助は目をあげ、かすかに首を振った。

「お前、どうして口をきかねえんだ。耳はきこえるのに。声だって、出ねえわけじゃあるめえ、船ん中で痛めつけられたとき、ひいひい泣きわめいていたもんな。せめて、うんとかああとか言ったらどうだ。黙りこくっていられたんじゃ陰気くさくていけねえ。それとも願でもかけたのか」

　詰《なじ》りかけて喜八は口をつぐんだ。万之助の表情から何か痛切なものを感じとった。

「行ってこい」

　と喜八は幸助をうながした。

　もどって来た幸助は、

「だめだった」

　と力無く言った。

「けちな野郎だ。銭より米の方が大切だといって、売ってはくれなかった。俵を積みあげていやがるくせに」

「そいつを連れていってもだめか」

　喜八は、さもしいことを口にしていた。言ってしまってから、万之助の顔から目をそらせた。さっき、幸助の誘いを拒んで喜八の手にすがりついた万之助の指の感触がよみがえった。幸助よりは俺の方を信頼していたらしいのに。船中で俺があいつに手を出さなかったという理由で。

「女のいるところに来たのだから」

　と幸助は言った。

「流人が島の女をめとるのは御法度だが、あの流人頭にしてからが、水汲女をひきいれているのだから。嬰児《やや》さえ生《な》さなければ」

「ためしに連れていってみろ」

　喜八は破れかぶれでそそのかした。

「万の字、安心しな。私はおまえを米とひきかえに坊主に売ったりはしないよ」

幸助が言った。

「銭をよこせ」

喜八は言った。

「俺が談判してくる」

「自分の銭があるだろう」

喜八は、なけなしの銭に手をつけたくなかった。幸助の方がたっぷり持っているにちがいない。まず、幸助の銭を使うべきだと計算高く考えた。力ずくで吐き出させてやろうと、なぐりつけた。

「腹がへるばかりだ。よせ」

と幸助は抗い、非力なくせに、しぶとく逆らった。

「三人でいっしょに行こう」

食い物が手に入る前に体力を使いはたしては馬鹿らしいと計算し、喜八は妥協した。

「お前も」

と喜八は万之助に言った。

「坊主のところに行ったら、お頼み申しますの一言ぐらい言ってみろ。お前が頼めば哀れっぽくて、あの業つくばりも少しは情にほだされる」

喜八は万之助をこづいて立ち上がらせようとした。万之助は動こうとしなかった。ひきずって行きかけたが、面倒になって手を離し、喜八は幸助をうながし、連れだって出かけた。

銭は折半して出しあい、坊主頭に懇願し、一握りの米をわけてもらった。

木材の伐採の仕事を手伝えば、いくばくかの食物を島民からわけてもらえるという事情もわかった。最初からそうと教えてくれればいいものを、と、二人は流人頭の冷淡なしうちを憤った。古い桶をゆずり受け、帰途、水も汲んで帰った。

小屋に帰りついたときは、日が暮れていた。石を積んで竈《かまど》のかわりにし、火を起こし、米を炊いた。幸助が小さい鍋を持ってきていた。

「お前にはやらねえぞ」

と喜八は万之助に言った。

「そんな不人情な」

幸助が咎めた。

「子供じゃないか」

「子供といっても、いっぱしのことをやらかして島送りになったのだろう。飯が食いたければ、それだけの働きはしろ」

「明日から、この子も働くさ。今夜だけは、私に免じて」

「お前、いやに情け深いな」

そんな問答のあいだも、万之助は押し黙ったままであった。

「手をついて、飯を恵んでくださいませと言ってみろ」

かわいげのない奴だと喜八は、自分でも思いがけないほど意地の悪い口調になっていた。無抵抗な相手を唯一つのうっぷんのはらし所にしていた。

「椀をお出し」

幸助が言った。万之助はうずくまったままだったが、二人が炊きあがった粥を食べはじめると、ようやく、自分の木椀を出し、頭をさげた。食べ終わると外に出て行った。

「放っとけ」

と喜八は、幸助をとめた。

「餓鬼だからといって、甘やかすな」

翌日から労働がはじまった。流人たちが仕事に加わるのを、島民たちは迷惑がっていた。島民だけで仕事は十分まにあっていた。よけい働いたからといって収入が増えるわけではなかったのである。

三日めに、万之助は作業中に倒れた。喜八と幸助が小屋にかつぎこんだ。

日暮れて二人が小屋に帰ると、万之助は血の気

のない顔で横になっていた。粥が炊けても手を出さなかった。

「すねくれてやがる」

と喜八は言った。

「飯が食いたければ働けと俺がいったのを根にもって、あてつけがましく断食するつもりだ」

毒づきながら、死なれたらかなわねえとも思った。

幼さをいじらしいと思う気持もあったのである。

「あの坊主をよんでこい」

と喜八は命じた。

「あいつ、もとは医者だろう」

「子堕しの医者だ。ほかの病いはなおせまい」

幸助は首をふった。

「それに、頼んだって、あの業つくばりが来てくれるわけがねえ」
二、三日寝こんだが、万之助は恢復した。その後は、口をきかないのはあいかわらずだが、以前より積極的に働くようになった。

3

涸沢《からさわ》は、その名の示すように、晴れた日には山の岩肌にひとすじ刻まれた亀裂である。ひとたび豪雨にあうと、周囲の砂礫を抉りとって走る急流となる。

ここは、流人の女たちが嬰児を産み捨てる場所であった。島民の頭数が百を越えることを許されない貧しい島である。間引きは島のきびしい不文律であった。

たよは、この沢に捨てられるさだめを持って生まれてきた。母のちのは舅殺しの罪で送られてきた流人であり、父は誰ともわからない。ちのを共有した流人仲間の一人にはちがいないが、それが誰なのか、ちの自身にもわからなかった。助けてくれるものもなく一人でたよを産み落とし、分娩の血にまみれてちのは死に、失われた一つの命に免じてか、たよは生存を許された。

たよは、乞食とこそ泥のあわいを生きてきた。

たよの最初の男は、やはり流人の一人であった。てんぐさを採って海からあがってきたたよを、男は岩の上に押し倒した。腰にさげていたてんぐさが、臀の下でつぶれた。海草の汁と破瓜の血を吸って、岩は玉虫色に光った。

魚のにおいの混った体臭を残して男の躰が離れると、たよは、たわめられていた竹がはじけかえるように起き上がって、再び海に入った。深みに頭を出している黒い岩塊に抱きついて、激しい汐が男の痕を洗い流すのを待った。子種を宿すことをおそれたのである。そのとき、たよは十三だった。

みごもらずにすんだので、たよは、海の力に迷信めいた信頼を持つようになった。母親と同じように何人もの流人に抱かれたが、その後は、どんなに寒気が厳しいときでも、必ず海に入った。力をこめて抱きしめる岩も、最初のとき以来かわらなかった。

それでも、二度、みごもった。一度は、涸沢のそばの崖を何度ものぼってはとび下りて、子堕しに成功した。二度目はどのようにしても子は流れず、へそが平らになるまでにふくらんだ腹を、たよはおびえた目で見た。月足らずの死産であった。たよは、何のためらいもなく、青黒い嬰児を涸沢に捨てた。

島に流人船が着いたとき、たよは岩浜に出て綱をひく仲間に加わったが、とりたてて関心は持たなかった。

一月《ひとつき》あまり過ぎ、たよは、山で見なれぬ若い男が茅を素手で折り取っているのをみかけた。

新参の流人だと思い、そのまま行きすぎようとしたが、男の手つきがあまりたどたどしいので、ふと足をとめた。

流人は刃物を持つことを許されていない。繊維の強靭な茅を素手で折り取るのはなかなか骨の折れる仕事で、男の手は薄い掻き傷だらけになっていた。

たよは、手にしていた小鎌を男に差し出した。怖れや警戒心は持たなかった。男が女に求めるものが一つであることを知っていたし、たよはどんな相手でも拒むことはなかった。殺傷だけを目的とする相手に出会ったこともなかった。上半身をかがめて背中だけをみせている男は、たよよりはるかに華奢な躰つきであった。

顔をあげた相手の幼さが、たよを驚かした。たよより五つ六つ年下にみえた。

少年は鎌を受けとったが、扱いかねた。たよは、手本を示すように自分で刈りとってみせた。細びきで束ねてやり、少年に持たせた。山を下りて行く少年のあとを、たよはついて行った。

流人小屋に着いた。少年は、破れた壁を茅でつくろおうとし、たよは不器用な少年の作業を見て、笑いながら手を貸した。そこに、男が二人入ってきた。

喜八は、小屋に若い女がいるのを見て相好をくずした。臀を撫でてからかい、それから抱きこんで胸乳を握った。たよは、はじめて男に逆らった。喜八は女をなぐりつけた。腕をつかみ、岩かげにひきずって行こうとした。たよは、その腕に嚙みついて逃げた。男は追っては来なかった。

夜半、喜八は聞きなれたささやき声にめざめた。いつものように、幸助が万之助を口説いているのであった。闇の中でも気配は感じられ、喜八は、そのときの気分でどなりつけたり無視したりしていたのだが、このときは、万之助がかたくなに幸助の手を拒んでいるようだった。

やがて、物音をたて一人が外に走り出て行った。

「おい」

と喜八はどなった。

「うるせえぞ」

闇の中を万之助は走り、やわらかいものに突きあたった。それは、万之助を抱きこんだ。においにおぼえがあった。

「あんただね」

たよは言った。たよは、万之助よりは夜目がきいた。たよは少年の唇を乳首に導いた。万之助は細かくふるえていたが、やがて強い力で乳首を吸った。

その後、たよは少年を自分の小屋に連れこんだ。

4

叩きつけるような、太い雨足であった。

首筋に、肩に、雨の乱打を受けて立ったたよの前に、涸沢は渦巻く奔流となって、砂礫を押し流していた。

子供の間引きを意味する方言は、数多くある。くくる。エビすくいにやる。鯛の餌にやる。ぶっ返す。産み流す。

島で『お返し申す』といえば、それが間引きであった。

太い雨に打たれながら、まだふくらみを持たぬ腹に、たよは手を触れた。濡れた布をとおして、魚の腹のような冷たさが掌に伝わった。

——この子は、決してお返し申さない。

涸沢の奔流に挑みかかるように、たよは心の中で叫んだ。

万之助と暮らすようになって三月めに妊ったのであった。

たよは、みちたりていた。万之助は何も喋らないが、たよにも、言葉はほとんど不要であった。

万之助は伐採の作業に加わり、たよは海にもぐって貝や海藻を採り、共に食べ、共に寝て、それだけで十分だった。

夜、眠っていて万之助は泣き、何か喋ることがあった。そのとき、たよはいささか嫉妬をおぼえた。夢のなかで万之助は誰かと語りあっているのだが、その相手はたよではなく、万之助の夢の中に、たよは入ってはいかれないのだった。

嬰児を数知れず流し去った濁流をみつめているたよの肩に、男の手がのった。ふりむいて、たよの表情がやわらいだ。万之助の肋の浮いた胸に顔をすり寄せた。

二人で小屋に戻る途中、一軒の島民の家の前を通った。灯火が洩れ、陰々とした声がきこえた。数人の老婆が数珠をくりながら、何か唱えていた。線香のにおいが流れ、女の掠れた呻きがときどき混った。

「嬰児《ややこ》が生まれる」

と、たよは家の方を指さして言った。

「生まれて、そうして〈返される〉。婆さまたちが祈っている。流人の子供は、称名もとなえてもらえない。産んだ女が涸沢に捨てに行くだけ」

わたしはお返し申さない、とたよはささやいた。

少しずつやわらかなふくらみをみせてくるたよの腹に、万之助は混乱した表情をむける。喜んでいるようにはみえなかったが、不器用にいたわろうとしていた。

腹が目立つようになると、島の女たちが、念を押す目つきでたよを見た。たよは、その目をはじきかえした。すると、年とった女が顔を近寄せ、わかっておろうの、とたよの耳もとに口をつけて言った。

胎《はら》のなかに、万之助が宿っている。たよはそんなふうに感じることがあった。万之助が小さく小さくなって、自分の躰のなかに安らいでいる。

陣痛がはじまると、どこからともなく島の老婆たちが集まってきた。小屋のまわりにひっそり佇んだ。

横木から吊り下げた縄にすがりつき、たよは声をあげ、腹のふくらみが痛みのたびに下へ動いてゆくのを見た。

万之助は青ざめて、傍に座っていた。

たよは一声叫び、その声に安らかさが加わって尾をひいた。小屋の板戸が開いて、老婆がのぞきこんだ。

脚を床に投げ出していたたよは、前かがみになって嬰児を抱きあげた。

老婆が、うながすように顔をつき出した。中年の女がそのうしろから割りこむように入ってきて、濡れた紙をさし出した。

「出ていってくれ」

万之助が叫んだ。

たよは、ぼうっとした目で万之助を見、はじめてこのひとが口がきいた、と思った。

中年の女は入りこんできて、嬰児の顔に紙をあてた。万之助がその女を突きとばそうとすると、外にいたらしい男たちが入ってきて、万之助を押さえこんだ。

たよは、嬰児を抱いたまま、ゆらりと立ち上がった。島のさだめはわかっていた。逃れることはできなかった。女や男たちの目に追いたてられ、外によろめき出た。

万之助は押さえこまれて身動きができなかった。

たよはそのまま、三日、帰ってこなかった。万之助には監視がついていて、探しに行くことができないでいた。

四日めに、たよはもどってきた。青黒い嬰児の骸を抱いたままであった。

たよは、骸を離そうとしなかった。万之助が抱きとろうとしても、叫び声をあげて逆らった。何も食べず、骸を抱きしめたまま、ふらりと出て行き、また戻ってきた。数日して姿がみえなくなった。

　監視はとかれていた万之助がたずねまわり、涸沢が海に落ちこむあたりで、たよの骸を見出した。嬰児はその腕の中になかった。波にさらわれたのかもしれない。

## 5

「まったく、ひどい話だ」

　新堀端の松平西福寺から帰ってくるなり、父は愚痴をこぼした。

「手前どもなど、〈堂〉か〈軒〉でけっこうでございますというのに、とうとう〈大掾《だいじょう》〉を売りつけられてしまった。お公卿さまの商売上手にはかなわない」

「何の大掾ですか、お舅《と》っつぁん」

　夫の巳之吉が訊いた。わたしは傍にいながら、上の空だった。——万之助の帰ってくる日が近い……。

「まさか、〈藤原〉じゃございませんでしょうね」

「〈山城〉だ。看板を書き改めなくてはな。〈桔梗屋山城大掾〉。ごたいそうなことだ」

　菓子屋に、大掾、軒、堂の称号を許すのは、京の中御門さまである。許すといっても、こちらからお願いするわけではなく、中御門さまの方から無理やり押しつけるのである。江戸市中で、まだ称号を持たず、何屋何兵衛と名乗るだけの菓子屋を探し出しては、官位を押し売りなさる。国名はこちらの望み次第だが、藤原がもっとも高くて十両、山城は河内や摂津と同じ七両二分である。

　看板をみれば、中御門さまにいくらふんだくられたか、一目でわかるというものだ。

「巳之吉をやれればよかったんですよ」

横から母が口を出す。

「あなたは人が好いから、何でもすぐ、相手のいいなりになってしまう。万之助のことにしたって、もう、うちは縁が切れたものと思っていたのに、また引き受ける羽目になってしまって」

「まあ、いいじゃないか。ただの桔梗屋より、山城大掾となのった方が重々しくて、菓子の味も品よく思われるというものだ」

「大掾のことじゃありません。わたしが言うのは、万之助のことですよ」

恨んでいるにきまっています、と母は声を落とした。恨んでいるだろう、と、わたしも思う。

「親無しの、罪人の子を三つのときからひきとって手塩にかけて育てあげて、それで恨まれたのでは間尺にあいません」

と、巳之吉が母の機嫌をとる。

「よく、あれだけ面倒をみておやりになりましたよ。こちらを恨むなど、とんでもない心得ちがい。そうして今また人に忌み嫌われる島帰りをひきとってやろうというのですから、万之助さんにしたって、恨むどころか、さぞ恩に着ていることでしょうよ」

巳之吉に言われて、母はほっとしたように、

「そうですよねえ。十五までしか寿命のないのも同然な子と思うから、我が子以上に大切にしてやっていたのだものねえ」

島送りといえば、どんな大悪人かと思うけれど、万之助には何の罪咎《とが》もないことだった。

万之助がいなくなって何年もたってから、わたしは万之助が遠島になったことと、その理由を父や母から知らされた。

罪のあるのは、万之助の親であった。万之助の父親は唐物《からもの》を扱う商人だったが抜荷に手を出し、それが発覚したのである。親が法度を破ろうと、そのとき三歳だった万之助に何の罪があるというのだろう。しかし、重罪人の一族が連座で罪を受

けるのは、東照宮さま以来の曲げることのできぬ掟《おきて》だという。万之助の親は死罪、幼い万之助も連座して遠島の刑を命じられた。あまり幼少のものを処刑するのはふびんということで、十五歳になるまで縁者にあずけ、十五歳に達したとき刑を執り行う、これはお上の御慈悲だときいて、何が慈悲かと、わたしは憤った。何も知らず倖せに暮らしていた子供を、突然、地獄に追いやったのだ。

わたしが母と山村座の芝居をたのしんでいるとき、万之助は父から身のさだめを告げ知らされたのだった。

万之助は、逃げた。それを見のがしてやることもできたのだった。しかし、父は慌てふためいて万之助を探し出し、連れもどした。

なぜ、あのとき、あのまま逃がしてやらなかったの、とわたしは父を責めた。

桔梗屋がおとりつぶしになってもかまわないのか。お上からのあずかりものの罪人を逃がしたりしたら、おとりつぶしぐらいではすまぬ、こちらが遠島になりかねぬ。父に言われ、わたしは口をつぐんだ。

酷い、酷い、と心の中で父の仕打ちを責めつづけてきたのだが、月日がたち、巳之吉を婿にむかえ、おだやかな日が続くなかで、わたしは、ああ、よかった、危ないところだった、と思うようになっていた。そうして、わたしども一家のこうむる迷惑も考えず逃亡をはかった万之助を、哀れだと思いながら、身勝手なというふうにも思うようになっていたのだった。

巳之吉は、万之助のようにわたしの心を騒がすことはなかった。巳之吉の手に触れられても、わたしの肌は波立つことはないのだった。商売熱心なだけが取得。それが何より、と父と母も巳之吉をこの上なく気にいっていた。一度に何もかも手にすることはできないと、わたしもわきまえるようになっていた。美しい小袖。気苦労のない暮ら

し。それと秤にかけて、肌の悦びは願わぬことにした。

「七年ですよ」

と母は指を折った。

「島送りになってから、七年」

御赦免になるという知らせがもたらされたのだ。公方さまの御法要が無事相済んだので、お上の御仁恵《じんけい》により、罪人の刑罰がひき下げられ、遠島の者も御赦免になって帰ってくるのだという。ほかに身寄りのない万之助を、うちで引きとれというお奉行所からのお達しであった。

「島で七年……。どんなに荒れすさんでいることか」

母は吐息をついた。

万之助が恨みに思うのも当然だ。万之助のあの白い顔に熱湯をこぼしたのは、母がわざとやったことなのだから。醜くなれば、わたしの気持ちが離れるだろうと。母はそうとは言わないけれど、今のわたしにはありありとわかる。

万之助が帰ってくる。七年ぶりで……。

番頭の与兵衛に連れられて七年ぶりに帰ってきた万之助は、途中髪床に寄り衣服も着がえてきたので、見苦しくはなかった。

新しいものをととのえてやる気持ちは母にはなく、巳之吉の古着を与兵衛にもたせたのである。

骨ばった背の高い、暗い容貌の二十二歳の男に、わたしは色の白いやさしい十五歳の万之助を重ねあわせようとした。

陽灼けが肌の芯までしみこんだような色なのに、顎のあたりだけ妙に青白いのは、のばし放題にしていた鬚《ひげ》を剃り落としたためだろう。骨に皮膚がじかに貼りついたように痩せていた。少し前かがみになり顎をつき出した歩きかたをした。

「よく無事で帰ってきたね」

母が言うのに、万之助は言葉を返さなかった。

そのあと、誰が何を話しかけても無言のままであった。

「耳がきこえないわけではないようで」

与兵衛は、後で母に告げた。

「島でも、まるで口をきかなかったとか。万之助さんと同じ船で帰ってきた流人仲間の男が言っておりました。まるで願でもかけたように、いっさい口をきかなかったんだそうで」

「御赦免になって帰れるよう、願かけをしたのかねえ。それなら、もう、願いは叶ったのだから、あいさつぐらいしてもよかりそうなものだけれど。ああ黙りこくっていられては、薄きみ悪くてしようがない」

「願ほどきのお参りをしてからということでしょうかね。それにしても、どこの何さまに願をかけたのか」

おまえ、そういうことなら、と母は万之助に言った。

「お参りに行っておいで。誰か丁稚でも供につけてやってもいいよ。十分にお礼申し上げて、そうして、きれいさっぱり、これまでのことは忘れて、気持ちよく暮らすがいい」

万之助は、母の言葉を無視した。

黙りこくったまま、陰気な顔つきで、万之助は見世や仕事場のあたりをうろつきまわるようになった。

食事どきに、あさましい食べかたをする万之助に、わたしは島の暮らしをのぞき見る思いがした。膳をかかえこむと部屋の隅に退き、上目づかいにあたりを用心しながら、手づかみで口の中に押しこむようにして、ほかのものが半分も食べぬうちに皿小鉢を空にした。長いあいだ十分に食をとらなかったので、食が細くなっていたのかもしれない。あるていど食べると腹はみち足りたようなのに、残そうとはしなかった。

帰ってきたばかりのころ、島で粗食していたのを、いきなりいろいろなものを与えてはかえって躰に悪かろうと、まわりの者が考えて、万之助の膳だけは粥と少しばかりの菜《さい》にしたのだが、それも万之助の疑心を強めたようだった。

誰も奪《と》りはしないし、分量も十分にあるのだからと父や母がさとしても、ききいれる様子はなかった。

箸も、使いたがらなかった。そのうち、落ちついて食べても大丈夫なのだと自分で納得したらしく、箸を持つようになったが、ひどくぎごちない手つきになっていた。それも、やがて昔の習慣をとり戻し、人並みになりはしたが。

来客と商談をしているところにも、ふらりとあらわれる万之助に、父は手をやいた。

落ちくぼんだ暗い眼をした万之助が、ふところ手でうっそりと佇み、用談中の客をじろじろ眺めまわす。たいがいの客は気味悪がって、早々にひきあげた。

「いやがらせはやめてください」

巳之吉が腹立たしげにどなりつけても、ききめはなかった。

子供とちがうのだから、縛りあげたり閉じこめたりするわけにもいかない。

父がどなりつけ、母が懇願し、巳之吉が怒り、それでも万之助は、仕事場や見世に暗い姿をみせた。

陰険ないやがらせだと、わたしも腹がたった。しかし、何の罪もない者が七年間、地獄のようなところで暮らしてきたのだと思うと、わたしの心には万之助へのいとおしさもいりまじった。

わたしは、万之助がわたしにだけは昔の気持をもちつづけているだろうという、甘い期待があった。兄さん、とわたしはせいいっぱい甘えた声で呼びかけてみたが、万之助は暗い表情を動かさず、わたしを無視した。

仕事場にひとり佇んでいる万之助をみかけたのは、二月《ふたつき》あまりたったころだった。

竈《かまど》はすでに火を落とし、職人たちはひきあげ、仕事場の中は薄暗かった。

万之助は、菓子の木型を手にとって眺めていた。

七年前、この場所でひっそり泣いていた万之助が浮かんだ。

「兄さん」

と呼んでわたしは近寄り、自分でも思いがけない強い力で万之助に抱きついていた。

万之助は、わたしが腕に力をこめるのにまかせていたが、やがて、荒々しくわたしに応えた。わたしの名をささやく万之助の声を、わたしは、はっきり耳にした。

巳之吉に告げはしないか。わたしはそれを案じた。万之助は黙りこくった陰気な表情であたりをうろつきまわるのをやめなかった。しかし、わたしとすれちがうとき、食事のとき、いくらか光のこもった万之助の視線をわたしは感じるようになった。

万之助は口がきけないのではない。自分の意志で声を言葉を封じこめてしまったのだ。

そうでもしなければ、あの理不尽な運命をどう受け入れようもなかったのだ。そう、わたしは理解した。万之助の無言は、何より激しい天にむかっての慟哭《どうこく》なのだ。

倖せだと万之助が感じたとき――慟哭の止むとき、万之助は語りはじめるのではないか。

わたしは怖れた。少年の万之助に心惹《こころひ》かれた以上に、わたしは島帰りの痩せこけた陰鬱な男に心惹かれていたけれど、その男とひきかえに安楽な暮らしを投げ棄てる気持ちにはならなかった。

万之助は黙りつづけていたが、巳之吉は敏感に、わたしの心の傾斜を察した。ふだんは女の気持ちなどまるでわからない、かんの鈍い男が、このときは犬のような鼻をきかせ、万之助にあたるようになった。

中庭の空井戸に落ちて動けないでいる万之助を見つけたのは、番頭の与兵衛であった。

医師がよばれた。命の保証はできないと医師が首を振るほどの傷であった。

古井戸から助け上げられたとき、万之助は右手に竹の根付を握りしめていた。それが巳之吉のものであることは誰の目にもすぐわかった。固く口止めしたのだが、使用人たちの口から洩れ、下っ引きがさぐりに来た。

父はすぐに金包みを渡しながら、噂は根も葉もないことだと言ったのだが、下っ引きは金をとるより下手人をあげて手柄にしたい事情があったのか、しつっこく家のものに問いただした。

巳之吉は青くなってふるえながら、根付はたしかにわたしのものだが、二、三日前からみえなくなっていた、と主張した。

「万之助が、わたしをおとしいれようとたくらんだことにちがいありません。あの男は、わたしが桔梗屋の入り婿になったのを恨んでいましたから」

元来が気の弱い巳之吉は、申しひらきしながらしどろもどろであった。

下っ引きが強くきめつければ、おそれいってしまいそうな様子に、

「待ってくださいまし」

と、わたしは必死で口をはさんだ。

下っ引きに隣室にいるように頼み、わたしは万之助が寝ている座敷に入った。

目を閉じた万之助には、死相がはっきりあらわれていた。

「兄さん」

とわたしはひそめた声に力をこめた。

「お願いです、兄さん。本当のことを言ってくだ

さい。兄さんが、自分で井戸に身を投げたのですね。前もってとっておいた巳之吉の根付を握って。巳之吉に人殺しの罪をきせるために」

万之助の表情は変わらなかった。

「兄さんがどんなに辛い思いをしのんできたか、わかっています。わたしたちをどれほど恨みに思っているかということも。でも、兄さん……」

わたしは、いっそう声をひそめた。巳之吉にきかれたくないことを言わなくてはならない。

「わたしは、巳之吉なんかどうでもいいんです。兄さんがあのひとを人殺しにしたいのなら、それでもいいんです。でもね、兄さん」

わたしは万之助の痩せた手をとって、わたしの腹にあてさせた。

「兄さんの嬰児《やや》が、ここにいるんです。兄さんは、一度だけ、抱いてくれましたね、わたしを。巳之吉には子種がありません。兄さんの嬰児なんです。兄さんと私の。巳之吉が人殺しの罪で獄門になれば、この子も……表むきは巳之吉の子として生まれてくるんですから……一族連座の掟によって、ゆくゆくは遠島です。生まれる前から、十五までしか人並みの暮らしはできないものとさだめられてしまうんです。巳之吉を助けたいんじゃありません。この嬰児のために、お願いするんです。隣の座敷に下っ引きがいます。言ってください。兄さんが自分で身を投げたのだと。兄さんは唖じゃない……」

万之助ののど仏が大きく動いた。

「お願いです」

と言いかけたとき、

「嬰児が……おれの……」

わたしは掠《かす》れた声を聞いた。

「そうです。兄さん」

激しい慟哭が、万之助ののどから噴き上がった。慟哭は、押し寄せる潮のように高まった。

「おれが……」

と万之助は号泣のあいまに嗄《しわが》れた声をあげた。

「おれが井戸に身を……」

## 6

冬の陽が縁に快い日だまりを作っている。

わたしは、嬰児の肌着を作るため布を裁っていた。

仕事場で職人を指図する巳之吉の甲高い声がきこえる。わたしは鳥肌だって身震いした。

万之助は、巳之吉を訴えずに逝った。

逝かせたのは、わたしだった。

根付けは二、三日前になくしたと巳之吉は言いはったが、あの日、巳之吉の腰にそれが下がっていたのをわたしは知っている。

知りながら、万之助に強要した。どうせ死んでゆく人なのだ。そう、冷酷にわたしは思っていた。

巳之吉が罪人ということになれば、桔梗屋はおとりつぶし。更に、どのような刑罰が、わたしの上にまで及ぶことかと思うと、万之助をかきくどく言葉に必死の熱がこもった。

兄さんの嬰児。その一言に、わたしは賭けた。

万之助も、命が助からぬと思いさだめていたのだろう。自分の血をわけたものを無惨なさだめにあわすまいと、〈自分で身を投げた〉と……とうとう、その言葉をわたしは言わせてしまった。

万之助に抱かれたとき、わたしはすでに妊っていた。巳之吉の子を。

日の光を受けて、右手に握った裁鋏《たちばさみ》がきらめいた。

〈自分で身を投げた〉その言葉を、下っ引きの耳にはっきりと聞かせ、巳之吉は身の証しがたったのに、わたしは、まだ安心できなかった。

万之助が、いつ前言をひるがえし、巳之吉を訴えるか、そう思うといたたまれなかった。

まるで、夢の中のできごとのようだ。三日ともつまい、と医師が宣告した、死期の近い万之助の顔に夜具をかぶせ、押しつけたのは、あれは本当にわたしの手がしたことだったのだろうか。

巳之吉が職人を叱りつけている。あの声をきくと、わたしはふるえだす。憎悪がたぎる。倖せに暮らさなくては、と思う。そのために巳之吉に対する万之助の正当な怒りも憎悪も封じこめさせ、告発を禁じてしまった。そのために、わたしの両手は……万之助を殺した。万之助の心を殺し、躰を殺した。

胎のなかで、びくっと何かが動いた。嬰児が動いたのだと気づき、わたしは小さい悲鳴をあげた。巳之吉の子が、わたしの胎の中にいる。我がもの顔に、わたしの躰の中でうごめいている。

右手の裁鋏がきらめいた。巳之吉の甲高い声。何かが、わたしの胎の内側を蹴った。悲鳴がわたしののどから迸《ほとばし》った——。

# 夏の飾り

満身創痍　廃船砂に横たわる　——岩崎京子——

「それだっても」

すすり泣くような声が聞こえ、早瀬綱彦は足をとめた。

「それだっても」

ひどく古風な言い回しだ。懐中電灯の光の輪が、家並を照らし出す。

壮大な二階建ては、網元の住まいで、風がはこぶ汐のにおいが、表半分だけのオープンセットを、本物のように錯覚させる。実際に海に近い。

漁夫相手の女郎屋が、結構な構えの二階屋から小体なものまで数軒、少し離れて建つ。女郎屋は網元が経営しているという設定である。

主演の役をあたえられたタレントが、深夜、自発的にリハーサルをしているのだろうか。そう、早瀬は察した。

テレビのCMに出ているのを監督の岸田に抜擢され、映画は初出演のそのタレントは、可憐な魅力があるが、荒々しい漁師町のすれっからし女郎を演じるには、いささか不向きで、ミスキャストの声もある。

一見、純情な彼女から、がらりと違う鉄火な性《しょう》根《ね》をひきだしてみせる。その意外性がいいのだ。そう監督は言っている。

すれっからしではあっても、男を一途に恋い慕う純情な面もある役どころで、その両面を表現するのは、あの娘《こ》には荷が重そうだと、早瀬にも思えた。

だが、今のようなエロキューションなら。とても、あの娘の声とは思えないな。

キーの高い、細い声を、よくあそこまで潰したものだ。ここ数日の、ＮＧを重ねた撮影を彼は思い返した。

しかし、今のせりふは、台本にはないはずだ。何度も読み返した台本は、ほとんど彼の頭に入っている。監督が新たに挿入したのだろうか。

光の輪の中に、犬が入ってきた。

野良犬なのだが、ロケ弁の残りをもらったりしているうちに、すっかりロケ隊になついてしまい、五郎と名をつけられ、数カットに特別出演もしている。深夜の見回りに、五郎の同行は心強かった。

オープンセットだけで二億はかかっている。夜間、無人のときにいたずらなどされたり、小火がでたりしたら大ごとなので、夜警をおいている。

スタッフは撮影で手が一杯なので、夜警につくことはない。地元のアルバイトを交替でたのんでいた。この夜、助監督の一番下にいる彼が見回りについたのは、当番のアルバイトが、急にこられなくなり、かわりがみつからなかったという、やむをえない事情による。

起伏に富んだこの一帯の広大な土地は、造船会社の社長の所有地で、七、八年前にテーマパークにも利用された。その跡地にアミューズメントパークがつくられたが、まだ膨大な敷地があいている。そこを撮影用に借り受けた。

傾斜をなして入江になだれこんでいる場所を利用して、江戸天保期の繁華な漁師町のオープンセットが組まれた。

豪華な網元の住まいや漁夫相手の女郎屋もふくまれる大掛かりなセットは、時代考証も専門家の手を借り、忠実に、しかも虚構の華やかさも添えて、造られた。

撮影終了後も、パークの観光資源としてそのまま残すことにし、セットの建造費は、パークが出した。予算はかぎられている。パークの後援がなければ、オープンセットだけで、製作費の大半がとんでしまうところだった。

声のするほうに、彼は歩みをすすめた。

深夜のリハーサルを見られるのは嫌だろうとは思ったが、見過ごしもできない。相手役をつとめているのがだれなのか、好奇心も持った。監督は承知のことなのだろうか。それとも、成果を明日披露して驚かそうというのか。楚々としてはいるけれど、芸能界でやっていくのに充分な勝気さはそなえている。声はとだえた。

明かりもない。空耳だったのか。冷静に考えれば、いくら熱心だとしても、深夜のリハーサルは、異常であった。睡眠不足や過労は、明日の撮影にさしつかえる。

網元の家の中をのぞいた。外から見て必要な部分しか造っていないから、踏み込むとすぐに、裏に抜ける。不要な資材がころがっているばかりだ。

一通り見回ってから、スタジオの方に足を向けた。

コンクリートの四角い箱であるスタジオは、本来、寺として建てられたものである。地主でもある造船会社の社長は、檀那寺が古びたので、ここに新院をきずいて、本尊を移すことにした。

それも、ゆかしい木造建築ではない、新築の寺院に多い、鉄筋コンクリートである。ところが、外郭ができ、本尊を移転させたところで、建築会社となにかいざこざが起こったそうで、工事が一時中止になっている。

電気の配線もあり、スタジオにもってこいの建物であった。

鉄の扉に厳重に鍵をかけてあるのだから、スタジオ内部までは、夜警は見回らないのだけれど、彼が中に入ってみる気になったのは、だれもいないはずなのに、窓に明かりが見えたからだ。

恐怖はあまり感じなかった。スタジオの中には、盗み甲斐のあるような貴重品はおいてない。レンタルでそなえた撮影機材はもちろん高価だけれど、トラックでも用意しなくては運び出せない。

入口は暗かった。合鍵で扉を開けた。天井の蛍光灯に照らし出された入口の壁は、殺風景なコンクリートの打ち放しだ。右側の、棚に仕切りをつけただけの下駄箱に、スリッパやゴム草履が乱雑におかれている。

スニーカーのまま、入り込んだ。歩き始めると、自分の足音が、コンクリートの床に高くひびく。スニーカーなのに、静まり返った深夜のせいだろう、タップシューズの踵をうちつけるような音をたてる。

機材のコードが床を這《は》い、建具が壁にたてかけてある。

正面にそそりたつ仏像が、映画のスタジオとしては、異様だ。それが、なんという仏の像なのか、彼は、知らない。仰ぎみるような大仏である。

東大寺の盧遮那仏、飛鳥の釈迦如来、鎌倉の阿弥陀仏ほど大きくはないのだろうが、蓮華の上に結跏趺坐し、半眼に見下ろす姿は、威圧的である。

頭上に、天人や宝華を彫画した金細工の天蓋が、瓔珞をたらす。

これもコンクリートの四角い太い柱が要所要所に立ち、天井をささえる。

「アトラスね」

柱を見上げて、そう言った天野志津子の言葉を、彼は思い出した。

「アトラス……」

ずいぶん、突拍子もないものを連想するのだな、と、彼は苦笑したのだった。

天野志津子とは、二十数年ぶりの再会になった。

地元で募集したエキストラの中に、志津子を見出したのである。何十人ものエキストラを東京から呼んでは費用がかかりすぎる。地元の人を採用すれば口コミで映画の宣伝にもなる。

スタジオの一部に設けられた着替えの場所で、衣装をわたしている彼に、

「しばらくです」

と、志津子の方から声をかけてきたのだった。

Tシャツにジーンズという無造作な恰好だった。天野志津子と、名を言われても、彼はしばらく思い出せなかった。そうして、ようやく、眉の濃い勝気そうな女の子の顔が記憶の底から浮かんだ。メークで眉をぬりつぶしたせいか、勝気な気配は消え、ひっそりと物静かだった。

この瀬戸の内海に面したロケ地は、彼が小学校五年の一学期の後半から夏休みをはさんで九月のはじめまで、三か月あまりを過ごしたことのある土地であり、天野志津子は、そのときの同級生だった。

「驚いたな。天野さんがエキストラに出てるなんて。なにか、芝居関係のことをしているんですか」

地元の素人が集まって作っている劇団などからも応募している。

「いいえ、わたし、町役場につとめているんです」

「仕事、休まなくてはならないでしょう」

「町の宣伝になることだから、協力するようにって、上の方も熱心で。戸籍係ですから、そんなに忙しくないし」

「驚いたな」

と、彼はもう一度くりかえした。

「よく、ぼくがわかりましたね」

「役場にきている映画の資料をみたら、お名前がのっていて、同姓同名でしょう。まさか、とは思

ったんですけれど、お顔をみたら、昔のままなんですもの。すぐ、わかったわ」

「たった、三か月ですよ、いっしょだったの。子供のころだったし」

「そちらは、わたしのこと、忘れていらっしゃったみたいだけれど、東京からの転校生って珍しかったから、忘れません。綱彦さんて名前を、綱引き、綱引きってからかう子がいたじゃありませんか」

「そうだったっけ……」

「子供って、つまらないことをからかいの種にするのね。あなた、いやがっていたわ」

彼は、おぼえていなかった。今の彼には、綱引きといわれていやがるほうが、どうかしている、べつに悪口でもなんでもない、自意識過剰すぎると思える。いやがるから、なおのこと、地元の子供たちはおもしろがったのだろう。

そんな他愛ない追憶の後で、柱を見上げて、

「アトラスね」

と、志津子は言ったのだった。それから、

「コウちゃんが、船のセット、造ったのよ」

と、つづけた。

「コウちゃん……」

「わたしの名前だって、すぐに思い出せなかったんだもの。コウちゃんっていっても、わからないかな。森谷。森谷亘介。お父さんが網元だった……。彼ね、船大工やっていたことあるの。仕事がなくなったから、いまは造船所で働いているけど」

そのとき、撮影が始まって、話は中断された。ライティング待ちのあいだも彼は雑用がいそがしく、後で会いましょうと約束する時間もないまま、エキストラの出番は終わり、スタッフの用意したマイクロバスで帰っていった。

アトラスね、と、彼は苦笑しながら思い返し、天野は小学生のときからあまり変わっていないの

かなと思った。あまりに少女趣味な連想だ。

彼が住んでいたころは、造船業でにぎわってはいたけれど、雑貨屋の店先に週刊誌がおいてあるほかには、書店は一軒もない土地だった。母が長期入院することになり、彼は、やむを得ず、この土地の遠縁の家にあずけられたのだった。地元の子供とはなじめないでいたのだが、休み時間に本を読んでいる天野志津子に、親近感を持った。

「何の本？」

珍しく彼の方から話しかけ、ギリシャ神話と知って、いっそう親しみをおぼえた。

「どの話が一番面白かった？」

彼が聞くと、

「面白いっていうより、怖かったのは、アトラス」

と、天野は言った。地球の上に立ち、両腕と肩で、天の重みをささえる巨人。その巨人の苦悩を、おそろしいものに、天野は感じたらしい。メデューサとたたかうペルセウスの雄々しさとか、翼を失って落ちるイカロスの痛ましさとか、女の子が興味を持ちそうな話より、

「天をささえる巨人の苦しみのほうが凄い」

と、天野は言った。

「本、好きなの？」

「うん。だけど、うちには雑誌しかないから、コウちゃんから借りるの」

同じクラスの森谷亘介は、本を読んでいるところなど見たことがないから、

「コウちゃん？」

不思議な気がして問い返した。森谷亘介は、彼と同い年とは思えないほど逞しい体軀で、漁師たちと同じように太陽にあぶられた強靱《きょうじん》な肌の毛穴に、汐のにおいがしみこんでいた。

「あそこんち、本、たくさんあるの。叔父さんのだって。叔父さん、東京の大学にいっていたんだけれど、病気で帰ってきているの。わたし、しょ

っちゅう借りにいくの」

スタジオは二つにわけられ、手前の部分に、網元の家の内部が造られている。広い土間、竈《かまど》、頑丈な柱、太い梁、と、精密なセットだ。

明日から、この網元の家のシーンの撮影に入る。

土間の上がり框《かまち》に腰を降ろし、彼は、奇妙な既視感をおぼえていた。

この大掛りなセットが完成したのは昨日で、そのときも目にしているのだが、既視感はなかった。

なぜ……と、不意に生じた感覚をいぶかしむ。

昨日は、まだ、小道具はおかれず、がらんとしていたのだが、今は、明日の撮影にそなえて、浮子《うき》をつけた網や、古びた櫂、色褪せた大漁幟などの小道具がととのえられ、人の気配がないのが不自然なほど、生活のにおいがある。重厚な階段の下にはめこまれた箪笥にも見覚えがある。

そういえば……と、思い出した。

これは、森谷の家じゃないか。

森谷亘介の家は代々網元だった。土間には網や幟が無造作におかれていた。しかし、彼が東京に帰ったあと、造船業がさかんになり、漁業はおとろえた、というような話を聞いている。

小道具は、美術助手が主にととのえたので、彼は関与していなかった。いま、このセットにおかれた小道具が、それらと同じものかどうか、わからないけれど、森谷の家から借り出したのかもしれない……と、思う。森谷の家をモデルにして設計したのだろう。既視感は当然だ。

森谷くんが船のセットを造ったと、天野志津子は言っていたな。

設計をしたという意味か、実際に造ったのか。

大きい和船が、重要な舞台の一つになるのだが、いまは、漁船はみな、モーターを使った洋式の船で、櫓や櫂で漕ぐ和船は、消滅した。新たに造って海に浮かべるなど、費用の点で不可能だし、撮影も困難なので、セットをスタジオに造った。背景はマットをつかい、後で海や空を合成する。

彼が漁村にいたころは、朝早く浜に出ると、漁にでた和船が櫓の音をきしませて漕ぎ戻ってきて、地引網がはじまるのだった。昼、砂浜に、引き上げられてならんだ船は、ゆったりと午後のときをくつろいでいるようだった。

船の中に入り込んでいるところをみつかると、いたずらするな、と荒くれた漁師にどなられるが、中に、老朽化した廃船があり、その船なら怒られないので彼はよくもぐりこんだ。

胴の間にあおむけに寝ころがり、空に目をあずけていると、波の音が耳につき、船がかすかにゆれ、そうして、からだが消えてゆくような錯覚を持つのだった。

船は、ほとんどすべて、森谷の家の持ち船だった。

女郎屋、待合、小料理屋、そうして芸者置屋なども森谷の家の息がかかっているのが多かった。

そういえば、喉頸を真っ白に塗った女を、森谷の家で見かけたことがあったな、と、記憶がよみがえる。

「それだっても」

框に手をつき、からだをよじるようにして、言う。その相手は、白絣の着流しで、突っ立っていた。

いや、芝居か映画で見た場面とこんがらかっているのかな。

あまりに遠い記憶は、あやふやだ。

芝居なら、芸者は黒の裾《すそ》模様かなにかの着付けだろうが、記憶の底から浮かび上がった女は、あっぱっぱと呼ばれた簡単な洋服だ。それで、首筋だけが真っ白なのが、異様な印象だったから、記憶に残ったのかもしれない。

相手の男は……森谷亘介の叔父さんだ。

と、糸がほどけるように、記憶が少しずつほぐれてくる。

東京の大学に行っていたのに、躰《からだ》を悪くして帰郷しているという、若い男だ。亘介の母親の弟だということだった。

若いといっても、小学生の彼の目には、話しかけるのも怖いような大人に見え、彼は口をきいたこともなかった。

名前は知らない。

肺病だと彼に教えたのは、天野志津子だったろうか。神経衰弱、と言ったような気もする。

いや、

「病気って、肺病？」

彼が聞いたら、

「ちがう、神経衰弱」

と、志津子が声をひそめたのではなかっただろうか。


肺病は、彼にはなじみのある病名だ。母が入院することになったのは、この病気のためだった。伝染するから、彼は見舞いに行くこともゆるされないまま、遠縁にあずけられた。そうして、ひと夏を終え、二学期がはじまるとまもなく東京に帰ったのは、母が死んで、父がすぐに後添いを家に入れ、彼の世話をする女手ができたからだ。

「神経衰弱って、どういう病気」

「人と話をするのが嫌いになるの。何にもできなくて、ぶらぶらしているの」

志津子の説明は、少し不正確な気がした。たしかに、叔父さんは、亘介の両親とはほとんど口をきかなかったが、奉公人に話しかけているところは見かけたし、浜で漁師たちともときどき話し合っていた。そのときは、小さい笑い声さえたてていた。

漁師たちは、裸体で、白い褌《ふんどし》、赤い褌が股から腰骨の上にぐいとくいこみ、赤褐色の肌が、網元の家の、磨き込んだ床柱に似ていた。

彼は、叔父さんと話をしたことはなかった。

……いや、一度、あった。

そのとき、彼は、廃船の胴の間に、ひとり、ねころんで、空に目をあずけていた。

人の気配に視線をうつすと、叔父さんが、船縁を越え、胴の間に足をおいたところだ。

彼と目があった。

――いけなかったかな。

叱られるかと、彼はおびえた。

――ここは、叔父さんの大事な場所なのかもしれない。

彼がここが好きなように、叔父さんも、ここでひとりぼうっとしているのが好きなのかもしれない。船に関しては、叔父さんの方に優先権がある。そう、彼は思い、立ち去るつもりで起きなおりかけた。叔父さんは彼の隣に腰を下ろし、袖口から手を入れて、とりだしたものを彼の手の平におとした。青黒い四角い、二センチ角ぐらいの小さいものだった。少し汐くさかった。脚も鋏もないので、すぐには蟹とわからなかったのだ。目玉がひくひくと動いた。彼は、思わず投げ捨ててしまった。そうして、叔父さんの顔色をうかがわずにはいられなかった。好意でくれたのかもしれないのに、気持を傷つけただろうか。

叔父さんの表情は、変わらなかったと思う。拾ってまた、袖口から袂に落とした。

彼は、船縁によじのぼり、またいで、砂に飛び下りた。そのとき、男の手が彼の臀をそっとささえて持ち上げてくれる感触があった。

――そうだ、あのときも、言葉は一言もかわさなかったな。やはり、一度もなかったんだ、話をしたことは。

舳先は、はるかに高く、砂上に立った彼が手をのばしても、まるでとどかないのだった。

飛び下りたとき、足がむずむずした。目を落とすと、小さい青黒い蟹が、甲に這いのぼってくるところだ。

つまみあげ、脚を一つ一つ、もいだ。鋏ももぎ取って、なんだか哀しくなった。

四角い塊になってしまった蟹をどうしていいかわからず、船にほうり上げた。

框に手をつき、女が泣いていたのは、その数日後だったろうか。号泣ではない。がっくりと首を落とし、肩がこまかくふるえているので、泣いているとわかったのだった。

追憶は次第に濃密に彼を包み始める。

網元の家のセットを出て、彼は、和船の方に行った。

仕切りで二つにわけられたスタジオの、もう一つの部分の床に、和船は据えられていた。

ここも、ライトのコードが床にうねっている。

実物大である。フジツボが船腹についているところまで、写実的に作られていた。


舳先が高々と宙にのびているが、子供のときに見た和船は、もっと大きかったような気がする。

帆を下ろした帆柱がそびえ、帆綱がとぐろをまく。

脚立をつかって、甲板にのぼった。

帆柱に、縛りつけられていたのは、叔父さんだったな……と、思い出す。

月が明るかった。夜だった。と、記憶の断片が次第に一枚の巨大なタブローになる。

覗き見しているのは、彼と森谷亘介と天野志津子の三人だ。

叔父さんは、裸体だった。その両腕は柱の後ろにまわされ、細引でくくられている。足首も、柱に縛りつけてあるのだが、その爪先は、甲板から少し浮いていた。よく見ると、縄の先を高い帆桁にかけ、滑車のようにからだをひきずりあげてあった。

細引で縛った部分に躰の重みがかかり、縄目がくいこんだ肉は充血して腫れていた。

胴の間の板の上に、黒い長い布がうねっていた。月光の下だから黒く見えるので、本来は赤い布だと、彼はわかった。

その持ち主と思われる漁師は、全裸で、女を組み敷いていた。

漁師が身動きするたびに、筋肉のくぼみにたまった汗が、月光を映して流れた。

「それだっても」

女が声をもらした。裸だが、喉首に白粉が残っていた。

帆柱にくくられた叔父さんに、その声は向けられていた。

叔父さんという呼び名は、この場合、まったくふさわしくない。

だが、彼は、叔父さんの名前は知らなかった。

「馬鹿野郎」

怒鳴り声をあびせたのは漁師で、盗み見していた三人の子供に目をとめたのだ。三人は、逃げた。

次の日、三人の幼い目撃者は、奇妙な夢のような場面について、こっそり語り合った。

「今日、叔父さん、どうしてる?」

彼が訊くと、森谷は、首をふっただけだった。

何を意味するのか、彼にはわからなかった。

「りゅうさんとあやさん、恋人?」

志津子が、森谷に訊いた。

それで、漁師の名がりゅうさん、女の名があやさん、と、彼は知った。

森谷はうなずいた。漁師は森谷の父の配下にあるのだから、事情は一番くわしい。

上がり框に手をついて、

「それだっても」

と訴えながら泣いていた女を、彼は思い浮かべ、

——ちがう。あやさんは、叔父さんを好きなんだ。

そう彼は思ったが、口には出さなかった。

彼一人が目にした場面を、二人に教えたくなかったのだ。

りゅうさんとあやさんが、もともと恋人同士だったのに、あやさんは、叔父さんにこころをうつした。

それで、りゅうさんは、叔父さんを縛りつけ、その目の前であやさんと親しむところをみせつけていたのだろうか。

彼はそんなふうに思った。

二人の男と一人の女の間になにがあったのか、彼には、わかりようもないけれど、小説などから得た知識をもとにいろいろ想像することはできる。

「やってみないか」

口にしたのは、彼だった。

森谷と志津子はけげんそうに彼を見た。

恥ずかしさとうしろめたさに、息苦しくなったが、彼は、ふと口をついた思いつきを捨てられなかった。

「あの三人のまね」

「いやだ」

叫びながら、志津子は身をくねらせた。

「だって、どっちと、あたし……」

「ぼく、縛られる方でいい」

彼は、言った。

「ああ、やろう」

妙に低い声で、森谷亘介は応じた。

「いやよ」

「今夜」彼が言うと、

「ああ、夜」森谷はうなずき、

「来いよ」志津子に念を押した。

「いやよ」

志津子は言ったが、陽が落ち、月光が砂粒の光と影をくっきりさせる浜に彼が着いたとき、志津子と森谷はすでに廃船の下にいた。

森谷は、漁師の子がよくそうしているように、褌一本の裸だった。

甲板によじのぼった。

叔父さんにならって、彼は服を脱ぎ、帆柱を背に立った。両手を柱の後ろに回すと、森谷はベルトに下げていた細引で縛り上げた。

それから森谷は細引の端をくわえて帆桁にのぼり、細引をひっかけて、下りてきた。

志津子と二人がかりで、細引をひっぱり、彼の爪先は、甲板から少し浮いた。足首をくくりつけた。

縄が肉にくいこんだ。

叔父さんのあじわった痛みだ、と、彼は思った。

帆桁を支点にしているので、いくらか、痛みが軽減される。

そのとき、犬の吠える声を、かすかに、彼は聞いた。

森谷の赤い褌が、胴の間に黒くうねった。

大蟹の甲羅の上に鞣革《なめしがわ》を張ったような胸板が、月に濡れた。

志津子の服をはぎ取った。

四本の手と四本の脚がからみあうのを、彼は見つめた。

森谷が身動きするたびに、筋肉のくぼみにたまった汗が、月光を映して流れた。

叔父さんは、これを見ていた、と、彼は思った。

「それだっても」

志津子の喘ぐ声を彼は聞き流した。

彼の目は、森谷の、盛り上がり、撓《たわ》み、ゆるみ、また怒張する筋肉の動きに沿って動いた。

「馬鹿野郎」

ふいに、森谷が怒鳴った。

その視線の先に、こちらをみつめている男の淡い影があった。犬の鳴き声がかすかに聞こえた。

森谷が、帆柱に縛られた彼に近づいた。

「あの後、叔父さんがどうなったか、教えてやる」

と、言った。

「警察にも内緒にしているけれど」

そうして、森谷は、彼の喉にがっしりした指をまわした。

「スキャンダルだから、大人は内緒にしている。りゅうさんは、叔父さんがわずらわしくてさ。叔父さんの目が、いつもりゅうさんを追っているのが」

森谷の手に力がくわわった。

「だから、りゅうさんは、こうやった」

「叔父さん、死んだの？」

「ああ。おれも、おまえがわずらわしくてさ。いつも、おまえの目がおれを追っている」

森谷は、りゅうさんと同じことをしている。叔父さんは死んだ。ぼくも、死ぬんだな。そう、彼は思った。

そうして、あり得たかもしれない自分の未来が、一瞬のあいだに視えたのだ。

あり得たかもしれない未来の自分が聞いた犬の鳴き声が、少年の彼の耳にとどいた。

あり得たかもしれない未来の彼は、廃船の夜を、ほとんど忘れていた。志津子を見てもすぐにはわからず、森谷の名も思い出すことなく暮らしてきた。心から消えていたのだ。

忘れるな。忘れてはならない。おれと、おまえの夏を。決して忘れることのないように、

「いま、死ね」

と、森谷の指に力がこもる。

「それだっても」

すすり泣くように、うたうように、志津子が言い、森谷の指は、彼の喉骨を押しつぶした。

## 「雪女郎」あとがき

なくしたと思っていた思い出深い物語が、みつかった。本書に収録した『十五歳の掟』である。探し出してくださったのは、本書をまとめてくださった編集者・大野周子さん。最初のころに書いた短編は、タイトルも内容も忘れてしまったものがずいぶんあるのだけれど『十五歳の掟』は、はじめて書いた時代短編であり、物語を発表するようになる前から、いつか書きたいと思っていた素材だったので、記憶は鮮明に残っていた。しかし掲載誌と発表の年月がわからない。大野さんは、酷暑の中を、日本近代文学館、国会図書館と足を運び、コンピューターで検索し、みつけだしてくださった。おかげで、消えてしまうはずだった物語が、中島かほるさんの美しい衣裳を着せていただいて、よみがえることになった。心より、お礼申し上げる。

この物語は、掲載時、宮田雅之氏の切り絵で飾っていただいたしあわせな作品である。当時、宮田氏の切り絵は、野坂昭如氏の『骨餓身峠死人葛』や、赤江瀑氏の『闇絵黒髪』など、妖美な作の数々を飾り、わたしは憧憬していたのだった。
近々、平凡社から、別冊太陽『宮田雅之切り絵の世界』が、発行される。『十五歳の掟』の挿絵も掲載されるとのことだ。思いがけない偶然を、天恵のようにありがたく思っている。

一九九五年十一月

皆川博子

# 朱紋様《あけもよう》

## PART 2

# 雨夜叉

## 一

ざらり、と投げ出されたのは、黒髪の束だ。畳の上にうごめいた。

小僧が悲鳴をあげた。

「髱《かもじ》なら、間に合っている。持って帰りな」

友九郎は平然と顎《あご》をしゃくった。商いが鬘《かつら》屋だから、長い髪がのたうつのは見馴れている。

壁には髱がずらりと掛かり、毛むくじゃらな化け物の揃い踏みだ。その下で、職人たちが、羽二重に本毛を植えつけたり櫛で梳《す》いたり元結《もとゆい》で結いあげたりしている。梅雨の晴れ間で、蒸し暑い。汗ばんだ職人たちの手に髪が粘りつく。

相手の豹変がいささか不気味ではあった。

最初は、ごく下手に出たのだった。

友九郎旦那のお店はこちらでござんすね。

揉《も》み手しながら、声をかけて、暖簾《のれん》をわけ、顔をのぞかせた。

商いの客ではない、と、とっさに見極めをつけた職人頭の喜作が、

「そうだよ」無愛想に応じると、素早い身のこなしで土間に入りこんだ。

友九郎は、市村座におさめる鬘に手をいれていた。入ってきた男に目を投げると、ほっそりした撫《な》で肩のやさ男だ。しかし、髷《まげ》のはけ先の具合、身のこなし、堅気《かたぎ》ではないなと見当をつけた。

応対は喜作にまかせ、鬘に目を戻した。

市村座は『双蝶々曲輪日記《ふたつちょうちょうくるわにっき》』を出すというが、無人《ぶにん》の夏狂言である。濡髪長五郎に源之助、

放駒に亀三郎と、たいした役者ではない。いきおい、鬘を扱う友九郎の手もぞんざいになる。

葺屋町《ふきやちょう》河岸に店をかまえる友九郎は、葺屋町の市村座、堺町《さかいちょう》の中村座、両座の鬘を一手に引き受け、鬘作りにかけては名人と名が通り、芝居町に顔がきく。

川柳に、

友九郎娘や後家を手ごしらえ
羽二重で富士をこさえる友九郎

などとよまれるほど、名が売れていた。富士は富士額の意である。

友九郎と言えば、鬘屋の代名詞のようになっていた。〃娘や後家を手ごしらえ〃は、もちろん、娘・年増の鬘を彼が手作りする意であるけれど、女に手が早いという色合いも、彼を知るものには感じとれる。

友九郎毛ほどのことも尻を食い

というのは、鬘屋が床山《とこやま》の元締めだからである。下地を結わせるために、名題役者にはかならず床山がひとりずつつく。床山が役者の機嫌を損じたとき、鬘屋はあいだにはいって口をきき、とりなしてやる。

鬘は、延宝年間、銅製の鉢型に蓑のように編んだ本毛を綴《と》じつけたものを用いたのがはじまりである。

十五年前——寛政二年、初代尾上松助が中村座で鏡山の岩藤《いわふじ》をつとめたとき、羽二重の布目のあいだに本毛を植えて生え際を自然にみせる工夫をし、それを実際に作りあげたのが友九郎であった。友九郎の名声があがったのはそれ以来である。

なまじな役者より男前と、色里の女たちにほめそやされるのは、たしかに男前ではあるけれど、それに加えて、金回りがよいからだと、彼は承知している。

鬘だけでは、身代《しんだい》はつくれない。彼は、興行師の才覚にも恵まれていた。両国の見世物に資金をだし、そちらのほうが儲けは大きい。

買っていただきてえものがあるんですがね。

男は切り出した。

間に合っているよ。喜作は突き放した。

何を売りにきたか聞きもしねえで、ことわるんですかい。

いそがしいんだ。帰りな。喜作の声が荒くなった。

旦那に申しますよ。ねえ、旦那、友九郎旦那。

のびあがり、男は呼びかけた。友九郎は無視した。

旦那、ちょいと、こっちを向いておくんなさいよ。

男の手が懐《ふところ》にはいるのが目の隅に映った。刃物。ちらりと思ったが、これだけ人のいる店先で、刃物を振り回して暴れ出すこともあるまい。

「旦那、買ってほしいのは、これなんですがね」

懐から、ざらりと投げ出したのであった。

「本毛はいくらでもお入り用では」

男は薄い笑みを見せた。

「並みの毛じゃあありやせん。男の精気、女の妖気、ぞんぶんに吸いこんだ髪でござんすよ」

友九郎は、相手にせず、喜作が、

「さあさあ、場所ふさげだ。むさいものは早くしまってくれ」

——あ、まずいことを……。友九郎は内心舌打ちした。みすみす相手につけいる隙をあたえたようなものだ。

案の定、言葉尻を、素早く相手はとらえた。

「そうですかい。おたくでは、むさいものを扱っていなさるのかい。こいつァけぶだ。役者衆は、大事な天窓《あたま》に、むさいものをのせていなさるのか。初耳だったなァ」

「うちで使うのは、出入りの髢屋から買う、きれいに手入れのすんだ髪だ」

喜作は失言を取り戻そうとやっきになり、

「そいつは、生々《なまなま》しすぎる。生な毛というものは、あまり気持ちのよいものではないだろうが。だから、わたしはむさいといったのだ」

くそまじめに、弁解する。

いやがらせて、いくらかせしめようという魂胆はみえすいている。一朱か二朱も包んでやれば引き下がるのだろうが、それも業腹だ。いよいよ手に負えなくなったら自身番に突き出せばすむ。まともに相手になることはない。わずらわしいので、友九郎は、座をはずそうと立ち上がった。奥に行きかけた足が止まったのは、

「逃げなさるんで、旦那」

男の声が、顔つきからは思いもよらぬ凄味《すごみ》を帯びて耳を打ったからである。

友九郎は、職人のひとり、吾一にめくばせした。出入りの鳶《とび》を呼んでこい。こういういざこざのために、日頃、威勢のよい若いのを手なずけてある。店の職人に喧嘩され怪我でもされたら、仕事にさしつかえる。

気働きのある吾一がさりげなく立とうとすると、

「おっと、よけいな真似《まね》はしなさんなよ」

やさしい声で、男はたしなめた。

「この髪が、そんなにむさいかねえ」

「油っ気の抜けた、汚い毛だ。うちが髢屋から買うのは、丹念に洗って梳いて、生臭みを抜いた毛だ」

そんなやつに理を説いてやることはない、と、友九郎は、喜作の愚直ぶりにうんざりする。相手は、喜作のいう道理など、百も承知なのだ。

喜作は伎倆もよく、年季の入り加減も中どころで、職人たちに哥兄《あにき》と立てられる手前、こういうときは相手を買ってでるのが自分の役と心得ているのだが、律儀《りちぎ》すぎていけない。

「ねえ、旦那、旦那が一目見ておくれなら、わか

るはずなんだがねえ」

声が粘りつく。

こちらが頭から高飛車に出れば、存外意気地なく引き下がる手合いが多いのだが、きっかけをつかみそこなった。

「十両、きれいにおだしなさいな」蔭間《かげま》のような口調だが、一皮むいた恐ろしさを、仄《ほの》見せる。

「十両だ！」喜作はまともに目を剝《む》いた。

なにか曰《いわ》くのある髪だなと、友九郎は察した。

十両とふっかけて、せいぜい一両も脅し取るつもりだろうが、ただの髱なら、嫌がらせでも、十両とはいうまい。

「ねえ、旦那。ここで子細を申しましょうか」

「奥にきな」

笑みとともに、髪の束は男の懐に這入った。

二

「万菊が病い？」

引手茶屋の亭主はけげんそうに、

「てまえどもは何も聞いてはおりませぬが。すぐに、呼びにやりましょう。なに、旦那のお越しとあれば、頭痛鉢巻きでも、お迎えにきなさいましょう。御酒の用意をととのえます。ごゆるりとお待ちになってくださいませ」

酒肴《しゅこう》がはこばれ、芸妓、幇間《ほうかん》、ずらずらと居並び、花魁《おいらん》が新造やら禿《かむろ》やら若い衆やら引き従えて仲の町を練り歩き茶屋にたどりつくまでの、時ののろさを感じさせまいと、賑やかに座を守《も》りたてる。

やはり、はめられたかな。

友九郎は苦笑する。

黒髪を断ち切っては、大籬《まがき》『扇屋』きってのお職、万菊、座敷に出ることもなるまい。病気と言い立て、こもっているだろう、そう思う一方で、あの男の口車に、友九郎ともあろうものが、うかとのせられたのでは、と、疑いも起きていた。

茶屋の亭主が何も知らぬというのは、やはり嘘っぱちだったのか、それとも、楼主が手をまわし、話が外にもれるのを防いだか。しかし、事実であれば、あんな強請《ゆすり》があらわれる前に、だれか心きいたものが彼に御注進に馳せ参じてもよさそうなものを……。

連子《れんじ》格子の窓越しに見える仲の町の通りは、四季おりおりに花木を植え替え、季節を廓《くるわ》に招き入れる。桜はとうにおわり、引き抜かれ、そのあとに溝《みぞ》をひいて川に見立て、植えた菖蒲も末枯れて捨てられた。

友九郎は、花の盛衰に心をうばわれるような殊勝な心根は持たず、溝を埋めたてたあとの道の汚さに興をそがれるのみだ。花魁の裲襠《うちかけ》の裾《すそ》もこれでは泥にまみれることだろう。

やがて、大仰な行列の先頭が見えてきた。

緞子《どんす》に繡《ぬ》い模様の裲襠、襟《えり》は天鵞絨《ビロード》、繻子《しゅす》の帯を前に垂れ、座敷に鷹揚《おうよう》にすわった万菊の髪は、艶やかに結いあげた立兵庫《たてひょうご》、前髪に二枚挿しの櫛、長さ九寸はある簪《かんざし》を左右に三本ずつ、といつに変わらぬ姿であった。

「花魁が具合が悪いと、どこからか聞きなさって、旦那は、取るものもとりあえず、かけつけておいでになりましたよ。花魁、果報でございますねえ」幇間があおり立てる。

床《とこ》はつけず、一賑《ひとにぎ》わいしてさらりと引き上げるのが、もっとも粋な客とされているけれど、友九郎は、野暮と蔭でいわれようと、大金払うだけの見返りは、取らねばおかない。

万菊は、襟に顎を埋め、長煙管《ながぎせる》をもてあそぶ。尊大にかまえているのは花魁の常だが、浮かぬ顔つきなのは、このあとの苦痛を予測しているせいだ、と彼は見抜く。酒も飲みあきている、芸者の絃《いと》も幇間の踊りも、友九郎には、おもしろくもない。彼のたのしみは、べつのところにあった。きりあげろ、と、おかみに目顔で命じた。

螺鈿《らでん》の衣桁《いこう》、漆《うるし》の簞笥《たんす》、琴を立てかけ、扇屋の万菊の部屋は、大名の奥方の居室におとらぬ造作だが、帯をとき、白綸子《りんず》の長襦袢《じゅばん》で床入りとなれば、綺羅の羽根をむしられた孔雀のようなものだ。生まれは信濃の在、なにも権高《けんだか》くかまえることもあるまいに、と友九郎は、先に床に身をよこたえ、万菊の床入りを待つ。

次ぎの間で、万菊が、裾の厚い、豪勢な裲襠を脱ぎ、肌をまかせる身仕度をととのえる衣擦《きぬず》れが、襖《ふすま》越しに聞こえる。

それにしても、あの男、どうして、おれの夜のことを知っていたのか。万菊が、口をすべらせたのか。

友九郎は身を起こし、枕もとにおいた包みを開いた。商い道具の櫛やら元結やらを彼はいつも身につけている。つくるのは鬘だが、ときに女の髪も結ってやる。

剃刀《かみそり》をだし、櫛、笄《こうがい》をぬきさられて寒々しい髷の元結を、切る手触りを思う。

彼は女の髪の感触を好んでいた。万菊とかぎらぬ。鬘をつくるときは商いだから、冷静に扱うが、生身の女の地肌に根をはる髪を捌《さば》き、つかみ、女の胸に這わせ、おのれの手首に巻きつけ、ひとしきりもてあそぶうちに、凶暴な力が身のうちに滾《たぎ》りあふれ、その後に、他人に言えぬ嗜虐《しぎゃく》の悦楽が続く。

他人に、見せたことはなかった。女の口は金で封じてある……はずだった……。

他人に後ろ指をさされてはならぬ。色里で遊ぶのは、いっこうかまわないが、ひとに言えぬ遊びをしていると、周囲にけどられてはならなかった。彼の足をひっぱり、蹴落とそうと狙う同業者は多い。

女のからだに傷をつけぬ心配りは、おこたらなかった。

彼に仕込みぬかれて、いつか快楽をおぼえるようになる女もいるが、万菊は、異様な責めをされるのを、極度に嫌っていた。それでも、名指されて厭といわぬのは、女郎のほうから客をふるのは、芝居のなかだけのこと、さだめの金を積まれれば、好きの嫌いのと勝手はいえぬ里の仕組みである。その上、万菊には、なにか金のいる事情があるらしく、内所の手にわたらぬ金をひそかにあたえれば、秘密は守った。

あの男は、こいつの間夫《まぶ》か……。

万菊花魁が、と、職人の耳に声がとどかぬ奥の部屋に通すと、男は、彼に言ったのだった。あんまり辛いと、とうとう、髪をばっさり切りなさった。

男に言われ、彼は、顔色には出さなかったが、内心あおざめた。廓じゅうに知れ渡る。それを、おそれたのだけれど、更に、髪を切るという行為には、生害に似た衝撃を与えるものがある。

いいえ、旦那、花魁は、旦那に義理立てしなさって、ご亭主さんにもおかみさんにも、朋輩衆にも、だれひとり、旦那の仕打ちが辛いからだなんて、口を割りはなさいません。ただの気病《やみ》みから、錯乱しなさったと、まわりは思っておりますよ。だがね、あんまり哀れじゃございませんか。わっちはけちな地廻りだが、万菊花魁には、なぜか、たいそうかわいがられておりまして、花魁が、わっちにだけは、じつは、こうこうと、いりわけを打ち明けなさった。そうして、わっちに言いなさったね。この髪を友九郎の旦那に届けて、後生だから、あの辛いおつとめはもう堪忍してくんなましとつたえておくれ、こう、言いなさった。しかし、髪がのびるまで、花魁は、身上がりですぜ。

　遊女が休みをとるためには、働けば客からとれるであろう金額を、自分で、内所に払わねばならない。我が身を己れで買う仕組みである。つまりは、身を縛る借金がかさむことになる。それゆえ、遊女は、少々の病気では寝てもいられない。

　そのくれえのことは、わっちがいうまでもねえ、旦那もよく……。

　上目づかいに、男は、友九郎に目を据えた。

　十両でも安い見舞い金でござんしょう。

　拒めば、万菊が髪を断ち切ったその理由を、世間にばらす。あからさまには言わないが、男の目の色が凄味を帯びた。

　六歳で、友九郎は、色子に売られた。容色はすぐれていたが、名題の血筋ではないし、役者になってもうだつがあがらぬと見越し、手先が器用なのを自覚して、鬘つくりに商売替えしたのが、あたった。しかし、色子のころに、身をさいなまれ、銭の力を思い知らされ、それが、現在の、表面はおだやかで貫禄があり、裏で、異様な嗜好に惑溺し、かねつくりの才覚に鋭敏な彼をつくりあげた。

　見世物も金もうけのためばかりではない、人知れず、彼の嗜好を満足させるためであった。小屋に集まる見物人たちも、心のうちに残忍なものを秘めているのだ、と、彼は、苦い笑いをもらす。

　昨今、南北《なんぼく》師匠の狂言のあたることは、どうだ。世の中はおだやかで、血まみれな騒ぎはめったに起こらないけれど、堺町、木挽町《こびきちょう》、葺屋町では、冷酷無残な血糊が溢れ流れる。

　並みの人々は、芝居や見世物で好奇心と残虐嗜好を充たし、おのれの平穏無事を確認し、優越感をくすぐられ、それで満足する。友九郎の嗜好は、傍観するだけで充たされるような中途半端なものではないので、彼はそれを隠しとおさねばならないのだった。

勘次という地廻りは、おまえの悪足《わるあし》か。

問いつめる言葉を、友九郎は口のなかでたのしんでいた。

ふたりきりにならねば、その問いを口に出せぬ。

〃勘次〃。でまかせの名かもしれなかった。しかし、万菊がもらさねば、地廻りが、彼と万菊の夜を知るはずがない。ふたり結託したのか。それとも万菊が告げたことを、地廻りがかってに利用したのか。

十両という要求を三両にまで引き下げた。騙《かた》りとられたのは、いかにも腹立たしいが、万菊を痛めつけ、夜のたのしみを倍加させる種になる、と、その期待のほうが、今夜の友九郎は大きい。

襖が細く開き、万菊の素足が、敷居をまたいだ。

万菊の手には文箱があった。


床に誘いこんでからじっくりなぶろうと待ちかまえている友九郎の枕のきわに、万菊は膝つき、

「主《ぬし》さん、よう来なんした」

歓迎しているのではなかった。よくものめのめ顔をだせたものだ、そういう口調であった。

彼に口を開く隙をあたえず、

「とっくり、見なんし」

文箱をひらいた。

「なんでえ」

寝たままでは、箱の中はみえない。起きなおりもせずにいると、

「見なんし」万菊は、箱をつきつけた。

彼は少し頭をあげ、次いで、起き上がった。

とぐろを巻いているのは、黒々とした髪の毛の束であった。

「おかみさまに、こうまでされては、わたしは、顔向けがなりいせん。ほかのものの手前、だまっていいしたが、今宵は、おかみさまに免じて、こ

のまま、帰りなんし」

「女房？　おれは独《ひと》り身だぜ」

え、と、万菊は絶句した。

おまえさまからの使いだと若い衆がたずねてきたので、会いいした、万菊は、ようやく、そう言った。

男は、友九郎旦那の店の職人で、勘次というものだ、と名乗り、髪の束を万菊に突きつけ、旦那の使いというのは、花魁に会う口実だ、この髪は、友九郎旦那のおかみさまのものだ、と声に凄味を含ませた。どう意見しても、旦那の放蕩が、おさまらない。悩み悩んで、おかみさまは気も狂おしくなり、丈《たけ》なす髪を、根元から、ばっさり切ってしまいなすった。

〃わっちゃあ、おかみさんが哀れで、肚《はら》がおさまらねえ。どうしてくれる〃と、居直られた。

「騒ぎを大きくされて、内所にきこえてはわたしの落度になる。おかみさんに同情するようなことをいっているけれど、つまりはおあしが欲しいのだろうと、少し包んだら、おとなしく帰りました。髪は薄気味悪いから、持ってかえっておくれと頼んだら、友九郎旦那がまた遊びにきたら、それを見せて、意見してくれと、押しつけていきました。おまえのおかみさまの髪では、粗末な扱いもできない。こうやって、文箱におさめて、おまえにみせようと……。それでも、いま、聞けば、おまえは、独り身だと……」

友九郎は笑いだした。どこから手にいれた髪の毛か知らないが、一束で二ところから金をせしめるとは、機転のきいたやつだ。気に入ったよ。勘次となのった男がここにいれば、褒《ほ》めてやるところだ。

どうして、彼の秘密の遊びを、勘次は知っていたのか、その疑問も念頭から失せた。

万菊を床に引き入れ、襦袢をむしり剝《は》ぎ、文箱から髪をつかみあげると、ざらり、と、白い胸に這わせた。

## 三

「また、しとしと降りだした。今夜も商売は、あがったりだねえ」

「いいじゃねえか。おれが、一両かせいできてやったもの。友九もしみったれた奴でさ、一朱か二朱で話をつけようというのを、おどしたりすかしたり、たいていじゃあなかったぜ」

「油っ気の抜けた夜鷹《よたか》の髪が一両なら、たいした儲けものさ」

「山分けだ。二分《ぶ》と二分」

「あたしはいらないよ。おまえが使うがいいよ」

「欲のねえことを。軍師ァおめえだぜ」

「それより、おまえ、万菊の手もとに、髪はあるんだろうね」

「押しつけてきたさ。おまえの言うとおりなら、友九ァ、そいつで、遊ぶだろうよ」

蒲鉾《かまぼこ》小屋の筵《むしろ》屋根は、雨をほとんど素通しにする。夜鷹の片頬の火傷《やけど》のひきつれを雨粒はすべり落ちる。

「頭が涼しいだろう」

「いっそ、さばさばすらァね」

「こう、きな」

「あったためてくれるかえ」

「ちきしょう、濡れるなァ」

## 四

この責め苦がおわったら、あとで、新造の大滝をいたぶってやる。そのたのしみが、万菊に、耐える力をあたえる。大滝は、わたしがいとしくてならないので、責め折檻を甘受する。花琴のように火責めにも音《ね》はあげずに、わたしの憂さ晴らしを受けとめるだろうか。花琴のときはしくじって蠟が頰に垂れ……。
　胸にとぐろを巻いた髪は、ざわり、と、万菊の白い咽《のど》に向きを変えた。

「ご災難なことでした」

「災難なぞというものじゃござんせんよ」

相手は、顔をしかめ、大きく手を振る。災難、と軽く言い捨てるには、あまりに損が大きいというのだろう。

鉢の開いた頭、金壺眼《かなつぼまなこ》、しゃくれた顎《あご》。都伝内《みやこでんない》と名乗る男である。

「旦那は、早いところこちらに越しなさって、結句、よかった。火の粉もとんではこなかったようですね」

「越したといっても……」

芝居の興行がうまくいかず、かさんだ借金は何十万両という、とほうもない額になっている。堺町《ちょう》の小屋の地代が三千両あまり、新乗物町《しんのりものちょう》の住まいの店賃《たなちん》が六百五十両ちかく、どちらも滞ったまま払えず、地主と大家から訴人された。ついに櫓《やぐら》――公許の興行権――を人手に、つまりこの都伝内に渡し、新乗物町の家をたたみ、深川のお船蔵の裏手、八名川町《やながわちょう》の古家に逼塞《ひっそく》しているのである。

猛火をのがれたのを、塞翁《さいおう》が馬と、手放しに喜ぶ気にもならない。

瀬戸の大火鉢をあいだに、勘三郎は、上座を占めている。相手は訪客だ。床柱の前をゆずるのが礼儀だとは思うが、こちらは、手元がつまって一応櫓を渡したとはいえ、由緒正しい中村座の座元。年は相手の方が、かなり上だ。中村勘三郎は二十七歳。相手は四十に手のとどく年ごろだ。正確な年は、聞いたのだが忘れてしまっている。

できれば顔をあわせたくない相手だ。

障子をたてていても、潮のにおい、蜆《しじみ》や浅蜊《あさり》のなまぐさいにおいが、忍び入る。

「火元はまたも、お大名ですよ。まったく、いやになる。ちょっと一服させてもらいますよ」伝内は、かってに烟草《たばこ》盆を引き寄せた。

年弱《としよわ》な勘三郎を、どこか軽んじている気配がうかがわれる。

つい十日ほど前——十月二十五日の夜、湯島の大名屋敷が火を出し、北西の強風にあおられて、神田、日本橋から築地まで一舐《ひとな》めになった。逃げ遅れ、焼け棒杭《ぼっくい》の下敷きになった焼死体も数多い。堺町の中村座も、黒焦げの柱が積み重なっているばかりというありさまだ。小屋は、顔見世にまにあうようにと普請《ふしん》をいそいでいる最中だった。

「焼け跡に行きなさいましたか」

煙管《きせる》に莨《たばこ》をつめながら、伝内は訊いた。

「いや、とても、見る気にはなりません」

「ごめんくださいまし」

襖が少し開いた。おさんが、茶をのせた盆をはこんできた。

「お内儀《ないぎ》さまで？」と、伝内は座蒲団をおりて挨拶しようとする。

「いえ、これは、女房の妹です」

「お妹御《いもうとご》さまですか。それにしても、やはり、中村座元八代目さんのお嬢様」と、うやうやしく手をつき、「お初にお目にかかります。手前は、このたび、中村座さんの控え櫓をうけたまわり、堺町に櫓をあげることになりました、都伝内でございます。せっかくおあずかりいたしました小屋が、このような仕儀になり、なんとも」もうしわけないというのか、残念というのか、語尾はあいまいに濁し、「十代目さんは、あいかわらず、行き方知れずで？」

おさんが触れてほしくないであろうことを、あつかましく口にした。

「おきくは?」と、勘三郎は話をそらせてやった。

「あい、姉さんは、ちょっと頭が痛いと、休んでいなさいます」

「それは、いけませんの」伝内は眉をひそめた。いかにも大袈裟《おおげさ》にみえた。「始終、お頭《つむり》が病《や》めなさいますか」

「いいえ、疲れがでたのでございましょう」

「こちらさまも、何かと、ご心労が多いことでございましたからな」心得ているというふうに首を振り、「私も、いっそ寝込んでしまいたいほどでございますよ」伝内は言った。

「私がどれほど気落ちしているか、お察しいただけますでしょう。なにもかも、丸焼けだ。それでも、寝ちゃあいられません。顔見世の初日はあけなくては」

　掘っ立て小屋でも、と、伝内はしゃくれた顎を、あげた。挑みかかられているような気が、勘三郎は、した。

「そうですね、顔見世だけは」口にして、勘三郎は、こみあげる悔しさをのみこんだ。

　由緒ある中村座の櫓を、自分の代になって、はじめて、控えにわたさねばならなくなった……。もちこたえられなかった。

　彼が引き継いだときから、すでに背負いきれない借財をかかえこんでいた中村座であった。彼は、座元・中村勘三郎の血筋ではなかった。七つの年から、子役として舞台にたっていた。八代目勘三郎の養子になったのは、十五年前、彼が十二の年だ。もうひとり、これも十二歳の七三郎という子役が、やはり、養子にもらわれた。

　八代目勘三郎には男の子がおらず、女の子ばかり二人いた。おきくとおさん。そのころ、十と九つだった。いずれ、年頃になったら、ふたりの養子とそれぞれ結婚させるという八代目の心づもりだった。

養子をとったその年に、八代目は没したが、遺言で七三郎のほうが九代目に指名されたのは、実家が裕福なので、座の経営に役立つという思惑からだったらしい。

彼は、伝九郎という、中村家ゆかりの重い名をつがせてもらい、舞台にたっていた。

芝居の世界における座元の権勢はたいしたもので、ことに、中村座といえば、寛永元年に幕府の公許を得て以来連綿とつづいてきた、江戸の歌舞伎の鼻祖《びそ》ともいえる櫓である。

しかし、座元の肩にかかる荷の重さも、並みたいていではない。

九代目をついだ七三郎が、二十一の若さで死んだのも、積もる心労のためもあったのだろう。不入りやら、火災の類焼やらで、借財は手がつけられなくなっていた。

彼が十代目を継ぐことになり、長女のおきくの婿になった。しかし、跡目相続の披露をする前に、周囲が、金づるをみつけた。

浅草福井町の名主の次男坊を、莫大な持参金つきで、おさんの婿にむかえ、十代目座元に据えたのである。

しかし、この入り婿は、一年で姿を消した。座元を投げ出し、逃げてしまったと、世間は非難した。十代目がいなくなったので、彼は、いやおうなしに、十一代目、中村勘三郎をつぐことになったのだった。

それから五年、なんとか盛り返そうと、彼はつとめてきた。

天明の大飢饉《だいききん》で、打ち壊しさえ起きる世情であった。芝居小屋に足を運ぶゆとりのあるものは少なかった。老中が松平定信にかわり、奢侈《しゃし》禁止のお達示《たっし》が出て、芝居へのしめつけはいっそう厳しくなった。この年、七月に松平定信は老中職を辞したが、改革の趣旨は変わらぬということで、取り締まりはあいかわらず厳しい。

「顔見世は、江戸のお人にとっては、なによりの楽しみ」勘三郎は、言った。「かならず、初日はあけてくださいよ。そうでないと、私まで恨まれます。ああ、おまえは下がってかまいませんよ」

茶をすすめた後、敷居ぎわに坐っているおさんに、勘三郎は声を投げた。義妹ではあるけれど、八代目勘三郎の実の娘であるおさんに、若い十一代目勘三郎は、遠慮がちな物言いになる。女房のおきくにも、彼は、横柄な態度はとれないのだった。

おきく、おさんの姉妹も、家付き娘の矜持《きょうじ》と、大借金を背負わせた引け目と、相反する思いがあるようだ。

姉のおきくは、無口で煮え切らず、妹のおさんは、てきぱきしていると、気質は正反対だが、二人の仲はよかった。彼の方が、まぎれこんだ余所者という思いを消し切れない。

「はい」と、おさんは次の間に下がった。襖を開《あ》け閉《た》てするとき、おきくが床を敷いて寝ているのが見える。その傍に坐した人の姿もちらりと目に入った。襖に背をむけている伝内は気づかなかったことだろう。

「初日は、かならずあけます」

「十七日のはずですね。まにあいますか」

「まにあわせます」伝内は言い切った。「長谷川の棟梁《とうりょう》も大車輪です」

大道具師の長谷川勘兵衛は、芝居小屋の普請も一手にひきうけている。

「でも、回り舞台の仕組みは……」

勘三郎が言うと、伝内は大袈裟に手を振ったりうなずいたりし、

「それですよ。まったく、くそいまいましい火事だ」

上方の回り舞台を、なんとか江戸の小屋にも造りたいと苦労した日々を、勘三郎は思い浮かべる。めずらしい工夫をすれば、遠のいた客足をひき

もどせると、勘三郎は踏んだのだった。

江戸の回り舞台は、車をつけた盆を舞台の上で黒衣《くろこ》がまわすだけの簡単なものだが、上方の仕掛けは、はるかに進んでいる。一昨年、大坂にのぼった澤村宗十郎が、去年江戸に帰ってきたのだが、重次郎という大道具師をともなった。

中村座をもりかえすため、ひいては不景気で息絶えだえの江戸の芝居をもりかえすため、勘三郎は、小屋を改造し、回り舞台を設置する決心をした。

それでなくても、借金がつもりかさなっている。大博奕《おおばくち》であった。

上方の舞台の仕組みにくわしい重次郎を江戸の大道具師長谷川勘兵衛にひきあわせ、ふたりに図面をひかせた。

周囲の反対は強かったが、このままではどうしようもない、なにか目新しいことをしなくては、江戸の芝居の火が消える。

三月、春狂言の三の替りが千秋楽となったところで、いったん小屋を閉め、舞台の改造にとりかかった。

江戸で初めての大仕掛けを手がけるとあって、長谷川勘兵衛も乗り気になり、思案をこらした。

小屋のまわりに板囲いをめぐらし、座名を記したのや、長谷川の名を染めぬいたのや、数々の幟《のぼり》がひるがえり、そのなかに、〈大仕掛〉と記したのもあって、人々の好奇心をそそった。

だが、どうにも、資金がつづかなかった。

すでに、これ以上は借りられないというところまで、あちらこちらから借金している。

職人の手間も材木の費用も払えないとあっては、長谷川も仕事をつづけることができない。

一月ほどは威勢よく槌音《つちおと》がひびいていたのだが、じきに職人の出入りがとだえた。

幟は風雨にさらされ、色褪《あ》せた。

ふたたび普請が始まったのは、九月も末、つい

に中村座の櫓を下ろし、五年と期限をかぎっての
ことではあるけれど、都伝内と名乗るこの得体の
知れない男に、都座の櫓をゆるすことになってし
まってからである。
得体が知れないと言っては、伝内は不服だろう。
明暦の大火といえば、百三十数年前のことにな
るが、神田明神の境内で興行していた放下師《ほうかし》の久
三郎というのが、江戸を焼きつくしたあの大火事
の後、堺町にうつり、名を都伝内とあらため、興
行をつづけたという。
そのとき、同姓同名の、やはり都伝内と名乗る
放下師が、これも堺町で興行したので、区別をつ
けるために、久三郎の伝内を古伝内《いにしえ》、もうひとり
を新伝内とよんだと、言い伝えに残っている。
木挽町《こびきちょう》の森田座が、莫大な借財に休座せねばな
らなくなったのが、五十九年前、享保十九年のこ
とだ。
そのとき、櫓をひきうけ興行したいと三人が名
乗り出た。
都伝内。桐大蔵。河原崎権之助。
伝内と名乗る男は、自分は、古伝内の子孫で名
代株を持っていると主張した。
河原崎権之助も桐大蔵もそれぞれ由緒をいいた
て、たがいにゆずらず、奉行所で籤《くじ》を引き、河原
崎が引き当てた。
そうして、このたびの中村座の休座。
以前籤引でやぶれた都伝内の息子と称するこの
男があらわれたのである。
父親は死んだそうだ。
〝せっかく名代株を持っているのに、芝居興行が
うてないのは残念だと、父は常日頃言っていた。
父の遺志をつぎたい〟と、奉行所に申し立て、許
しが下りた。
勘三郎としては櫓をひきわたすほかはなかっ
た。
五年間と期限をかぎることができたのが、まだ

しもだ。

五年後でも、私はまだ三十二。

一仕事も二仕事もできる年だ。

かならず、中村座の櫓を再興してみせる。

それにしても、この男、小屋を丸焼けにして、よくものめのめ、私の前に……。

つい、表情に出たのだろうか、伝内は、ちょっと身をひくような仕草をした。

勘三郎は、火鉢の火をかきたてた。

「炭をもってきておくれ」

手をたたいて呼んだ。

「はい」という声はおさんで、おきくの咳《せき》がつづいた。

落魄《らくはく》したとはいえ、中村勘三郎だ、下女やら下男やら、奉公人の数人はおいてもいいところだが、借金が返せないのに贅沢もなるまいと、八名川に引っ越すとき、すべて暇を出した。

伝内が興行を始めたら、毎日、二分《ぶ》を勘三郎に送り、暮らしを助けるという約束になっている。そうなったら、下女の一人二人、やとうこともできるが、まだ、初日があかないので、目先、日銭にも困る暮らしだ。

合力金は、櫓を貸すのだから当然のことではあるけれど、勘三郎にとっては屈辱的に感じられる。

これまで、座元としての面目をたもつため、かなり金のかかる暮らしをしてきた。食べ物ひとつにしても、青菜の煮付けと香の物だけの膳にはなじめない。

おさんが炭取をもって入ってきた。

火鉢のかたわらに坐り、炭をつぎ足す。その指先が荒れていた。

伝内の視線がおさんの指にそそがれているのに気づき、勘三郎は耳が熱くなった。

八代目のお嬢さんの指を荒らさせるとは、当代さんも甲斐性がない。そう、嘲笑《わら》われているような気がしたのである。

「ところでねえ、旦那」

伝内の声が、こころなしか、凄味を帯びた。

「旦那は、焼け跡を見にはおいでなさらなかったんでございますね」

「行きませんよ」

「なぜでござんしょうね」

「なぜといって……」

「あまりに辛い？」

「そりゃあ、辛い。控え櫓をたてると決まったときから、私は、小屋には一度も足ははこばない」

「それでも、火事場には駆けつけてきなさいましたね」

勘三郎の返答は、一瞬、間があいた。

「私が火事場に駆けつけた？」

「お見かけしたものが」

「おまえさんが、見なすったのか」

今度は、伝内が即答に迷ったふうであった。畳みかけるように、〝私がこの目で見ました〟と言えば、迫力があったかもしれないが、とぎれた間は、取り返しがつかない。

「見間違えでしょう」

勘三郎は、落着きを取り戻していた。

「半鐘《はんじょう》は鳴りましたが、このあたりでは、遠火でゆるやかな音。二階に上がって、夜空に散る火の粉をながめておりましたよ」

「さようでございましたか。堺町の方角と見当がついて、さぞ、気が気では」

「無事を願っていましたが」

「火事場は、たいへんなものでございましたよ。焼け出された人たちが身一つで逃げてくるわ、物持ちは、大八車に家財道具をのせて、人をおしわけて運び走るわ、町火消が纏《まとい》、鳶口《とびくち》かざして走ってくるわ。あのあたりは南に下れば酒井様、水野様、小笠原様、間部《まなべ》様、御上屋敷《かみやしき》やら中屋敷、下屋敷、大名屋敷がありますから、定火消《じょうびけし》の臥煙《がえん》がくりだす、大名火消《だいみょうびけし》ものりだす、その間を御使《おつかい》番《ばん》が馬をとばす、消し口をどちらがとったのとらぬのと、喧嘩になる。いやもう、ひどいことでございましたよ。火事で焼けるのと、火消しがぶちこわすのと、どちらが被害が大きいかというほどで」

「こわしてしまえば、類焼はくいとめられるのだから」

「おまけに、あなた、御召馬《おめしうま》の馬乗衆まで乗りこんできて、もう、わっぱさっぱの大騒ぎ」

将軍の乗馬を調練するのが役目の馬乗役は、御目見得以下の御家人がつとめる。騎馬の戦闘は火の燃え盛る中で行われるのだから、馬を火と騒ぎに慣れさせるのにもってこいだと、火事場を利用して、馬の訓練を行う輩《やから》が多い。公方《くぼう》様の御馬をかさに、邪魔になるやつは切り捨て御免で、火事場で馬を乗り回すのである。

御使番も騎乗だが、こちらは、火事の現場を調査し、その場で絵図面を描いたり風向きをしらべたり、と、重要な役目を帯びているのに、馬乗りは、ただ邪魔なだけである。身分も旗本がつとめる御使番の方が上なのだが、面懸《おもがい》・鞦《しりがい》に葵《あおい》の御紋をつけた御召馬には手出しができない。

勘三郎は相槌をうたなかった。それでなくても、地代、店賃をとどこおらせ、訴訟沙汰にまでなって逼塞している身だ。御上《おかみ》を非難するようなことを、信頼のおけない相手の前で、うかつに口をすべらせるのはつつしまなくてはならない。

「それにしても、あなた、二丁町《にちょうまち》の火事は、ちっとおかしゅうございました」

堺町と葺屋町《ふきやちょう》、二つの芝居町をあわせて、二丁町と呼ぶ。

勘三郎が返事をしないでいると、

「あたり一面、丸焼けになりましても、ところどころ焼け残るということは、あるものでございます」伝内は言った。「鳶の打ち壊しだの、風向きだのの加減で、思いもかけぬところが火をまぬがれるということが」

「よほど、日頃の心がけがよいお方なのでしょう。どこぞ焼け残りましたか」

「いえいえ、きれいさっぱり。焼け残っては困るお方にとっては、運のよいことに」

「焼け残って困るのは、廓《くるわ》ぐらいなものでしょう」

吉原は、火事で焼けると、深川あたりで仮宅営業をゆるされる。諸事重々しい吉原より仮宅の方が人気があり、客足もつくので、廓火消は、火事になると、楼主の意を受け、消すより火を煽《あお》って全焼させるほうに力をいれる。

「火元が裕福な商家だと、わざと蔵に火を入れ、焼くこともございますね」伝内は言った。

火事のスリバンが鳴ったら、大事なものは土蔵に放り込み、扉に目張りの土を塗る。しかし、火を出しておいて、自分のところの蔵が無事では世間に申し訳がたたないから、火元は、目張りをせず、火の手がまわるにまかせることがある。

「私の知り合いのものが、火付けをされたことがございまして」と、伝内は、つづけた。そうして、気をもたせるように、湯呑を口にはこび、

「や、せっかくのお茶がさめてしまった」隣の部屋に聞こえよがしな声で言う。

「お手数ながら、ひとつ、熱いのを所望といきましょう」

「はい、ただいま」襖越しにおさんが応じた。

「これが、たいそう小賢《こざか》しいやり口で」と、伝内は、急須をはこんできたおさんに目を向け、「蒲《がま》の穂を竹筒につめて細木を入れ、莨《たばこ》の火を落としこんだものを、軒下に積んだ粟殻《あわがら》の上にそっと置いていきましたそうな。火付けの本人のいないときに火が出ましたから、すぐには疑われずにおりました。しかし、お役人の目はやはりたいしたもので、じきにお召し捕りになりました」

「いつの話ですえ。火付けは、引き回しのうえ、

火炙《ひあぶ》りの極刑。近頃そんな話は聞かないが」

「なに、私が餓鬼のころの話でございますよ。私は、三河の出でございまして」

「江戸者ではないのだね、おまえさんは」

伝内の言葉尻を、勘三郎はとらえた。

「いえ、なに、ひところ、三河にいたこともございます。火炙りは、恐ろしゅうございますな」

「この節は」と、おさんが、平然と口をはさんだ。「御上もお慈悲深くて、火炙りと申しても、先にくびり殺してくださるのだそうですよ。火で焼き殺すわけではないと申します」

「おまえは、奥へ」勘三郎は目顔で言ったが、

「いえ、お嬢さま、どうぞ、そのまま」伝内はひきとめ、

「この大火事のおかげで、都座は、掘っ立て小屋で初日を出さなくてはならなくなりました」

「都座さんだけではございません」と、おさんが、またも「木挽町も葺屋町も控え櫓はいずれも掘っ立て小屋。いっそ、小気味ようございますよ」

「これ」勘三郎は、目で叱った。

木挽町の森田座は河原崎座に櫓をわたし、葺屋町の市村座も、盆狂言まではがんばったのだが、力つきて、秋狂言ができず、この顔見世から控えの桐座にかわることになり、江戸の三座がことごとく仮櫓では味気ないと、江戸者は嘆いている。しかし、都座の座元の前で、焼けて小気味よいと言い放つのは、不穏当だ。

伝内は、ちょっと居住まいを正した。そうして、「十一代目さん」と、声まであらため、

「おまえさん、よほど、お江戸初の回り舞台の披露を、控え櫓にわたすのが、嫌だったと見えますねえ」

勘三郎が答える前に、おさんが、「はい、嫌でござんすよ」と、きっぱり答えた。「義兄《あに》さんが、精魂こめた回り舞台。長谷川の棟梁と、上方くだりの重次郎と、三人で図面を首っ引き。ずい

ぶん出銭もかさみました。どうにも身動きがとれなくなったとき、横合いからしゃしゃり出たおまえさんに、鳶《とんび》に油揚げさらわれて、恵比寿顔でいられるものか」

「それで、蒲の穂と火種を仕込んだ竹筒を、普請中の小屋の梁《はり》の上に、おいたのだね」

伝内は、袖をまくりあげた。芝居で見覚えた脅《おど》しの型だろう。

「湯島の火の手が、日本橋にむかうと見て、夜道をかけて二丁町、火種をはこびなさったね。火勢にまかせておいたのでは、必ず焼けるとはかぎらない。付け火を火事にまぎれこませるとは、軍師だね」

「言いがかりをつける気か」勘三郎が気色ばむのを、伝内はおさえ、懐《ふところ》に手を入れた。取り出したのは、焼け焦げた根付だ。

「隅切角《すみきりかく》に銀杏《いちょう》は、中村座の櫓紋。焼け跡を、私は丹念に見てまわりました」

「普請中に、私は、幾度も小屋をおとずれている。私の根付が落ちていても、不思議ではない」

「てまえが引き継いでから、小屋の中は、くまなく見ています。火事の前には、こんなものは落ちていませんでしたよ」かさにかかるのを、勘三郎は無視し、

「小屋の焼け跡を見回ったのなら、焼けた骸《むくろ》を見ただろう」

「おや、どうして、ご存じで。はい、だれか逃げ遅れて煙にまかれたかして、黒焦げになった骸がありましたっけが。やはり、旦那、あの場に行きなさったのだね」

「何が言いたいのだ」

「火付けの大罪人と訴人してもよござんすが、ここは一つ、口をつぐんでさしあげても、ようござんす。そのかわり、五年と限った都座を、永代櫓にしてもらいましょう」

「松木様」と、おさんが隣室に声をかけた。

着流しに巻羽織、襖を開け、入ってきた。長身の大兵《たいひょう》である。

「同心の松木治兵衛」と、伝内に身分をあかし、「強請《ゆすり》だな」と、火鉢の前にどっかと坐る。「都伝内。その方、古伝内の子孫と称しておるが、まことは三河者だの」

「は、いいえ、ほんの一時、三河におりましたことも」

「この中《じゅう》、その方の身元を、調べておった。その方の弟子、伊助と申す者が、伝内の実の血筋。金五十両にて、伝内の名代株を買い受けたのだな」

御上をいつわる不届者、ときめつけ、「その上、根付一つで、火付けの言いがかりをつけるか。小屋の焼け跡に残った骸は、行く方知れずであった中村座十代目座元とわかった」

「十代目がなんで……」

「只今吟味中である。この方のいわれなき強請も、いずれ、きびしい吟味の沙汰があると思え」

「ご内分に」と、伝内は平伏した。

「根付は、十代目が落としたものであろう。十一代目にかかわる妙な噂がひろがれば、その方が根もないことを言いひろめたと、これも吟味せねばならなくなるぞ」

「名代株については」と、同心松木治兵衛はつづけた。「後日、お沙汰があろう。金子《きんす》を払い買い受けたのであるから、株をお取り上げということにはなるまいが」

脅しつけて、伝内を追い返した後、潮のにおいのする座敷に、同心と勘三郎、おさんの三人が残った。隣の部屋から、おきくの咳が聞こえる。

「ありがとうございました。おかげさまで、火付けなどという言いがかりを追い払うことができました」

小屋にころがっていた焼け焦げた骸が、十代目のものではないかというものがいて、昨日、女房だったおさんが呼び出され、勘三郎も付き添って出向いたばかりであった。〃たしかに、十代目にちがいございません〃勘三郎とおさんは口を揃え、間違いないか、このような黒焦げの骸でどうして見分けがつく、と役人に問われ、〃歯でわかりました〃おさんが即座に答えた。〃前歯が一本欠けております。十代目は、若いころ人と喧嘩して、前歯を折ったので、座元を継いでからは黄楊《つげ》で作った入れ歯をしていたんでございます〃〃不義理をかさね〃と、すぐに勘三郎が言いついだ。〃櫓を放り出して逃げ出したのを気に病んでいたのでございましょう。食い詰めて、物乞いにでも落ちぶれていたのではございませんでしょうか。小屋が焼けるのを食いとめようとして、煙にまかれ、焼け死んだのか……〃彼は言い、おさんは〃もしかしたら、我から火に飛び込んで、小屋と心中したのかもしれません〃そう申し立て、ほんの少し目元をうるませた。〃姿をくらます前から、債主方、芝居の金主方、茶屋方、ご贔屓《ひいき》様方、給金のとどこおった役者衆と、八方から責め立てられ、悩乱ぎみでございました。女房のわたくしを捨て、櫓を捨て、行方知れずになったのも、悩乱のせいでございましたろう。もっと図太い人であれば、小屋と心中など、思いもいたしませんでしたろうものを〃そう、おさんはつづけ、語尾は涙に消えたのだった。

今日は、さらに裏付けの話を聞くためにおとずれた。そこに、伝内がたずねてきたのだが、勘三郎もおさん、おきくも、伝内の様子になにか不穏な気配を感じ、同心に、次の間にひそんでもらった。

「おいでいただいて、大助かりいたしました」些少《さしょう》でございますが、と、手元にある銀子《ぎんす》のありったけを懐紙にくるんで、さりげなく渡し、丁重に同心を送り出した。

家族三人だけになり、言い合わせたように、吐息をついた。咳《せ》き込むおきくの背を、おさんは撫《な》でた。

「同心と伝内と、とんだ鉢合わせで、どうなることかと思ったが」と、勘三郎が、「おさん、今に始まったことではないが、おまえの度胸のいいのには、驚いた」

「だって、あわてて同心を追い返したら、かえって不審を持たれるもの。逆手をとって、居坐ってもらうことにしたものの、義兄さんが伝内に言いこめられるかと、わたしは冷汗をかいていたのだよ」

「火事場があの騒ぎだったから、ずいぶん、うまくいったねえ」掠《かす》れた声で言って、おきくはまた咳き込む。「すっかり、煤《すす》を吸い込んでしまった」

「もともと、姉さんは喉が弱いから。でも、姉さんが弱々しくしているおかげで、同心もしんそこ同情してくれて、こっちの味方だ」

「女に甘いわな」おきくは、くすりと笑った。

「根付を落としてくるなんて、義兄さんもぶまだよ」おさんは笑い、「近いうちに、うちの人の骸を下げ渡してくれるそうだから、これで、お墓におさめて供養してやれる」と言った。

勘三郎は身がすくむ思いがした。

おさんと彼が好い仲なのに気づいた十代目と争いになって、三人でもみあううちに、はずみで、十代目は死んだ。二人で殺したとも言える。おまえに十一代目をついでもらわなくては、中村座が絶えるから、と、おきくは言い、三人で骸を地下に埋め、櫓を投げ出して失踪したと言いつくろった。

八名川に越すときは、長持《ながもち》にしのばせてはこび、また、穴を掘って隠しておいた。火事を幸いに、長持に入れ、大八車を三人で押して、夜道を堺町にはこんだ。幸い、御召馬の馬乗りまでくわわって、ごったがえしていた。火付けの細工をして、長持を空にした。腐汁のしみた長持は、堀留町《ほりどめちょう》あたりで火の中に放りこみ、身軽になって帰宅した。

「いつまでも影かくしでは、あの人も浮かばれまいからねえ」

「影かくし？」勘三郎が問い返すと、

「仮埋葬のことですよ」おさんが言い、おきくと顔を見合わせて、く、く、と笑った。

新しい木の香が、こころよい。

「撞《つ》くな撞きゃるな　八幡鐘《はちまんがね》を

たまに首尾した　一夜さを」

重兵衛の弾く絃《いと》にのせ、父親がふとくちずさむ。絃の音にまぎれそうな低い声で、めりはりのない一本調子だが、

――お父っつぁん、けっこうご機嫌じゃあないか。

重兵衛は、ほほえましくなる。

芝居者でありながら、粋な端唄とは縁遠い父親である。みてくれも、無骨だ。

急拵《きゅうごしら》えだから、上等の普請《ふしん》ではないのだが、重兵衛が初めて持った見世だ。

「新規に商売を始めるからには、新しい造作の方が気分がよござんすよ。古家が焼けて、結句、幸いだった」

焼け跡に新築がなり、直江屋と屋号もきめた。人を呼び集め披露の宴をひらく前に、重兵衛は、まず、父だけを招いた。

深川櫓下《やぐらした》である。

柱の造作に目を投げながら、父は、褒《ほ》め言葉など愛想にも口にしないのだが、太い眉の下のぎょろりと大きい目が、やわらいでいると、重兵衛は感じる。

役者としてものにならなかった息子が、曲がりなりにも見世を持ったのだ。嬉しかろう。

頬が酒で火照《ほて》る。春とはいえ川風がまだ冷たいからと閉めておいた障子を、三味線をおいて、細

く開けた。

「上げ潮とみえるの」

父がつぶやく。

磯のにおいが座敷の中にまで流れる。

去年還暦をむかえた父は、矍鑠《かくしゃく》として、仕事にも脂がのりきっている。

若くして狂言作者に弟子入りした父が、ようやく立作者《たてさくしゃ》としてみとめられたのは、五十歳になってから。ずいぶん遅い出世であった。だが、それから十年の余、父、鶴屋南北《つるやなんぼく》の狂言は、江戸の人々を魅了しつくしてきた。二代目瀬川如皐《じょこう》も福森久助も篠田金治も、だれひとりとして、親父様をしのぐことはできない。息子の贔屓目《ひいきめ》じゃあない。世間様がそうみとめているのは、見物の入りで明らかだ。

長い下積みにすさんでいた父の姿が、重兵衛の幼時の記憶に残っている。気配りが鈍でそのくせ気は荒い母とのつかみあいの喧嘩がたえなかった。

牢格子のように頑丈な背を少し丸め、書物を読み耽《ふけ》る父の姿を、おぼえている。

狂言作者に弟子入りし狂言方となっても、すぐに狂言を書かせてもらえはしない。立作者になるまでは、雑用や柝《き》打ちにこきつかわれるのだが、父は、よく書物を読んでいた。夢中で本を読んでいたとき、米がないよ、おまえさん、どうにか工面しておくれ、と、母がわめきたてたときの騒動も、彼の記憶に濃い。

後で知ったのだが、そのとき、父は、はじめて序開《じょびら》きの正本をまかせられ、新奇な工夫の種を考える手掛かりに、書物を読みあさっていたのだった。

もう、釜の湯は沸いているんだよ。米をいれなけりゃあ、薪が無駄になるばかりだ。米をどうにかしとくれよ。甲斐性なし。

母にとっては、何よりの大事は、飯を炊くことだ。それも無理はないと、三十も半ばを過ぎたいまの彼なら、寛大に察してやれる。狂言を書くのが父の仕事なら、飯を炊いて家族の腹をみたすのが、母の仕事だ。米を買う銭を算段するのは、父の職分だ。そうは思うけれど、わめきたてる母よりは、父の苛立《いらだ》ちに彼は共感する。

せきたてられ、父は仁王立ちになると、まるめた書物で母の横面を撲りつけた。母は土間にころげ落ちて殺されそうな声をあげ、彼は、畳にはいつくばって泣いていた。押入から古蚊帳《ふるがや》をひきずりだし、家を飛び出した親父は、まもなく、小さい包みを手に走り帰った。包みの中の米を釜の湯にぶちまけた。蚊帳を質にいれたのだった。炊きあがるのを待たず、本と身の回りのものを風呂敷に包み、ふたたび家を出て、何日も帰らなかった。

そんなことが、しばしば、あった。父が家を出ているあいだ、銭は入らないから、どこをほっつき歩いているのかと母は罵《ののし》り、母の手内職と彼の小銭稼ぎでどうにか暮らしを賄った。そうして、いつのまにか、父はまた、家にいる。そのあいだのつながりが、記憶にはない。しばらく居ついたかと思うとまた、ふいといなくなり、しかし、芝居小屋に行けば、父は黒衣をつけて正本を片手に、大道具のかげにしゃがみこんで、おぼえの悪い役者にせりふをつけていたりした。

貧しさのどん底にあったころ、それでも、父の笑い声を聞いたことがある。藤倉草履《ふじくらぞうり》を、市で格安に手にいれた、掘り出し物だ、と自慢していたのだが、翌日、裏がきれいになくなり、藺《い》で編んだ表と黒木綿の鼻緒しか残っていなかった。裏に、するめを使ってあったので、猫に食われてしまったのだった。母は安物買いをして結句、大損だと文句を言ったが、このときは、父は、天に突き抜けるような声で、もう、おかしくてたまらぬというふうに、笑っていた。その声は彼をくつろがせ、しあわせな気分にした。

彼は楽屋裏で雑用をして手間賃を稼いだりもしていたのだが、それを知ると、父は低い声で、やめろ、と言った。どなられるよりおそろしい底力のある声だった。同じようなことをしていた父自身の悲惨な幼時を思い重ねたのだと、後になってわかった。

芝居町の裏にある紺屋《こうや》の家に、父は育ったが、養子である。実の親は流れ者の水師《みずし》で、子供のころの父は、漂泊の日を送ったという。水師とは、刈り干した藍の葉に水を打って切り返す仕事を専門にしているもので、熟練した腕を必要とする。九月の中頃から年の末まで、あちこちの藍作りの農家をまわり、多忙をきわめるが、その時期をすぎると、水師の仕事はなくなる。暇なあいだ、父の実父は芝居小屋の雑用でかせいでいたという。楽屋番の株をもっていたらしい。

実父が急死したあと、父は親が昵懇《じっこん》にしていた紺屋にひきとられた。芝居好きが嵩《こう》じて父は狂言方に身を投じたのだが、そのあたりのことは、めったに口にしなかった。

母親お吉の祖父は、二代目鶴屋南北の名で、舞台に立ち、道化方として上上吉の位となり、嵐音八、朱判吉兵衛とともに、江戸の道化方の三幅対と謳《うた》われたという。

しかし、その息子であるお吉の父親は、二代目の死後、三代目南北の名をついで道化方をつとめたものの、まるで芽はでず、女といざこざをおこし、女房とお吉を置き去りにして家を出、行方知れずとなったという。野垂れ死にしたのかもしれない。

その後、お吉の母親は男をつくったが、うまくいかず、ごたごたの末、刀傷沙汰をおこし、牢死したとも聞く。

ひとりになったお吉は、暮らしに窮して、裏茶屋で下働きをしていた。そのころ勝俵蔵と名のっていた父は、なにかずるずるべったりというふうに、お吉といっしょになった。

人の話では、お吉のほうが、二、三度かかわりを持ったのを理由に、ほとんど強引におしかけてきて居ついたのだという。俵蔵に惚れたというより、身を落ち着ける場所が欲しかったのだろう、と、これも他人の噂だ。

よけいなことを彼の耳にふきこむ金棒《かなぼう》引きはいくらもいたのである。

裏茶屋は、人目をしのぶ男と女の密会の場である。

俵蔵よりだいぶ年上のお吉は、色稼ぎをしていたわけではなかったが、俵蔵と暮らすようになったとき、父親のわからない娘をすでに持っていた。

この姉は、みかけは儚《はかな》げな、おとなしげな女だが、ませていて、幼いころ、重兵衛はからだにいたずらされた。

二代目鶴屋南北を祖父に持ったことが、お吉の唯一の自慢だった。

お吉は、重兵衛に、踊りや三味線を身につけさせた。束脩《そくしゅう》は払えないから、師匠の家の軒下で、盗み見させ、聞き覚えさせたのである。彼を役者にしたかったのだ。

父である三代目が、紋番付に一、二度名が出ただけで消えてしまったのがよほど口惜しいのだろう。何事につけだらしがないのに、息子に芸事を盗みおぼえさせることだけは、熱心だった。

亭主が狂言方でうだつがあがらないのも腹立たしく、お吉は、息子をぜひとも祖父にならぶ役者にと、うるさくせっついた。

彼も、一度は、華やかな舞台に立ってみたかった。

彼が十五になったとき、父の口ききで、坂東三津五郎に弟子入りした。

はじめのうちは、綺麗な衣裳をつけ化粧をして舞台にあがるだけで浮き浮きしていたが、名題の子は最初から大役がつき、出世してゆくのに、こちらは年中、大道具のように背後にならんで、ろくなせりふもない。鶴十郎の名で十年余りもつとめたが、さすがに先行きを考えるようになった。

父が立作者となり『天竺徳兵衛』で大当たりをとったのが、そのころだった。

急にまわりが、父をちやほやしはじめ、彼にまで愛想がよくなった。

といっても、よい役がつくわけではないし、父も、彼の役者の天分には見切りをつけているとみえ、ことさら肩入れもしない。

父親のちがう姉は、小道具作りの職人にとついだが、亭主に早死にされ、芝居茶屋で働いていた。その後、狂言方のひとりとねんごろになり、二度目の祝言《しゅうげん》をあげた。姉の二度目の亭主は、父から勝兵助と名をもらい、狂言方の中ではけっこういい顔になっている。

彼は、一度女房を持ったのだが、その女はお吉と口喧嘩がたえず、彼は、去り状を書く羽目になった。

まわりの口ききで女房にした女で、惚れていたわけではない、口やかましさに嫌気がさしていたので、むしろ、さばさばした。その女は、じきにどこかの隠居の後妻に入った。

お吉は、ぐうたらの金棒引きで、家の仕事はなおざりだから、こまめで手先の器用な息子の同居を、父親も、けっこう調法がっていた。酒肴やら惣菜やらこまごまと、台所で包丁をとるのも、母親より彼の方が多かった。母親はいても、男所帯のような家であった。

父が立作者としてはじめて書いた狂言『天竺徳兵衛』に、捕手のひとりをつとめた彼は、熱狂する見物衆とは裏腹に、父の心の芯にある冷徹な核を感じていた。

天竺徳兵衛は、実在した人物だそうだ。

若い頃天竺にわたったことがあり、宝永四年、八十九歳の高齢で没したという。

これを、妖術使いの謀叛人として狂言にしたてたのは、上方の立作者、並木正三で、宝暦七年、大坂で舞台にのせた。

その後、筋を変えて人形浄瑠璃にもなった。

さらに書き替えた父の新しい『天徳』は、仕掛けの奇抜さと役者の早替わりの鮮やかさで見物の度肝をぬき、土間、桟敷を沸きに沸かせた。ことに、本水をみたした水舟にとびこんだ座頭が、見物が一息つく暇もなく、雫《しずく》もとどめぬ上使の姿で花道からの登場、その早替わりの玄妙さは、人のできる業ではない、切支丹の妖術を使っているのだなどとあらぬ噂がたったほどだが、彼のこころに刺さったのは、別のことであった。

天竺帰りの船頭、徳兵衛が、吉岡宗観の館をおとずれる。

吉岡宗観は、実は日本国に恨みを抱く朝鮮の臣、木曾官《もくそかん》。徳兵衛の父であった。宗観は腹を切り、その血汐《ちしお》によって、息子に妖術をつたえる。それを見た母が、訴人すると騒ぎ、徳兵衛は母を手にかける。

すると母は、「でかした、よう切った」と、喜ぶ。「宗観殿、見られしか」と、夫に、

「親にも子にも女房にも、心引かれぬ倅徳兵衛、あっぱれ謀叛のよき大将」

息子の心底をみさだめるための、訴人騒ぎであった。

徳兵衛は、

「足手まといの親はなし、一本立ちの天竺徳兵衛、雲にまたがり水に入り、妙術不思議はこころのまま、あら、心地よやなあ」

彼が、と胸をつかれたのは、そのせりふ、その声音の晴れ晴れしさであった。

その後に、腹切って瀕死の木曾官の、喜ばしげなせりふが、

「天子に父母なし、この術の祖師たる汝は、すなわち、天子も同然」

とつづく。

その、かなりこじつけがましい論理より何より、彼は、足手まといの親はなし、と、朗々と謳うせりふに、総毛立つようなおそろしさと甘美さを同時におぼえた。

親子の、恩愛、情、義理、そんなしめっぽさの微塵もない、高らかな自由の讃歌であった。

いっさいの絆《きずな》から解き放たれて、天空の悪の高みに飛翔するものの声であった。

その声を創造したものが、己れの父であるということに、彼は、慄然とし、また、ほとんど性感に似た喜悦に浸ったのだった。『天徳』の仕掛けに感嘆し、早替わりに嘆声をあげる見物も、新しい悪の出現を無意識に感じとったのではないか、と、彼は思う。

人情がらみの哀話に涙する見物は、同時に、それらを鮮やかに断ち切った乾いた悪への願望を、意識の底にひそめてもいるのだ。それを父が、像《かたち》にしてみせた。

『天竺徳兵衛』は予想外の大成功であったが、その後、父は、客座やスケにまわされ、立作者としてゆるぎない地位をかためるまでに、さらに数年かかった。お吉の頼みで、四代目鶴屋南北を、父は襲名した。そのころ父はすでに五十の半ばになっていたが、壮健さは若年者にまさった。精が強く、女買いもしばしばで、とうに女の色気を失いながら妬心ははげしいお吉と悶着《もんちゃく》がたえなかった。

ふだんは、無口な父だ。

彼が幼いころは、母にずいぶん手荒な仕打ちをしたが、五十に手がとどくころには、喜怒哀楽をあまり表情にもあらわさなくなった。底知れぬ沼のようだ、と、重兵衛は思う。

振幅のはげしい感情は、沼の底にずしりと溜まり、日常、押し鎮められているそれは、父の書く狂言に噴出する。そう、彼には感じられた。女を描く父の筆は、辛辣だが、陰惨さに諧謔の風を吹きとおらせ、彼は、草履の裏を猫に食われたときの父の高笑いを思い重ねる。

彼が、突然、役者を廃業し女郎屋の株を買って商売替えすると言い出したとき、父は、そうか、と短く言っただけで、あいかわらず、感情はみせなかった。

彼は、自分の資質を、ごく凡庸な人間と思いさだめていた。冷静に、女を商売ものとみなすことができるのも、自分が凡庸だからだろう。そう、思う。適当に鈍く、適当にこすからく、母や姉を嫌ってはいても、それをひどい不幸とも思わないでいられた。繊細な気質であったら、成人する前にすりきれてしまっていただろう。

すりきれてはならぬと、無意識のうちに自衛して、鈍であろうとつとめたのかもしれない。

深川は、水の郷《さと》であり、色の巷《ちまた》である。

女郎屋が軒をならべる町々は、それぞれに特色があり、仲町《なかちょう》、大新地は桜、櫓下、裾継、小新地、新石場、古石場は牡丹《ぼたん》、常磐町、松井町、御旅は紅葉、向土橋は水仙、弁天は雪輪《ゆきわ》にたぐえられる。

もっとも格の高いのが仲町、土橋で、髪のかたちの流行《はや》りはまずここからはじまるといわれ、櫓下、裾継が、それにつづく。

深川の女郎は、置屋にかかえられ、茶屋に呼ばれて色を売る〈呼出《よびだし》〉と、抱えられた見世で客をとる〈伏玉《ふせだま》〉の二つがある。

櫓下に、女郎屋の見世の株を売って隠居したがっているものがいると聞いたとき、自分でも意外なほど唐突に、彼は、こころがさだまったのだった。母を憎み姉を憎んでいる自分に、そのとき、気がついた。

足手まといの親はなし、一本立ちの天竺徳兵衛、雲にまたがり水に入り、妙術不思議はこころのまま、あら、心地よやなあ。

足手まといは、父にとって、女房であり、子供であったろう。

父は、彼にとって、足手まといどころではない。だが、家を出るときめたとき、あら、心地よやなあ、彼も思った。

彼が買ったのは、置屋から妓《こども》を呼んで客をとらせる見世であった。鶴十郎の名を返し、重兵衛と名乗った。手付けを打ち、亀戸の父の家に居候したまま、あとの金の工面をしているうちに年が明け、正月の二日、深川、本所は、大火に遇ったのだった。

雨は雫ほども降らぬ日が一月あまりつづいていた。

乾ききって、葉を落とした小枝が擦れあっただけでも火が吹きそうだった。それでも、江戸の火事は年中のことなのに我が家ばかりは大丈夫と、だれもが思い、気楽に正月をむかえた。元日から、南西の風がことのほか強く、砂利や土砂を吹き上げ、空に舞う凧《たこ》は土煙に霞んだ。やがて凧どころではなくなった。うかつに歩けば吹き倒される。看板が飛び、屋根瓦が落ちた。海は荒れ、白波をたて、大川の水までが、渦を巻いて逆流した。

二日の初夢を破って半鐘《はんじょう》がひびいた。

二連打だ、遠火だよ、と、安心していたのだが、じきに、五連打、七連打、と、半鐘は、火勢の接近を知らせ、たてつづけにジャンジャンジャンと鳴る頃は、夜空も地も紅蓮《ぐれん》の波のなかにあった。

火元は、後の調べによれば、木場であった。莨《たばこ》の火の不始末から鉋屑《かんなくず》が燃え上がったらしい。材木が山と積まれた木場である。たちまち深川一帯に燃えひろがり、南西の風にのった火は、一気に、本所の方まで奔《はし》った。

——深川の空が、紅《あか》い、と見てとった瞬間、わたしは狂ったのかもしれない……。

火の波が押し寄せる、その火元にむかって、彼は、駆け出したのだ。

家財を運び出すのだよ、とわめく母の声も耳に入らなかった。

まだ手金しかはらってない家が、丸焼けになる。新築の金の工面はどうする……。

憂えて当然なそんなことは、念頭に浮かばず、何かに駆り立てられ炙《あぶ》り立てられるように、彼は、走った。

彼がたどりついたところで、すでに焼け崩れているであろう家が、どうなるものでもない。しかし、火にむかって走る彼の脳裏に、〈足手まといの親はなし〉その言葉が、華やかな囃子《はやし》のように、舞っていた。父は、足手まといではない。母とて、別に、彼を縛るものではない。〈親〉という言葉は、彼を地上に結びつけるすべての鎖と言いかえてもよかった。

火の粉をかぶって逃げる群集をかきわけ、櫓下へと、走る。

竪川《たてかわ》にかかる四目《よつめ》之橋を渡り、猿江御材木蔵の裏を走り抜ける。

小名木川《おなぎがわ》は、火の色を映し、炎が流れるようだ。横川と小名木川が十文字に交錯する川沿いの道をつなぐ猿江橋、新高橋《たかばし》、扇橋は、逆上して逃げまどう人が溢れ、その橋の欄干も燃え始めていた。

本所深川の町火消は、南、中、北の三組。十六の小組にわかれている。これが総出で、纏《まとい》を振りたてるけれど、消し口とった印の纏は炎の毛槍となるだけだ。龍吐水《りゅうどすい》など何の役にもたたず、火消しは、まだ火のまわらない家々をぶちこわし引き崩し、延焼をくいとめることしかできない。

火は風に乗って飛び、掘割を苦もなく越え、思いもかけない地点が燃え上がる。

霊巌寺、浄心寺の壮麗な建物も、火勢を強める薪となった。

　ましては、永代寺、富岡八幡は、火元の木場のすぐ傍だ。広い境内も、火除地《ひよけち》の役をはたさず、逃げ込んだ群衆を蒸し焼きにした。

　門前町一帯が、深川の岡場所である。

　燃え盛る炎の前に立ちつくし、彼は、妙に冷静だったのをおぼえている。そのとき、静かに、狂気が深まりつつあったのだろう。

　彼が、本所亀戸の父の家に戻ったのは、火事から一月あまり経ってからであった。

「どこにいたんだよ」

　母親にどなりつけられた。彼の身を案じたのではない、運び出した荷物のかたづけやら何やら、男手が要るときに、どこをほっつき歩いていたのだ、と、癇癪をぶつけてきたのだった。お吉の癇癪は、鬱積し膨張するかたまりのようなもので、ときどき、思い切り破裂させないと身がもたないらしい。

　亀戸は田畑が多く人家がたてこんでいないのが幸いして、父の家は焼亡を免れていたが、焼け出された姉が、亭主や子供たちといっしょにころがりこんで、火事場のつづきのような騒ぎが続いていた。

　労咳病《ろうがいや》みかとまちがわれるほどほっそりしていた姉は、八人の子を産み育てるあいだに、腰が臼のようになり、子が泣こうが、擦り傷をこしらえようが、平然としているずぶといかみさんに変貌している。

　彼の女房には口やかましい姑だったお吉が、娘とは気があうとみえ、わめく子供らを一喝しながら、じだらくに、娘としゃべくっていた。

　金策に彼はつとめた。

　父は、立作者として名があがっても、金回りはいっこうよくならない。賭場ですってくるからだ。女買いもあいかわらずだが、これは、吉原のような金のかかる肩のこるところには行かず、そのかわり、岡場所から舟饅頭、地獄と、安女郎との遊びは年季が入っている。

父よりは、彼の方が、生活感覚は堅実で、烏金《からすがね》を借りて自分の首をしめるような愚はせず、利の安い確実な金を、あちらこちらから少しずつ借り、どうにか、新見世を建てた。

隣近所も、同じような安普請の女郎屋が建ち並び、多くの見世はとうに営業をはじめている。

親父の咽《のど》をもっと聴こうと、三味線に、重兵衛が手をのばしたとき、

「旦那さん」

声と同時に、襖を開いた。信州出の下女で、行儀作法をしつけるのに、手を焼いている。敷居際に突っ立ったままだ。

「坐って物を言いなさい」

重兵衛は叱りつけた。

父の方は、下女の不行儀をいっこう気にかけないふうだ。息子の躾《しつけ》もまるでしなかった父親だ。

重兵衛がいろいろ教え込まれたのは、役者になってから、師匠やまわりのものによってだ。

太い腰を敷居に落とし、

「大旦那さんのおかみさんがきた」

と、下女は告げた。

お吉が、来たのだ。

どやどやと、廊下を歩いてくる足音。姉とその子供たちもいっしょなのだ。

足手まといの女房、子はなし。母はなし。

ここは、父にとっても、わたしにとっても、あら、心地よやなあ、の場所のはずなのに……。

――これァ、夢かなあ……。

ふと、彼は、妙なことを思った。

火事の記憶の生々しさが、あまりに、こころに鮮明だからだろう。

火事の記憶というよりは、亀戸の家に帰るまでの、一月ほどの間の記憶だ。

燃えるほどのものは燃えつくし、焼け野原とな

って、火は鎮まった。

連打をつづけた半鐘は、鎮火を知らせるゆるやかな二連打に変わり、それも、やんだ。

余燼《よじん》がくすぶるなかを、刺子《さしこ》が焼け焦げぼろぼろになった火消しが引き上げてゆくのを、彼はぼうっと見送っていた。

亀戸の家に帰るということが、まるで、頭に浮かばなかった。

焼け出された人々と同じような気分で、その群れにまじってぼんやりしていた。

抜け目のない商人は、物の値をたちまち吊り上げた。一足七十二文の草鞋《わらじ》が、半日で三百文にまで急騰した。

お救い小屋が所々に急造された。その一つが建てられたのが、ちょうど、彼の見世となるべき家の焼け跡であった。

小屋は、幅四間、長さ十五間ほどを矢来で囲み、苫《とま》で葺《ふ》いた粗末な屋根、床はころがした丸木を根太がわりに、その上に竹の簀子《すのこ》をおいて筵《むしろ》を敷き、苫や筵で簡単な間仕切りをしたものだ。

一つの小屋に収容されたものは、四、五百人もいただろうか。

町役人から、一人に三合ずつの握り飯と梅干し、味噌少々が毎日与えられるので、もともと宿無しのものや、物乞いで暮らしをたてていたもの、無頼、かっぱらいまでが、お救い小屋に棲《す》みついた。

そこに、彼も、腰をすえた。

火事の前の暮らしの記憶が夢のようだった。

冬の風が吹き通った。

しかし、彼は、はればれとしていた。

足手まといの母はなし。姉はなし。

すべての絆は消え失せ、すがすがしかった。

夜になると、すすり泣きに似た男女の声がそこここでおきたが、それは、野合の悦びの声なのだった。狭い小屋に男も女も肌を接して押し込められている。夜鷹《よたか》までがはいりこんで、商売をするという楽しさであった。

親父様を招いてやりたいな、と、思いながら、彼は夜鷹を抱いた。

小屋は、一月で取り払いになった。

憑《つ》き物が落ちたように、彼は平静になり、亀戸に帰った。

金策をし、見世を建てた。

騒々しい足音、そうして、母親と姉の声。餓鬼どもの声。

彼は、父に目を投げた。

父の太い眉が、ほんのわずか、わずらわしそうにひそめられたように、思った。

燃えてしまえば、お父っつぁん、また、あら、心地よやなあ、となりますよ。

火打ち石と火口《ほくち》をいれた燧袋《ひうちぶくろ》をさぐっている自分の手に気づく。

いや、これは、夢さ。


わたしは、お救い小屋のなかにいるのだ。夜鷹を抱きながら。

のびのびと。

お父っつぁん、ここにお出でなせえよ。お救い小屋に。乙だぜ。

奇天烈《きてれつ》な夜鷹もいてさ。もとをただしゃあ、京都の日野中納言の息女だなんぞとぬかしやがってさ。

はだかの女を強く抱きしめ、その手が宙を抱くようで、はて、おれは、夢をみているのかしらん。

お救い小屋も、夢かしらん。

まだ、おれァ、亀戸の家で、腰縄の先をおふくろに握りしめられているのか。

幾重にも迷い込んだ夢のなかから出るには、火事の半鐘に驚かされるほかァないか。

腰をさぐる手に、燧袋の手応えだけが、確かな、現実だ。

# 朱紋様

一

「あの子ア、ときどき、嘘《うそ》をつく。まともに聞くこたアねえよ」

佐七は笑い捨てた。

激しい風が軒をゆるがす。

「春に蛍がいるものか」

「そうだねえ」

おしのは、針の先を鬢《びん》に刺し、掻くような仕草をした。刺子《さしこ》の半纏《はんてん》は厚地なので、鬢の油で湿してやらないと、針が通らない。火伏《ひぶせ》の護符を襟《えり》に縫いこんでいるところだ。

背に、縁を白く抜いた籠字《かごじ》で〈纏《まとい》〉。裏には珠を争う二頭の龍が描かれている。佐七を贔屓《ひいき》にしている大店《おおだな》の旦那が、絵師に描かせたものだ。

「雛《ひな》の節句にでる蛍がいたら、見参してえや」

「髪の中にたくさん飼っている娘がいて、髪を梳《す》くと、ぱあっと舞い立つんだって。青い火の粉を撒《ま》いたようで、暗いなかで見ると、そりゃあ、きれいで怖いというのだけれど……嘘だろうねえ」

「おめえ、本気にしたのか。らっちもねえ」

「でも、その話をしたとき、お糸ちゃんは、なんだか泣きそうな、おびえたような顔をして」

「どうでもいいようなことを、嘘をつくのだ。おれも以前は、よくだまされたよ。大人をからかうんじゃねえって、こんだ、叱ってやる」

「やめておくれ。かわいそうだよ。おまえに叱られるのが、お糸ちゃんはいっち、こたえるんだから」

そのとき、火の見の半鐘《はんじょう》が、一つ鳴った。

反射的に、佐七は半纏をひったくりかけ、耳をすませた。

次の音がつづかない。

だいぶ間をおいてから、また、ジャンと鳴った。

「あれなら、大丈夫だな」

遠い火事の報《しら》せだ。

おしのは土間に立ち油障子を開け、ふり仰いだ。佐七もうしろに立った。

「向こうの空が暗いね。真っ昼間だというのに、日暮れみたいだ」

「煤《すす》と煙だ」のぼる煙に空ァ色みえず、と佐七は口ずさむ。

「ずいぶん、遠いよね」

「ああ。だが、この風だ。瓦が落ちたかもしれねえ。旦那衆のところをまわってくる。ひろがってきたら、そのまま飛び出すから、身仕舞《みじま》いはしていかあ。早くしな」

「いま、じきだよ」

部屋に戻って、玉をつくった糸のはしを糸切り歯で切った。

かたわらで、佐七は手早く肌脱ぎになる。色白の背から肩に、浪に千鳥の刺青があざやかだ。この肌飾りのおかげで、千鳥の佐七と二つ名で呼ばれる。

旦那衆が、千鳥では勇み肌にやさしすぎると言い、半纏の裏の絵を龍にさせた。

のんびりと間をおいて、半鐘がまた一つ鳴る。

腹掛けにこれも刺子の股引きをつけ、佐七は短い手鉤を腰に挿した。

「ひろがるだろうか」

おしのの声に不安がこもる。

一昨日からこっち、連日すさまじい風だ。南西から吹く春の風だから木枯らしのように肌を斬りはしないけれど、妙に生暖かく、小石や土砂をまじえ、土煙をあげ空をおおって、目つぶしのように吹きたててくる。

畳の目に土埃がつまって、朝夕、二度拭き掃除をしても追いつかない。

昨日が雛祭りだった。いつもは仏さんの供え花を売ってまわる出商いの花売り爺さんから、桃の枝を買って空いた徳利に挿し、雛の前にかざってある。その花びらも雛の顔も、薄く土埃をかぶっている。

建てつけの悪い古長屋は、烈風が吹きつけるたびに、きしんだ音をたてる。

「どこかで食い止めてくれるといいがねえ……」

「〈よ組〉の佐七が纏をたてたら、火の粉一つ、神田には入れるこっちゃねえ。お糸は、手習いか」

「今日はお師匠さんのところで、みんなでお弁当をつかうと言って出たっけが」

「また、何が好きの嫌いのと、お菜《かず》好みを言ったんだろう、あいつァ。おめえが、悪遠慮して甘やかすからいけねえ」

「お師匠さんも、早仕舞《はやじま》いにしてくれるだろうね。半鐘が鳴っているのに、弁当でもない」

草鞋《わらじ》の紐をむすんで土間に立った佐七の肩に、護符を縫い込んだ半纏を着せかけ、おしのは神棚にちょっと手を合わせて、火打ち石と火打ち金をとった。

「用心だけはしておけよ。たいがい大丈夫だとは思うが、万が一にも、こっちに火がまわりそうになったら、なにをおいても、逃げろ」

「あい」

佐七の背を、おしのは切り火で清めた。

佐七が出ていったあと、赤茶けた畳のうえに、風呂敷をひろげた。たいしたものはありはしないけれど、何にしたって、新しく買いそろえるのは銭がかかる。

まだ、ずいぶん遠いよね。半鐘の音に耳をすます。

佐七の着替えを風呂敷にのせた。それから、お糸の着物を行李《こうり》からだす。四季それぞれに揃っていて、母親の丹精がしのばれる。つんつるてんになっていたのを、おしのが腰揚げや肩揚げをのばしてやった。

佐七の父親は、やはり〈よ組〉の鳶《とび》だったが、三年ほど前、火消しの最中に焼け落ちた梁《はり》の下敷きになって死んだ、母親はまもなく患って、これも他界した、と佐七から聞いている。

お糸は実の妹ではなく捨て子を養っているのだとも佐七は言った。

「お糸ちゃんは、知っているのかえ」

「承知だ」

かくしてはおけない仕組みなのだと、佐七は言ったのだった。

町内に捨て子があったら、町役人は奉行所にとどけ、養子先をみつけなくてはならない。

三両から五両くらいの養育費が、町入用から、養い親にわたされる。

そのかわり、養い親は、拾い子が病気などしたら、そのつど、町役人にとどけ、奉行所に申し出なくてはならない定めになっている。

「養い親のなかにはひどいのがいて、お手当をもらいながら、ろくなものを食わせねえで、死なせてしまったりするから、そんなお定めができたんだそうだ。だから、お糸に内緒というわけにはいかねえの。おめえにも、心得ていてもらわねえとな。もちろん、うちの親父もおッ母ァも、銭目当てじゃあねえ、心底、かわいがって育てたっけが」

「おまえも、ずいぶんかわいがっていなさるもの」

おしのの着替えは、夏冬あわせても三、四枚だ。衣替えのときに、洗い張りして単衣《ひとえ》のままで着たり裏をつけて袷《あわせ》にしたり、やりくりしている。

月のみいりは、火消しの手当が町から二貫文。ふだんは普請《ふしん》場の力仕事で稼ぎ、その手間が日に二百から三百文。おしのも仕立て物をひきうけているから、地道に暮らすのに不自由はないのだけれど、雨が降れば佐七は仕事にあぶれるし、酒と博奕《ばくち》に目がないし、お糸の習い事の束脩《そくしゅう》もいるしで、ちょっと気をゆるして出銭がかさむと、すぐ手元がつまる。

出入りのお店《たな》の旦那衆に気に入られ、なにかと祝儀をもらいもするけれど、その銭は、一夜で博奕に消える。

佐七の金遣いは荒かった。もっとも、鳶で金勘定の上手なものはいない。

傾城《けいせい》を買わぬ男はののしられ

女郎買いも、江戸の男の甲斐性だ。と、思ってはみるけれど、朝帰りされたときは、つい、顔がくもる。

「そういうときァ、戸にしんばり棒をかって、入れてやらなけりゃあいいんだよ」

近所の女たちが入れ知恵をしてくれる。

「開けてくれろと言ったら、どこォほっつき歩いていやがった、と、啖呵《たんか》のひとつもくらわしてやりな」

「わたしは江戸者じゃあないから」

と、おしのは泣き笑いのような顔になったのだった。

「そんな威勢のいいことは、言えやしないよ」

――ああ、これを……。

まだかたづけてなかった雛を、着物の上にのせた。

おしのが佐七と祝言《しゅうげん》してこの神田白壁町《しろかべちょう》の裏長屋で暮らすようになったのは去年の五月なので、お糸の雛は、今年の飾りつけで、はじめて見たのだった。

もちろん段飾りではなく、内裏様だけだけれど、裏長屋にはもったいないような立派な古今雛だ。

出入りのお店の旦那衆からもらった祝儀で、前の年の売れ残り、安くなったやつを買ってやったのだと、佐七は言っていた。

おしのは、雛人形は持っていない。欲しいと思ったこともなかった。十二の年に多摩川の在から江戸に奉公に出た。十七のとき、一度仲人口で所帯をもったのだが、じきに別れた。

その後は、しばらくひとりで仕立て物の賃仕事ですごしていた。一昨年の秋、神田皆川町の根子《ねこ》屋で、雑用をする女手をほしがっているからと、口入れ屋から話があり、また奉公した。おしのは二十になっていた。

根子屋は、家の普請には使わない根材や古材を挽《ひ》き割り、六尺にみたない半端な大きさの板にして売る店である。看板だの欄間だの、端材板の需要は多い。

暮れに、鳶職人たちが、大掃除の手伝いに根子屋にもまわってきた。

身軽に屋根にのぼって樋《とい》のつまったのを掃除し、軒の蜘蛛《くも》の巣をはらい、羽目板に龍吐水《りゅうどすい》で水をかけ洗い流す。蔵の屋根から母家の屋根に、軽々と飛び移る。

高い梁桁の上を歩きなれているからか、地面を歩くときも、一筋の線の上を行くような、無駄のない足取りだ。

鳶たちのきびきびした身のこなしに、おしのは見惚《みと》れた。

茶の世話などしながら、二言三言、言葉をかわした。その中の一人、始終屋根の上で指図していたのが、一枚絵にしたって売れるだろうというくらいの男前だった。

後で、下女たちが、あれが〈よ組〉の纏持ちだよ、と噂していた。

「でも、子持ちだからねえ、佐七さんは」

「まだ独《ひと》り者だよ。いっしょに暮らしている子は、妹だよ」

「あの子は九つだっていうじゃないか。佐七さんは二十四だろう。妹にしちゃあ、年が離れすぎてら」

「隠し子かな」

力士、与力とならんで、江戸の三男《さんおとこ》と言われるのが、火消しの纏持ちだ。

わたしには縁のない人だ、と、おしのは思った。

だが、燃え盛る火のただなかに、消し口とった屋根の上に纏を立て、焼け崩れる寸前まで一歩もひかぬ大纏の姿に佐七をかさねたら、からだが火照《ほて》って辛くなった。

佐七にまた遇《あ》ったのは、去年の正月十六日だった。

おしのは藪入《やぶい》りで一日ひまをもらった。

実家は逃散《ちょうさん》したから、郷里に帰ったところで、身内はだれもいない。評判の高い宮地芝居《みやちしばい》を見に、芝神明《しばしんめい》に行ってみた。

日にちをかぎって興行する掛け小屋だが、神明宮の境内にかかる奥山喜太郎の小屋は、宮地芝居の中でもかくべつ人気が高い。

見物の中に、おしのは、佐七をみかけた。女の子をつれていた。

大きい力士が前に座を占めて見物しており、女の子が見辛そうにしているので、おしのは、場所をかわってやった。すまねえな、と佐七は笑顔をみせ、暮れのときより親しく言葉をかわした。

妹のお糸だ、と佐七は言った。おちゃっぴいで手に負えない、と言いながら、ねだられるままに、中売りから飴だの蜜柑だの買ってやり、おしのの手にも渡した。

九つと聞いていたけれど、小柄で痩《や》せていて、七つぐらいにしかみえなかった。艶のない、少しそそけた髪を、銀杏《いちょう》に結っていた。

おちゃっぴいだと佐七は言ったが、お糸はあまり喋らず、笑いもせず、佐七に指をからめていた。人見知りなのだろうと、おしのは思った。

芝居の最中に、力士はふいに立ち上がり、人をわけて職人風の見物人のところに行き、胸倉をとった。相手には連れがいて、双方、殺気だった。

喧嘩になりかかるところを、小屋のものがなだめ、「外でやってくれ」と、追い出した。

まもなく、外で半鐘が鳴った。

見物は小屋をとびだした。

しかも、近火を知らせる、半鐘の中を引っ掻きまわすようなスリバンになったので、人々は逃げまどった。

「火事じゃねえ。喧嘩だ」

十数人の鳶と力士が入り乱れていた。双方とも、助っ人が集まってきていた。「こう、ふところ紙、ありったけよこしな」

佐七はせかし、おしのが懐《ふところ》にありあわせの紙をわたすと、天水桶《てんすいおけ》の水に浸しびっしょり濡らして月代《さかやき》にのせ、その上から手拭いを素早く喧嘩かぶり。

「お糸をたのまァ。家に連れてってくれ」

妹を押しつけ、何だか嬉しそうに喧嘩の渦の方へ走っていった。

「兄さん、兄さん」と身をよじって後を追おうとするお糸の手をがむしゃらにひっぱって、おしのは、人波をのがれた。

先に帰って待っていよう、とお糸をなだめ、道を聞き出した。

男と子供だけの所帯にしては、流し元は小綺麗にかたづいていた。竈《かまど》の火を起こし、おしのは飯を炊いてやった。ついでに、青菜と豆腐を買ってきて、煮しめと味噌汁を作り、

「おなかがへったら、先にお食べ」とすすめたが、お糸は、兄の帰りを待つと言った。

「いつも、おまんまは、どうしているのだえ」

「わたしがつくってる」

佐七が帰ってきたのは日暮れ近くで、髪は乱れ、擦り傷だらけになっていた。「どうしなさった」案じるおしのより先に、お糸はかいがいしく焼酎を小鉢に入れ、布をひたし、傷を洗った。

「てえした騒ぎだった」

互いに仲間を集めて、力士たちは小屋の柱をひきぬいてふりまわし、火消しは鳶口をかざし、暴れまわった、と、佐七は、冴えざえした顔だった。

火消し鳶は、芝神明を持ち場とする〈め組〉の者たちで、前の日から、力士と〈め組〉のあいだに、なにかいざこざがあったらしい。

そう語って、おしのの炊いた飯を佐七は口にはこび、「うめえ」と笑顔になった。

「佐七さんも、喧嘩の仲間に入んなさったのかえ。〈め組〉の喧嘩に、〈よ組〉がまじることはないだろうに」

「それだって、おめえ、こういうときァ火消し仲間だ。これが、たとえば、芝の〈め組〉と金杉《かなすぎ》の〈み組〉が喧嘩だというのなら、神田の〈よ組〉のおれが割り込むことァねえけれど、相手が角力《すもう》取りだ。鳶仲間がやられているのに、知らぬ顔で素通りもできめえじゃねえか」

「スリバンを鳴らしたのは、〈め組〉のお人かい」

「仲間を呼び集めたやつさ。おかげでお役人衆まで出張《でば》ってきて、半鐘鳴らしたやつァ、お召し捕りだ。吟味がすむまで、お牢《ろう》入りだな。お牢暮らしは、あれァ、身にこたえるぜ」

「よく知っていなさる。まるで、お牢に入ったことがあるみたいな」

「あるよ」と、佐七は言った。

「喧嘩沙汰のあげくだ。なに、叩きだけですんだ。怖くなったかい、おれが」

「いいえ」おしのは、話をそらせた。佐七がその話題を好まないのを察したから、無理にたずねようとはしなかった。

〈め組〉と力士の大乱闘は、翌日のかわら版にもなった。

粗末な摺り物を見ながら、この騒ぎの場にいたのだと思って、おしのはちょっと得意な気がした。しかも、その場にいっしょにいたのが佐七だ。そう思うと、いっそう嬉しかった。

だれにも、おしのは話さなかった。朋輩に喋ればからかいの種にされる。大事すぎて、だれにも言えないでいた。

それから、ときどき、佐七は根子屋に顔を出し、おしのに声をかけるようになった。おしのは、端切れでお手玉をつくり、お糸ちゃんにあげておくれ、と渡した。

根子屋の主人から、〈よ組〉の佐七が、おまえを女房にもらいたいと言っているが、と聞かされた。あいだにたったのは、火消し一番組の頭だった。

からかわれていると思った。

あんなに、女たちに騒がれている人が、わたしに惚れるわけがない。わたしは、年だって若くはないし、生娘《きむすめ》ではないし。鳶のおかみさんといったら、気っ風がよくて、粋で婀娜《あだ》で、気働きがよくなくては、つとまらないのに、わたしは、まるきり、あべこべなんだから。

――あのせいだろうか……と、思い当たった。お糸ちゃんに、と、お手玉をつくってやった。あの子の面倒をよくみそうだからと、それで……。それだって、わたしは、かまやしない。女房に、と、言ってくれただけで嬉しいもの。わたしは、どんなにだって、尽くそうもの。

始めから、過分なことは望まない、遠慮がちな気持ちだったせいか、佐七のなにげない言葉やしぐさが、とほうもなく優しいものに感じられた。

子守がわりに、女房にしたんじゃない。好いてくれているんだ。夜、熱い肌をあわせているときは、そんなことを思うゆとりさえない。

それでも仲間に誘われれば女郎買いに行くんだから……と、あきらめた苦笑で、おしのは、雛人形の顔のくぼみを薄く汚した埃をはらい、首を抜いて胴の中に樟脳《しょうのう》を詰めた。

自分の着物を一番外側にして佐七のを内側にく

るみ、風呂敷の端をむすんで、いつでも担ぎだせるようにし、土間に行って、鍋だの釜だのに水をはり、茶碗や皿を浸した。

包丁と砥石と手桶をもって外に出ると、隣近所の女たちが、同じように、刃物や桶を運び出している。

刃物と砥石は溝《どぶ》にいれる。火を浴びても、焼け跡から掘り出すと使用に耐えることがある。包丁一本でも、買いかえるのは銭がかかる。もっとも、大火のときは、溝の水も煮え湯になる。

井戸のまわりには、女たちの輪ができていた。

交替で、手桶に汲み入れ、住まいの土間と往復して、水甕《みずがめ》をみたす。

「佐七さんが刺子半纏で出て行ったところをみると、危ないのかね」

「どうだろうね」

「火元は、泉岳寺だというの」

噂が流れるのは早い。

「車町《くるまちょう》だとよ。泉岳寺の前の」

「あそこア、〈め組〉の持ち場だろう。とんちきな野郎めらだ」

「どこまで燃えてきたか、見に行こうや」

女たちは物見高い。

「振袖纏《ふりそでまとい》が出てくるぜ」

半鐘の間が少しせばまった。やはり、燃えひろがってきている……。

二

「おゆみちゃん、おまえ、家に帰ったほうがいい」

半鐘の音に耳をすませ、太助は言った。

相手は草双紙に読み耽《ふけ》っていて、太助の声も耳に入らないようだ。

「何を読んでいなさるね」

太助の問いを女の子が無視しているので、

「京伝の『稲妻草紙《いなずまぞうし》』だよ」

お喜和がかわって答えた。

「ずいぶん、ませた子だ。この年ごろなら蒟蒻《こんにゃく》本の『舌切り雀』やら『猿蟹合戦』が似合いだろうに」

「あんな、幼いものは、嫌いです」

女の子は、にべもない。

「こっちまで燃えてきたら危ないよ。早くお帰り」

店の主、堀野屋仁兵衛も言った。

『翫月堂《かんげつどう》』と、店の表の行灯《あんどん》に筆太に記されてある。日本橋本石町《ほんこくちょう》四丁目、間口三間ほどの本屋の、家人の居間である。

店の棚に積まれた読本《よみほん》やら合巻《ごうかん》やら黄表紙やら赤表紙やら錦絵やらの、紙のにおい、墨のにおいが、奥の部屋にまで、かすかに流れる。

店先に吊るした看板が風にあおられ、軒にぶちあたり、板木《はんぎ》を撞木《しゅもく》でたたくような音をたてる。

「火は遠うございますよ」

草紙から目をはなさず、女の子は言う。

「さっき廻ってきた報せでは、火元は高輪《たかなわ》泉岳寺の前の車町だと言っていましたもの」

「増上寺まで火はのびてきていると、そう言っていたじゃないか」

「それにしたって、ずいぶん遠うございます」

芝の増上寺から日本橋本石町まで、南西から吹き上げてくる風の通り道だ。風は、火を運ぶ。

「こっちまではこないだろうねえ」

お喜和が案じ顔でつぶやく。

仁兵衛の娘で、二十七になる。太助より三つ年下だ。母親が病いがちだったので、世話をしているうちに嫁ぎおくれ、妹二人のほうが先に嫁いだ。母親が他界したころは、すっかり縁遠くなっていた。

大柄で、頰のふっくらした顔が、太助には、仏像に似て見えることがある。嫁がないのを苦にするでもない様子で、いたってのどかだ。

しかし、かつての主筋なので、太助は遠慮がある。

いまは独り立ちしているが、彼は子供のころ、この店に丁稚《でっち》奉公をしていた。

「この小父《おじ》さんの書いた草紙は、読んでくれないのかな」

太助は自分を指さして、冗談まじりに言った。

「小父さん、読本を書きなさるんですか」

女の子は疑わしげだ。

子供相手にむきになって自慢しても仕方がないと、彼は苦笑する。

もっとも、彼は、黄表紙はこれまでに二十冊ほどだしているが、京伝や馬琴のような、複雑に交錯した筋を持つ読本はまだ手がけていない。

潤筆料は雀の涙ほどで、とても食べてはいかれないから、神田江川町の十九文横町で小さい古本屋をいとなんでいる。家主が毎日家賃を十九文ずつ取り立てにくるから、この名がついている。店子は、家賃を一月まとめては払えない、その日暮らしのものばかりだ。神田川の南、新橋《あたらしばし》に近い、橋本町三丁目と豊島町《としまちょう》の間、猫の額ほどの横町に裏長屋がひしめいている。以前は、もう少しましな店を出していたのだが、七年前、とんだ災難にあい、裏長屋に侘《わ》び住まいせざるを得なくなったのだ。

「半鐘の間が近くなった。さあ、お帰り」

仁兵衛は女の子を追い立てる。

「そんなら、小父さん、これ、借りていきます」

草紙を手にしたまま、女の子は土間に下り紅緒の下駄を履いた。

「うちは、貸本屋ではないのだよ。商い物をもちだされては、困る。まして『稲妻草紙』は、売り出したばかりの新品だよ」

仁兵衛がとがめると、

「店で読むのも、借りるのも、同じことでございましょう」

こましゃくれた口調で女の子は言い返した。

「お父っつぁん、『稲妻草紙』は、わたしが買うよ」お喜和が言った。

「なんだなあ。親と娘のあいだで、売るの買うのと水くさい。おまえがほしいのなら、くれてやる」

「もらっていいいんだね」

お喜和は念を押し、女の子の手から草紙をとりあげた。そうして、

「はい、これはわたしの本だから、おゆみちゃん、おまえにあげますよ」

と、あらためて手渡した。

「おかたじけ。姉さん、軍師ですね」

女の子は礼を言うのもうわの空で、丁をひろげ、眼を落とす。

「少し半鐘が近くなったような気がする」

仁兵衛が言ったとき、店に出ていた番頭が敷居際にきて膝をついた。

「鳶の衆がまいりましたが、蔵にはこばせましょうか」


日本橋本石町一帯は〈い組〉の持ち場である。町火消は、いろは四十八組にわけられ、およそ二十町ほどをそれぞれの持ち場にしている。

そのほかに、江戸の火消しは、旗本が与力同心を指揮し、臥煙《がえん》と呼ばれる火消し人足を手足にもちいる定火消《じょうびけし》と、大名が自分の屋敷が火災からまぬがれるように組織した大名火消《だいみょうびけし》がある。定火消は武家屋敷を炎上からまもるためのものだから、町家がどうなろうと、目もくれない。

「運び入れておいた方が、安心だな」と仁兵衛が鳶を指図しに店に立っていったあと、

「太助、おまえ、大事なものがあったら、うちの蔵に入れてあげるよ。鳶が目塗りをする前に、持ってお出で」

お喜和は言った。丁稚のころからの習わしで呼び捨てだけれど、親切な申し出だった。「ありがとうございます。わたしの住まいの方が火元から遠いゆえ、大丈夫だろうとは思いますが」

火が近いとなったら、帳簿だの商い物だの、板木だの、大事なものは土蔵におさめ、戸を土で塗り固める。木造の家は焼け落ちても、土蔵は助かることが多い。もっとも、どれほど頑丈な蔵でも、ほんのわずかな隙間があれば、炎は忍び入る。焼け残って、一安心して戸を開けたとたんに、中から炎がどっと燃え上がることもあるから、確実とはいえないけれど、焼けるにきまっている裏店におくよりは、心強い。

借家だから、家が焼けるのは、痛手にはならない。損害をこうむるのは、家主だ。

日掛けの店賃《たなちん》がたまって、せっつかれているところでもある。焼け出されたら、家主もやかましいこともいうまい。

その後、どうなるか。まあ、なるようになるさ。

太助は、太平楽とやけっぱちがいりまじった気分だ。

余裕のある大店は、平素から、控家一軒分の材木を木組みして深川木場《きば》の材木問屋にあずけてある。

火がおさまるとすぐに、出入りの大工や左官、鳶がかけつけ、家財をしまって目塗りしてある土蔵の前に仮小屋を建て、木場にあずけてある材木をはこびいれて本普請《ほんぶしん》にかかるから、手回しよく再建できる。

翫月堂堀野屋仁兵衛も、焼け出されたからといってたちまち路頭に迷ったりしないだけの手配は、常々ととのえている。

いざとなったら、仁兵衛のところにころがりこもうと、太助はずぶとく思案しているのだった。

値打ちのあるものは、何一つ持っていない。商っている古本は、駄本ばかり。珍書奇書、古い唐書などなら、何両にもなるけれど、新版でも十文、二十文の安物だ。

日ごろ、仁兵衛が、売れ残りの草紙をまわしてくれている。何年も店晒《たなざら》しになっていて、とっておいても場所ふさぎになるだけだから、旦那にとっちゃあ、屑屋にはらうよりましというところなのだろう。太助は、内心そう思っている。

いくら値を安くしても、ほとんど売れず、太助の暮らしは楽ではない。

駄本は焼けてもいいけれど、焼失させたくないものが、あった。

焼きたくないのは、これまでに彼が書いた二十数冊の黄表紙やら合巻やら洒落本やらである。

ことに三年前に出した『戯場訓蒙図彙《しばいきんもうずい》』は、春英、豊国という芝居絵役者絵にかけては当代人気随一の絵師と組んだもので、芝居のことなら、これを読めばわからぬことなし、という、色刷りまでまじえたみごとな草紙だ。

この一冊に、彼は精魂こめた。

彼の筆名の式亭三馬《しきていさんば》は、芝居の幕開けにかならず演じられる式三番叟《しきさんばそう》をもじったものだ。そのくらい、芝居が好きでならないのだ。

三座の座元と版元、大道具の棟梁《とうりょう》長谷川、小道具方の頭、絵師と作者、膝突きあわせて談合し、案を練り上げての作であった。

文をまかされた彼は、芝居の嘘をことさら皮肉にあげつらい、滑稽味をだす工夫をした。

戯場国、と芝居を呼び、この国では、「雪の形は三角で、花も雪も、見分けがつかぬ。人のいるところに固まって降り、人がいなくなれば、たちどころに止む」とからかい、「嬉しくても悲しくても、すぐ睨む」と、役者の見得を蚩《わら》い、芝居を見慣れた見物の苦笑をさそいながら、劇場の構造、芝居年中行事、三座の来歴から大道具、小道具の説明、鬘《かつら》の種類、けれん、からくりのやり方、と、懇切をきわめたものであった。

しかし、いくら苦労して書いても、潤筆料はろくに入らない。

京伝の戯作が大売れするようになるまでは、版元は、潤筆料を払ったりはしなかった。作者には、新年の挨拶に新版の絵草紙や錦絵を贈り、よほど売れ行きがよいと吉原に招いて供応してくれる、それでおしまいだった。京伝の売れ行きがあまりにすばらしいので、版元の大手、蔦屋重三郎と鶴屋喜右衛門が、京伝には稿料を払うようになったのが、十数年前のことだ。蔦屋はそれからまもなく他界した。その後、他の作者も余慶にあずかり、版元が稿料をはらう習慣ができてきたけれど、それにしても、わずかなもので、とても、暮らしはなりたたない。

江戸一番の人気作家、京伝・馬琴も版元が払ってくれる稿料だけでは暮らしていけないから、京伝は煙草入れの店をだし、馬琴は下駄屋の入り婿になった。

まして、太助がうける稿料は、たかが知れている。

それでも、彼は、書かずにはいられない。

冊子を読むのが、子供の頃から好きだった。

父親が、彫工なので、身のまわりにある草稿に幼いころからなじんでいた。さらに、遠縁にあたる女に、さる大名の奥につとめていたものがいて、草紙のたぐいをたくさん持っていた。彼は、そのことごとくを、読みつくした。戯作者になると決めたのが、十六、七のころだった。

草紙が好き、芝居が好きというのは、天性、虚構の世界に埋没するのを好む性癖であるのだろう。

「そうしてね、ついでに、この子をそこらまで送っていってやっておくれ」お喜和が言った。

「お知り合いで？」

「いいえ。どこの子なんだか、しじゅう、草紙を立ち読みにくる。いつのまにか、奥にまであがりこむようになって」

「こんなに夢中になって読んでくれたら、作者も冥利につきますね」

まったく、京伝は、面白いのだなあ。

おれも……と思うのだが、彼には、京伝や馬琴のような、起伏に富んだ物語は考えつけない。

それどころか、筆禍で……。

いや、京伝先生だって、お咎《とが》めを受けて、手《て》鎖《ぐさり》五十日だった。

しかし、京伝先生は、御上《おかみ》の理不尽なご禁令をおかしてお咎めを受けたのだから、いっそいさぎよいが、おれァ、情けない……。

「商い物を只読みされては困るのだけれど、こうも夢中になって読んでくれると、なんだか、頼もしくてね」

お喜和が言った。

太助は、女の子の手を引いて表に出た。

砂埃を巻いて、風が吹きつけた。

女の子は草紙から眼をはなさない。

巻き上がる土砂を袂《たもと》でよけ、あおられる丁をおさえ、読みふける。

「おゆみちゃん、家に着いてから、ゆっくりお読み。危ないよ。さて、どっちに行ったらいいのだえ。おゆみちゃん、住まいはどこだ」

「家はございません」

「冗談を言っている場合ではないのだよ」

「わたしは化け物ですから、住まいはございません」

と、女の子は言った。

「真昼間から出るお化けがあってよいものか。足があるじゃねえか」

「足がないのは、幽霊でございます。幽霊とお化けは、ちがいます」

「おまえの口のききようは、芝居の子役のようだ。どうちがうんだ」

「幽霊は、死んだ人です。お化けは、生きていても、なります」

「こんな愛らしい顔をしたお化けがいるのかな」

「髪に蛍を飼っています」

「髪に」

思わず、鸚鵡《おうむ》返しに言い、女の子の銀杏に結った髪に太助は目を向けた。

艶のよくない、少し赤い毛だ。

「気の毒な蛍だな。甘い水も飲めねえ」

「蛍もお化けですから、水はいらないの」

「これア、道理だ」

半鐘の間が、さらに近くなる。

「こっちにきますね」女の子の目が、艶を帯び、

「どっか、屋根にのぼろうよ」口調に、地金がでた。

もったいぶった言い回しを捨て、

「火事を見ようよ」

女の子はねだる。

「それより、早く家に帰りな」

「家はございません」

「いいかげんにしろ。おれア急ぐのだ。おいていくぞ」

「どこまで、燃えてきたんだろうね」

女の子は、飛びはねた。

「見えないよ」

「昼火事ア、見物しても、面白いことアねえよ。煙ばかりだ」

言いながら、足を北に向けようとすると、

「火事はあっちだよゥ」

逆の方に、袖をひっぱる。

「鳶が纏をたてるのを、見たいんだよ」

「おれも、見てえや。胸がすく」

女の子にひかれるままに、太助は南に向かった。

「熱いよねえ、纏は」

「そりゃあ、おめえ、火の中だ。火の粉が冷たけりゃあ、氷で天麩羅が揚がる」

「勇ましいだろうね」

「おまえ、鳶が纏をふるのを、みたことがねえのか」

「火事は、遠見に見るばかりだもの」

「手のつけられねえ暴れ者だ、鳶は」

なにげなく言うと、

「そんなことは、ございません」

女の子は憤然と言葉を返した。

「鳶がいなかったら、だれが火事を消し止めるんだよ」

とりすました口調を忘れたふうだ。

「小父さん、鳶が纏をふるのをみると、胸がすくと、言ったじゃないか。なまっちろいお店の若旦那にァつとまらねえよ」

「おめえ、むしょうに鳶の肩をもつの。見た目ァ、いなせで、娘っ子ァ惚れるが、ひでえ無法者揃いだ。あいつらのおかげで、小父さんは、住まいをぶちこわされたのだよ」

「火消し鳶は、家をぶちこわすのが仕事だもの」

女の子は言い返す。

木と紙の家でできた町並みは、火事になったら、焚付《たきつ》けのようなものだ。天水桶にたくわえてある水も、龍吐水も、燃えさかる火勢の前には、何の役にもたちはしない。

火が鎮まるのは、燃えるものがなくなったときだけだ。だから、火消し鳶は、火事だとなったら、風下の家を片端から破壊し、空き地をひろげ、火を食い止める。そのための、鳶口であり、掛《か》け矢《や》だ。

ときには、焼けた場所より、破壊された箇所のほうが広かったりする。

焼亡も破壊も、家を失う損害は同じことだけれど、燃え広がるのを防ぐためにはしかたないと、こわされた者もあきらめている。

「火事場じゃあない。おだやかに暮らしていたら、ふいに暴れこんできたのだよ」

そう言いながら、太助は、火消し鳶に腹をたてているわけではなかった。

もう六年も前のことになる。しかし、役人のあつかいから受けた屈辱感、苦痛は、終生忘れねえ。

正月に、滑稽本『侠《きゃん》太平記《たいへいき》向鉢巻《むこうはちまき》』を、西宮新六方から売り出した。

まだ松の内の五日、「おれたちを、こけにしやがったな」と、〈よ組〉の鳶たちが新六の店に文句を言いにきたのだ。

みな、正月の屠蘇《とそ》酒が入っていた。

「こっちア、命がけで、てめえらの家を護《まも》ってやっているのに、高みの見物で、せせら笑いやがったな」

その一年前、寛政十年、一番組と二番組の火消し鳶が、大喧嘩をして、世間の評判になった。

火消しのいろは四十八組は、数組ずつ、一番から十番までの組にまとめられている。

い、よ、は、に、万の五組をまとめた一番組は、二千二百余人。ろ、せ、も、め、す、百、千の七組からなる二番組は、千三百数十人。

おおまかにわけて、日本橋川の北から神田にかけてが一番組、南から芝にかけては二番組の持ち場となる。

喧嘩のきっかけは、些細《ささい》なことだったらしいが、たがいに意地と面目をかけての大乱闘となった。

『侠太平記』は、その騒ぎを種に、時代を南北朝にうつし、楠左衛門《くすのきさえもん》尉正成《のじょうまさしげ》をもじって嘘木茶《うそきちゃ》右衛門《えもん》とした滑稽本である。

〈侠〉は鳶をきかせたものだし、絵の趣向も、足軽に火消し人足の風体をさせ、一目で、火消しの喧嘩騒ぎをからかったものとわかる。

手代の応対が悪かった。強請《ゆすり》にきたとみて、小銭を土間にほうりなげ、銭さえやれば文句はないだろう、という態度を示したので、こじれた。

それでなくても血の気の多い平鳶が、仲間を呼び集め、掛け矢、鳶口をふるって、屋根瓦を落とし、羽目板をこわしにかかった。

彼の長屋にも、十人近い鳶がおしかけてきた。

〈よ組〉の男たちであった。

「おまえ方を笑ったわけじゃあねえ」

滑稽本を書いてはいるが、平素の彼は、ふつうに喋っているつもりでも口調が皮肉っぽく、人好きしない。西宮新六や翫月堂堀野屋仁兵衛のように、彼の才筆をみとめ、目をかけてくれる版元には、こころを許し、気安くつきあうが、気心の知れぬ他人に愛想よくすることはしないので、傲慢、偏屈な印象をあたえる。

ぶっきらぼうな口調になった。

実のところ、太助は、鳶の若者たちに、憧憬めいた気持ちも持っていた。

火消し鳶は、彼自身とは、正反対の男たちだ。彼らは、考える前にからだが動く。腹にあることは、何の屈折もなく口に出る。

彼は、口重く言葉をのみこむ。自分は動かず、周囲をただ見つめている。

芝居が好きでならないくせに、『戯場《しばい》訓蒙《きんもう》図《ず》彙《い》』では、意地悪くひねりをきかせ、悪口をつらねた。『俠太平記』で鳶をからかったのも、彼らへの好意、憧憬の裏返しだ。見た目にいなせで威勢のよい彼らの、弱点も欠点も、太助には見えている。武士の威を背に負って威張りちらす臥煙ほどではないにしても、火事場で死と背あわせの修羅をくぐらねばならぬ彼らは、平時は、粗暴短気なふるまいが多い。火事場でも、消し口の奪いあいから、消火をそっちのけで組同士の喧嘩になりもする。定火消や大名火消あいてなら、消し口争いは、いっそう苛烈になる。

火消し同士の争いも、舞台の嘘も、好きなものを逆に刺のある皮肉な筆致で描かずにはいられない屈折した性向は、生まれつきばかりではなく、育ちにもかかわっているのかもしれない、と、彼は思いもする。

浅草田原町《たわらまち》の彫職の長男に生まれた。

四つ年下の弟を生んでまもなく、母親は死に、父親は後妻をむかえた。その継母に男子が生まれ、彼は丁稚奉公にやられた。翫月堂である。手先は器用ではないので、彫工の後をつがないです むほうがいいと強がったが、いらぬもののように 父親にもあしらわれたと、心の奥にひがみがひそ んだ。

奉公をつとめあげて、手代にまでなったころ、主の堀野屋仁兵衛の口ききで、同業の万屋太治右衛門方に婿入りした。長女の亭主にむかえられ、養子縁組をしたのである。

しかし、女房が病死したとたん、彼は離縁されてしまった。万屋は、あらたに、次女に婿養子をとった。

——よほど、おれは、人に好かれねえか……。

そうして、小さい古本屋をいとなみ生計をたてながら戯作にはげんでいたとき、鳶に難癖をつけられたのである。

酒の勢いもあり、火消し鳶たちは、「やっちまえ」彼の住まいをぶち壊しにかかった。

——さすがに、手際がいい。

みるみるうちに、壁土が落ち、軒板がやぶられ、屋根板がはがされてゆくのを、彼は、茫然と、そうして、なかば恍惚と眺めた。

破壊という作業は、一種、陶酔感を太助に与えた。

機敏な鳶たちの身のこなしもまた、陶酔感をもたらした。太助が見惚れていてとめないので、鳶も、やりかけた破壊を中止するきっかけがなく、勢いのままに壊しつづける。

長屋だから、被害は彼の住まいだけにとどまらない。隣近所のものたちがとびだしてきて、番所に訴えに走った。

役人が出張ってきて、いっしょくたに召し捕られ、縛り上げられ、自身番に連行された。

与力の吟味のあいだ、板壁の鉄輪に縄でつながれていた。嵩《かさ》にかかった取り調べに、彼はぶっきらぼうな返答をし、扱いはいっそう苛酷になった。

人数が多いので、吟味はなかなか進まず、その夜は、つながれたまま自身番にとめおかれ、翌日、大番屋に送られ、さらに吟味をうけた。

版元の西宮新六は、いったん自身番に連れてこられたが、町内預けとなり、大番屋へはいかないですんだ。

入牢証文がつくられ、太助と鳶たちは小伝馬町の囚獄に送り込まれた。後ろ手にくくられ、鵜飼の鵜のような姿で、町中を歩かされたのだ。しかも、入牢は日暮れというさだめなので、日が落ちるまで、またも、牢庭につながれたまま放置されたのだった。からだの芯まで冷えこんだ。

鳶は三十数人、彼は一人である。呉越同舟で風にさらされ繋がれているあいだに、彼は鳶に反転した連帯感を感じもした。鳶たちは、向こう意気は強いが、御上の権威に弱いものが多かった。縛り上げられているうちに、酔いも昂《たかぶ》りも醒め、ひどく萎《しお》れた。

彼は、犬のようにつながれたことに腹をたて、屈辱をおぼえてはいたが、顔には出さなかった。うろたえも萎れもせず表情は静かだったので、鳶たちは彼が度胸がいいと誤解した。

牢の中では、鳶たちも彼に新入り仲間の親しみを持ったようだ。

彼の方が吟味が早くすみ、手鎖五十日を命じられた。

先に出獄したので、それきり、彼らとのつきあいは絶えた。

彼らは叩きの刑をうけたと、後で知った。

西宮新六は、過料の処分をうけていた。

両手を金輪でつながれた手鎖は、不便で困った。独り者だから、竈《かまど》の火をおこすこともできない。食物は煮売り屋で買ったり出商いの茶飯を買ったり、なんとか賄《まかな》えたが、身の回りの始末に不自由した。近所の者が見かねて、世話をやいてくれた。厠《かわや》は共同だから、「すんませんが」と声をかけながら厠の戸の前にたてば、手のあいた者が、世話をしてくれるというふうだった。

戯作を書く身には、いずれ、何でも役にたつものさ。着物の裾を開いてもらいながら、彼は苦笑して、そう思ったのだった。

「小父さん、早く行こう」

風にあおられ、よろめきながら、女の子が彼の袖をひく。

そのとき、二度打ちの半鐘がきこえた。つづけざまに二つ打ち、間をおいてまた二つ。手のつけられぬほど燃え広がってきているという、大火の報せだ。

三

「大名火消がくりだしたァ」

大火を知らせる半鐘にもひるまず、御門《ごもん》御門に、野次馬がどっと押し寄せる。

銀の擬宝珠《ぎぼし》に猩々緋《じょうじょうひ》の馬簾《ばれん》をおしたて、大手御門をまもるのは、松平主殿頭《とのものかみ》。神田橋御門には織田兵部少輔《ひょうぶしょうゆう》の指揮する火消しが、銀の瓢《ひさご》の纏をたてる。常盤橋《ときわばし》御門は、亀井隠岐守《おきのかみ》の金の大籠《おおかご》纏《まとい》。呉服橋御門は小出主税《ちから》の金の輪違い。いざとなれば、御門外の町家をことごとく破壊しても、大名の上屋敷そうして江戸城のある御曲輪《くるわ》内をまもろうという備えだ。

金の三ツ引き籠に銀の馬簾の大纏をふりたて、鍛冶橋を走り抜ける騎馬と徒《かち》の一隊は、芸州《げいしゅう》浅野侯の火消しが、上野寛永寺の護りに駆けつけるところだ。

「見ろ、見ろ、振袖纏だぜ。悠長なことォしやがって」

常盤橋をまもる亀井隠岐守の若君が、まだ若年の前髪だちで、出火といえば振袖姿の火事装束で出馬してくるのが、名物になっている。しかも、鎮火をみとどけ御門内に退くまでに、三度も四度もお召し替えあそばすので、まるで芝居を見るようだと、野次馬は火事場見物の楽しみの一つにしている。

「風はますます葺屋町《ふきやちょう》、もはや江戸橋、もう荒布《あらめ》橋《ばし》、日本橋さえ焼け落ちる」

縁起の悪い歌をくちずさむ野次馬もいる。二度打ちの半鐘が、ひろがる大火を告げ、空は砂埃で暗いけれど、まだ火の粉も見えないので、のんきに不謹慎な歌をうたっている。

風はますます葺屋町。

不吉な歌が耳をかすめて、

――おお、いやだ。

おしのは、身震いした。

すれちがった声の主は、路地を曲がってみえなくなった。

――どこで遊んでいるんだか……。

胸の底に不安がたまる。

――いいえ、もう、長屋に帰っているのかもしれない。

迎えにいったら、

「お糸ちゃんは、このごろ少しも手習いにこない」

と、師匠に言われたのだ。

手習い子はみな帰宅させたとみえ、だれもおらず、文机は座敷の隅にかたづけてあり、飛び散った墨が畳にまだら模様をつくっていた。

「辞めたのかと思っていた」

「あの……今日もまいりませんでしたか」

何度おなじことを言わせるのか、と、言外に、師匠は露骨に不機嫌な顔でうなずいた。

行きちがいになったかと、いそいで、家にむかった。

風はますます葺屋町。

日暮れ時のように空は暗い。

あおられて裾がめくれるのを片手でおさえ、前こごみになって向かい風に逆らいながら歩く。

剝《は》がれた軒板、屋根板が、木っ端《こっぱ》となって落ちてくる。

こんな風の中を……。

怪我でもしなければいいけれど。

ようやく白壁町の長屋に帰りつくと、逃げ支度もほぼ終えた女たちが、井戸端で話しこんでいる。

「うちのお糸、帰ってきましたか」

「見ないねえ」というのが、返事だった。

上がり框《かまち》に、おしのは腰を落とした。

気を取りなおして、朝炊いた飯の残りで握り飯をつくる。

半鐘が鳴るたびに、みぞおちに衝撃をおぼえる。

もう少しよぶんに炊いておけばよかった。

いえ、火がこっちまでくるとはかぎらないもの。

あの音では、まだ、火は日本橋川を越えていない。

〈ろ組〉の鳶が食い止めてくれるさ。

室町《むろまち》、本町《ほんちょう》、本石町が火に舐《な》められても、今川橋の埋め立て地からこっちは、佐七さんたちが護ってくれる。

ねばりけを失った冷えた飯は、握る指のあいだからこぼれた。

竹の皮につつみ、逃げる用意はできた。しかし、お糸が帰ってくるまでは、家をあけるわけにはいかない。

お糸をたのむ、と佐七が出がけに言いおいたわけではないけれど、

――わざわざ言わないのは、わたしを信用しているからだ。

わたしがいるから、あの人は、安心して出ていった。子守がわりに女房にしたんじゃない、とは思っても、お糸の面倒を見るということがなかったら、佐七さんがまったく独り身だったら、わたしと所帯をもっただろうか……、もっと年の若い、人目をひくような愛らしい娘さんをもらいたかったんじゃないだろうか、と、いつもは心の底におしこめている僻《ひが》みが、胸を暗くする。

こっちは一所懸命つくしているのだけれど、お糸は少しもなついてくれない。

小憎らしいったらありゃあしない。

ひとりごとが口を出て、おしのは、はっとした。

いいえ、そんなこと、わたしは思ってはいない。思ってはいけない。

血をわけた妹のように、可愛がってやらなくちゃいけない。

可愛がっている、と思う。

なによりも、まず、お糸の気にそむように、してきた。

それが、佐七を喜ばせることだから。

——このまま、お糸が帰ってこなかったら……。

ふいに浮かんだ考えに、おしのは、うろたえた。

帰ってこなかったら、せいせいする。

心の中の言葉は、そうつづいたのである。

とんでもないことを。

ふいに浮かんだ言葉を、おしのは、消そうとした。

六畳と三畳、二間あって、夜は六畳にお糸を真ん中に、川の字で寝る。お糸が寝入っているときわめてから、佐七の脇にうつり、悦びの声はのどの奥におしこめて抱かれる。

長屋住まいの子持ちの夫婦は、どこも同じようなものなのだ。仕方のないことだ。

そう思いあきらめて、お糸がいなかったなら、などと、考えもしなかった。

しかし、佐七と二人きりであったなら……という思いは、執拗にまつわりつく。

こんなことを考えてはいけない。かけらほども、思ってはいけない。

ほかのことに気をまぎらせようとすると、燃え広がる火勢を告げる二度打ちの半鐘が耳にひびく。

瞼《まぶた》の裏に、炎が燃えた。

千筋に裂けてひるがえる火の手に、からめとられるお糸がいる。

やめておくれ。見たくない。

一瞬、心の中に猛々《たけだけ》しく笑う声を聴いたような気がした。

二人きりの夜を、一夜でも過ごせたら……と、おしのは、甘やかな空想にこころをゆだね、火にまかれるお糸という瞬時の妄想を無視した。

熱い蜜が血に溶け入る感覚は、前の夫には、おぼえたことのないものだった。

前の夫との夜は、ただうっとうしく苦痛でしかなかったものを、同じことが、相手がちがえば、こうもちがうのだねえ。

堰《せ》かれた恋を語る浄瑠璃は、道行き、心中と哀しく終わる。わたしは、堰《せき》も嵐もなくめでたく夫婦《めおと》になったのだから、こんな恵まれたことはないのに、お糸ちゃんが邪魔だなどと、もったいないことを言うんじゃないよ。

惚《ほう》けた自分を叱りつけたとき、おしのは、ぎくりとした。

――わたしは、しあわせになってはいけないんじゃないか。

これまで思ったこともない考えが、浮かんだのである。

お糸がいなかったら、という考えが、突然あらわれたように、しあわせになってはいけない、という考えも、唐突であった。

かくべつ、しあわせになりたいと切望して生きてきたわけではない、と思う。

物欲の強い欲張りが、しじゅう金銭をほしがるように、しあわせを十重《とえ》二十重《はたえ》にまとって暮らしたいと願ったことはなかった。

それなのに、なぜ、〈しあわせになってはいけない〉などという言葉が心に浮かんだのだろう。

深い沼の底に在るともわからぬふうに澱《よど》んでいたものが、かきまわされてぬうとあらわれるような、思いもかけぬ言葉に、おしのは、とまどった。

〈お糸がいなければ〉それは、理解できた。理性でおしこめていても、心中のどこかにその考えがひそんでいるであろうことは、認める。

佐七といっしょになるまで、しあわせだの不しあわせだの、意識にのぼらせたこともなかった。

たぶん、一番嬉しいであろう暮らしの形が、つい手をのばせばとどくところに、見えてしまったから……。

いま、佐七と暮らす嬉しさが、白絹のようにあざやかで、そのために、唯一、落ちている墨の染みが、目について……。

だから、お糸がいなければ、などと、不埒《ふらち》なことをつい……。

でも、〈しあわせになってはいけない〉は、理不尽な言葉だ。

なぜさ、と、自問する。

なぜ、わたしは、しあわせになってはいけないのさ。

その問いをつきつめるのが、おそろしい気がした。

わたしのなかに、もう一人のわたしがいて、そっちは、わたしの知らないことを知っている。

その、もうひとりのわたしが、〈しあわせになってはいけない〉と言う。

いまの、この、ちょっぴり陰のあるしあわせ。

それさえも、いけないと言うのかえ。

おしのは、心の中からひとりでにわく声に、耳をすませた。

声は、なにも言わない。

これ以上、しあわせになると、なにか悪いことがおきるというのかえ。

そりゃあ、そうさ。

わかっているよ。

お糸が火事にまきこまれて死んだら、佐七さんは、どんなにか嘆き悲しもうもの。死なないまでも、行方知れずになっただけでも、わたしたちのしあわせは、壊れてしまおうもの。

――佐七さんは、やっぱり……。

と、おしのは襟に顎《あご》を埋めた。

――わたしより、お糸ちゃんのほうが……。

わたしが死んだら、どうだろう。

仕事も手につかないほど、悲しんでくれるだろうか。

いいえ、お糸ちゃんの世話をよくする後添いをまた、家にいれて……。

なにを、ばかなことをかんがえているんだよ、と、おしのは自分を叱りつけた。

いままで、こんな、らちもないことを、くよくよ思いわずらったことはなかったのに。

お糸は、まだほんの子供。

子供相手に悋気《りんき》なんて。

ばかばかしいにもほどがある。

二つ半鐘の間隔が、まえより近くなった。

お糸が帰ってくるまで、家をあけることができない。

手をつかねて半鐘を聞いているいらだたしさが、よけいなことを考えさせる。

しあわせになってはいけない。

いいえ、そんなきっぱりした言葉じゃなかった。

〈わたしは、しあわせになってはいけないんじゃないか〉

最初、突然浮かんだ言葉は、それだった。

わたしの中のもう一人のわたしは、ためらいがちに、そんな言葉をつきつけたのだった。

思い出して、おしのは、つい、言い返してしまった。

〈なぜ、いけないんだよ〉

心の中での自問自答だ。

無視すればよかった。

すぐに、相手は言葉をかえしてきた。

相手といっても、おしの自身の内心の声なのだ。

なまじ目に見える他人ではないので、始末が悪い。

お糸ちゃんを、かわいがってやればいいんだろう。

ちょっとばかり不如意《ふにょい》だからって、あの娘を憎んだりしなければいいんだろう。

いま以上のしあわせなんざ、望まないよ。

これで、充分。もったいないくらい。

〈そうだよ〉声は言った。〈もったいないよ。わたしには。あんなことをしたわたしには〉

あんなこと……。

あんなことって、何さ。

おしのは、言い返した。

〈わかっているだろうに〉

声が言う。

〈自分のしたことだ〉

わたしが、何かいけないことをしたから、しあわせになることは許さない。そうおまえは言うのかい。


きりもなく自問自答をつづけている自分に気がつき、おしのは、ぞっとした。

わたしは、気が変になったのだろうか。

頭の中に、だれか別の人がいて、話しかけてくる。

別の人といっても、わたしなのだけれど。

ああ、いやな気分だ。

半鐘のせいだよ。

あのけたたましい音が、なんだか、妙な気分をさそいだす。

蓋《ふた》に重石《おもし》をのせて閉じ込めておいたものが、重石をゆるがせ、蓋を少しずつおしあけて、忍び出てこようとしている。

そんな気がするのだ。

醜い考えや憎しみや、不満も呪詛《じゅそ》も井戸の底に埋め、あるとも気がつかないふりをしていたのに。

おとなしい、気立てのよい、こまやかな気づかいのゆきとどいた、と、根子屋の主人も職人たちも、褒めてくれていた。

わたしも、自分はそういう気質だと思っていた……。

呪詛という言葉がまじっていたことに、おしのは驚いた。

そんな禍々《まがまが》しい言葉。

わたしが、だれを呪うものか。

呪わずにはいられないほどの目になど、あったこともない。

お糸ちゃんがいなければ、などと、ひどいことをちらりと思いはしたけれど、あれは、ほんのいっときの気の迷い。

「もう、しゃんとしました」

声に出して、言った。

憑《つ》き物が落ちるように、妙な気分から立ちなおった。

蓋をきっちり閉めて、重石をのせた。

いいえ、そうじゃない。


井戸の底に埋めておかなければならないような悪意なんど、最初から、持ってはいない。

「さあ」と、自分をはげますようにかけ声をかけたが、さしあたってすることがないのに気がついた。

何もすることがない……。

はじめてだ、こんなの。

洗い物、掃除、草取り、縫い物、繕い物、いつも、こまめに、手を動かし、からだを動かしていた。

ぼんやり考えごとをする暇などなかった。

いまは、火が迫ってきたら逃げるだけだ。

それも、お糸が帰ってくるまでは、ここを動けない。

お糸という言葉から、またも堂々めぐりの奇妙な感覚におちいりそうになり、おしのは、ああ、と声をあげた。

「どうしたんだい」

外から、近所の女がのぞきこんだ。青菜の振り売りの女房だ。

「どうもしませんよ」

「おなかでも痛いのかい」

「いいえ」

「妙なうめき声をだしたから」

「いやだ。そうですか。とろとろ居眠りでもしたのだろうか」

「うなされるような悪い夢を見たのかい」

「さめたら、おぼえてはいないけれど」

「身をもてあますわな」

と、女は、上がり框に腰をすえかける。

「燃えるんなら、さっさと燃えちまえばいいによ。さっぱりすらァな。ひろがるよ、ひろがるよ、と、半鐘のかけ声ばかりで、こっちァ、身じんまくに困らあ」

長っ尻になりそうなので、

「すみません。わたし、まだ、仕残したことがあって」

「なんだなあ。手を貸してやるから、早くすませな」

口調は荒いが、親切だ。

このひとにも、わたしみたいに蓋をして重石をのせて押し込めておかなくてはならないものがあるのだろうか。

ないだろうねえ。口も腹も同じだもの。

腹より、口のほうが悪いか。言いたいことは、腹にためておかないで、すっからっぽだ。

仕残したことなど、おしのは、なにもなかった。金棒《かなぼう》引きの相手をするのがわずらわしいだけだ。

この女の喋ることといったら、近所の噂ばかり。それでも、憎まれたら住みにくくなるから、愛想笑いをして、

「たいしたことじゃあないんです」と、ごまかした。

「お糸がまだ帰ってこなくて、困ってしまいます」

「迎えにいったんだろう」

「お師匠さんの言いなさるには、このごろ」

ちっとも、と言いかけて、おしのは口をつぐんだ。

うかつなことを喋ったら、何を言いふらされるかしれない。お糸坊は、おしのさんをごまかして、寺子屋を休んじゃあ、どこぞで遊びほうけているそうだ、実の親がいないから、と、話しはすぐそこに結びつく……と、おしのは先走って気をもみ、

「じきに帰ってくるでしょう」話をそらせた。

「このごろ、どうしたえ」

「いいえ、よく手習いをすると褒められました」

「そうかい。あの娘は、賢いから。嘘をつくのが、玉に傷だが。おまえも、だまされるだろう」

「そんなことは」おしのは手をふった。

あの子ァ、ときどき、嘘をつく。まともに聞くこたァねえよ。

佐七さんも、そう言ってだった。

遊び仲間に、髪に蛍を飼っている子がいる。

嘘にしたら、愛らしい。別にとがめるほどのことじゃない。

おしのが気にかかるのは、それを口にしたときのお糸の表情だった。

泣きそうな、おびえたような顔だった。

あの泣き顔も、嘘っこなのかしら。わたしをだましたのかしら。わたしが本気にしたのを見て、かげで舌をだしていたのかしら。芝居の子役よりたっしゃだよ。

ああ、また、半鐘……。

四

「裏金《うらきん》が来たぞ」

人の波は、どっとよける。

野次馬と逃げてきた人々がごったがえす魚河岸を、御使番《おつかいばん》が馬に笞《むち》をあて、馬腹を蹴って疾駆する。

夜なら、陣笠の裏の金色に火の粉の朱が照り映えるのだが、あいにく、昼火事だ。それでも、手綱さばきはあざやかで、雑踏の中をたくみに縫い走る。

将軍のお小姓衆のなかから、えりすぐられた馬術の達者な者がつとめる。馬上で火事場の絵図を描き、風向きやら焼失の状況やら、こと細かにしらべて報告する。大名でさえ、火事場の四、五丁手前で下馬しなくてはならない定めだが、御使番ばかりは、燃え盛る火の中で火消しが立ち働くところも馬を乗り入れることを許されている。

江戸橋から日本橋のあたりの河岸は、地引河岸とも呼ばれ、明けの八ツ半ごろから、生魚を満載した漁船が漕ぎ集まり、小売りやら料亭の買い出し人やら鮨屋やら棒手振《ぼうてふ》りやらで賑わうのだが、朝河岸の熱気は四ツにはおさまり、今は火事場の熱気がおし寄せてきている。

河岸にいならんだ〈い組〉の鳶は、纏を伏せ、待機する。火の粉もとんでこないうちに、纏を立てて消し口とり、打ち壊しをはじめるわけにはいかない。京橋で〈ろ組〉が火を消し止めたのに〈い組〉が早まって日本橋からこっちの家々を打ち壊してしまったら、鳶の名折れ。旦那衆にも怒られる。

纏をたてる時期と場所をえらぶのは、経験をつんだ頭《かしら》の裁量による。

煤をまじえた風が吹きすさぶ。手まわしのよい家では土蔵の目塗りも終え、大切なものをしまいこんだ車長持《ながもち》を道にひきだしている。長持の下に四つ車をつけ、綱で曳くもので、逃げ道の邪魔になるからと、禁止されているのだが、後をたたない。

——だれしも、てめえが可愛いものな。

太助は、顎をなでながら、道幅をせばめて置かれた車長持の列をながめる。

屋根の上や物干しは、見物人で一杯だ。

「あれが、裏金だね。はじめて見た。胸がすくねえ」女の子は、走り去った馬を見送り、「こっちまで、燃えてこないのだろうかねえ」とびあがったり背のびしたり、少しがっかりした声を出す。

「土橋も汐留橋も焼け落ちた」「出雲町も山王町《さんのうちょう》も丸焼けだ」逃げてくる者たちの口から、火事場の様子がつたわる。

「山城河岸《やましろがし》で、〈も組〉と定火消のやつらが、喧嘩だ」

「消し口争いで、火消しァそっちのけだ」

「まだ、ずいぶん遠ございますねえ」と、女の子は、「厭《あ》きてしまう。小父さん、鳶がなにか始めたら教えておくれ」

懐から草紙をだし、立ったまま読み始めた。

「おまえ、いいかげんにしな。火事場だよ」

「月若《つきわか》が寝ていますとね。鼠が何十匹となくあわれて、月若の髪を食いちぎるの。犬のような大きな鼠があらわれて、名古屋山三《さんざ》がね、刀を抜いて、丁《ちょう》と切りつけますって。火が燃えてくる前に読み終えなくては」

「いそがしい子だ。危ない」

太助は、女の子をかばって、道の端によけた。

乱れた蹄の音が、近づく。一騎や二騎ではない。

「また、裏金？」

「ちがう。あれァ、狐馬《きつね》だ。危ないぞ」

「あのお侍は、狐憑《つ》きなんですか」

「しっ」と、そばに立った野次馬が、口の前に指をたてた。

「そんなことがお役人の耳に入ったら」

両手を前にかさね、手鎖のさまをしてみせる。

「手鎖どころか、これだ」もうひとりは首に手刀。

「虎の威を借るお狐さまが、火事場といえば出張ってきやがる」太助は、ささやき声で教えてやった。

「裏金だって、同じことでございましょう」

「裏金はお役目だ。狐馬は、いばりたくて、用もないのに出てくる」

「お侍は、用もないのに火事場で馬を乗りまわしてもいいんですか」

「いいわけァねえよ。だが、見な」

二人の目の前を、騎馬の群れが、たてがみを振り乱し、駈け抜ける。十数騎いる。

「葵《あおい》の御紋だね」

面懸《おもがい》と鞦《しりがい》につけられた金の印は、だれの目にもつく。

「あれのおかげで、火事場掛の与力同心衆も、手がつけられねえ。公方《くぼう》様の御召馬《おめしうま》だ。お奉行様さえ、口出しはできねえのだ」

「お城に行くのかえ」

「馬を火に馴らしているのだ。火事場を合戦場にみたてて、調練しているのだよ」

「いくさが始まるんですか」

「始まるわけァねえだろ。天下泰平だ」

火におびえず戦場を馳せるように、公方様の御召馬を馴らすという名目に、だれも、おもてだって異議を申し立てることはできない。将軍は、実態はともあれ、武士の棟梁なのである。

馬乗役は、役高五十俵三人扶持の御家人にすぎないのだが、葵の御紋のおかげで、傍若無人だ。

神田橋御門外に馬場と馬乗りの当番所、馬乗りの上司である御召馬預役曲木如升《まがきゆきのり》の御用屋敷がある。

馬乗りは、終日、馬術の訓練に励んでいるのだが、腕前を披露するおりがない。火事場は、彼らの鬱屈をはらす晴れの舞台といったところなのだろう。そう、太助は思う。

おそらく、甘美な毒酒なのだろう、逃げまどう人々を睥睨《へいげい》し、蹴散らし、馬を駆るのは。

葵の御紋をかざして威勢をふるうここちよさ、

人の注目をあびるここちよさ、火事場のたかぶり、それらがないまざり、血の脈の中を走るのだろう。舞台の上の千両役者の気分に通底するのかもしれない。

見物が役者に投げかける視線は憧憬と賞賛にみちており、路傍の群衆が馬乗りに浴びせるのは怨《えん》嗟《さ》と憎悪だが、視線をひきしぼりそのただ中に立つものの高揚感の、根は一つなのではあるまいか。

太助は、そんなことを思いながら、土埃を蹴たてて遠ざかる騎馬に目をやる。

本町から室町と疾駆してきた騎馬の群れは、二手にわかれ、一隊はそのまま日本橋を駆けわたり、他は河岸沿いに走って、江戸橋をわたる。これもなにか、実戦にそくした戦法にのっとったつもりなのだろう。

女の子は、明樽《あきだる》問屋と肴《さかな》問屋のあいだのせまい廂間《ひあわい》に入り込んだ。腰に結わえた風呂敷包みをほどき、竹の皮の包みをだし、しゃがみこんで開く。

太助がのぞくと、小さめに握った握り飯と煮豆、佃煮が入っていた。

「手まわしがいいのだな。弁当持参で、書肆《ふみや》通いかい」太助も隣に腰をおろし、

「小父さんにも一つ、くれないか」

女の子は、きっぱり首をふり、食べはじめた。

とうに時分どきをすぎている。蕎麦屋も鮨屋もみな暖簾《のれん》をはずしているし、屋台もでていない。火が近づいたら、竈の火も消さなくてはならない。腹が鳴った。ませくれているけれど、餓鬼ァ餓鬼だな。他人の腹のへり具合までこころ配りはしねえのだな。

家に帰れば、今朝炊いた飯の残りがある。

「小父さんは、家に帰るよ」

「どうぞ」女の子は言ったが、ほんのちょっと心細そうな顔をした。

「おまえ、食べ終わるまで待っていてやるから、

すんだら、いっしょに帰ろう」おっと、と、女の子が口答えをする前に手で制した。

「お化けだから家がねえ、は、なしだぜ。飯を食うお化けなんざ、聞いたためしがねえ」

「大人のくせに、子供の揚げ足をとるんですか」

女の子は、膝に竹の皮をひろげ、片手に握り飯、片手に草紙を持ち、食べるのと読むのがいっしょだ。

読み出すと、なにも耳に入らないふうなので、太助の方が退屈してしまう。おいてけぼりにして立ち去るわけにもいかない。こうも読み手をとりこにする京伝が、羨ましくもある。

ふいに、小さい声を女の子があげた。悲鳴に似ていた。

「小父さん、わたし、翫月堂にもどります」

「どうしたえ」

女の子は、草紙の終わりの行をしめした。

〈山三郎《さんざぶろう》姫を背負いて落ち行き、生駒の麓の辻堂において、危難にあうこと、次の巻を読み得て知るべし〉

「これで終わりじゃなかった。続きを借りなくては」

「なにごとかと思うじゃないか。むりだよ。売り物はすっかり蔵におさめて、目塗りをしてしまった」

足場が消えて宙吊りになったような表情を、女の子はみせた。そのなかで呼吸していた世界が消滅してしまったのだ。太助自身も子供のころ草紙本に読みふけったあげく戯作者になったのだから、荒唐無稽な虚構の世界が、女の子にとって、なまじっかな日常よりどれほど真実か、よく理解できる。

女の子はうなだれ、指についた飯粒をねぶる。野良犬が寄ってきた。

手を出して、残りの飯粒を食べさせ、空になった竹の皮をたたんで風呂敷に包み、腰にゆわえなおし、女の子は、肴問屋の前の天水桶にくみこんである水を柄杓《ひしゃく》ですくって口にはこんだ。「こう、こう」見物に出ている肴問屋の若い衆が、平手で頭をはたいた。

「その水ァ、火事にそなえた大事な水だ。かってに飲むんじゃねえ」

女の子は、ゆっくり飲んでから、

「でも、一口ぐらい飲んだって、火事にさわりはないでしょう」言い返した。

「みんなが、一口、一口と言って飲んだら、桶が空になっちまうじゃねえか」

「そうでしょうか。だれもが、喉がかわいてたまらないでいるときは、大事な水だから飲んではならぬととめたって、とまりません。たちまち、飲み干してしまいます。いまは、わたしが一口飲んだからといって、だれもかれもが喉がかわいて、飲みたがることはありません」

「小理屈をこねるんじゃねえ」

太助はどなりつけた。若い衆が本気で腹をたてる前に、機先を制したのである。

女の子が泣き出すかと思ったが、横を向いて、小さい溜め息をついただけだ。その横顔が、なんだか妙に淋しそうに、太助の目にはうつり、

「堪忍してやってくんな。子供の言うことだ」

若い衆にとりなした。

つい今しがたまで大人相手にこましゃくれた口をきいていた女の子は、急に沈みこんでしまった。

怒られたから萎れたというより、空元気《から》で虚勢をはっていたのが、くたびれて、地がでたというふうだ。こっちのほうが素顔なのかもしれない。

「稲妻草紙なら、火事がおさまったら、蔵から出すから、そうしたら小父さんが続きを買ってやるよ」

「ありがとう」はじめて、素直な声で女の子は応じた。そうして、

「さっきのお侍のなかに、きれいなのがいた」

太助の思いもよらないことを、口にした。

「馬乗りか」

「あい」

「なんだなあ、おめえ。一目惚れか」

「そうですねえ」

「やけにしおらしいと思ったら、恋患《わずれ》えか」

たあいもねえ、と吹きだした。

「きれいな男に見惚れるぐらいの楽しみがなくては、生きているせいがありませんもの」

「また、ませくれたことを言う。おめえ、いくつだ」

烈風にまじる煤が濃くなりまさる。

御召馬試しの一隊が砂塵を巻いて雑踏の中に消えた後、焼け出されて逃げてくる人の数が増えた。

火の遠い浅草上野の方に逃げようとする大名たちや奥方の乗り物が、日本橋の橋上で先を争う。

女中方は、黒の長烏帽子《ながえぼし》に白鉢巻き、薙刀《なぎなた》を小脇にかかえているが、その薙刀がじゃまになって足にからまり、ころんだはずみに長柄《ながえ》が他の者の烏帽子をたたき落とし、まるで茶番を見るようだと、見物はうれしがる。

「ありゃあ、松平周防《すおう》のご家中だぜ」「あっちア、酒井右京の紋所だ」「花の奥方、火縮緬《ひぢりめん》」「どこもかしこも燃えぎ裏」

のんきな歌が見物のあいだに流れる。

「十四です」女の子は答えた。

「嘘をつけ。こう見たところ、七つか、せいぜい八つじゃねえか」

「育ちそこなったんです。月足らずで生まれたものですから」

太助は、相手をしげしげと見なおした。

なりは小さいが、十四と聞けば、いやに早熟な言葉つきも、なるほどと思えもする。

「そりゃあ、難儀だったたな。病いがちだったのだろうな」

「たいがいの病いにかかりました。赤ん坊のころは、爪楊枝みたいに痩せこけていましたって。病みぬいて、いまでは達者なのだけれど、からだは大きくなりません」

「そうかい、だが、達者ならなによりだ」

なぐさめ顔で太助が言うと、

「もちろん、嘘です」女の子はけろりとした顔だ。

「ほんとうの年は幾つだえ」

「三つです」

「また、大人をこけにする」

「幼いときから、嘘つきおりよでとおっています」

「おりよ？　おめえの名は、おゆみじゃなかったのか」

「どっちでも、好きなほうで呼んでください」

「なんで、そうくだらねえ嘘をつく」

「本当のことを言えば、さっきのように、大人に怒られます」

太助は、ちょっと返答につまった。


「黙っていれば、何をふくれていると、とがめられます。嘘をつくよりほかは、ないんだよ」

「黙っていたけりゃあ、黙っていればいい。おれア咎めはしねえよ」

「それも退屈だしねえ」

大人びた溜め息を、また、女の子はついた。

「嘘をついているときは、ほんのちっと、退屈しないですむもの」

「なまアぬかしやがる。おまえ、親に食わせてもらって、手伝い一つしねえんだろう。だから、退屈だなんどと」

「親はいません」

「弁当は、だれがつくってくれたんだよ」

「小父さん」と、女の子は生真面目な顔で、

「わたし、おまんまも炊けます。おかずもつくれます。雑巾がけでも水汲みでもします。でも、仕事をしていたって、退屈は退屈なんだよ」

淋しいし、怖いんだよ。

独り言のようにつけくわえた。

　あからさまに訴えるのは嫌なのだけれど、だれかに聞き取ってほしい。そんなふうな、こっそり救いをもとめているような声だと、太助は感じた。

　淋しい、怖い、に、具体的な理由はないのだろう。生きているということ自体が、子供にとっては、淋しく怖い。心細い。

　大人になれば、忘れてしまう感覚だけれど、太助は忘れきってはいなかった。

　寂寥《せきりょう》感は、母親に早く死に別れたからというだけではなかった。

　母がいたときも、日が落ちると淋しくなった。遊びほうけていても、夕餉《ゆうげ》を煮炊きするにおいが露地にただよい、軒と軒のあいだにわずかにのぞく空が、夕焼けの華やかな色から墨色にかわり、ふと目をそらせば消えてしまいそうな星が淡く光ると、胸の底から淋しさがわきだして、長屋に走りもどり、竈の前にしゃがみこんで薪《まき》をくべている母親の襷にそっとさわってみたりした。丁稚にやられてからは、辛くてあたりまえと覚悟ができていた。母親も父親もそろっていても、子供は、生きているのが、淋しい。怖い。

「小父さん」

　女の子の声がいっそう生真面目になった。

「ほんとうのことを言います」

「言いたかったら、言いな」

「わたしは、日が暮れると、お化けになるの」

「そうかい」太助は、まともにうなずいた。

「ふつうは、髪に蛍が棲《す》んだりしませんよね」

「聞いたことァねえな」

「昼間はね、明るいから見えません。夜、鏡を見るとね、いるんです。蛍がわたしの髪の中に」

「蛍に棲みつかれるのは、いやかい」

「いやでもないけれど、怖い」

「きれいだろう」

「そりゃあきれいですよ。青く光って」

「見てみたいな」

女の子は笑顔を見せたが、泣き笑いのような顔だった。

「いままで、だれもまともにきいてくれなかった。嘘つきお糸の言うことだから」

「あれ、おりよじゃなかったのか」

「いつも同じ名前ではつまりませんから」

「なんと呼ぼうか。おゆみ。おりよ。お糸」

「鏡の前で髪を梳くと、蛍がいっせいに、ぱあっと舞いたつの。日が暮れたら、小父さんに、見せてあげますね」

夜までいっしょにいるつもりかい。そう言おうとして、太助は、やめた。だれにも開かない心を、この子供は、おれに、そっと少し開いた。そんな気がしたのだ。

すぐ目の前の大通りは喧騒《けんそう》にみちているのに、二人がしゃがみこんでいる廂間だけが、次元のことなる空間のように静かだ。そう、太助は感じる。

現《うつつ》からはなれることでつくられた仮の静寂は、すぐに破られた。

半鐘の音が、三連打にかわったのだ。

三つ打って、少し間をおいて、三つ。

近火のしらせだ。

河岸に待機する〈い組〉の鳶の体に、筋金がとおった。軒のかさなった廂間は日の射しこむ隙《すき》がなく、昼も薄暗いのだが、通りに出ても、黄昏《たそがれ》のように空がどす黒い。

南のほうは、黒煙が高くのぼり、その間をちろちろと火の粉が舞いのぼるのが、屋根越しにのぞめた。

「〈せ組〉の纏が立ったぞ」

物干しにのぼっている見物が、下の野次馬たちに教える。

「京橋ァ焼けたな」

空の裾はぼかし染めたように赤く、ひときわ高い土蔵の屋根にのぼった〈せ組〉の鳶たちの姿が、遠く小さい黒い影となって浮かぶ。纏の意匠までは、下からは見わけられないが。

「どけ、どけ」

野次馬を追い払い、鳶たちが梯子《はしご》をたてはじめた。

「屋根の上のやつら、下りろ。邪魔だ」

頭は、まだ、采配はくださない。

〈せ組〉と〈い組〉のあいだに、〈ろ組〉の持ち場がある。その纏がまだ立たないのだ。

太助は、女の子を肩車してやった。

重心が高くなったので、風にあおられ、よろめく。

日本橋の上は、長持や行李《こうり》をはこび逃げてくるもので、ごったがえしている。

悲鳴があがり、欄干《らんかん》から人がこぼれおちた。

群衆を蹴散らして、騎馬の群れが、南から北に疾駆する。煤にまみれている。

最前《さいぜん》火事場に向かっていった御召馬試しの馬乗りの一団だ。

——火に負けて、敗走なさるか。

地上の人間の姿は目に入らぬかのように、騎馬は走る。

「もっと、近くへ行っておくれな」

肩車の女の子は、太助をせっついた。

「ほら、あそこに、きれいなお侍が」

「ばかやろう」

小声で、太助は叱った。

「ほらほら、行きすぎてしまうよ」

女の子はじれる。

肩車のおかげで群衆から抜け出した女の子の頭は、馬上の武士と眼の位置がひとしい高さにある。

「役者見物たァちがうんだぞ」

肩の上ではねる女の子に重心を失い、太助は前のめりになり、たたらを踏んだ。

獣の体臭が、鼻を刺した。目の前に、鐙《あぶみ》をふみしめた足、そうして馬の腹があった。

首の骨が折れそうな重みがななめにかかり、つんのめる。地面がせりあがり、小砂利《こじゃり》の一粒一粒が、くっきりと目にうつった。

渾身の力でつかんでいた女の子の両足が、もぎとられるように彼の手から抜けた。

# 五

「数寄屋町《すきやちょう》で、〈ろ組〉が食い止めたとよ」

だれからともない噂が、神田白壁町の長屋にまでつたわり、女たちは安堵した。

「おしのさん、聞いたかい」

金棒引きがのぞきこんで、

「止んだとよ。火ァ」

「よござんした」

病み上がりのような気分で、おしのは、弱い笑みを浮かべた。


この半日、半鐘の音が、からだの芯にひびきっぱなしだった。三連打から五連打七連打と、火の接近につれて半鐘は激しくなり、なにも手につかず、火の動きにふりまわされていた。

――あの音がいけない。割れた音は、脳髄に突き刺さる。あの音が、わたしの心の奥底から、毒性《どくしょう》をひきだした。お糸がいなければ、などと、これまで、思ったこともなかったのに。

お糸がいなかったら淋しいにきまっていると、思い直すようつとめた。年のいかない子供なのだから、すぐになつかなくても、しかたがない。佐七と二人暮らしのところに、わたしが割り込んできたと、あの子は思っているのだ。あの子は、わたしが邪魔なのだ。

わたしは割り込んだんじゃない、佐七さんに望まれたから、きたのに……と、せっかくなだめた悪性《あくしょう》が、またも鎌首をもたげ、いけないよ、と押し込めるのに、疲れはてた。

「よかった、よかった」と、金棒引きは男のような突袖《つきそで》で、とびはねながら井戸端に群れている女たちの仲間にくわわり、溝に沈めた刃物をとり出す。仕事先から帰ってきた男たちの姿もまじる。

半鐘の音はまだつづいているけれど、

——ああ、終わったんだ。

おしのは、框に腰をおとし、吐息をついた。

——佐七さんも、じきにもどってくるだろう。

また、いつもとかわらない毎日がはじまる。

佐七さんは仕事に出て、わたしは留守番、お糸ちゃんのお弁当をつくってやって——。

気抜けして、からだの力も抜けた。

時の鐘が律儀《りちぎ》に七ツを告げてから、小半刻《こはんとき》はたつ。暗いのは煤のせいばかりではない。お天道様が沈んでしまった。

おしのは、しょざいないままに外に出た。

火はおさまったと聞いたのに、南の空の裾は、真紅にゆらめいている。

「嘘っ八かえ、数寄屋町でというのは」

「残り火だろう」

「それにしちゃあ、やけに赤い」

不安げな言葉をかわす女たちの顔は夕闇に溶けている。

その不安を増幅させるように、表の通りを、声が駆け抜ける。

「呉服町まで火が飛んだ」「坂本町も丸焼けだ」

「日本橋が焼け落ちたぞ」絶叫のように、報せの声はひびいた。

「やっと夜のおまんまの支度をしようと思ったのに」

女たちは半泣きになった。

魔性のものが朱の袖をひろげ、裾で町並みをおおい、血の雫《しずく》に似た火の粉をふりまき、芝愛宕《あたご》、築地、京橋、ことごとく灰にしつくし、数百数千の炎の塊が、掘割を赤く染めて飛び越え、ひたひたと迫ってくる情景が、おしのの脳裏に浮かぶ。

人の足がはこぶ報《しら》せより、烈風がはこぶ火の粉のほうが速い。

おしのの幻景は、たちまち、眼前に現出した。

日本橋川を越えた火が、どこまでひろがったという報せのこないうちに、半鐘が、絶えまない連打となった。

すぐそこまで燃えてきているという合図の、けたたましいスリバンにかわったのだ。鐘の内側を撞木《しゅもく》でひっかきまわすような音は、人の不安をかきたて、血を逆流させる。

「〈い組〉のやつら、止めそこなったか」「半ちく野郎め」女たちのぼやく声は、すさまじい半鐘の音に、消される。

みるみる、漆黒《しっこく》の空は中天まで炎の波に侵され、数知れぬ蛍の群れが紅《あか》く狂って飛びかうように、火の粉が舞う。

あわただしい手で、女たちは、いったん取り出した刃物をまた埋めにかかる。

ふいに、おしのは、走り出した。

からだの中からわき出す力に突き動かされ、意識が命じる前に、足が地を蹴っていた。

丹念に、お糸の着物、佐七の着替え、来年まで虫がつかないように樟脳をつめた雛を、自分の着物でくるみ、風呂敷に包んだ、その包みは、置きっぱなしにしたままだ。

南から、煤まじりのいがらっぽい風が吹きつける。町並みが、赤い空に黒く浮かび、大店の屋根瓦は、炎を照り返して、赤銅葺《しゃくどうぶき》のようだ。

火の粉は中空に散乱して金粉となり、屋根に軒に襲いかかって猛火を発する。

足元は闇の沼だ。

走るおしのの心を占めているのは、

――佐七さんの纏が見られる。

そのこと一つだった。

佐七の身の安否も、帰ってこないお糸のことも、意識から消えた。

――おまえ、死んでもいいよ。

おしのの知らぬ声が、心の底で叫ぶ。

おまえ、と呼びかけている相手は、佐七だ。

どんなにか、美しかろうもの。

平静なときのおしのなら、口綺麗《くちぎれい》に言うだろう。

「鳶は、町をまもるために、命を賭けるんでございます。日ごろ、町のみなさまから、そのために、お手当をいただいております」そうして、佐七さん、怪我をしないでおくれ、危ないことはしないでおくれ、と心の中で念じるだろう。

死んでもいい。大纏を振っておくれ。

と、心中の声は叫ぶ。

町をまもるためなどという殊勝な言葉は露浮かばず、そうして、おしのは、浮かばないことに気づきもしないのだった。

美しいおまえを見たいのだから。

他人がそんなことを口走ったら、おしのは呆れ、憤っただろう。

手前勝手なことを言う。鳶の火消しは、見世物じゃあないよ。

塩をまいたことだろう。

今川橋の橋詰め、元乗物町《もとのりものちょう》から北が、〈よ組〉の持ち場だ。

日本橋を焼き、室町一丁目を焼き、二丁目、三丁目、本町十軒店《ほんちょうじっけんだな》、本石町、本銀町《もとしろがねちょう》、そうして、今川橋にむかって、炎は燃え進んできているのだろう。

いつのまにか、おしのの周りを、野次馬がむらがり走っていた。

邪魔だよ。昂っておしのは叫ぶ。声には出なかった。こころの中に閉じ込められた叫びだ。

火事は、わたしが呼び寄せたのだもの。佐七の纏を見るために。

「心配《しんぺえ》で、いても立ってもいられねえってか」

耳をかすめた言葉を、おしのは、すぐに理解することができなかった。

「おまえが亭主を案じるのァ無理もねえが、大丈夫だよ。うちのがついている」

提灯の火明かりに、ならんで走りながら話しかけてくる相手が、組頭《くみがしら》の女房だと、ようやくわかった。

お吉といって、四十がらみ、子分の面倒見のいい鉄火肌《てっかはだ》だ。祝言の席にもきてくれたし、おしののほうから時折挨拶に出むいてもいる。佐七は、頭にも姐《あね》さんにも心服している。

佐七から聞いた話だが、組の平鳶の息子で、耳の聞こえない知恵遅れの安吉というのがいる。大工の棟梁に弟子入りしていたのだが、下のものにどんどん追い抜かれる。お吉は棟梁にたのんで、安吉に木柄《きがら》作りだけを数年がかりで教えこませた。土蔵の戸前や窓の、観音開きの土扉の芯骨《しんぼね》になる木枠である。

そうして棟梁は、木柄作りの骨法《こっぽう》を、安吉が仕事をしているかぎり、他の者には教えないことにした。木柄が必要な者は、安吉に注文して作ってもらい買い取れというのである。これも、お吉の考えたことであった。

棟梁も度量がひろく、安吉が充分に腕をあげると、自分でも木柄は作らず安吉に注文するようにしたので、みな、それにならうようになっている。

「わっちも、うちのが纏を持っていたころァ、気がきじゃあなくて、火が鎮まるまで神棚の前で手をあわせていたっけよ。怪我も火傷も、数知れずだ。場数ゥ踏んだおかげで、いまじゃ、采配はまちげえねえわ。〈よ組〉の大事《でえじ》な纏持ち、千鳥の佐七を、燃える梁の下敷きにするようなまねはしねえから、大船に乗った気でいな」

お吉が喋っているあいだに、おしのは、現にひきもどされた。

からだを顫えが走った。

――わたしは、なんてことを考えていたのだろう。

いきなり、夢からさまされた。

余韻にひたりながら、ゆるやかにさめる快さならいいが、泥酔した頭を水につっこまれたような気分だ。

——現は、辛い……。

炎に酔い狂っているあいだは、火の粉をかぶって纏を振る佐七の苦痛を、己れが苦痛と感じないでいられた。

佐七さんだって……と、おしのは思う。まともに考えたら、怖くてたまらないだろう。

天までとどく火の怒濤のただなかに、ひとり、纏を立てるのだ。頭を神様みたいに思いこむほかは、怖さから逃れるすべがない。

それだって、火の粉をかぶったら、無数の針が肌に突き刺さる痛さだ。火に熔けた鉛の中に漬かってるみたいだろうよ。お白洲の拷問だって、火《ほ》中《なか》に立った纏持ちよりゃあましだ。

水をかぶったって、じゅうと音をたてて湯気になっちまうのだろうねえ。

それだもの。なまじっかな役者より、どれほど美しいか。

ああ、纏を持って屋根に立ったら、千両役者だ。江戸の町の救い神だ。

死んだっていいよ、おまえ。

聞きたくない声が、また、心のすみにある。

一番美しいときに、死んでおしまい。

「姐さん」顎がこわばり、声がうわずった。

「あいよ」お吉の声は、あたたかく、力強い。

なにも、用があるわけではなかった。奇妙な錯乱の沼にひきずりこまれていくのが怖くて、思慮分別のあるお吉にすがりつく。

助けて。声にならなかったが、片手にぶら提灯をさげたお吉は、あいた手をおしのの肩にかけた。

「案じるんじゃねえよ。佐七ア、馴れている」

こんな大火事アはじめてだが、と、声が少しくもった。「なに、大丈夫だ」

遠い空に、ひときわ高く火柱があがり、瞬時に、奈落に落ち込むようにくずれた。

「どっかの大店が焼け落ちたな」野次馬がうなずきあう。

「お糸坊は、危なくないところにいるのかい」

「はい、寺子屋のお師匠さんがあずかってくれました」

思いもよらない嘘が、すんなりと口から出て、おしのは驚いた。あの子ァときどき嘘をつく、と佐七に言われたお糸より、わたしのほうが、よほど……。

今川橋の橋詰めに〈よ組〉の高提灯が立ち、鎌倉河岸《がし》から地蔵橋にかけて町火消が群れていた。革羽織《かわばおり》をまとった組頭の姿が見える。小柄だが、威厳はあたりをはらう。野次馬のあいだからおしのは背伸びした。佐七の顔を、ようやく見わけた。

家にいては見せたことのない、きびしい表情だ。


風が強く吹きつけるたびに、火の粉は蜘蛛手《くもで》にひろがり、押し寄せる。

鎌倉河岸の西端は神田橋御門、その北一帯は勘定奉行屋敷やら、本多伊勢守をはじめ大名屋敷が多いので、大名火消が入り乱れている。その西に、御召馬預かりの馬場がある。

大名火消が、龍閑橋《りゅうかんばし》を渡りはじめた。

「行け」

今川橋をわたれ、と、頭は指図した。

お吉が小さく息をのんだ。

今川橋の南の本銀町は〈い組〉の持ち場なのだが、〈い組〉は、まだ本町のあたりで働いている。〈い組〉の纏持ちの頭を飛び越えて、火の粉は神田にまで降ってくる。みすみす、飛び火にさらされるのを手をつかねているより、掟破りでも、本銀町に纏をたてろ、消し口をとれ、そう、頭は命じたのだ。

「大名火消も、本銀町に消し口をとるつもりだ」

と、お吉が「頭の下知《げじ》ア、もっともだ。町火消がおくれをとることアできねえやな」

梯子持ちを先頭に、革羽織の頭、小頭。鳶口、刺股《さすまた》、大鋸《おおのこぎり》、掛け矢と破壊道具をかざした平鳶の群れ。しんがりに龍吐水と玄蕃桶《げんばおけ》。長提灯を両側に、ひときわ高く〈よ組〉の纏が馬簾をなびかせ、喚声《かんせい》をあげて、今川橋を押し渡って行く。

〈よ組〉は人数が多く、守る範囲も広いから、纏は二本ゆるされ、纏持ちも二人いる。もう一人は嘉市《かいち》といって、つい昨今、父親のあとをついだ若い男だ。

おしのは、帯をとき、端に石ころをくるんで結びつけた。二階家の手すりめがけて放る。一、二度くりかえすと、うまく手すりにからまった。

「姐さん、手を貸しておくんなさい」

裾をからげ、柱に足をかけ、垂れた帯をたぐり、よじのぼる。

「ハ、これアいい度胸だ。いっそ頼もしいや」

笑いながら、野次馬たちが後ろから臀を押し上げた。

二階の手すりからさらに屋根にのぼる。すでに、先客が数人いて、引き上げてくれた。

「ここに来な。楽だぜ」

てっぺんに腰かけている男たちの脇に、はだける前をおさえ、おしのはならんだ。

つづいて、お吉ものぼってきた。ほれよ、と、おしのに帯を手渡し、

「こりゃあ、高桟敷《たかさじき》だねえ」

遠見《とおみ》幕は、朱金の砂子《すなご》をちりばめた炎の津波だ。焼け焦げた蝶のむくろのように煤が散り、地上の闇に消え落ちる。

〈よ組〉の高提灯、頭取提灯、世話番、道具持ち、纏持ち、それぞれの提灯が、闇の裾を彩る。

本銀町二丁目の町家の屋根に梯子をかけるかたわらで、桶の水を頭から浴びているのは、佐七だ。

頭の指図で、嘉市は平鳶の一隊と東に走る。四丁目に消し口をとり、東西一線を破壊して、火が神田に入るのを食い止めようという頭の算段だ。

佐七が梯子に足をかけたとき、鳶の群れが乱れた。

龍閑橋をわたった大名火消が、同じところに纏をたてようとし、争いになったのだ。

言葉の一つ一つまでは、おしのの耳は聞きわけられないけれど、激しく消し口を取り合っている様子は見てとれる。

「負けるな、〈よ組〉」「大名なんざ蹴っ散らせ」「先に纏を立てねえじゃあ、承知しねえぞ」

今川橋の野次馬は、武家大名への鬱憤ばらしを、声援にこめる。

そこへ、本町で消し止められず退いてきた〈い組〉が、ここを最後の食い止め場所と、纏を立てようとしたから、騒ぎは三つ巴になった。

「〈い組〉の、のんびょこ野郎。てめえら、退きやがれ」屋根の上で、お吉がどなった。

今川橋の野次馬がいっせいに、

「いまごろきやがって、遅まき唐辛子め」「どんつく」「のろま」「甲斐性なし」「〈よ組〉にまかせて、てめえらアひっこめ」「〈い組〉の纏持ちア、こんにゃくの幽霊みてえに、ふるえていやがったんだろう」

罵声を浴びせる。どうせ、声はとどきはしない。

本町のほうから逃げてきたものたちが、

「あそこア、〈い組〉の持ち場でェ。神田の鳶がでしゃばりやがって」

「おきゃあがれ。てめえらの鳶にまかせておいたら、こっちまで焼け野っ原でェ」

町の者はそれぞれの抱えの鳶が贔屓な上に、みな気が立っているから、口喧嘩だけではおさまらず、こっちでも摑みあいがはじまる。

本銀町四丁目の東は大伝馬塩町《おおてんましおちょう》、そうして囚獄がある。纏をたてようとする嘉市たちと、囚獄をまもる定火消のあいだで、ここも消し口争いになった。互いに鳶口をふるって、頭をかち割る。

「あがったァ。〈よ組〉の纏だ」野次馬の歓声。

「佐七が消し口とったよ」お吉の声が躍る。

「江戸の火事ァ、神田の〈よ組〉が消し止めるっさ」

「花のお江戸のその町火消、威勢一番火先《ほさき》にかかり」と、屋根の上で手拍子の歌がでる。

「銀瓢簞《ぎんびょうたん》が、梯子をのぼりはじめたぞ」

「織田兵部の大名火消だ」「後からしゃしゃりでやがって」「〈よ組〉のとった消し口だぞ」「すっこめ」「〈よ組〉の纏、退くんじゃねえぞ」「一足だって退くな」「纏を倒すなよ」

野次馬は声を嗄《か》らす。

銀の瓢の纏が屋根にのぼろうとするのを、神田の〈田〉の字を意匠にした〈よ組〉の纏がはねのける姿が、黒い影となって、火の鏡の中に浮かぶ。

「そこで蹴落として、ちょん決まりだァ」

大歓声があがったのは、銀瓢簞が梯子をころがり落ちたからだ。

桶をかかえた平鳶が、梯子を上り下りして次々に纏持ちに水をかける。しぶきが火の色をうつす。

消し口の纏を目印に、その一帯の破壊がはじまる。瓦をひきはがし、掛け矢で壁をぶち破り、鳶口で引き倒す。太い柱は鋸で挽き切る。

木っ端に火の粉が燃えつき、足元から燃え上がる。

踏み消し、桶の水をかけるが、とんでもなく離れたところで、また燃えひろがる。

その間、纏持ちは、たえず纏を振りつづけている。火の粉を浴びて、馬簾が燃える。平鳶が、運び上げた水を全身にかけてやる。

おしのは、心の中がからっぽになって、その動きを、ただ眺めている。ああ、ああ、と、意味のない声がもれる。

美しいと思うどころではなかった。

家を引き倒して空き地をひろげても、風にのった火のかたまりは、飛び越えてくる。真紅の振袖が、幾重にも空にひるがえるさまとも、炎の龍が空一面をおおって遊ぶさまとも、絵師なら描くだろう。

嘉市の纏は立たない。定火消にたたきのめされたのか。しかし、定火消の纏も立たない。囚獄から大伝馬町《おおてんまちょう》は、火に呑みつくされた。

佐七が立つ家の軒に、火がついた。下から燃えあがる。

「もう、いい。下りろ」

頭の下知より先に、野次馬が声を投げる。

とどきはしないのだ。

崩れそうにゆがむ柱を、平鳶が刺股でささえる。

「下りろ。〈よ組〉の意地ア立った」

「下りろよォ」

さっきまでけしかけていた神田の野次馬は、悲痛な声になった。

野次馬たちは、われがちに屋根を下りる。見物どころではなくなった。

「こっちまで、ひろがるぞ」

「もう、いけねえや。お江戸が、原になる」

風にあおられた看板や木っ端が、炎の尾をひいて飛んでくる。

――わたしは、下りない。佐七さんが下りるまで、下りない。

しかし、おしのの目に見えるのは、渦まく炎ばかり、佐七の立っていた屋根のあたりは、紅蓮《ぐれん》一色だ。

――下りないよ。わたしは、決して。

ふいに、佐七の姿が目に大きく映った。馬簾が宙に舞う。ほんの一瞬、見た夢だ。気がついたら、地面を走っていた。

お吉と手をとりあい、群衆に押され、どこへともなく走っている。

からだが無くなってしまったような気分だ。素足なのに、痛みもおぼえない。背後から火が迫る。人にはばまれ、お吉の手がはなれてゆくのを、かすかに感じた。

頭の芯にひびくのは、半鐘の音か耳鳴りか。火の中を走っているのか闇をひた走るのか、それもさだかでなくなった。

## 六

一夜かけて、炎は、大河のように、江戸を流れた。

火除地《ひよけち》も、大名屋敷の広大な庭園も、樹木におおわれた寺社の境内も一またぎに越え、樹林は枯れ芝の野のように燃えた。

焼きつくされた高輪、芝のほうは火勢が弱まり、暗黒に没していき、そのさまを天界から眺めたら、闇が巨大な火炎車を後押しして、丑寅《うしとら》（北東）へ丑寅へと押し進めるさまに見えただろう。

密集した長屋の焼け跡は、異臭がたちのぼる。厠の肥溜めが煮えたぎるにおいだ。

太助は、失神したままの女の子を俵のように肩にかつぎ、逃げる人々にまじって走っていた。

いきなり、むしりとられるように女の子が彼の腕からすっぽ抜けたときは、何が起こったのかわからなかった。彼もつんのめってころび、顔をしたたか地面にうちつけ、しばらくぼうっとしていたのだった。

その場にいた野次馬たちの話から、馬上の武士が、顔が同じ高さになった女の子を、笞を振るって叩き落としたのだとわかった。

女の子を、とりあえず自分の長屋まで連れ帰ろうと、抱いて歩き出したのだが、軽い女の子といっても、三貫目やそこらはある。人にぶつかりながら歩くうち、火のほうが追いついてきたのだ。

火の粉が背に降るのを感じた。

群衆も、目当てがあって走っているわけではない。

どこをどう走っているのか、人波にまかせるほかはなかった。

火の塊《かたまり》は、ときおり、逃げる人々の頭を飛び越え、炎の壁が行く手をさえぎった。

かろうじて路地に逃げれば、そこもまた、燃え上がる。北にむかって逃げていたつもりが、いつか東に足が向いたとみえ、左手に浅草御門がのぞめた。

浅草御門から神田川に沿って西は筋違《すじちがえ》御門まで、土手に柳がならぶ柳原通り、東は両国広小路。どこも、人と荷物で埋まり、押されて川に落ち込むものが後を絶たず、せっかく火をのがれながら、溺れ死んでゆく。広大な郡代《ぐんだい》屋敷が火を噴き上げ、丑寅になびき、ちぎれて火の玉となり、溺死者を浮かべた黒い水を越え、対岸の家々に火がついた。

浅草橋を渡ろうとするものと引き返そうとするものが、狭い橋の上でもみあい、水に落ちる。もやってある舟に、我がちに乗り込み、船は纜《ともづな》をとく前に沈み、溺死者をさらにふやす。

神田川をはさんで、こちらもむこうも、炎の渦だ。

肩が重くなったので、前に抱き直したが、足もとがたよりなく、太助はひょろひょろと、まだ火をまぬがれている軒下に腰を落とした。

焼け死ぬと言われたって、もう、一足も動けやしねえや。

痛い、と、女の子が小さい悲鳴をあげた。

「ちっと、我慢しろ。気がついたか。よかった。どこが痛い」

「わからない。からだじゅう。ここどこですか」

「浅草御門のそばだよ」

「神田まで、火が？」

「そうだ」

「〈よ組〉の纏は」

「どうしたかな。見なかったたな。火消しもこれじゃあ、火にまかれちまっただろう」

女の子の目から涙が噴きこぼれた。

「痛えか」

女の子は泣き声をのどにおしこめた。それでも、涙はとまらず、うっうっと声がもれた。

「泣いたほうが楽になるか」

唐突に泣きだした女の子は、また唐突に泣きやんだ。むりに泣き声をとじこめた喉が、痙攣《けいれん》していた。

「おめえのうちは、神田なのか。神田のどのあたりだ」

返事はなかった。

「どんな火事だって、いつかは、おさまらァ。もうちっとの辛抱だ。そのうち、お天道様がでてみな。火事のほうがおそれいって、ごめんなすってと、ひっこんじまう」

無責任な軽口だ。昼日中《ひるひなか》、お天道様などまるで無視して、火事ははじまったのだ。

女の子は目をつぶった。ときどき痛みをこらえるように、眉をしかめ、そのうち、太助の膝を枕に寝入った。

こんなときに眠れるとは、子供は気楽だな。

浅草か、上野か、明六《あけむ》ツを告げる鐘を、遠く聞いた。

夜が明けてもますます熾《さか》んな火災を鎮めたのは、突如降りだした豪雨であった。

天の高みから打ち下ろされる棍棒のような雨足《あまあし》に、炎はしばらく抵抗し、二つの力は拮抗《きっこう》した。水と火は、もつれあい、宙を錦繡《きんしゅう》としたが、次第に冥《くら》い水が火を呑み込み、やがて、みれんの熾火《おきび》をそこここに残して、火は失せはじめた。

ようやく火を逃れた人々は、豪雨にさらされる羽目になった。大川は波立ち騒ぎ水死者の群れをもてあそび、掘割の水があふれた。

　後の調べによれば、この文化三年芝車町高輪に発した大火の焼失地域は、幅およそ七町半、長さは二里を越え、その間の大名屋敷、武家、町家ことごとく焼亡、焼死者溺死者、千数百人に及んだという。

　風の通り道に沿いながら、堺町《さかいちょう》、葺屋町《ふきやちょう》は、辛うじて類焼をまぬがれた。堺町には中村座、葺屋町には市村座、官許の櫓《やぐら》をあげた大芝居の小屋がある。

　この日、三月五日、焼け残った芝居小屋と茶屋は、炊き出し場と化した。

　座方のものと芝居茶屋の女たちが総出で、大釜で飯を炊き、握り飯をつくる。大道具の板を敷いた上に、飯をつめた茶碗を手際よく伏せてはとりのけ、小さい山をつくっていく。それを、塩をといた手水をつけては、はしから握りしめる。手桶に入れ、御普請役同心《ごぶしんやくどうしん》が人足を指図して、焼け跡に急遽つくられたお救い小屋にはこぶ。

　芝居小屋の中も、土間から桟敷、楽屋、舞台の上まで、焼け出されて行き場のない者が、あふれている。

　みな、ずぶ濡れだから、小屋の蔵衣裳を借りて、当座のしのぎにひっかぶっている。芝居の華麗な衣裳は役者が自前でととのえるのだが、稲荷《いなり》町《まち》とも呼ばれる一番下っぱの役者がもちいる決まりきったものは、座元のほうで用意し、常々衣裳蔵に保管しておいて、入用に応じてそのつど貸し出す。

　炎に追われ、雨にうたれながら、女の子を抱えて逃げまわった太助が避難したのも、中村座であった。

　顔見知りの座方の者が、衣裳蔵に入れてくれた。

「ぐしょ濡れだな。そこにある衣裳を、なんでも使いな」壁に沿ってつくられた棚の衣裳を、顎でしめす。役者の紅白粉、汗や体臭をすいこんだ衣裳の、饐《す》えたようなにおいが、狭い部屋にみちていた。

「気前のいいことだ。あとで、おめえがたが座元に小言ゥくらわねえか」

「芝居は、人気商売だ。火事のときに、不人情なことをした、なんぞと評判がたってみねえ。幕ゥあけても、見物衆に石ィ投げられら」

「ちげえねえ」

「焼け残っただけでも、奇瑞《きずい》というものだ。ここで物惜しみしたら、お稲荷さまの罰があたらァ」

自分のものではないから、座方は鷹揚《おうよう》だった。

座元がこの場にいれば、渋い顔をしたかもしれないが、中村勘三郎は、金主や贔屓、名題役者らの火事見舞いにまわっている最中だ。

「雑作《ぞうさ》になるぜ」

濡れたからだに、煤がしつっこくねばりついている。布でぬぐうと、煤は毛穴にしみこんだ。

床に寝かせた女の子の帯をとき、着物の前をはだけ、拭いてやる。

からだのあちこちに痣ができていた。馬乗りに笞で叩き落とされたときに打ったのだろう。

女の子のからだは熱かった。

怪我をしているのを手当もできず、豪雨に打たれたのだから、熱がでるのもあたりまえだ、と太助は溜め息をつく。

「おめえのうちァ、どこだい。親元に知らせてやらなくちゃあ、心配しているぜ」

話しかけながら、着物をぬがそうと抱き上げると、痛い、と悲鳴を上げた。

「どこが痛い」

「どこだか、わからない。あっちもこっちも」

「弱ったな。もうちっと、辛抱しねえ。少し落ち着いたら、医者アさがしてきてやるからな」

「兄さんを呼んできて」

「どこに呼びにいけばいいんだ」

「神田は、灰かえ」

「あらかたな」

太助が言うと、女の子は押し黙った。くちびるを引き結んで、一言も口を開くまいというふうな強情な顔つきをみせた。

「いっち、綺麗なのを着せてやるからな」

といっても、蔵衣裳にお姫様の裲襠《うちかけ》などはないから、白地に紫の立涌《たてわく》模様、赤い牡丹《ぼたん》をあしらった花四天《はなよてん》を、着せかけてやった。

「飯をもらってきてやるから、おとなしく待ってな」

土間の炊き出しには長い行列ができていた。昨日の朝食べたきりだ。空腹感もおぼえないほどになっていたが、飯のにおいをかぐと唾がわいた。

女の子の分と四つもらい、食べながら戻ると、女の子の眼は熱でうるんでいた。熱のせいで食欲が失せたとみえ、握り飯はいらないと言い、髪を梳いてほしいと、声は澄んでいた。花四天の衣裳を顎までかけた小さい顔が、いっそう小さくなったように、太助は感じた。

髪も濡れており、煤まみれだ。梳いたら、ずいぶん気持ちよくなるだろう。櫛なら小道具の置き場にある。とってこようと立ち上がる背中に、

「鏡もね」と、女の子は声を投げた。

鏡を手に、起き上がって、からだを太助にもたせかける。太助は、元結を切り、煤でかたまった髪を梳いた。

鏡に映る女の子の眼に、また涙が盛り上がって流れるのを、太助は見た。

泣いているのを知られたくないのか、声はあげない。

「おや、蛍は、いなくなっちまったな」

よかったじゃないか、という気持ちがつたわるように、つとめて明るい声で、太助は言った。

「おまえ、お化けじゃなくなったんだぜ。よかったな」

昼間でも、衣裳部屋は、夕闇の中にいるようだ。

「やっぱり、嘘つきだと思っているんですね」

「蛍は、真実《ほん》のことだろ」

丹念に、梳いてやる。

「火事におどろいて、逃げちまったのだよ、きっと。火の粉の中には、おめえの蛍もまじっていたかもしれねえな」

力づけよう、はげまそうと、女の子の好きそうな作り話をしてやるのだが、いっこうのってこず、無言だ。

「おまえ、平賀源内というお人の、名前ぐらい知っているかい」

女の子はわずかに首を振る。

「二十七年も前に、お牢《ろう》で死んだ人だが、奇妙なものをいろいろ、考案してな、そのお人が、〈えれきてる〉という道具を作って、人の体から火花をだしたというよ。その先生の説によれば、万物は、陰陽の二つからなるんだそうだ。人間様もだ。陰は水、陽は火。火といっても、地上の並みの火ではない、天の火なのだというよ。えれきてるは、体からその天火を誘い出す道具なのだそうだ。おまえは、えれきてるを使わなくても、火をだすことができるのだよ、たぶん。たいしたものだ」

オランダわたりの摩擦起電機《まさつきでんき》を、平賀源内が復元したのは、三十年ほど昔のことで、太助は、もちろん実物を見たことはなく、うすうす話に聞いたことがあるだけだ。

器械を復元した源内自身が、それを使って静電気が火花をだす実験をしながら、電気の理論を正確には知らず、陰陽説などで説明していたのだから、太助がうろおぼえに鵜呑みにしていたのも当然で、それでも、女の子が〈髪に蛍が棲む〉というのは、えれきてるの火花のことではないかと思い当たったのだ。

髪をとかすと火花がでる女がいると、聞いたことがある。それが、源内先生の言う、人間の根源である天火のせいだということも。

しかし、太助の話は、女の子をいっそうかたくなに閉じ籠らせただけだった。

嘘という鎧で、身をかためた子供だ。

名前さえ、あれこれとでたらめを言い、まわりの大人をまるで信頼していないようにみえる。読本の嘘の世界の中にのみ、自分を解き放ち、現の世界では、どう生きたらいいのかわからないふうだ。

――おれには、ちっと心をひらいたようだったが、栄螺《さざえ》の蓋が閉じちまったな。

花四天の衣裳を頭の上までひっかぶって、女の子は顔をかくした。

泣き声がもれるのをこらえているとみえ、衣裳がゆれた。

泣き寝入りに眠ったようなので、太助は所在ないままに衣裳蔵を出、楽屋の通路にまであふれている焼け出されの人々をわけ、袖から舞台に行ってみた。

舞台の上から土間を眺めわたし、太助は、ほんのちょっとの間、役者の気分を味わった。

土間も桟敷も、大入りだ。

もっとも、舞台に目をむけているものなど、ひとりもいはしない。

焼け出されたものはぼんやりうずくまり、景気よく立ち働いているのは、炊き出しの連中ばかりだ。

衣裳部屋にもどると、そのわずかな間に、女の子の容態が急変していた。

高熱がもたらす浮遊の世界に、女の子は無防備に浸りきっていた。

く、く、と笑ったり、ふいに涙ぐんだり、太助が声をかけても耳に入らぬふうだ。

蛍が火花になったから、神田まで火事になった、と言って笑い、兄さんの纏を見ようと蛍を飛ばしたのに、見られなかった、と、すすり泣く。

「医者ァいねえか」太助は、舞台に走りもどり、どなった。

「怪我人だらけで、医者ァ、てんてこまってら。薬も焼けちまっただろうよ」土間から、座方がどなりかえした。

# 七

増上寺の前や筋違御門外、神田橋御門外、浅草堀田原など八カ所に、それぞれ二つ三つずつ、お救い小屋が建てられた。

おしのは、ひとまず神田橋御門外の火除地につくられたお救い小屋にころがりこんだ。ほかに行き場もないし、気力が萎《な》えて、ぼうっとしていた。

入り口につらねられた葵の御紋の高提灯がものものしいが、どうにか雨風をしのぐだけの、掘っ立て小屋である。幅四間、長さ十五間ほどを矢来でかこみ、筵《むしろ》をかけ、屋根は苫葺《とまぶ》き、床板もはってなくて、丸太に竹の簀子《すのこ》をおき、その上に筵を敷いただけだ。

棲む家を失ったものたちが、男も女も老人も子供も壮年も、数百人がひとつに押しこまれている。

一日に、炊き出しの握り飯三つを支給されるのだが、まごまごしていれば要領のいいのに横からさらわれる。ただで飯が食えるとあって、焼け出されたわけではない物乞いもまじりこむ。

日が落ちると、暗黒のなかで、肌をふれあう声が、つつましく、あるいは傍若無人に流れ、病人や怪我人のうめきごえと、悦楽の声が綯《な》いまざる。夜鷹《よたか》までまぎれこんでいる。

おしのの裾も、気色の悪い手にかきさぐられた。逃れようにも、寝返りもできぬほど、つめこまれている。触れてくる手を爪でひっかき、どうにか追いはらえば、首筋を舌が這う。

何をするんだよ、と声を荒らげても、闇の中だ。相手の顔は見えず、隠微な笑い声がそここで聞こえるばかりだ。起きなおり、帯をしめなおす。眠りこんだら、だれにどんな悪戯《いたずら》をされるか知れたものではないと思うと、まどろむことさえできない。

疲れ果てて朝をむかえ、炊き出しの握り飯をもらった後、おしのは、外に出た。

青い葉を茂らせていた土手の柳は、梢がのこらず枯れ、冬の木立のようだ。

雨上がりの泥土を掘り返し、釘や鎹《かすがい》、火箸、包丁、鍋釜と、金物を拾い集める人々がいる。使い物にはならなくても、古鉄屋《ふるかねや》に売れば、いくらかの銭になる。

商家も武家屋敷も、裏長屋も、焼けてしまえば変わりはない。

しかし、財力のある家は、自力でとりあえず仮小屋を建て、さらに、本普請による再建にとりかかっている。

襤褸《ぼろ》をまとったものたちが茫然とたたずむ間を、材木を積んだ大八車が、いせいよく木場の方から続々と入ってくる。

どこといって当てもなく、おしのは、ふらふらと歩きまわる。

散り散りになった家族に知らせるのだろう、立ち退き先をしるした札が、瓦礫と焼け棒杭《ぼっくい》の山に立っていたりする。

〈よ組〉の纏をどこかに立てておいてくれたら、それを目印に……。いいえ、纏も焼けてしまったのだろうか。

佐七さんの着替えだの、お糸ちゃんのお雛様だの、わたしは、持ち出せるように包んだのに、みんな、焼いてしまった……と、ぼんやり考えている。

おしのの足は素足だ。下駄は盗まれないようにと、お救い小屋の中では懐にいれていたのだが、いつのまにか、掏《す》りとられていた。

焼け跡に筵を敷き、商いをしている抜け目のないものもいて、草鞋も売っているのだが、ひとの足元をみて、一足三百文などと、とほうもない値をつけている。

——お糸を探さなくては……。

心に幾重にも層があって、その一番うわっつらのところに、お糸を探すということがあった。

お救い小屋に、動かないでいれば、佐七さんの方でわたしを探しあててくれるだろう。わたしが動きまわっていたら、行き違いになる。

でも、お糸ちゃんの行方が知れなくては、佐七さんに申しわけがたたない。

わたし一人だけ、佐七さんに遇うわけにはいかない。

お糸を探すということに、気持ちを集中していないと、体から心棒がぬきとられ、操り手のいない木偶《でく》人形みたいに、うずくまってしまいそうだ。

そうして、気をゆるめたとたんに、心のもう一つ下の層から、いやな声がきこえてくる予感がある。

おしのの知らない、知ってはいてもみとめたくないことを、容赦なくつきつける声だ。

半鐘の音がそら耳で聴こえ、——おまえ、死んでもいいよ——、おしのは、その声を押し殺す。

知らない。知らない。あんなことを思ったのは、わたしじゃない。

わたしでなければ、だれなのさ。

と、もう一人のおしのが嗤う。

問答をはじめてはいけない。あの問答が始まったら、わたしは、わたしを見失ってしまう。

どうして、わたしは一人だけではないんだろう。

——わたしは、しあわせになっては……。

深い沼の底に、聞きたくない言葉がたぎる気配を、おしのは感じる。

わかっているよ、と、つい答えかけ、ああ、いけない、と気をそらす。

お糸を探しながら、たとえお糸がみつかっても、もう、以前の無垢なたのしさはもどってはこないのだ、と心の層の下のほうで、わきまえている。

お糸を邪魔だと思う、自分の本心を知ってしまった。

そうして、――おまえ、死んでも――。

湧いてくる声を消そうと、おしのは、小走りになり、大八車とぶつかりそうになった。

車は、焼け焦げた骸《むくろ》を無造作にいくつものせていた。おしのは目をそむけたが、もしや、お糸がそのなかに、と、顔をかくした指のあいだからのぞいた。まともに見つめる勇気がなかった。

大八車は遠ざかった。

「よほど、この子は、書肆《しょし》に縁があるのだね」

お喜和は気楽に笑った。

翫月堂が土蔵前に仮小屋を建て、木場からはこびこんだ木材で本普請をはじめているのを見て、病んだ女の子を少しのあいだおいてくれるよう、太助はお喜和に頼みこんだのだ。

仮小屋といっても、お救い小屋のようなひどいものではなく、根太《ねだ》に床をはり、畳まで敷いてある。

番頭や手代はそれぞれ縁者をたより、住み込みの奉公人は商いを再開するまでひとまず郷里に帰し、仮小屋には、仁兵衛とお喜和のほかは、身の回りの世話をする奉公人が数人いるだけだから、ゆとりはあった。

「とうに、親元に送り届けたと思っていたのに、親御さんが案じているだろうに」仁兵衛に詰《なじ》られ、

「神田ということだけは聞き出したんですがね。焼けたでしょうよ」

彼の才をみとめ、目をかけてくれていると思う

から、太助は、仁兵衛には、甘えがあった。数ある戯作者のなかから『戯場訓蒙図彙《しばいきんもうずい》』の書き手に選ばれたことで、太助は、自信を強めていた。

売れ行きがよかった。版元が力をいれたからでもあるけれど、おれの腕もあると、自負する。

「おまえも、暮らしの目処《めど》が立つまで、ここにいたらいいよ」

お喜和に言われるまでもなく、あつかましくころがりこむつもりだった。お喜和の言葉の裏を、太助はさぐった。おれに、並みをこえた好意をもっているのか。ときどき、そう、太助はうぬぼれたくなる。

しかし、お喜和は、おっとりと微笑しているだけで、激しい感情をみせることはなかった。

そうして、彼もまた、是が非でもお喜和を抱きたいとは思うことはなく過ごしてきたのだった。

しかし、お喜和の仏像に似た笑顔は、いかにも好ましく、元来癇《かん》の強い太助だが、お喜和といっしょにいるとのどかになる。

お喜和となら、先行きうまくやっていけるだろう、居心地がいいだろうな、お喜和と暮らすのは……、と思うのだが、おまえに惚れた、手鍋ひとつで、おれのところにきてくれ、とは言えないのだ。

翫月堂の入り婿になれば、戯作者としての暮らしが安定するという打算が、心のすみにないわけではない。それだから、なおのこと、彼は、好いてはいても自分からは言い出せない。あまりにさもしい。

「薬も蔵の中にしまっておいて、よかった。熱さましがあるよ。煎じてあげよう」

「お姉さん」

「おや、起きていたのかい」

お喜和は女の子の額に手を当てた。

「まだ、熱があるよ。静かにしておいで。だけれど、おうちだけは教えておくれ。親御さんになんとかして知らせなくては」

「稲妻草紙のつづきを貸してください」

女の子は言った。

太助とお喜和は、くつろいだ笑みをかわした。


もう、わたしには、歩きまわるだけの生しかないのかもしれない。

そんな理に合わないこと、おしのはふと思う。

何も、ない。じぶんから棄てた。

半鐘がスリバンに変わったあの瞬間、とらわれていた狼が、鎖を断ち切ったように、地を蹴って走った。

蒲団だの、鍋釜だの、包丁だの、着替えだの、握り飯だの、日常になくてはならぬそれらは、あのとき、いっさい頭から消えていた。

死んだっていいよ、おまえ。

一番美しいときに、死んでおしまい。

そう叫んだのを悔いていない自分に、おしのは気づいた。

なんて、いい心地だったろう。

石塊《いしくれ》が素足に食い入る痛みを罪のあがないのように感じながら、ぼうっと歩きまわるうちに、いつのまにか、心をおさえつける重石がとれていた。

沼の底の声が、解き放たれて歓喜している。

それを、おしのは受け入れた。

楽になった。幾重にもかさなった心の層の、一番上にあるのは、世間様の分別。

世の常の纏の女房なら、まっとうな女なら、亭主が怪我をせぬように、無事なようにと、水垢離《みずごり》とってお題目をとなえるだろうに、死ねと望んだのは、罪にはちがいない。それも、町の人のためにではない、わたしの邪《よこしま》な願い。

その罰を受けよというなら——神か、仏僧か、だれが言うのか知らないが——神罰、仏罰を、受けよう。この上なく美しいものを見ることができたのだから。火の粉の中の大纏を思い返すたびに、陶酔はいっそう深まり、おしのは現を忘れる。

〈しあわせになってはいけない〉と、ふいに浮かんだあの言葉を、おしのは、思い出していた。

〈あんなことをしたわたしには〉

あんなこと……。あんなことって、何さ。

そう、あのとき、自問したのだったが、いま、わかった。

陶酔感を得るためには、夫の死さえ願う。それを、沼底のわたしは、指摘していたのだ。

先行きのことを、予言していたのだ、あの声は。

たぶん、沼の底に在るもうひとりのわたしは、先行きのことも、うわっつらのわたしがおぼえていない未生のときのことも、すべて知っているのだろう。

振り売りの青物屋や水売りが、天秤をかついですれちがう。道端に筵を敷いて、露天の商いもはじまっていた。

「どけ、どけ」

威勢のいい声をかけられた。

大八車を引く人足たちだ。材木を山積みしている。

「佐七兄ィのかみさんじゃねえか」

人足の一人が声をかけた。

「兄ィがよ、探しまわってたぜ。遇《あ》ったかい」

「いえ……」

「早く行ってみな。白壁町の焼け跡に、おめえらがとにかく雨風はしのげるようにって、さしかけ作ってよ。今ァ、仕事に出ているかもしれねえが。あっちもこっちも普請で、おれっちァ盆と正月が一度にきたみてえだ」

頭分らしいのが、「この焼け野原じゃ、どこが白壁町か見当もつくめえ。安、おめえ、いいから、案内してやりな」と、親切な口をきいた。

「さしかけでも何でも、早えところ建てておかねえと、ほかの焼け出されに陣取られちまう」

安は、道々、そう言った。

「おまえさん〈よ組〉のお人ですか」

「おれァ、叩き大工だけれどよ、鳶の衆とァなじみだからよ」

そこだと指差して、いそがしげに安は立ち去った。

火事跡から拾い集めたのだろう焼け棒杭を二本たて、横木をわたし、それをささえに地面にかけて斜めに、これも焼け焦げた板を屋根代わりにし、筵を壁にした、掘っ立て小屋よりいっそうひどいさしかけ小屋が幾つも、雑然とならんでおり、そのあたりにたむろする人々は、近所の見知った顔もまるで知らぬ顔もまじっていた。

さしかけの一つに、〈さ七〉としるした木札が打ちつけてあるのを見て、おしのは、からだがほっかりと暖かくなり、思わず、だれにともなく手をあわせていた。


ありがとうございます。佐七さんは、無事だったんですね。わたしを待っていてくれた。

すなおに、おしのは嬉しさにひたった。

いっとき鎮まっている沼の声が、じきに騒ぎだすのはわかっている。何を言うかも、あらかじめ察しがつく。

せっかく、澄んだ静かな気持ちで、しあわせを感じている。この時を大切にしたかった。

さしかけの下に入って、坐った。地面の湿気をさけるために、丸太をおき、その上に板をのせ、筵を敷いてある。焼け跡からどうやって探してきたのか。大店の普請場から持ち出したのかもしれない。

斜めにさしかけた屋根、垂らした筵、床板。

それらが、佐七のたくましい腕のように感じられ、おしのは、佐七に抱かれ守られている錯覚をたのしんだ。

佐七に抱かれているのは、刺子の半纏をつくろい、お糸の着物の腰揚げをおろし、洗い張り、草むしり、と、こまめにからだを動かし、佐七が仕事にでるときは、切り火をきって無事を祈る、つつましい世話女房のおしのだ。お吉のように子分の身内にまでゆきとどいた心配りをすることはできないまでも、佐七にふさわしいよう、せいいっぱいつとめる女房。

　おしのは、目を閉じた。

　あれを見たのは、よかった。沼の底から狼を解き放ったのは、よかった。あの猛々しい悦びを知らないで、かすかな不如意をおぼえながらそれの正体をみきわめもせず、尋常な暮らしの檻のなかで一生を過ごすより、よかったのだ。

　そこで蹴落として、ちょん決まりだァ。

　歓声をあげた人たちも、美しいときに死んでおしまい、と亭主にむかって叫ぶ女はゆるさないだろう。

　そういう女なのだと、自分を知ったのは、よかった。

「おしの」

　呼ばれる前に、おしのの肌は、佐七が近づくのを感じていた。

　目を閉じたまま、佐七の胸に顔を埋めた。強いにおいを感じた。

「猫みてえだ」屈託ない声が笑った。

「小屋ァ建てたら、ちゃんと帰ってきてやがら。お糸はどこだ」

　おしのは、身をはなした。佐七の肌の余韻が、全身にただよっている。

　元結が切れたざんばら髪を、藁でくくっている。焦げてぼろぼろの刺子が、かろうじて形をたもっていた。鬢の毛が焼けちぢれ、顔にも手足にも火脹《ひぶく》れが散っている。

　お糸ちゃんは、死にました。

　言葉が浮かんだが、口にはしなかった。

「すみません。お師匠さんのところに迎えにいったら、手習いにはこなかったと言われました。探したんだけど、みつけられませんでした」

佐七の手が、おしのの腕をつかみ、ゆすった。

「そうか」と言った声は、腕の肉にくいこんだ指ほど荒くはなかった。

おしのがゆっくり目を開くと、佐七の顔は血の気が失せ、冷や汗がにじんでいた。おしのは、袖で佐七の冷や汗をぬぐった。

「心配するな。鳶の仲間に手を回しゃあ、じきに消息ァ知れらあ。あいつァ、まったく、しようがねえ。案じることァねえ」

そう口にする佐七のくちびるは、真白に一変している。

「おめえは、ここを動くんじゃねえぞ。おれァお糸をめっけて、じきに戻ってくるからな」

はい、と、しおらしくうなずくおしのを見つめるもう一人のおしのがいる。

佐七さんは、きっとお糸ちゃんを見つけて連れ戻るだろう、わたしは、夕飯の工面をしなくちゃねえ、おいしいものを食べさせてあげたいけれど……と、しおらしいおしのは、しきりに思う。

「なにも、気をもむこたァねえぜ。仕事はこれから、目がまわるほどだ。銭にァ困らねえよ。二、三日、辛抱しな。手間ァもらってくるからよ」

その二、三日、どうしよう。お銭《あし》さえあれば、ととのえられるのだけれど、売れるようなものもない。なにもかも焼いてしまったことを、このときになって、みぞおちが痛いほどに思った。賢い女房なら、なにをおいても、日常に困らぬ算段をする。

「浮かねえ顔をするなよ」

佐七の頬にようやく血の気がもどり、笑顔をみせた。

いつのまにか、二人のまわりに人だかりができていた。

「佐七さん」と声をかけたのは、長屋の家主であった。人垣の中に、〈よ組〉の頭や顔見知りの鳶たちもいる。だれもが、まだ火事場の名残を乱れ髪に残している。鳶のほとんどは、血のにじむ布を傷口にまき、火傷《やけど》に油紙をあて、無傷のものはいなかった。

羽織姿の武士がいて、その手に、おしのは十手をみとめた。町回りの同心らしい。配下を数人ひきつれていた。ものものしい気配だ。

役人たちの結い上げた髪、火の粉の痕《あと》一つない身なりを、おしのは見た。

「取り調べの筋がある」

大番屋にまいれ、と、同心は佐七に命じた。

佐七と頭の眼があい、どうにもしかたがないというふうに、頭がうなずいてみせた。

「おとなしく従えば縄目はゆるす」

同心が言い、佐七をひったてた。

「お糸をたのむぜ」

頭も大家も、ともどもつれ去られた。

「どういうことなんですか」

後を追おうとするおしのを、お吉がとめた。

役人たちが遠ざかってから、〈よ組〉の鳶たちは、口々に、その背に罵声を投げた。

「銀瓢簞だよ」

お吉が教えた。

「大名火消の纏持ち野郎が、消し口をとろうと割りこみやがっただろう」

大名なんざ蹴っ散らせ。〈よ組〉の纏、退くんじゃねえぞ。纏を倒すな。そこで蹴落として……。ころがり落ちる銀瓢簞が、火の粉をうつして朱に染まった情景が、鮮やかだ。

「あいつが、大怪我をしたらしいよ。それで、うちの親方と佐七がお咎めだ。なに、言い開きァできらあな」

お吉が言うのにつづけて、

「そうだ、そうだ」「悪いのァ、大名火消の野郎めらだ」「佐七兄ィを遠島なんぞにしやがったら、町火消四十八組、総出で、奉行所に火ィつけてやらあ」

鳶たちは、言葉ばかりは威勢よく、できるわけもないことを吠えたてている。

遠島という言葉が、おしのの耳を刺した。

あの束の間の陶酔が、それほどの罪か。

大名火消を蹴落としたのは、佐七ではあるけれど、それを望んだのは、神田の野次馬すべてだ。神田ばかりじゃない。刀をささないものたちすべてが、望んだのだ。

そうして、野次馬たちすべての望みの総量よりも、美しい佐七を見たいと思うわたしの願いは、猛々しく強かった。それが、罪か。ああ、罪だろうよ。だけれど、罰するのは、御上じゃないはずだ。御上に罰せられるような罪とはちがう。

役人が咎めるのは、町火消が大名火消を蹴落として大怪我させたということだけれど、おしのの心には、その事実はくいいってこない。

お糸をさがしだして、ふたりで佐七の放免を待ちながら暮らす。いつまでも、待っている。それが、世間様のみとめる、女房のありようだと、わかっている。佐七さんも、そう望んでいる。お糸をたのむ、と、一言言い残した。

でも、わたしは、あれを知ってしまった。

どんな酒だって与えてくれない、酔い。

沼の底に棲みつく狼が、本然《ほんねん》のわたしだ。

〈しあわせになってはいけない
あんなことをしたわたしには〉

あのときは、まだ、してはいなかったけれど、もうひとりのわたしは、知っていた。

これからするであろうことも、してしまったことも、もうひとりのわたしにとっては、一つことなのだ。

「お糸ちゃんは、どうしたえ」

お吉にたずねられ、

「行方知れずで……」

答えながら、――姐さんには、わたしは嘘をついたんだった。お師匠さんのところにあずけたなんて……と、思い出す。

「それァいけねえな。手分けしてさがしてやるから、気落ちしねえでな」

頭がしょっぴかれて、心配でならないだろうに、お糸のことまで気を配ってくれる。

「ありがとうございます」

気持ちをあらわすには、地面に手をつきたいほどだ。

わたしは、裏表なく心の底からかわいいとは思えないだろう。お糸だって、わたしの本心を見抜いているから、なおのこと、なつかないだろう。しかたがない。

危ないものを抱えていると承知の上なら、上手に自分をなだめていけるかもしれない。

佐七の纏をもとめて走ったとき、あのとき、わたしは一生を生ききってしまった。

あれだけの激しい時をもてたのだから、もう、何も望みはしない。

猛々しいおしのは、なにも言い返してはこなかった。存分に荒れ狂い、満ち足りたのか。

束の間の安らぎだろう。

ことあれば、沼はまた、滾りたち狂いたつだろうけれど、狼が牙をむいたら、その牙は、わたし自身に向けよう。そう心が決まり、

「おかみさん、わたしも、お糸をさがしに行きます」おしのは、立ち上がった。

「嘘つきお糸ちゃんがいねえと、さびしいものな」

お吉はからりと笑った。

「頭と佐七がお牢入りになったら、うめえものをたっぷり、差し入れてやろう。叩きぐれえですむさ。あれ、おまえ、裸足じゃないか」

耳鳴りのように、半鐘の残響を、おしのは聴いた。

「我が恋かなわぬ上からは、憎しと思う桜姫。姉が恨みの刃《やいば》を受けよ」

尼になるとて剃《そ》りこぼちし髪が三分《ぶ》がたのび、病み上がりの山姥《やまんば》がよろよろと襲いかかる風情の、蓬髪《ほうはつ》の人形。

「物に狂うも誰ゆえぞ」

右手に、小さい刀。

「うぬれが命、もらった」と、挑みかかられ、思わず悲鳴を上げて、お梅は飛びすさった。

お梅の手にあるのは、髫髪《うない》も愛らしい、振袖《ふりそで》の人形。

「あまり、真に迫ってやらないでおくれよ、姉さん」

姉のお藤の手にある人形も、はじめは、肩までかかる髫髪に大振袖であった。その髪をざくざくと握《にぎ》り鋏《ばさみ》で断ち切り、袂《たもと》も切り、無惨な法界坊まがいにしてしまったのは、お藤自身だ。

足がなくて、胴体ががらんどう、裾《すそ》から手を入れて、首と両手をあやつって動かす、突っ込み人形といわれるものだ。

雛壇《ひなだん》にならぶ内裏《だいり》、三人官女、左右の大臣、五人囃子《ばやし》、三人仕丁《しちょう》といならぶ前で、あたかも雛人形をご見物衆に見立てたかのような、お藤の人形操り。

突っ込み人形は、父の後妻の座についている伯母が、雛の祭りの祝いにと、二人にそれぞれ、一つずつくれたものだ。

同じような人形といっても、お梅がもらったのは、十軒店《じっけんだな》の大店《おおだな》で新しく買ったものだけれど、お藤がもらったのは、――少し黴臭《かびくさ》い……、と、お梅は感じ、姉の人形の着物に顔を近づけたのだった。

「こっちは、質流れだもの」お藤は、言った。

お梅は、あたりをみまわした。雛を飾った離れの四畳半に、ふたりきり。伯母の耳もなく、いいつけ口をする下女の姿もない。

姉妹の父親は、大きい質店をいとなんでいる。

どうして、伯母さんは、わたしには新しい人形、姉さんにはだれの持ち物だったかわかりもしない、質流れの古人形と、ひどいわけへだてをするのだろう。

この日に始まったことではなかった。

わたしが伯母さんの実の娘で、姉さんが継子《ままこ》とでもいうのなら、継子いじめの話は、しんとく丸やら紅皿欠皿《べにざらかけざら》、草紙にも芝居にもかぞえきれないほどあるけれど、継《まま》しい仲であることは、わたしも姉さんもひとつことなのに。

お梅は十二、お藤は二つ上の十四歳。母が死んだのは、八年前、お梅が四つのときだった。床に臥《ふ》せりがちな母にかわって、その姉である伯母が、奥の切り盛りをしていた。母が死んだら、当然のように、伯母が後妻の座についたが、お藤もお梅も、おっ母さんとは呼ばない。以前のままに、伯母さん。父親も咎《とが》めないので、それでとおしてきている。

伯母さんのわけへだてに、わたしが気がついていると知ったら、姉さんはいっそう悔しかろう、そう気を回して、お梅は、なにも知らぬふりをよそおい、

「抱き人形より、突っ込みのほうが、おもしろいね。どうしてだろう」

話を変えたのだった。

薩摩浄瑠璃で使うような精妙な動きはできはしない。せいぜい、首をふったり、手先をうちあわ

せたり、それでも、ただの抱き人形より、もてあそんで面白い。

「そりゃあ、抱き人形は、赤子《あかご》のかわり。あやしたり、おまんまを食べさせるまねごとをしたり、いずれは、やらねばならないことを、先取りするだけのことだもの。突っ込みは、わが身の代わり。人形に、人が憑《つ》くのだよ。人ではゆるされないことも、人が憑いた人形なら。わたしは花子の前、おまえは桜姫だよ」

「何の話?」

「芝居だよ。『女清玄《おんなせいげん》』。古いだしものだけれど、このあいだ、市村座で、またやっていた。花子の前は、粂三郎《くめさぶろう》さ」

お梅は、芝居はまだ見たことがない。お藤だって伯母につれていってもらったことはないのだが、楽屋からもぐりこむことがあると、お藤の口から聞いていた。

大和屋岩井粂三郎はたいそう美しい若女形《おやま》だそうな。

「わたしには許婚《いいなずけ》がいてね」

「姉さん、いつ、許婚が……」

「わたしじゃない、この花子の前のことだよ」と裾から手をつっこんだ、人形をかざし、「絵姿を見たことしかないのだけれど、たいそう美しい若君様。松若様というのだよ。ところが、その松若様がはかなくお果てなされたと聞いて、花子の前は、髪おろし、尼となる覚悟をきめたのだよ」

そう言いながら、お藤は針箱を開け、握り鋏をとりだして、人形の髪を断ち切ったのだった。

「ひどいことを……」

古人形を与えられた悔しさを、八つ当たりしているると、お梅は思ったが、お藤は思いのほかさばさばした顔で、

「剃髪《ていはつ》したのに振袖では似合わない」

と、人形の袖も、ばっさり。

ようやく肩上げをとったばかりなのに、お藤自

身の着物も、古女房のような留袖である。

お藤はみなりのことはいっこうかまわぬ。まわり髪結《かみゆ》いがまわってきて、伯母とお藤、お梅の髪を結い上げるならわしなのに、髪結いの下駄の音がきこえれば、お藤はすいと座を立って、蔵のほうに消えてしまう。元結《もっとい》で結ぶのはいや、簪《かんざし》も笄《こうがい》もわずらわしいと、洗い髪を櫛巻《くしま》きでは、あまりに蓮葉《はすっぱ》じゃないか、ちっとは外聞を考えておくれ、まるで、わたしが、継しい仲の娘を邪険にあつかっているような。伯母が聞こえよがしに嘆く。

去年の春は、お藤はまだ振袖を着ていた。袖付けが、しじゅうほころびるので、伯母が叱ったところ、立ち居に踏みつけてしまうのだもの、袂が長すぎる、と、いきなり鋏で半分に断ち切った。

「あてつけがましいことをするんじゃない」伯母は物差しをふりあげて叩こうとしたが、お藤の手に鋏があるので、たじろいだ。

それまで、姉が伯母に折檻《せっかん》されるのを、お梅はしばしば目にしていた。反抗の芽をことごとく摘み取るように、伯母はお藤を打ちたたき、それを見て、お梅は、してよいこと、してはならぬことを、おぼえた。

お藤が、かくごをきめたか、ふてくされたか、鋏をほうりだしたとたんに、伯母の物差しが、お藤の肩に降った。

半分になった袖の裏表がびらびらするのを、お藤はそのまま着ていた。ほうっておけばいつまでも着とおしそうだから、伯母のほうが折れ、寝間着に着替えたときに、下女にいいつけて、留袖に縫わせた。そうして、伯母は、お藤の着物をありったけ、袂を切って留袖にしてしまった。

ああ、これなら、さばさばして、いっそ楽だ、と、お藤はけろりとしている。

あの娘は少しおかしいと、伯母が言いだしたのはそのせいもある。

　お針に手習い、踊り、三味線、稽古事のひととおり、二人いっしょに習いにいかされ、供は下女のおぶん。

　去年の霜月だったか。小舟町のお師匠さんのところに手習いに行くとき、雲母橋《きらずばし》のたもとで、懐紙につつんだ小銭をおぶんにおしつけ、「わたしは消えるからね」お藤は、ふいと道をそれた。

「困りますよ、お嬢様」懐紙の包みを帯のあいだにしっかりと、声だけはおろおろ、後ろ姿が路地のむこうに消えてから、のびあがって、「お嬢様ア」もう一度、紙包みを突っ込みなおし、「内緒ですよ。おかみさんに告げ口なさってはいけませんよ」おぶんは、お梅に釘をさした。

「わたしが黙っていたって、お師匠さんが伯母さんに言うだろうに」

「一度ぐらいなら、大丈夫でございますよ。お師匠さんには、お梅さまから、おあねえ様は、ちょっと案配が悪くてと、とりなしておあげなさいまし」

　嘘をつく役をおしつけられた。

　一度は、たしかに、うまくいった。そうかい、案配が悪いのかい、それはいけないねえ、大事におしよ。お師匠さんは、さして気にもとめず、ありきたりの言葉。

　帰り道、雲母橋までできたら、お藤がさりげなく立っていて、いっしょになった。

「どこに行っていたの」

　お藤は笑っただけで答えなかったが、白粉《おしろい》のにおいが、お梅の鼻をかすめた。

　化粧はきらいだと言って、白粉もつけず、紅もささない。だから、襟足《えりあし》がみっともないのだけれど、「衿《えり》がよごれなくて、いいじゃないか」と、お藤は言っている。それが、白粉のにおい。襟足も頬も、素肌のままだ。

「姉さん」かげにひっぱって、おぶんの耳のとどかないところで、「お化粧した人と会っていたの？」「だれにも、言ってはいけないよ。言ったら、わたし、死ぬからね」「言わない」「市村座の楽屋口にいたんだよ」「なぜ」「役者の出入りを見ようと思ってさ」「そんなことをして、おもしろいのかい」「おもしろかあないけれど、手習いするよりは、よほどましだもの」「手習い、きらいかい」「いまさら習わなくたって、書けるもの」

和紙をとじた手習草紙を、お藤はいきなり川に投げ捨てた。

「伯母さんに、ぶたれるよ」

「かまやしないよ」

「これを、お使いな」

お梅は、自分の草紙をお藤にさしだした。

「わたしが、うっかりして落としたっていう。伯母さんは、わたしならぶたないで、新しいのをくれるから」

「いいんだよ。ぶたれたって、どうってことはない」

「役者の出入りをみていただけで、どうして、白粉のにおいがついたんだろ」

ふと、矛盾に気づき、お梅が口にすると、

「おまえは、いいねえ」お藤は言った。

「なにが？」

「納得いかないことを、すぐに訊《たず》ねられるのだもの」

「だって……」

「楽屋に、こっそり、しのびこんだんだよ。そのとき、白粉が着物にしみこんだんだろ。よほどにおうかい」

「そんなでもない。伯母さんは、自分が白粉をたっぷりつけているから、気がつかないと思うよ。姉さんは、納得できなくても、すぐには言えないのかい」

伯母にたいして、折檻を受けるとわかっていながら、ずけずけ、物を言っている。そう、お梅には思える。

「言えることと言えないことがあるんだよ」

橋の欄干に、お藤は頬杖をついた。

「納得できないこと、あるのかい」

「言えないことがある、って、言っただろ」

「家のなかのこと？　外のこと？」

「おまえは、何も知らなくていいんだよ」

お梅は、問い詰めるのをやめた。姉が何を言いだすか、聞くのが怖かった。

「うちは、それでなくても、恨みがこもったものが多いんだから」

「質草のことかい？」


突っ込み人形を手に、お梅は、あのときのやりとりを、思い返した。

――わたしの人形は新しいから、何の思いもこもっていないけれど、姉さんのは、質流れ……。

「姉の花子の前は、許婚に死なれて、髪をおろしたというのに、妹の桜姫は、大友常陸之助頼国という、りっぱな殿御と許婚の仲」

清水寺は桜のさかり。その花の下で、桜姫は、許婚の頼国とはじめて対面する。

そこへ、剃髪をすませ、名も清玄尼とあらためた花子の前が通りかかり、

「桜姫、それにお出でなさるるお方は」

妹の許婚ときかされて、清玄尼は、懐《ふところ》から松若の絵姿をとりだし、見くらべて、「寸分たがわぬ……」

「たがわぬのも、道理、松若はね、実は、頼国を殺して、自分が死んだことにして、なりかわっているのだよ」

「どうして、そんな」

「いりわけは、御家騒動やら仇討《あだう》ちやら、いろいろあって……。松若は、父親が謀叛人として滅ぼされたので、おおっぴらに名をなのることができないのだよ。まあ、それはどうでもいい、死んだ

と思った許婚が、実は、生きていて、しかも、名を変えて、妹の許婚になっているのだとお思い」

清玄尼はね、と、お藤はつづける。

萩のさかりの玉川のほとり、庵室《あんしつ》にこもって経文を誦《ず》していると、尾花をわけて藤袴、いとしい松若様がたずねてござった。

「おまえ、せっかく、好いた殿御にまみえたというのに、こちらは、墨染め。殿御に肌をゆるしたら、破戒尼。仏罰のほどもおそろしい」

「運が悪いのだねえ」

障子越しに射す春の光が、畳につくる日溜まりは、白い沼のようだ。

武蔵野の野辺の逃げ水や、逃げ隠れても徒し身は、払うたもとに、はちす花、葉におく露のはらはらと。

男を恋い慕いながら、尼の身であるゆえままならぬさまを、お藤は人形に身悶えをさせ、
含むや露のこぼれ萩、桂の月のまゆずみも、見かわす顔に後々まで、なんのいとおう、身にしみじみと、恋染の衣うちとけて、結ぶや夢の仇名草、させもが露の伊予すだれ……。

「ちょっと、手を貸して、雨戸をしめておくれ」

「真っ昼間なのに、閉めるのかい」

お梅が雨戸をくっているあいだに、お藤は雛壇の雪洞《ぼんぼり》に灯をいれた。

灯が部屋の隅々の闇をいっそう濃くする。

「百物語でもあるまいに、こんなに暗くして……」

母屋《おもや》につながる廊下との境の襖も閉めてあるから、外の光がまるで入らない。

「庵室の場は、清玄尼が見た夢なのだよ。いま、夢からさめた。だから、闇にしたのだよ」

「あべこべじゃないか」

「さめたら、悲しいのだもの」

夢から覚めれば、清水の、身もすくむような高舞台。

「迷いの心をはらわんと、普門品《ふもんぼん》をとなえるうち、野路の玉川の庵室にて、逢うたは焦がるる松若さま。ああ、恥ずかしい、どうしょうぞいのう。心の曇りを晴らさんと、思うにも又追いくる煩悩、染衣の身にあるまじき、みだりがましき夢を見て、どうマア生きていらりょうぞ。この舞台より飛び下りて、死んで未来をおたのみ申さん。おお、そうじゃ」

お藤は、手にした人形を、雛壇の高みから、畳に放り投げた。

その仕草に、手習草紙を水にぶん投げたお藤が、重なった。雲母橋の欄干にもたれ、川面《かわも》を見下ろすお藤に、お梅は、いささか不安をおぼえ、「姉さん、まるで身投げでもするような……」お藤は苦笑を返しただけだった。

おまえは、いいねえ。なにが？ 納得いかないことを、すぐに訊ねられるのだもの。

あのときかわした言葉を、お梅は思い返す。

姉さんは、納得できなくても、すぐには言えないのかい。言えることと言えないことがあるんだよ。納得できないこと、あるのかい。言えないことがある、って、言っただろ。家のなかのこと？外のこと？ おまえは、何も知らなくていいんだよ。

「気を失った清玄尼を、介抱したのが、松若さ」

薄闇のなかで、お藤は、人形をむっくり起き上がらせる。あいた片手が、松若のかわり。人形をいたわりながら、「口移しに、音羽の滝の冷水をのませて正気づかせてやった」

「よかったねえ」

「よかあないのさ。妹の許婚、頼国が、実はおのれの許婚、松若様と、夢で知った。還俗《げんぞく》して添いとげたいと、清玄尼は願うのだけれど、松若となのれば、謀叛人と知れて咎《とが》をうける。知らぬ、知らぬと松若は言い張って、袖をとらえる清玄尼を突き放した。袖がちぎれて、清玄尼は滝壺に落ちた」

　哀れも、度が過ぎれば、滑稽になる。

「清水の舞台から飛び下りて、その次は、滝壺かい」お梅は、吹き出した。「それでも、まだ、死にはしないのだね」

「死ねるものか。一念はらすまでは」

　浅茅《あさじ》ケ原《はら》に庵《いおり》をむすび、暮らしている。

「そこへ、おまえ、悪者に追われて桜姫が、逃げ込んでくるのだよ。姉がいるとは知らずに」

「ずいぶん、都合よくできているのだね」

「芝居だもの。それ、それ、おまえの出場《でば》だよ」

　人形の裾に手を入れ持ち上げて、お梅は、お藤が口移しに言うせりふを、たどたどしく繰り返す。

「もうし、もうし、ちとお頼みがござりまする。後より悪者に追われる者、ちっとのあいだ、おかくまいなされてくださりませ」

「なんじゃ知らぬがやすいこと。こちへお入りなされませ」

　雪洞の弱い灯のなかで、姉と妹、顔をみあわせ、

「や、そなたは、妹の桜姫ではないか」

「お姿形《すがたかたち》は変われどももしや、姉上、花子の前さま。今の御名は、清玄尼さま、お変わりものうて、おめでとう存じまする」

「いいや、変わり果てたるこの姿、そなたの見る目も恥ずかしいわいのう」

　ええ、忘れたい、忘れたい。頼国さまを忘れたい、と口走る清玄尼に、松若さまと頼国さまを、とりちがえておいでなさる。と、桜姫。忘れたいのは、松若さまでございましょうに。

「ええ、白々しい。頼国さまは、松若さま。わしが許婚。それを寝取った桜姫は、不義密通の罪ある女じゃ」

「それほどまでに自らを、憎しと思《おぼ》しめすのなら、淵川《ふちかわ》へなと身を投げて、あの世で言いわけいたしましょう」

「それほど誠の心があったら、桜姫は頼国さまを思い切ったと誓紙の一筆、それをこの場で書くまいか」

「いかに姉様の高下《こうけ》じゃとて、頼国さまを思い切れとは、そりゃあんまりでござんすわいなあ」

「我が恋叶わぬ上からは」

お藤は、雛人形の左大臣が腰に帯びた刀を引き抜き、ざんばら髪の清玄尼の手にもたせた。

指は動かぬはずの人形の手が、細い抜き身の柄《つか》をしっかりと握りしめたのを見て、お梅はぞっと総毛立った。

「憎しと思う桜姫、姉が恨みの刃を受けよ」

蓬髪の人形は、右手に刃をかざし、切りかかる。

「おお、狂気した。物に狂うも誰ゆえぞ。うぬが命、もらった」

挑みかかられ、思わず悲鳴を上げて、お梅は飛びすさる。

「あまり、真に迫ってやらないでおくれよ、姉さん」

お藤の表情は薄闇にしずみ、細い抜き身に、雪洞の灯がきらめく。

――本気で、言っているのだろうか、憎しと思う桜姫……。

そんなに、姉さんに憎まれていただろうか。

そりゃあ、伯母さんが依怙贔屓《えこひいき》、偏頗《へんぱ》な仕打ちはわかっているけれど、わたしはそれをいいことに、姉さんをいたぶったおぼえはない。

頼国さまと松若さま。ひとりの男を、取り合ったことが、姉さんとわたしのあいだに、あっただろうか。

ないなァと、襲いかかる抜き身をかわしながら、お梅は思う。

お梅は、まだ、心底惚れた相手はいない。艶書《えんしょ》の一つ二つ、付け文されたことはあった。草書が読めなくて、お藤に読んでもらい、笑いの種にしたっけが、あれが、姉さんの思い人だったのだろうか。そんなはずありゃあしない。付け文などするのは、ろくな相手じゃなかったもの。

それとも、姉さんは、付け文をもらったことがなくて、悔しかったのだろうか。そうだとしたら、わたしは、意地悪をしたことになるのだけれど……。

姉さんは、そんな根性のせまい人じゃない。お梅の直感は、そう、告げる。

からだのなかに煮えたぎる力が、どこへもやり場がなくて、猛《たけ》りたったのだろうか。

「憎さも憎し」と、またも、清玄尼が襲う。

「うるさいね」襖が開いた。昼の白い光が畳に流れた。

伯母の白足袋《しろたび》が敷居を越える。

「何を騒いでいるんだよ」

「おっ母さんの薬湯《やくとう》を、伯母さんは、なぜ、毎度、捨てて、濃い茶にかえていたんだろう、って、人形と話していたところさ」

お藤はそう言って、ざんばら髪の人形と顔を見合わせた。

「小さいときに見て、奇妙に思った。おっ母さんは、とうとう、お医師の薬は飲まずじまいだった。伯母さんが、飲まさなかった。大きくなって、やっと、見たことの意味がわかってきたよ。でも、今になっては、証文の出し遅れ」

「おかしな言いがかりをつける子だ。だから、わたしはおまえが」

「憎くてならぬ」人形は右手の刃を自分の喉《のど》にあてた。「そうだろ、伯母さん」細い刃は人形の喉をかっ割《さ》いた。

「伯母さんは、人殺しだ。こう言うためには、わたしも、命を捨てるさ。わたしの命とひきかえに、一度だけ、言わせてもらうよ。伯母さんは、人殺しだ」

お藤の喉から血がふきこぼれた。

つうちゃんが、どうしても、片っぽうたりないって泣くから、探してやらなくちゃあと思って、でも、どこをどう探したらいいいんだか、とほうにくれちまう。

いったい何が片っぽうたりないんだか、それだって、わかっちゃあいないんだから。

砂浜に、おれァいるから、木履《ぼっくり》を波にさらわれでもしたのかしらん。

朱塗りに蒔絵《まきえ》のたいそうな木履を、つうちゃんは大事にしていたっけが。

ずいぶん贅沢なものばかりそろえたがって、木履にしたって、朱漆《あかうるし》の塗り、波に千鳥の金蒔絵が盛り上がって、千鳥の眼には何だか黒く光る石がはめてあった。

踊りのお師匠さんのところに行くってから、お供したら、道がぬかるんでいて、おれァもったいなくって、「おぬぎなさいまし。ちっとのあいだ、気持ち悪くてお厭《いや》じゃああろうけれど、千吉の下駄でがまんなすってくださいまし。なに、おれァ跣《はだし》にはなれています。下駄なんど、お店にくるまで、履いたことァなかったんでございますもの」歯のちびた下駄ととりかえて、木履はふところに抱いて、足袋もおぬぎなさいまし、って、おれァすすめたのに、どうしても、それは厭だって。

跣で履いてくれたなら、おれの指の痕《あと》が黒くへこんだところに、つうちゃんの指がちょうど当たろうもの。おれァ嬉しいのに、つうちゃんはどうしてあんなに厭がったのか……とつぶやきかけて、こころに浮かぶ答えに、気がつかないふりを、千吉は、した。

　這い寄った波が沖に退き、それといっしょに、足の下の砂がくずれて海にひかれてゆく。

　魂が裏返しになるみたいに、千吉は妙に心細くなって、身をすくめる。

　人っ子一人いない砂浜の弓のように弧を描いた両端は岩の岬が突き出し、後ろにも岩が迫っているらしい。

　打ち寄せては引いてゆく波は、泡のほかは何も残さない。

　おかみさんも贅沢で……と、千吉はつぶやく。でも、奢侈《しゃし》禁止なんとかいうお達示《たっし》が御上《おかみ》からでているから、表は地味な無地の羽織だけれど、肩からさらりと落とすと、裏は、豪勢な、狩野派のお絵師が筆をとった、天女の舞いだっけよ。肉筆だから、天下に一枚しかない羽織だった。

　ああ、つうちゃんがなくしたのは、木履のはずァないや。

　あれは、ほら、おかみさんに言いつけられて、おれが、とうに燃やしちまったんじゃなかったか。あんとき、つうちゃんは……どうしていたっけか、と、千吉は、おぼろになりかけた記憶をさぐる。

　あんとき、つうちゃんは……いや、それより何より、つうちゃんがあんなに好きだった木履を、なんだって、おかみさんは、燃やせと……。

　そうだっけ。朱漆のせいだった……んじゃなかったかしら。

　染吉の……塗りだって、よそから、おかみさん、聞いたから……。

　そうだ。つうちゃん、泣いたっけよなあ。丸ごとじゃあ燃えにくいから、おれァ、しかたなくて、薪割《まきわ》り台に木履をすえて、鉈《なた》をふりあげたら、つうちゃんは、おれの腰帯にしがみついて、せいいっぱい泣き声をはりあげて、でも、うるさかァなかった。

木履に鉈の刃がくいこんだとき、おれァ、がくっと前につんのめった。しばらく、起き上がれなかった。

額が鉈の柄にぶつかって、目がくらんだ。後ろから薪ざっぽうで撲《う》ったんだ。つうちゃんが。ちょうど腰骨にあたったのだから、こたえた。

おれのからだの重みで、木履はきれいに割れていた。

二つに割れた木履を、おれァかがみこんで、鉈を包丁みたように使って、ちょんちょんときざんだ。

もう片っぽうは、つうちゃんが気がついて泣く前に、木っ端《こっぱ》にしちまってあった。

かき集めて、上に鉋屑《かんなくず》をのせて、おれァようやっと立ち上がって、つうちゃんの手をひいて台所に行き、竈《かまど》の火種を付け木にうつしてはこんだ。

鉋屑は、ちろちろと小さい炎をあげて、それから、木履のなれのはてに燃え移ったっけよ。

いやぁな臭いがしたから、あの噂は、やはりほんのことだったのかしらん、と、おれァ思ったりしたっけ。

おかみさんは、嘘だって言いなすった。それでも、やはり、いい気分じゃないから、染吉の塗りと噂のあるものを、大事な娘の足にふれさせるのは厭だよって。

染吉の塗りは朱漆に生き血を混ぜてあるんだと、だれが言いだしたんだか。あんまり綺麗な朱だから、そうして、染吉が、ひどくやせ衰えて、気もおかしくなって死んだから、あれは、自分の生き血をしぼって朱にまぜていたんだって、噂がたった。

染吉って職人は、自分の仕事の仕上がりにほれこんでいて、うまくできると、人手にわたすのが嫌になる。

注文主の使いに朱塗りの盆をわたしたものの、

惜しくなって、とりかえすつもりで、後をつけていった。

　ところが、途中辻斬りがでて、使いの者は、ばっさり。染吉は腰をぬかしたが、辻斬りが立ち去った後、死骸のふところから、盆をとりもどした。ころんだはずみに、盆は宙にほうりだされ、土塀を越えて、よその屋敷にとびこんじまった。

　返してほしくて、翌日、玄関口からたずねたら、応対にでたのが、若いお嬢さん。大店《おおだな》のお嬢さんが住んでいなさる寮だったんだ。染吉は、盆を受けとるどころじゃない。ぽうっとなって、家に帰った。

　それから、染吉は、盆を朱で塗りあげちゃあ、お嬢さんの庭に投げ入れたって。恋文がわりだなあ。だって、朱塗りの盆には、金泥《きんでい》の文字で、はじめの一枚には「恋すてふ」。たまたま、そう書いたやつだった。それだもんだから、二枚目には「わがなはまだき」、三枚目に「たちにけり」。「ひとしれずこそ」の四枚目を投げ入れた後、染吉は、やせ衰えて寝込み、最後の一枚を塗り上げることができず、死んじまった。

　血をしぼりとっちゃあ、朱にまぜていたからだ。って、そう、だれともなく言い出して、話がひろまったって。

　なに、あれァ恋わずらいだったのだ、って言うものもいたし、労咳《ろうがい》だったのだろうとも言われたけれど、血ィまじりのほうが話ァおもしろいから。

　染吉が死んだなア、おれが生まれるよりかずっと以前だっていう遠いことなのに、いまだに、ぞっとするような朱塗りがあると、染吉の作だって、だれともなく言い出すのだって。

　染吉から四枚の朱盆をもらったお嬢さんが、その後、どうなったかといやァ、それがうちのおかみさん、つまりつうちゃんのおっかさんだという話を、おれに教えたのァ、だれだっけか。

　自分の生き血を絞りとってまぜたってのァ、嘘かもしれないけれど、染吉が、大店のお嬢さんに片恋のあげく、狂い死んだのァ嘘じゃねえってから。そのお嬢さんが、つうちゃんのおっかさんだって……冗談だろうか。おれ、からかわれたんだろうか。

お蔵の中か、納戸の奥に、恋すてふ　わがなはまだき　たちにけり　ひとしれずこそ……って、つぶやきみたいな文字を金泥でしるした染吉の朱盆が四枚、埃《ほこり》かぶっているんだろうか。

何にしてもさ、木履は両足とも燃やしちまったんだし、つうちゃんだって、はじめは泣いたものの、炎があがりだしたら、かえっておもしろくなっちまったらしくて、もっと燃やすものはないのかえ、って、おれをせっつくから、木箱の使い古しだの、こわれた扇箱だの、おれは集めてきてくべて、盛大な焚き火になった。——落葉焚きにはちっと早くて、紅葉だってまだ赤くならないころだったんじゃなかったけか……。

そんなんだから木履じゃあないんだ。

つぶやきながら、千吉は、砂浜にかがみこむ。

砂と岩と海と、まるで、墨を溶き流した絵のように色彩がない中で、ひとつだけ、淡い桃色の破片が砂に彩《いろど》りの雫《しずく》を落としている。桜貝。

つうちゃんの生爪に似ている、と、千吉は思う。

二枚貝なのに、なぜなんだろう、桜貝は、片っぽうしか見たことがない。

死んだ殻なんだ。二枚あわさった生きている桜貝は、どこにいるんだろう。

海の底の、だれにも見えないところで、ひっそり生きて、死んでから、軽い殻だけが、貝寄せの風がたてる波にのって、砂浜にただよいつくんだろうか。

桜貝、二枚貝、貝の殻、そうして、ようやく、千吉は、貝合わせを思い出したのだった。

なんだ、と、小さい声をたてて、笑ってしまう。

貝合わせ。ほんとは、何だかむずかしいきまりのある遊びらしいけれど、つうちゃんはただ、蛤《はまぐり》の殻を幾つも持っていて、それが、二枚ずつ、ぴったり組み合わさるんだった。

おれが、海でとってきてやった蛤じゃないか。汁の実にして食べたあとの貝殻を、きれいに洗って、貝柱の痕もこそげて、一枚ずつにして、

「ほら、お嬢さん、ごらんなさいまし。ぴったり合うのは、一枚の貝殻に、一枚しかないんですよ。もと、ひとつの貝だった片割れでなくっちゃあ、どんなに似ていても、けっして、ぴたりとは合わないんでございます。模様だって、片割れの他は、似ているようでも、ちがいましょう。五つずつ、わけて持ちましょう。千吉がまず、一枚、こう、だしますよ。お嬢さんも一枚だして、もし、ぴったり合う相手だったら、お嬢さんが両方とるんです。合わなかったら、やりなおし。また、千吉が一枚だして、お嬢さんが一枚だして」

ずいぶんいいかげんなやりかたで、結局、ぜんぶつうちゃんの手もとに集まることになるんだけど、つうちゃんはすっかり気にいっちまって、何度もくりかえした。

あんまりつうちゃんが喜ぶから、おれァ、もっともっと喜ばせてやりたくなった。

塗りの職人衆に金泥と朱を少しゆずってもらって、貝の内側を金色に塗りつぶし、朱で歌を書いてやることにした。

ほんとの貝合わせは、そういう豪華なのを使うって、どうしておれァ知っていたんだろう。

片っぽうには、「恋すてふ　わがなはまだきたちにけり」もう一方に、「ひとしれずこそ、おもひそめしか」

染吉の話から思いついた歌じゃああるんだけれど、あれ、おれァ、もちろんのこと無筆で、目に一丁字もないのに、どうして歌が書けたんだか。

記憶があいまいなのは、こなれの悪いものが胸につかえたようで苛立《いらだ》たしく、千吉は砂をつかん

で立ち上がる。

おかみさんだったよ、と思い出し、すっと胸が晴れた。

おかみさんが、本物の貝合わせを持っていて、それが蒔絵の手箱にはいった立派なもので、つうちゃんは、それが好きでならないんだけれど、さわらせてももらえなかった。

「見せておくれよう」つうちゃんがせがむと、

「見るだけだよ。いじるんじゃないよ。子供の玩具《おもちゃ》じゃないんだからね」って、畳の上に、ずらっと。

金泥塗りの内側に朱で、いろんな文字が、おれには、血のすじがのたくっているようにしか見えなかったけれど、おかみさんが、「これが、染吉の話にもある『恋すてふ』の歌だよ」って、二枚の貝をえらびとった。そうして、きれいな声で読んでくれなさった。「恋すてふ　わがなはまだきたちにけり　ひとしれずこそ　おもひそめしか」

そのあと、剃《そ》りあとの青い眉をちょっとひそめなさったが。

おれァ、一心に、文字の形をおぼえた。絵をおぼえるみたいに。

上の句と下の句を、貝のそれぞれに書くのだということも、そのとき教わった。

たくさんの歌の文字はおぼえきれないから、染吉の「恋すてふ」の歌ばかりを、目の底にきざみこんだ。

こう、書くんだ。いまだって、おぼえてら。かがみこんで、千吉は、砂に指で文字を記す。

指のあとは、浅い細い溝《みぞ》をつくる。

恋すてふ　わがなは
蛤の内側に金泥をぬって、それから、染吉のような朱で文字を書いているうちに、血がとまらなくてたいそういい心地になって。

片っぽう、たりないわけだ。おれが、こっちに持ってきちまったんだった。

ふところに、入ってら。

寄せてきた波の裾《すそ》が溝に流れ入り、文字をくずして沖にひく。

足の下の砂も、流れて行く。

魂が、砂といっしょに海にひかれて、寄せる波が浜に打ち返す。ああ、おれは、これから、また、生まれるんだ。

生まれて、つうちゃんのお店に奉公して、死んで、ここにきて、また生まれて、つうちゃんのお店に奉公して、つうちゃんの木履を燃やして、なんど、同じことをくりかえしているんだろう。

砂浜にいるときは、わかっているのに、生まれると、なにもかも忘れちまう。おれだけじゃない、みんな、そうなんだな。つうちゃんも、生まれて死んで、また生まれて。同じことをくりかえして。染吉さんも、どっか、おれよりちっとずれたところで、生まれて朱盆を塗って死んで、また生まれて朱盆を塗って……。

くりかえしていれば、少しはましな字が書けるようになるかしらん。

いまのうちに、稽古して、こんどこそ、すらすら書けるようになろうと、砂の上に、恋すてふ、浅い溝に波の泡が流れ入り、すうっと千吉は魂ごと海にひかれる。

《作者口上》かの国枝史郎大人《うし》の『染吉の朱盆』を、本歌に頂戴仕候。

# 露とこたへて

業平朝臣
しら玉か何ぞと人のとひし時
露とこたへてけなまし物を

まず、聞け。

当節、怨み死に死んだホトケなど、あろうようもない。なべてのもの、ほどほどに腹満ち足り、ほどほどに情けをかけあい、ま、よいあんばいに年をとり、南無阿弥陀仏の空念仏、御来迎《ごらいごう》がみえたか、巾着に似てすぼめた口に薄ら笑みなんど浮かべ、極楽往生しくさる。

万斛《ばんこく》の怨みをのんで世を去りたまいし菅丞相《かんしょうじょう》は霹靂《はたたがみ》となって荒れ狂い、はたまた、大謀叛人平将門《たいらのまさかど》公は、都大路の獄門にかけられし生首、二月を経ても腐《ほた》れず、風吹くごとに、「斬られし我がからだ、いずれの所にかある。ここに来たれ。首継いで、いま一軍《ひといくさ》せん」と叫《おら》びつづけしとか。申すもかしこきことながら、後醍醐《ごだいご》の帝《みかど》は、世を去りましし後、新田、楠木ら股肱《ここう》の臣、千頭《せんず》の鬼と化したるを従え、憤怒の心をもつものに憑《ひょう》依《い》して、世を騒がされた。

されば、吾人も、荒ぶる御霊《みたま》を鎮めまいらせんと、おそれ崇め、斎《いつ》き祀《まつ》る。

悪に強きは善にもと、これはみ仏の言葉であったか、はて、忘れた。まあ、よいわ、どのみち、おれも破戒坊主。酒が足らぬて。

怨み深けりゃ、神上《かむあ》がりましてからの力も強いとよ。この道理、わかったか。酒もってこい。

俺が寺は、御本尊が、いっこうになまぬるい。阿弥陀仏やら大日如来やら、何やら俺も知らぬ。ぬうっと、ぼおっと、日がな一日あぐらをかいて――俺のことじゃないわい、本尊がことじゃ――とろりと寝てござるわ。小さい祠《ほこら》もあってな、ここに祀られたのが、益体《やくたい》もない、とろけ地蔵。火の災いに会うて石の地蔵の目鼻がとろけたそうな。いつのことやら、俺ゃ知らぬ。

　十四といえば助かるを、十五と言ったばっかりに、助かる命も助からで、百日百夜は牢の中、百夜がほのぼの明けるころ、裸の馬にのせられて、火炙《ひあぶ》りの極刑となったお七の地蔵とでもいうなら、恋の祈願はかならず成就、参詣人の香華《こうげ》も絶えまいものを。火事を鎮めることもできず、むなしく焼け爛《ただ》れた石の地蔵。線香そなえたとて、御利益は、いっこもないわい。

　先の住職が能無しだった。「主家が火にあったとき、主の赤子を守って焼け死んだ忠義の子守がおりました。後生を弔おうと、主が地蔵を建立いたしたなれど、そのお顔がなんと、仏師が幾度彫りなおしても、一夜明ければ焼けとろけているのでございますよ」ぐらいの口上をのべれば、ありがたや、と、善男善女、御布施を寄進せまいでもないものを。ただのとろけ地蔵じゃあ、情けないばかりだ。

　俺ァ、飽き飽きしていたの。

　口減らしに、この寺に売られてきたのが、七つだったか、八つつだったか。信心ごころなどあるものか。冬の雑巾がけで手はあかぎれ、足は霜焼け。夏は、和尚の梵妻《だいこく》が風呂につかっているあいだ、こっちは薪割り、風呂焚き、汗疹《あせも》がはれあがった上を蚊にくわれ、江戸で流行の蘭鋳《らんちゅう》とやらいう金魚にそっくりだと、梵妻め、笑いくさったわ。和尚が中気で寝こんだら、梵妻は、男と逃げた。よいよいの世話を、俺も長年、ようやったものだ。どうにもうんざりしたから、顔を踏み潰して、息の根止めてやった。慈悲だわさ。和尚もありがたがって、南無阿弥陀仏と、俺の足を拝み、最後に一齧《ひとかじ》りしたものだ。素足で働かされてきた俺の足は、松の内をすぎてひび割れた鏡餅さ。和尚の歯には硬すぎたな。火屋で焼いたら、折れた歯が喉仏の骨に食いつくようにひっかかっていた。ちっとは恨み言も言いたいだろう、聞いてやろうと思ったが、後生楽な坊主だ、ほんに、死なせてもらってありがたいと思ったようで、夢にもでてこない。成仏したらしいよ。後を継ぐのは、俺しかいねえわな。

継ぎたくもねえ。檀家もろくにねえ荒れ寺だ。ここア一番、霊験あらたかな御本尊をつくらざアと、俺が思ったは、道理だろう。

山路の辺に、とろけ地蔵をはこび、餌を待ったわ。

杜鵑《ほととぎす》二声三声、闇に血を吐くとき、目鼻とろけておぼろな地蔵、身の丈尺に足らぬのが、ゆらりとかしいで、「ちと休んでいかっし」と声をかければ、たいがいの者ァ足をとめらあ。

「子供の身で山越えは辛かろう。ひもじゅうはないか。喉は渇かぬか」

まことに、うち見たところ、十三か四。女の子だ。一人旅は稀有《けぶ》。思ってもみない、豪的な獲物がかかった。

この器量なりゃ、瑠璃《るり》光如来。女衒《ぜげん》に買われて江戸にのぼるところを、道にはぐれたか。廓《くるわ》であれば極楽暮らし。それをとっつかまえて、なぶり殺しにしたら、さぞや、恨みに思うであろう。恨むまいぞと、後の人が、こなたを拝みあがめてくれようぞ。霊験あらたかな仏になれよ。

「姉や」

「あい」

「どこへ行く」

地蔵のかげから、ぬうと顔を出して、たずねた。おどろく気配はなく、

「吉原というところでございます」

さてこそ、決まった。

「連れはどうした」

「崖から落ちました」

「それは気の毒な」

「狼が、食べました」

「狼には功徳《くどく》をほどこしてやったな」

「あい」

「功徳をほどこすとな、来世に、いいことがあります」

「あい」

と、他愛ない。

「寺においで。白い飯を食べさしょう。甘酒も飲ましょう。一夜の宿を貸しましょう」

石地蔵を背負って、坊主が子供の手をひいた図は、如何《いかが》なものか。

さて、俺ァぞくぞくしたわい。どのようにしていたぶろうか。怨念、修羅の火となって、この破《や》れ寺をも焼きつくさんばかりの最期をとげさせねばならねえの。

虚言《そらごと》、盗み、女犯《にょぼん》、博打、仏の教えにそむきつくし、師を踏み殺して殺生戒まで犯した身だ。

往路は苦もなく背負った石地蔵、帰りはいささか身にこたえたが、後に続く悦楽を思えば、なんのこれしき。

星明かりを頼りに、寺に帰りつき、約束どおり、白飯を食わせてやった。寺の栄のためだ。天地神明に誓って悪行ではないゆえ、本堂の御本尊の前で、食べさせた。俺にしたところが、めったに口にはしない、白の飯《まんま》だ。

はじめに、よい思いをさせたほうが、あとの苦痛が倍になる。ありがたい情け深い坊様と思いきや、裏切り者。人非人。外道。鬼畜。はは、怨め。憎め。存分に恨むがいいぞ。さぞや、霊験あらたかな御本尊様になろうな。いとしや、いとしや。

「汁もある。夏のはじめとはいえ、日が落ちると冷える。熱い汁がよかろ」

「坊様も召し上がりませ」

「なんとかわゆいことを言う。はいはい、お相伴しましょう」

切りそろえた髪が、烏の濡れ羽色。目元涼しく、眉におやか。

「名は何という」

「しちと申します」

「お七か。いい名じゃの。お七菩薩、お七観音と、崇めらりょうの。まことにこなたは、生き菩薩、生き観音じゃ」

「あい。吉原というところに行ったなれば、菩薩様とあがめられると、小父《おじ》さんが言いました」

「愚僧にな、ご開帳して観音様を拝ませてくれぬか」

「あい。小父さんもそう言ったから拝ませました。お坊様も拝んでおくれ」

「蕾《つぼみ》のような観音様じゃな。こうすると、こそばゆいか」

「あい。むずむずします」

「や、これはどうじゃ。小さい観音様が、うようよ、たかっておる」

「それは、虱《しらみ》です」

「こなたの村では虱を観音とは呼ばないか」

「虱は虱です」

「虱《ちいちい》はな、線香の火で焼くとよい。焼いてしんぜましょう」

「いらぬこっちゃ。もう、しまうで。風邪をひく」

「おまえ、上方者か」

「あい」

「ほとを焼いたら、痛いであろうな。おまえは、拙僧を怨むだろうな」

本尊の前に立てた、細い煙を上げる線香をぬいて、女の子をつかまえようとしたら、手足がしびれ、倒れた。はて、仏罰をあてるとは、気のきかぬ本尊だ。寺のためを思ってしていることを。

「吉原に着く前に観音様を拝みたがる者がいたら、そりゃ悪者だから、毒を呑ませなさいと、小父さんが言いました。それゆえ、坊様のお汁に、小父さんからもらった毒を入れました。小父さんも、吉原に着く前に、あたいの観音様を拝んだから、崖から落としてしんぜました」

で、俺ァ脱衣婆《だつえば》に裸に剝《む》かれ、三途の川をわたったが、相手があの餓鬼では怨みもたぎらず、荒《あら》御霊《みたま》と斎き祀られそうもない。

やけ酒だァ。

やい、牛頭《ごず》馬頭《めず》、酒もってこい。

「知らん顔しとおいやす」

女は、笑いながらそう言った。

「何ァも悪さはしいしめへん。幽霊どすよって」

むさい幽霊やわァ、と、女は土間にうずくまり、洗い飯をむさぼっている老婆に目を投げ、

「早よ、去《い》によし」

しっしっと、鶏を追うように手を振った。

「死人、あれが？」

若い僧はつぶやいた。

肉が落ち果てた老婆の、腕の骨にまといついたたるんだ皮が、飯を口にはこぶたびに、煮浸した湯葉のようにゆれる。釜の底にこびりついた焦げ飯を水で洗い流したのが、欠け皿にいれてある、それをむさぼるあさましさは、地獄絵に見る餓鬼さながらだ。

枯れきった老婆より、色黒の肥えた女のにおいのほうが若い僧を困惑させる。

「こない古寺に、都の坊様が、よう、おいでましておくれやしたなあ」

女は彼のほうになかば身をかしげ、

「御酒の用意しまっさかい」

酒は、と手を振る彼の肩をこづき、

「だれもいてしめへんのえ。般若湯《はんにゃとう》たらとりつくろわんかて、よろしゅおすやろ」

待っとっておくれやす、と、立つはずみに、彼の膝に手をついた。

住持が死んで寺を守るものがいなくなった末寺の、住職となることを彼は本山から命じられた。

我が不始末の責めを負う流刑のようなものだと、彼は覚悟し、都を落ち北陸路をくだったのだった。

遠目に視《み》る寺は、中空に紅紫《あかむらさき》に霞《かすみ》がゆらゆらとかかっていた。

近づくにつれ、本堂の裏に木蓮の大樹が枝をひろげ、天が紅紫の裳裾《もすそ》を大屋根にたなびかせたふうに、みえた。さらに歩みよれば、くっきりきわだった一輪一輪の葩《はな》が、肉の厚い葩びらをだらりと垂らしていた。

彼は何か胸苦しくなった。懐かしさに、その感情は似ていた。白い内側をさらした葩びらは、蹴出しのあいだからのぞく女の腿《もも》を思わせるが、懐かしさは、女体への恋情ばかりではない……という気がする。

末寺とはいえ、巨大な寺であった。これだけの寺に、住持のあとをつぐ僧はいないのか。彼を迎え入れたのは、前住職の梵妻《だいこく》だったと名乗る女一人であった。

「あれ、怪我しておいやすなあ」

甲斐甲斐しく、彼の傷に手当をする。

「どないしやはりましたん。あちこち、えらい傷やわァ」

「海沿いの険《けわ》しい岩場で足を踏み滑らせ……。ときに、この寺に他の所化《しょけ》衆は」

「あの婆が、食い殺しましてんわ」

冗談とわかる口調で女は土間にうずくまる老婆を指し、彼が思わず身をひくと、

「何ァも悪さはしいしめへん。怨霊やおへん。変《へん》化《げ》のものでもあらしめへん。ただの幽霊どすよって」

そう、女は笑ったのだった。

己れの生国《しょうごく》がどこであったのか、彼は知らない。口減らしのため、売られたのであろう。人買いとおぼしい男に連れられて、北の海沿いの磯浜

を歩いた記憶は、絵になって、目の底にある。素足であった。足の甲に小蟹《こがに》が這いのぼった。彼の爪ほどもない、愛らしい蟹だった。甲に大事にのせたまま、落とすまいとゆるゆる歩いていると、いそげ、と人買いに怒鳴られた。彼は思わず駆け出し、はずみに、足から落ちた小蟹を踏み潰した。その感触は、足の裏から心の深みにまで刻まれた。そんな些細《ささい》なことは記憶にあるのに、父やら母やら育った家やら、そういったことは抜け落ちている。岩角を踏む一足ごとに、おぼえていればあまりに慕わしいであろう記憶は消されていった。

京の寺に、彼は売られた。

洛中でもかなりの大寺であったから、目に映るものは、みじめではなかったけれど、雑用にこきつかわれ、年不相応な力仕事をせねばならなかった。

みずから発願《ほつがん》して剃髪《ていはつ》したわけではない。それゆえ、菩提心《ぼだいしん》も、ない。ない己れを、恥じねばならぬと彼は思っていた。

〈寺〉が、彼に与えられた生きる場所である以上、その場にふさわしい己れでなくてはならぬ。たぶん、やわらかい幼い心で、彼は、そう自分を納得させたのであろう。師の教えにすなおに、彼は従おうとし、女体をみるたびに騒ぐ肌をもてあました。

本堂の内陣の裏側は、仏像・神像を安置した龕《がん》も、その両側の蔵も、そうして、通路を兼ねた幅一間の空間も含めて、〈後戸《うしろど》〉と呼ばれる。

蔵は、背面両隅の、間口一間、奥行き二間ずつの小部屋である。右側は不要な仏具、左の蔵には米・油などが納められていた。

後戸は、彼には、奇妙な場所と感じられた。

ここは、聖と俗の境界であり、仏事、法要の準備はここでととのえられる。ここを通過することで、俗に属する器具は、聖具になる。

そう、理屈で考えるには幼すぎ、神秘的という言葉も知らぬ彼は、ただ、奇妙な場所とのみ、思ったのだった。

〈奇妙〉という感覚が生じたのは、ここに祀《まつ》られた神像のせいもある。

本尊は、正面をむき、礼拝者の祈願をうけているが、後戸の神像は、礼拝者には背をむけ、この空間にあるものに、力をそそぐ。眉根に肉瘤《にくりゅう》を浮きださせた憤怒の形相の、小さい像であった。

恐ろしい顔であるにもかかわらず、彼は、神像に、親しみをおぼえた。片手にのるくらいの小さいものであったせいもあろう。

彼が、自分自身にすら認めさせまいとしている、内心の怒りや悲しみや苦痛に、神像が共感してくれている。そんなふうに感じられたのであろう。彼はただ、神像への親近感としか意識しなかったが。


女は老婆を外に追いやった。

老婆のものとおぼしい足音が彼がいる庫裏《くり》の窓の下を通った。

目をむけると、障子に木蓮の枝が影を投げていた。

彼は、細く障子を開けた。老婆の背が視野の隅をよぎって本堂の裏手に消えた。

木蓮……。

彼は、ふいに思い出した。

長く忘れていた。忘れるのも、むりはない、ごく些細なことであった。

寺に売られて間もないころだった。木蓮の葩を、神像の頭にかぶせたことがあった。ふっくらとした美しい葩びらが、いかつい神像の頭巾にうってつけと思えた。どこから手にいれた葩だったのか……。兄弟子たちにみつかって大変な折檻《せっかん》をうけた。彼としては、よいことをしたつもりだったので、混乱した。善と悪の判断を、自分でつけることができなくなったのは、今思い返せば、あのささやかな出来事のせいだろう。

いや、受けた折檻は、とてもささやかとはいえないものだった。退屈しのぎか鬱憤ばらしの材料にされたとしか思えないのだが、縄でくくって樹の枝に吊り下げられ、木刀で打たれた。

そんな嫌な目にあったのに、なぜ、忘れていたのだろう。わたしはよほど執着の薄い気質なのかしら、と、窓の外に目をやる。

いやな葩だな。なつかしいと思ったばかりなのに、反対の感じが浮かんだ。


「お燗《かん》がつきました。御酒、あがっておくれやす」

盃を、女は彼の手にもたせようとする。

「いや、わたくしは……」

「京のお寺では、御酒、あがらなんだんどすか。そないなことあらしまへなんだやろ。どなたはんも、お好きなんは酒と女子どっしゃろ」

女はくすくす笑った。

「この寺のお住職《じゅ》っさんは、代々好き者ぞろいどしたん。そのあと、つがはるんやったら、同じィにしやはらなあきまへんやろ」

「あのご老女は……」

「ご老女たらいうような、たいそうなもんやおへん。この寺に巣くうた婆どすがな。何《な》アもせえしめへん。食い意地がはっとるだけどすねや。気にしやはらへんでよろしがな。わての盃、お嫌どすか。ほな、わてがいただかいてもらいまひょか」

古い寺には、古庫裏婆《こくりば》というものが棲《す》みつくことがあると、彼は話には聞いていた。

住職の梵妻が、不死のものとなって、何百年も供物を盗み食い、さらには新仏の皮をはいで食うという。

彼がいた京の大寺は、そのような変化の存在をゆるさなかったが、そのかわりに――というべきか――乱倫の巣であった。

後戸。そこに異様なほどの懐かしさをおぼえるのは何故なのか。あの神像のせいか、と思い返す。

彼がまだ生まれる以前の遠い昔、後戸は、猿楽が演じられる場所でもあったという。

神像は摩多羅神《まったらじん》と呼ばれ、破邪の力を持つとともに、歌舞芸能の神として、雑芸の人々に崇《あが》められているのだそうな。

いまは、猿楽が演じられることはない。正統の舞楽にたいし、猿楽は卑しめられていたのだが、やがて高雅な能楽に変貌した。それゆえ、後戸でいじける必要もなくなったのかもしれない、などと彼は思う。

龕の右側の蔵には、忌まわしい話がまつわっていた。

長い年月を経て、実際に何がおこったのかは曖昧《あいまい》になっている。

猿楽師が蔵の中で死んだということだけは事実らしいが、それが、無理心中を迫られたのだとか、色のもつれで殺されたとか、その色事の相手も、檀家《だんか》の女房であったとやら、衆道《しゅどう》のちぎりをむすんだ僧だったとやら、さまざまである。どの言い伝えも、猿楽師が死にともないのに無理に死なされたという点では一致していた。

その後、大寺は一度焼け、再建されたのだから、死者の恨みも何も残ってはいないとされている。しかし、結構はもとどおりに復原されたので、妄念が棲みつきやすい、猿楽師の亡魂はいまだに蔵のなかにとどまっている、とも言われた。

そんな噂を聞き知る前に、幼かった彼は、蔵を隠れ場所にしていた。ひどく叱られたあとなど、涙がとまるまでかくれていたりした。いつまでも泣いていると、折檻はいっそうひどくなるから、人前で涙をみせるわけにはいかなかったのである。

そうして、彼は、ふたたび思い出した。

樹の枝に吊り下げられた彼の目に、木蓮の葩は逆向《さかむ》いて揺れてはいなかったたか。

大寺の庭にも木蓮はあったのだ。後に伐《き》り倒されて、彼の記憶からも消えたのにちがいない。

あの葩を、神像にささげたのが、折檻のもとだった。

小さい神像の頭に乗せたぼっとりした紅紫が、あざやかに思い出された。神像のいかつい顔が和《なご》んだのだった。

あの神像は、猿楽師が殺されるところを見ていたのだろうか。それとも、寺が焼けたあとで、新しく安置されたものか。

確かめたことがなかった。

いや、死んだ猿楽師の慰霊のために置かれた像だったのだろうか。

そんなことをとりとめなく思っていると、

「陰気な顔はやめなァれ」

女が彼の顎《あご》をくすぐった。


こんな侘《わび》しい寺をまもるために修行したのではなかったはずだが、道を踏み違えた。

後戸の蔵が、迷わせた。

埃《ほこり》くさい、幽《くら》い狭い空間に身をおくと、いかにもこころ安らかで、死んだ猿楽師と無言で話をかわしあうような錯覚も、彼は持った……というとも、次第に思い出されてくる。

そう感じるようになったのは、十二、三のころからだったろうか。

はじめは、錯覚と承知だった。

幼いときには寂寥《せきりょう》、孤独と呼ぶとは知らなかった感情を、くっきり意識し、それからのがれるためと認めてもおり、溺れてしまえば破滅とわかりながら、つい、蔵に入り込む。そこで彼は禁じられた悦楽をも知った。

悦楽をあたえてくれたのは、死んだ猿楽師であった。

顔も姿もさだかではないのに、肌に触れる手触りだけは、この上なく確かで、年を経るとともに、それは強固になった。

顔が見たい、と彼は思った。

次第に、声は聞き取れそうになっていた。


「何を驚いておいやすのん」

「柱が……」

彼はつぶやいた。柱ばかりではない、壁も屋根裏の梁《はり》も、ゆらりとゆれたような気がしたのである。眩暈《めまい》か。風に破れた軽羅《けいら》が、庫裏の内に舞い、目をあざむいたのか。

彼の心を見抜いたように、

「煙々羅《えんえんら》のしわざどっしゃろ」

女は言った。

「古い寺どっさかい、何や彼やら、棲みついとりますわなァ。炉の粗朶火《そだび》の煙かて、長い年月には結ぼれて、化生《けしょう》のものとなりますわなァ」

なつかしいな、と、心に、思わぬ言葉が浮かんだ。

煙が化した妖かしの羅は、ただゆらゆらと視界をゆらすのみだ。

現世に確固としてあるものは、彼に傷を負わせつづけてきた。

彼のひそかな幻影を、無雑作に打ち砕いたのも、現《うつ》し身の男であった。

命じられた写経を終え、わずかに許された刻《とき》を、後戸の蔵に入り込み猿楽師と逢っていたとき、しんばり棒をかった扉が強引に引き開けられ、兄僧がのぞいたのだった。

兄僧の目には、猿楽師の手は、彼自身の手の慰みと映ったのである。

兄僧はそれをあばき、言われてみると彼にも現実の姿が見えて、いたく恥じ入るほかはなかった。

考えてみれば、自分でも、実はそうとわきまえていた。己れをごまかすために、ありもしない猿楽師の幻像をつくりあげていた。

〝だれにも告げぬ。そのかわり〟と、兄弟子は迫り、苦痛の刻がつづいた。

逃れるためには、相手を抹消せねばならず、殺生は最大の悪であるゆえに、彼はなすすべなく身を蹂躙《じゆうりん》されるにまかせる他はなかった。

弱い者を救ってくれるはずの神仏はいっこう頼みにならず、無為無言であった。

——それでも、とにかく、わたしは誰をも傷つけてはいない。そう思ったとき、足の裏に痛みがよみがえった。小蟹のつぶれた甲羅が食い込む痛みであった。

手足をがんじがらめにされる気がした。

身動きすれば弱いものを傷つける。内に身を閉ざしていても、外から荒々しい力が踏み込んでくる。読経に専念しようとすると、身の内に湧く淫《みだ》らな力が彼を苛《さいな》んだ。

「そない、しんねりせんと、お飲みやす」

女は、彼の手に盃をむりに持たせた。

「騒ごやないか」

そない、しんねりせんと。彼が京の大寺を追われるもととなった女も、そう言った。

檀家の後家であった。二度と閉じ籠るまいと思っていた後戸の蔵に、後家は彼を誘い入れた。

露見したが公に罰せられないですんだのは、後家がたいそうな布施《ふせ》を寺に贈って口封じしたからであった。

彼は、末寺に追放された。住持職をつぐといっても、この荒れ寺、追放刑にはちがいない。

嫌悪と懐かしさ。このゆらめく空間に、彼が感じるのは、その相反する感情だ。

まつわりつく女に、

「御本尊さまに、まだ礼拝をしておりませんでした。拝んでまいります」

そう言ってそっと突き放し、庫裏を出た。本堂の裏手に行くと、木蓮の樹下に老婆がうずくまっていた。

後戸の戸口から中に入った。

老婆がついてきた。

後戸の龕には小さい神像がおさまっていた。仏堂の正面にまわろうと冷たい廊下を壁にそって歩いた。ぐるりと歩いてゆくと、ふたたび、後戸に出た。

「ここは、正面はあらへん。後戸ばかりや」

老婆が言い、長い歯をみせて笑った。やさしさの感じられる笑顔であった。

「おまえさまは……」

彼は言った。

「古庫裏婆か」

老婆はうなずいた。そうして、

「庫裏におるあの女も、そうや」

と言った。

「生きとるのやら死んどるのやら、わからぬものが漂い棲む、ここは後戸や」

やさしい寂しいものばかりが棲むところや。そう、聞こえた。

老婆の手が彼の手首を握ろうとしたとき、彼は、叫び声をあげて、ふりはらった。

肩をこづかれ、起き直って見上げた。

目に映るのは荒磯であり、人買いが、岩の上から、ころげ落ちた幼い彼を見下ろしていた。

「愚図め。さっさと起《た》て。早く歩かぬと、都に着く前に日が暮れるぞ」

彼は立ち上がった。岩に這いのぼる足の下で、小蟹が潰れた。

気にとめず、彼は、人買いの背に目をすえた。

一瞬の気死の間に、やさしさの果てをあらかじめ見つくした彼の目は年を超えた冷酷な光を放ち、波に濡れた岩角を跳び移ろうとする男の背に、痩《や》せた小さい手をのばした。全身の力をこめた。

## 仲秋に

月を浴びて、ぬうと光った。

遊んでおいきな、と、袖引こうとして、わっちは息をのんだ。

元結《もとゆい》切れたざんばら髪が何でこうもぬめぬめと光るかと思えば、油まみれじゃあないか。

片袖がひっちぎれて、むきだした肩のぎらぎら油光りした上に描かれた黒い模様は、血しぶきさね。

おまけに、右手にさげた抜き身だ。その柄《つか》もとから切っ先まで、ねばっこい墨に浸したようだ。お天道さまの下で見たら、全身、みごとな朱の纐纈《こうけち》だろうが、蒼白い月夜。藍染《あいぞ》めだ。

顔まで墨流しだもの。つい笑ってしまったものさ。

そりゃあ、怖かったさ。

怖いからよけいおかしくて、おかしいからよけい怖くて、悲鳴が笑い声になってしまって、笑い声がよじれて悲鳴になって、傍《はた》から見たら、夜鷹《よたか》が月に物狂い、瘡《かさ》の毒が頭にまわったか、きりきり舞いというざまさ。

男の方は何も目には入っちゃあいまい。

それでも、まっすぐ歩いたら川に落ちるところを、向きを変え、土手沿いによろりよろりは、生《なま》酔《よ》いが本性たがわぬように、こころのどっかが醒めているのか。

*

姉《あね》さまが、庭先で裸体をさらすなど、あり得ることではなかった。

幼いときにみた夢にちがいない。

姉さまは、つつましい生真面目な性《さが》で、いくら深夜であろうと、肌をさらすなど、するはずはないのだった。

月だって、おれの記憶にあるそのときの月は、黒漆《くろうるし》に銀を象嵌《ぞうがん》したようで、現実にしてはあまりにかがやきすぎていた。月兎の影すらない、銀一色の月であった。おれは、寝間の障子の隙間から覗《のぞ》き見しているのであり、姉さまはおれに背をむけて庭に立っているのだった。

いつ見た夢ともわからない。

六つ年上の姉さまが、十五で豊島町《としまちょう》の油店、豊島屋七左衛門に奉公に出たときはすでにおれの記憶にその情景はあったのだから、九つより下であったことはたしかだ。

おれの親父様も同業の油屋だが、鍛冶町《かじちょう》の本宅にはけっこうな庭などありはしないのだから、夢の情景は深川の妾宅《しょうたく》のほうだ。おれと姉さまのおっ母さまは、油屋河内屋徳兵衛の妾《めかけ》であった。

さらに詳しく言えば、親父徳兵衛殿は、河内屋の番頭だったが、親旦那が、お内儀《ないぎ》様と息子三人を残して往生なされた後、親旦那の兄様の肝煎《きもい》りで、子持ちのお内儀様と夫婦になった。

徳兵衛、こなたの助けがなくては、河内屋の店がたちゆかぬ、後家も子供たちも路頭に迷う。後をついで、守《も》り立ててくれとくどかれ、承知なさった。そのとき、親父殿は、おれのおっ母さまとはすでに内縁で、姉さまとおれという二人の子もあったのだが、子連れで入り婿もならぬ。縁を切られず、けっこうな妾宅をあてがわれたのは、親父殿の慈悲というものだろう。

おっ母さまはおれが五つの年に死んだが、親父殿はまことに慈悲深く、おれと姉さまをそのまま妾宅においてくれた。九つの年まで、おれはそこですごした。

夢の中の満月に照らしだされた庭は、銀砂を撒《ま》いたようにまばゆく、植え込みの樹々がその上に黒い影をくっきりと刻み込んでいた。

姉さまの影はといえば、それは、まるで足元から黒い川が異様に長くのび、うねっているふうにみえた。

目をこらせば、川と見えたのは、黒い布が銀砂のような地面に敷きのべてあるのだった。姉さまの影は、黒い布に溶け込み、ありやなしやもわからぬ。

布の表面は少し乱れ、月光を照り返すさまが小波《さざなみ》のたつようだ。

かたわらから手がのび、布地をなで、平らにする。

その手がつづく体、そうして顔を、おれは正確に思い出すことができない。

瞼《まぶた》を閉じ、眼の底に情景をよみがえらせる。

顔はわからず、姿もただ輪郭のぼんやりした黒いかたまりとしか見えないのだが、それが若い男だということは、なぜか確信できる。うずくまっているのだ。布の小皺《こじわ》をのばした手は、次に、墨をふくませた筆を持つ。

筆の先からしたたる黒い雫《しずく》が布の上に垂れた。つづいて、穂先は布の上に下り、滑らかに筋を描きはじめた。姉さまの左の踵《かかと》きわからはじまり、微妙に屈曲しながらのびる。

月光で銀色にふちどられた姉さまは、みじろぎもせず、佇《た》つ。その背は淡い翳色《かげいろ》に染まり、貝殻骨の下のくぼみはわずかに翳りが濃い。

やがて、おれは認める。筆の先は、布に落ちた姉さまの影をなぞっているのだ。

男の膝のわきには、墨をたたえた小鉢がおかれ、男はときどき筆をひたしては、黒地に落ちた姉さまの影の輪郭をなぞり、右の踵のきわに穂先がたどり着くと、その内側を丹念に塗りつぶしにかかった。

夢のなかでは、自分の姿を他人を見るように眺めることがある。

障子の陰からのぞき見ている少年である自分の姿も、おれは思い浮かべることができる。

しかし、そのときの感情は思い出せない。心は空白で、ただ眼だけになって眺めていた。そんな気がする。

佇った姉さまのかたわらに、脱ぎ捨てた蛇の皮のように、衣が、袖だたみにもせず無雑作に投げ出されてある。

その単衣《ひとえ》を姉さまが肌にまとう情景は、おれの記憶には残っていなかった。

＊

妾宅は、廃船に似ていた。

人の気配が少なすぎた。本宅の方には、親父殿夫婦とその息子たち、大番頭から丁稚《でっち》の末まで十何人だかがしじゅう目まぐるしく動きまわり、土間には魚油だの胡麻油だの菜種油だの大豆油だの椿油だの荏油《えのあぶら》だの桐油だの、微妙に色合いもにおいも異なる油の樽がならび、それが人の体臭と混って、においだけでも騒々しいありさまなのだが、妾宅は、姉さまのつかう匂い袋や仏間の線香、夏であれば蚊遣《かやり》のにおい、そんなものがはかなくたゆたうのみであった。そうして、住人も、姉さまとおれの他には、下女がひとり、これも何かひっそりと、香のけむりのようにあわあわとした印象しか、おれの記憶には残っていない。

廃船のようだと感じたのは、その空虚さや人気のなささや薄暗さのせいだけではない。

古い話になるが、寛永の昔、安宅《あたけ》丸という巨船が伊豆で建造されたことがある。時の将軍家の命により造られた軍船の形をした御座船で、日光の東照宮さまにもくらべられる豪華な船であったという。しかし、いくさもないところから、品川沖で将軍が試し乗りをなされた後は、小名木川《おなぎがわ》の北に繋留され、五十年も放置されていた。

とうとう、解体され、船材は、払いさげられた。まとめて買い受けたのは何とかいう抜け目のない仲買で、厄介払いを引き受ける顔で安く買いたたき、売る段になるともったいをつけ、古材の一枚一枚に値をつけ、競《せ》りにかけたのだそうだ。

河内屋の何代目だかが、その古材を競り落とし、新築する寮の一部に使ったのだという。その家を、親父様は妾宅にあてたのだ。

江戸開府のころは、小名木川のあたりまで遠浅の渚《なぎさ》であった。次第に埋め立てられた。船材を組み込んだ家は、まことに、海の上に一皮かぶせた陸地に浮かぶ廃船なのであった。

あの欄間のみごとな彫りをごらんな。あれは、将軍さまの御座所にもちいられた欄間だよ。寝物語に、姉さまはしじゅうそう言ったが、後に人に聞いたところでは、欄間は河内屋が大工に注文してつくらせたものだそうだ。

どれが船板やら、おれが子供のころはもうわからなくなっていた。

もしかしたら、天井板の裏側には、牡蠣《かき》の殻が食い込んだままなのかもしれない。台所の羽目板、竈《かま》の裏側の人目につかないところに、船虫の巣くった痕《あと》があるのかもしれない。

ほんのわずかの間とはいえ波に洗われ潮風にさらされとほうもなく広々とした海上を帆走した船の一部が、この家を造っているのであった。

どこかに、帆柱がつかわれているはずだ。

夏は団扇《うちわ》でおれに風をおくりながら、冬であれば添い寝して、冷えたおれの足先を腿《もも》のあいだにはさんであたためながら、そう、姉さまは断言するのだった。

大黒柱がそうだろうか、と思ったり、垂木に使ったのか、梁《はり》のどれかだろうか、と、煤《すす》で黒ずんだ木材を見上げたり、おれは、した。

帆柱であれば、船縁《ふなべり》の板などより、いっそう霊気を宿しているのであろう。

船霊《ふなだま》さまも、帆柱の根方をくりぬいた穴に納め祀《まつ》るという。賽子《さいころ》だの五穀だの人形だの銭だの、はては女の髪の毛。御神体はさまざまだが、

「人形や髪の毛は、人身御供のかわりだろうよ」

そう姉さまが添い寝の床で語ったのは、袷《あわせ》に衣《ころも》更《が》えしたばかりの秋口だったろうか。

「以前には、人身御供を捧げたこともあるのかえ」

「お城を築くにも、橋を架けるにも、人柱は大事だというものねえ」

「人柱というのは、生き埋めだろう？　大川の橋《はし》桁《げた》の下にも、人柱が埋まっているのだろうか」

「怖いかえ」

「怖い、怖い」と、おれは姉さまの胸に鼻先をすりつけた。

「こそばゆいよ、これ」

姉さまは身をよじった。

「これ、いけない足だよ。おとなしくしておいで。おいたをすると、もう、添い寝はしてあげないよ。目をつぶって、早くおやすみよ。わたしはまだ針仕事があるのだもの」

「枕元で縫っておくれよ」

姉さまは床から出て、掻巻《かいまき》の持ち上がった襟元《えりもと》をかるくたたいてならし、押入から針箱と風呂敷包みを出し、行灯《あんどん》を手もとに引き寄せた。風呂敷をひろげると、浅葱《あさぎ》色の麻の葉模様の布と艶《つや》のある黒い布が畳まれてあった。姉さまはそれを膝の上にひろげた。

おれは床の中で腹ばいになり、二枚の布を腹合わせに縫いすすむ姉さまの手もとに目を投げる。針の先がきらと光っては布の中にもぐりこむ。

「お睡《ねむ》り。いつまでも起きていると」

姉さまは、針の先でちょんとおれの目をつつくしぐさをした。離れているのだから、何も危ない

ことはないのだけれど、思いがけない意地の悪いまねをされたような気がして、おれは、わざとめそめそ涙ぐんでみせた。

あの奇妙な夢を見たのは、そのときよりだいぶ以前だ。

姉さまが縫っている黒い布に、おれはあの夢を思い出したのだったから。

「その布は、何になさる?」

「見たらわかりそうなものじゃないか」

「帯だね。姉さまの帯かえ」

姉さまの口元に、小さい影が抉《えぐ》られた。えくぼに、行灯の明かりが影を溜めたのだ。

「きれいだね。女はいいな。きれいなべべが着られて」

「おや、おまえは、赤いべべが着たいのかえ。男のくせに」

姉さまは糸のはしを針にからげて縫い止め、口を寄せ、糸切り歯でぷつりと切って、糸をひいた針を針山に挿した。

「おいで」

と手招くので、もぞもぞと床から抜け出て傍に寄ると、表は麻の葉、裏は黒の縫いかけの帯をおれのからだにゆるく巻き、簪《かんざし》を抜いておれの前髪に挿した。

そうして、かたわらの鏡台をひきよせ、手鏡の蓋をとった。

おれは急に気恥ずかしくなり、簪を抜き捨て放り投げて、蒲団にもぐりこんだ。

鏡を見なかったことを、ちょっと悔やんだ。帯のぬくもりが、寝巻をとおして肌に残っていた。

「何だねえ」

と言いながら、姉さまは簪を無雑作に髪にもどし、鏡をしまう。

「姉さま」

「何だえ」

「簪も、人身御供のかわりになるのだろうか」

「さあ、なるかもしれないね」

「影は？」

なにげなく、口にした。

たぶん、そのとき、おれは、姉さまの影を男が黒い布にうつしとっていた夢を思い重ねたのだろう。

姉さまが答えるまで、ほんの少し、間があいた。

「そりゃあ、もちろん、なるよ」

姉さまは、たいそうしずかな声でそう言った。

「船霊さまに、影をつかうこともあるというもの。帆柱の根もとに、影を封じ込めるというよ」

針山から針を抜き、細い指さきに糸のはしを巻いて糸玉をつくり、針先で髪の根を掻き、油気をうつしてから、きしきしと、布のきしむかすかな音をたて、また縫いはじめた。麻の葉はやわらかい布だから、音をたてるのは黒布のほうだろう。

「お城を築くときも、人の影を土台石の下に埋めるそうだよ。影を埋められた人は、その年の内に死ぬそうだけれどね。影は、大切にしなくてはいけないのだよ。奪われると、死ぬよ」

おれは、泣きだした。泣きながら、姉さまの影が行灯《あんどん》の灯りをうけて畳にぼんやりのびているのを、見た。

「ばかだねえ。お泣きでない」

そう言いながら、姉さまも、袖口でちょっと目元をぬぐった。

「夜はねえ、いいのだよ」

と、姉さまはつづけた。

「まわりがすべて影だから、自分の影も、まわりの闇に護《まも》られて、大きい影の中でゆっくり憩《いこ》える。怖いのは、昼だよ」

そんなおかしな話をきいたからおかしな夢を見たというのであれば、夢の理由もわかるのだけれど、順序は逆であった。

夢を思い出して、おれは、何だか悲しくなって泣いたのだったから。

後になって、おれは思った。廃船のような妾宅そのものが、ひとつの大きな影であったのだ、と。

＊

姉さまが奉公に出ると、おれは親父殿の本宅にひきとられ、丁稚仕事をしこまれるようになった。親父殿を父と呼ぶことはゆるされず、旦那さんと呼ばされ、扱いも他の丁稚たちといっしょだった。

本宅の、おれとは血のつながらぬ三人の兄《あに》さんの、末のが姉さまより二つ年上。これが、博奕《ばくち》と喧嘩と飲んだくれで明け暮れる手のつけられぬ暴れ者だった。女買いだけはしないのが不思議なほどだ。

親父殿は、主筋である兄さんを甘やかしほうだい、陰では、尻のほどけた銭差し、籠《かご》で水汲むよう、一文儲《もう》ければ百文つかう根性、意見一つ言いだせば千言言い返す、と罵《ののし》りながら、面とむかっては、何一つ言えぬ。

おれが十五の正月をむかえ、前髪を落とすと、兄さんは、賭場《とば》に、おれを伴うようになった。兄さんはいつも、短刀を一ふり、ふところにしのばせており、おれにも、古いのをくれた。

兄さんの賭けようは、なんだか自棄《やけ》っぱちのようで、我が肌を我が手で切り苛《さいな》むような荒さだった。

もとをただせば奉公人の徳兵衛に、母さん奪われた、身代《しんだい》ものっとられたと荒れすさぶ。荒れて当然なのはおれのほうだ。おれと姉さまのお父《とう》を奪ったのは、だれだ。その言葉をおれはのみこまねばならなかった。おれが兄さんにさからえば、お父はいっそうおれから遠ざかる。兄さんからもうとまれる。

二年目、豊島屋ではおかみさんが亡くなり、姉さまは後妻になった。その前から、旦那の手がついていたという噂を聞いた。

おれは、めったに会いに行くこともできなかった。仕事の暇を盗んで訪《おと》なうのは、年に一度か二度。七夕さまのようなはかない逢瀬《おうせ》だ。姉さまの指はひび割れに油がしみこんで黒ずみ、おれの指も同様だった。お内儀になったといっても、仕事は少しも楽ではないようで、姉さまのさびしそうな様子に……正直なところをいうと、おれは少しなぐさめられた。姉さまが申し分なく倖《しあわ》せであったら、おれの寂しさは、倍になる。

＊

賭場の借金に身動きならなくなった兄さんに、おまえ、豊島屋に行っておまえの姉さんにかねを工面してもらってきな、と言いつけられたのは、仲秋の夜更けであった。

それは……としぶるおれに、兄さんは、風呂敷包みを投げ出した。

「質《かた》アこれさ。これを返すから、五両よこせと、そう言ってくんな」

そう言やアわかる、と、ためらっているおれを兄さんはせきたてた。

豊島屋は、大戸をしめていた。心張り棒をはずして中にいれてくれたのは、手燭《てしょく》をかかげた姉さまだった。

辛い用向きを告げ、風呂敷包みをわたすと、

「何だろうねえ」

姉さまは結び目をといた。ひび割れに油がしみこんで黒ずんだ指先に、布目がひっかかった。

姉さまの唇の色が白くなった、と思ったとき、姉さまは、手燭の灯を吹き消した。

「人に見られると悪いから」

しかし、少し開いた引き窓から満月の光がさしこむので、せっかく灯を消しても、闇にはならないのだった。

開かれた風呂敷の上に、麻の葉と黒繻子《じゅす》を腹合わせにした女物の帯が畳まれてあった。

「これを、五両……ってかえ、あの、兄さんが……」

「姉さまが、昔、縫った帯じゃあ……」

しばらく、姉さまは、帯の上に手をついて、ぼうっとしていた。

「あのね、兄さんに伝えておくれ。いったんあげたものは」

と、姉さまは細い首を幾度もふり、笛の音のような小さい吐息をついた。

「これは、兄さんに持って帰っておくれ。わたしには五両の工面はどうにもつかない。そのかわり、商い物の油、少しばかりわけてあげよう。それで了見しておくれと、兄さんにそう言って……」

土間の油樽の前に姉さまは立ち、小樽に油を計り入れはじめた。

そそけた髪が散るうなじを、引き窓の月が青く照らした。

背後に立ったおれは、ひたひた揺れる油の面に、おれの顔しか映らぬのに気づいた。姉さまの顔はなかった。

そのとき、おれは、知った。

夢ではなかった。月の光がつくる姉さまの影は、帯の中に封じ込められている。影を写しとっていたあの若い男は、兄さんだ。奉公に出る前に、姉さまは、帯に仕立ててあいつに贈った。

姉さまには、倖せなときがあったのだ。いのちのように大切な影をあたえるほど、兄さんを好いていたのだ。

おれの知らぬところで……おれは二人に裏切られた。どんよりとからだの底によどんでいた血が、不意に滾《たぎ》り立った。

「姉さん、影をあいつにやってしまったのか」

「影?」

「姉さまの影がないじゃあないか」

「おまえ、おかしなことを」

あいつは、なにもかも、奪いやがった。

「あいつが奪った影を、姉さま、おれが返してやる。未来永劫《えいごう》、闇の中で護られて、くつろげるように、永劫、闇の中に、いてくだされ」

懐《ふところ》から、短刀を出して、鞘《さや》を払った。油の面に、月光と刃の影が重なり、おれの顔を割いた。

# 春情指人形

1

「こう、もっと身にしみて、上のほうを突いてくんねえ」

ことさら聞き耳をたてるまでもない。筵《むしろ》掛《が》けの蒲鉾《かまぼこ》小屋である。声は、土手の柳の下にかがんだ老人の耳に筒抜けだ。

夕陽が川面《かわも》に紅《あか》いさざなみをたて、柳がくろずみはじめたとはいえ、ささめごとをかわすにはまだ些《ちっ》と早かろうに、傍若無人な悦楽の声だ。

「おめえ、また、先にやるなよ。いっしょにやるから、待ちねえよ。いきそうになったら、一服つけねえな」

つられて莨《たばこ》をすいたくなったが、火種がない。

晩秋の川風が襟元《えりもと》にうすら寒い。

「佐七、おめえは、どうも気が短くていけねえ。久松を見習いな。もっと強く突きあげておくれよ。まだ根まで入らぬようだわな。どうだ。嘘から出た実《まこと》、茶臼からでたところ。四十八襞《ひだ》が頭にからみついて、こつぼが雁《かり》ぎわまでかぶさって、花の露の下よりは、おれが臍《へそ》の下だろう。ああ、どうにもいいの。そこを弄《くじ》られると、気がのぼせる。さあ、もういいぜ。上のほうを強く突きなよ」

男の声はない。よがり声は女ばかりだ。

「もっと、きつく、思い入れ突きのめしておくれよ。あれさ、もう、たまらないよ。それ、それ、きつく、きつく、さあ、いいよ、いいよ。ええ、もう、気が遠くなる」

果てた気配だ。

男の声がきこえぬのが、いささか、物足りない。

彼は杖を力に立ち上がり、裾《すそ》をはらう。

足がすべった。柳の幹にしがみついたが、杖が川に落ちた。

ゆるい流れにのって、杖は遠ざかる。杖がなくては老いた足の歩みはおぼつかない。

さて、どうしたものか。

這って帰るには、住まいが遠すぎる。

だれぞ通りかかったら、駕籠を呼んでくれるよう頼むのだが、日の暮方の土手沿いに、人足《ひとあし》は絶えていた。

「これ、ちと頼みがある」

蒲鉾小屋に声を投げたが、まだ火照《ほて》りの名残にひたっているのか、返事はない。

財布から小銭を出し、危うい足取りで一足二足、小屋に近づき、

「手間ははずむゆえ、頼まれておくれ」

竹の柱を叩いた。


「なんだなァ。だれに話しているのかと思えば、おれに用か」

垂《た》れがあがり、女が顔をのぞかせた。

すらりと小屋の外に立ち出たそのとき、夕陽が、女の顔を光でくまどった。

——菩薩《ぼさつ》……。

老人のつぶやきは、声にはならなかった。

菩薩と呼ぶにはあまりに凄艶《せいえん》だ。

夕陽が、束の間、老いにかすんだ眼をまどわせたのか。

身にまとったのは、継《つ》ぎ接《は》ぎの襤褸《ぼろ》。

白粉《おしろい》やけで荒れた肌。

切れ長の目にいささか険があって、薄い受け口のはしの、小さい吹き出物は、瘡《かさ》っかきのしるしだろう。

夜鷹《よたか》か物乞いでもなければ、筵小屋を塒《ねぐら》にはしない。

左手に一升徳利。

女はしゃがみこみ、

「手間ァはずむと言ったな。先にもらおうよ。用があるなら、それから、聞かァな」

割れた裾のあいだに、湯文字が赤い。その奥のくろずんだ陰《かげ》りがちらりとのぞく。

見惚《みと》れて、すぐには言葉がでない。

「こう、爺イ、呼び出しておいて、無言の行か。おれァ気が短けえの」

「もうちょいと、そのままでいておくれ。ああ、かくれてしまった。おまえは、いま、たいそう美しかったのだよ」

「何をぬかしやがる、業《ごう》さらしの、だりむくれの、死にはぐれが。ご開帳を只見をしようというフ見か」

女はまくしたてる。なに、わざとみせつけたくせに。そのあいだ、小屋の筵はそよとも動かぬ。

打ち込む波にしっぽりと、馴れ合い間男、つつもたせ、ころをはからいあらわれて、強請《ゆすり》かたりの魂胆か。

「姐《あねえ》や、おまえの相方は、声の出ぬ病いか」

「アタいけ好かねえ爺ィだよ。そこで、耳法楽をきめていたのか。おまけにおれの弁天様まで拝んだとあっちゃあ、財布ぐるみおもらいしねえでは、間尺にあわねえ」

女はゆっくり裾前をなおし、立ち上がり、

「出しなよ」

と上向けた手をひらひらさせた。

「おれァ、情け深いから、年寄りに痛え思いァさせたくはねえの。おとなしく、懐《ふところ》のものを出しねえな」

「しかし、有り金をおまえにわたしてしまったら、駕籠賃もはらえぬ」

「吝嗇《あたじけ》ねえことを言うよ。こう見たところ風体は、大通《だいつう》仕立てのご隠居さん。それが、つがもねえ、夜鷹の総仕舞《そうじめえ》もできねえで、お六姐《ねえ》さんのいろを、只見しようてえ了見か。てめえのようなは、大通じゃあねえ、大ずうの田舎百獣《いなかもんじい》のご腎虚さんと言うわな。出しねえな。それとも、魔羅っ骨ェぶち折られてえか」

「おお、おお、ぶち折ってほしいものだの」

老人の言葉に、女は、ふっと笑った。

「てめえの魔羅ァ、とうに萎縮《ちぼ》けて、折れるほどの骨もありゃあしめえ」

「見通しだの、姐《あね》や」と、老人も苦笑。

「出刃ァかざしてぎっくりと、大みえも」女は帯の前を脅すように軽くたたいた。のぞいているのは、刃物の柄《つか》か。「相手がこんなよぼくれじゃあ」

笑った顔に、夕陽が一日の最後の光を投げた。

「用ってなァ、何だ」

「粗相をしてな、杖を流してしまった。駕籠を、な、呼んでもらおうと思ったのだが」

「餓鬼の使いじゃああるまいし」

女は老人の掌の小銭をさらい、

「これっぱかりの鐚銭《びた》で、土手のお六さんをこき使う気か」

お六……。

お六なら、儂《わし》のところにおるが……。

老人のつぶやきは、女の耳には入らず、

「〝土手のお六は蛇使い〟という歌を、爺さん、おめえ、知らねえのか」

「おまえは、蛇使いか。夜鷹か物乞いか、つつもたせかとも思ったが」

「こう、小馬鹿まわしにしやあがるか。ひばかり、を、けしかけるぜ。ひばかりといってもわかるめえが、百足《ひやくあし》とも言う。なりァ小せえ蛇だが、嚙みつかれたら、百足歩かねえうちに、毒がまわって、死ぬわな。こいつを使いこなすのァ、並みじゃあできねえの」

「まことに、あの、蛇使いのお六か。向こう両国でお六の名が立ったのは、いつであったか、疾《とう》の昔……。いや、おまえが向こう両国の……そんなはずはないが……」

「蝮《まむし》の生き血をのんでから、年ァとらなくなったのさ」と、女は、「人魚の肉を食らった八百比丘尼《はっぴゃくびくに》と同じことだ。お月さまが何十度満ち欠けしようと、土手のお六ア、二八の娘さ」

光と影のぐあいで、剝《は》げちょろけの今戸焼きとも菩薩とも見える女だ。二十を幾つも出てはいないようにも見え、四十をすぎた老いのとば口とも見える。

黄昏《たそがれ》の魔の力をもってしても、十六の小娘には見えぬ。

「なァ。こう、姐や、儂の住まいに、いっしょにきてくれぬかの」

「厚皮《あつかわ》なことをぬかすよ。お六を一夜、買い切る気か。高えぞ」

「儂の住まいは、ついそこなのだ。杖さえあれば、駕籠もいらぬほどだ。おまえが杖がわりに肩を貸してくれれば」

そう言って、老人は、気がついた。

「間夫《まぶ》か亭主か知らぬが、男がおったの」

まあ、かまわぬだろう、と、このくらい生きてくると、老人の方がよほど面の皮も厚くなり、腹もすわっている。

「どのみち、色を売るのがおまえのつとめであろう。一夜借りても苦情も言うまい」

のう、と、蒲鉾小屋に声をかける。

「こなたの女房、借りて行くぞ」

いっこうに返事がないので、

「おまえの色は、蛇か」

女はちょっと肩をそびやかした。そうして、視線を落とし、足元の小石を蹴った。

恥じらいとも戸惑いともとれる、間があいた。

虚勢をはったような、うすら淋しい仕草であった。

「小屋に置き去りにして、大事ないのか。なんなら、連れておいで」

「見損《みそこ》なうねえ。蛇に弄らせるなア、おれの商売だ。銭もとらずに、商いものを慰みにするほど、落ちぶれちゃあいねえわな」

ならば、指人形か、と、老人は察した。

おまえの色は、十人いるのか。

そんな皮肉は、口にはしなかった。

だが、女は、見抜かれたと気づいたようだ。

「そうよ。これが、佐七で、これが久松だ」

と、居直った。

「助六に勘平、権八に団七に蘭平もおるわな」

ひとつ、ひとつ、ひとつ、指を示す。

「右の親指は法界坊で、左の親指が願哲というわな。豪気だろう。こいつが、いっち悪《わる》だ」

その仕草が、黄昏のせいか、ひどく可憐《かれん》に見えた。

口のはたの吹き出物。あたら美貌も、瘡っかきとわかっては、色を買おうという者もあらわれないのかもしれない。

女があげた名は九つ。

「ひとり、足りぬの」

女のあっけらかんとした口調にあわせ、老人も気軽く言ったが、そのとき、女の右の中指が、二の節から先が欠けているのに、気がついた。たくみにかくしているので、そのときまで、わからなかったのだ。

女郎の心中立てなら、小指のはずだ。怪我でもしたのか。

「ハ、ハ、不都合があったので、お手打ちにしてやったわな」

と、切り口に、女は、ちょっとくちびるを触れた。

「なんという男だ」

「名は知らねえわな」

「さて、杖がわりを頼もうの」

老人が言うと、女はすいと寄り添って肩を貸した。

そのふところに、老人は財布をそっくり入れた。指が、胸にふれた。女の胸は、痩《や》せていた。財布の重みを肌でたのしむふうに、女は目を閉じた。「田舎百獣はとり消してやるわ。爺さん、いい気っ風だ」と、にっこり。

## 2

おびただしい人形であった。

六畳一間の両側の壁に、棚や簞笥《たんす》がおかれ、その上に、人形がひしめきあっている。

赤ん坊と等身大の抱き人形から、享保雛《きょうほうびな》、次郎左衛門雛、有職雛《ゆうそく》、古今雛、と、雛の数々、天《あま》児《がっ》、這子《ほうこ》、御所人形、唐子《からこ》、小指の先ほどの芥子《けし》人形、長押《なげし》の上には押し絵が並ぶ。

黒光のする古い簞笥の上のガラスケースにも、息苦しいほどにぎっしりと、無雑作に、人形がつめこまれている。

棚やケースだけではおさまらず、畳の上にまで人形はあふれだし、人の坐る隙間は、一メートルの幅もない。

「狭いんですよ。ほんとに狭いんです」

と、画家が言ったのは、謙遜ではなかった。

「でも、どうしても、見ていただきたくてね」

という画家の言葉に誘われて、訪れた。

郊外のＪＲの駅からバスで五、六分。大学の敷地に沿った、並木道を抜ける。

抜けたときすでに、異界に入り込んだのかもしれない。

画家が住むアパートは、外観はごくありふれた木造二階建てなのだけれど、入口の狭い空き地に花をつけた紫陽花《あじさい》が、どれも、色を失っていたのである。

紫陽花の前に立って私を迎えた画家は、白い尨《むく》犬《いぬ》を抱いていた。

画家の住居は二階の一番奥だった。外廊下の突き当たりに立てた籐《とう》の衝立《ついたて》を、画家は押し開け、私が入ると、すぐに閉めた。

　通路の、自室のドアの前、ごくわずな空間を、画家は衝立によって他から侵されぬ自領にしていた。

　白いシャツに白いズボン。贅肉のない細身の画家は、会うとき、いつも、白ずくめの瀟洒《しょうしゃ》なよそおいだ。年を聞かなければ五十代にみえるが、七十の誕生日を過ぎたばかりだということだ。一人暮らしですから、と、画家はしばしば口にする。

「とにかく、ぼく、歩くことにしているんです。リュックを背負って、日に何キロも歩きます。足を鍛えておかないとね」

　連載小説のイラストレーションを、一年近くつきあっていただいた。

　画家と知り合いの編集者から、あの方のところには凄い人形のコレクションがあるんですよ、と聞いてはいた。初対面のとき、画家自身の口からも、見に来てくださいよ、と、誘われもした。出無精なので、暑いの寒いのと出そびれているうちに、長雨。ようやく訪れたのは、連載が終わってからであった。

　入り口の沓《くつ》脱ぎにつづく四畳半ほどの部屋は、外光になずんだ眼には、ものの文色《あいろ》もわからぬほど暗い。

　次の部屋との間の襖を開け、「どうぞ」と、画家はすすめる。

　足を踏み入れたとたん、ひしめく人形の視線を浴びた。

　いや、それは私の自惚《うぬぼ》れで、人形たちは、闖《ちん》入者《にゅうしゃ》など無視していた。

　窓は厚地のカーテンを閉ざし、淡い闇の中に、古びた人形たちの衣裳が、古怪な色を刷《は》いていた。

　画家は、冷たいものを用意しますから、と言って、しばらくのあいだ、私をひとりにした。こころゆくまで、人形たちと遊んでくださいという心遣いのようであった。

畳に足を投げ出した人形たちの裾には、お手玉が散っていた。古代紫や緋縮緬《ひぢりめん》の残り切れを縫い合わせたもので、そっと手に取ると、中に詰めてあるのは小豆《あずき》の手触りだ。なにげなく置かれたようで、配慮に心配りが感じられ、その配慮をくずさないよう、元に戻した。

人形たちを、博物館などのように、整然と陳列すれば、とても六畳一間にはおさまらない。この数倍の空間があってもなお窮屈だろうと思われる。

それが、無雑作に、押し合いへしあいという恰好で、置かれているのだった。ケースにつめこまれた人形たちは、息苦しいのではないかと思えるほどだ。

三体の童子《わらし》人形に惹かれた。

三人とも、膝を折って坐っているが、立てば一メートルをこえるだろう。芥子坊主が二人と、髫髪《うない》が一人。それぞれ表情はちがうけれど、どれも、少し伏し目で、にんまりと笑っている。

座敷童子《ざしきわらし》が笑ったら、こんな表情だろう。

窓際の隅には、着物――というよりは小袖と呼ぶのがふさわしいこれも古風な柄の縮緬が、目隠しのように、ふわりと裾をひろげている。裾の下にあるのは、LPをおさめた棚であった。LPのジャケットの、フランス語で書かれた文字の中に、カストラートとどうにか読み取れる単語があった。カストラートとは、去勢歌手の意である。

かつて、教会の聖歌隊は女性の参入をゆるさなかったので、カストラートが造られた。少年の美声をそのまま残し、男性でありながら女性の声域で歌うのだが、非人道的な処置であるとして禁止され、いまはもう絶滅した。

そのかたわらの壁に掛けられた、振子時計が目に入った。振子は静止していた。

この部屋には、〈時〉が、ない。

襖を細く開けて、画家が入ってきた。琥珀《こはく》色の麦茶をみたしたコップが二つ。きどってグラスというより、コップというほうがふさわしい。

盆を畳におき、画家が襖を閉めると、甘えるような訴えるような犬の鳴き声がつづいた。

「私、犬、好きですから」

客を慮《おもんぱか》って、無情に追いやっているのかと思い、言うと、

「毛だらけになるので、ここには入れないんです」

画家は、あっさり言い、「どうぞ」と、麦茶をすすめた。

「重いんですよ」

いかにもうんざりしたように、画家は言葉を投げ出した。「大変なもの背負いこんじゃったと、今になって思いますよ。どうして、ぼく、こんなに集めちゃったんでしょうねえ」

そうして、荒っぽい手つきで、手近な一つをとり、

「重いですよ」

と、吐息とともに、くりかえす。

「ぼくのお友達なんか、この部屋に入るのはいやだと言いますよ。男の人でも、怖いって言います」

〝友人〟といわず、〝お友達〟と、やわらかい言い方をするのは画家の言葉癖で、身内のことでも、おばさま方、というふうな言い方をする。

「私もちょっと怖いですけれど、気持ちいい怖さですわ」

私は、泉鏡花の書く物語が好きだし、自分でも死者や人形などをしばしば素材にもちいるけれど、実際には、死後、個の意識を持った霊が存在するとは、まったく思わないし、古い物体に何か精霊といったふうなものが宿るというアニミズムの信奉者でもない。

物は、物にすぎない。

ただ、古い人形などにたいしたとき、一方的に何かを感じたり、影響を受けたりする部分を、多くの人が心の深奥に、持っているのだろう、とは

思う。

「夜は、ここでお休みになるんですか」

「ええ」

「うなされません？」

「べつに」

私は、ここで一人の夜をすごすことはできそうもない。いくら単なる物質がたまたま人を模した形態をとっているだけなのだと承知していても、やはり、怖い。

「ただねえ、どうして、こんなに集めてしまったのか……」と、画家は吐息をつく。

「以前は、もう、夢中でね、好きなのを見ると、ああ、これ、って、後先見ずに」

私の眼が髫髪《うない》の童子にとまっているのに気がついたのだろう、むずとつかむという感じで人形をとり、私の膝にのせた。

わざとのような荒っぽい仕草は、〃骨董品としての価値なんかどうでもいい。ぼくは、日常的に、この子たちと接しているんです〃と、強調しているふうだ。

「触ったら……傷みますでしょう」

「かまいません。抱いてやってください。この子は、菊丸様と名づけています。そんな感じでしょう。以前は、いまのような凄い値段のものじゃありませんでしたから、ぼくでも買えたんです。どんどん値がつりあがっちゃって、いまだったら、とても、買えません。いわゆる、収集家の方たちって、こんなふうに雑に扱いません。空気に触れると、衣裳は、溶けますし、顔の砥《と》の粉《こ》もはげますから、みなさん、大事にケースにいれて飾っておかれるんですけれど、ぼくは、そんなことはしません。お人形って、抱いたり触ったりされるためにあるんですもの。お人形も、人といっしょで、老いてほろびてゆくのがいいんです。冷たいうちに召し上がってください」

仲間に入れてほしいというふうに隣の部屋で犬

が鳴く。襖を引っ掻いたりしないのは、繋がれているためらしい。

画家は、菊丸様の裾をひらき、

「足が三つ折れになっているから、正座ができますの。昔の職人さんは、いい仕事をなさってるのね」と、足首を動かしてみせる。

「ベルメールの関節人形よりずっと昔に、江戸では関節人形がつくられていたんですね」と、私も感嘆する。裾をかきわけられてむきだしになった小さい玉茎が愛らしい。

「これは、藤尾さん」

ケースの奥から、ほとんど邪険にみえる手つきで、画家は、抱き人形をとりだす。はずみに、その手前にあった小さい人形が、落ちた。

紫の振袖《ふりそで》を着た人形の長い髪は、うなじでこれも紫のリボンでまとめられ、

「『虞美人草《ぐびじんそう》』の藤尾さんみたいでしょう」

画家は、菊丸様を元の座にもどし、かわりに、藤尾さんを私の膝においた。かなり重い。もちろん、私が感じるのは物理的な重みで、画家が嘆じる重さのような、冥《くら》いものではない。

「これは、そんなに古くはないんですよ。昭和の初期ぐらいかしらね」

「そこらに、小さいのが落ちましたよ」

「ああ」と、目をさまよわせる。

「その陰のようです」

藤尾さんが膝にいるので、私は身動きできず、

「そこ、そのあたり」と、口で言うばかりだ。

「ぼくが死んだら、どうなるのかしらね」

はぶかれた主語は、〝この子たち〟だろう。鬱屈がつい、ひとりごとになったというふうに呟《つぶや》きながら、画家は長身を折り曲げ、幾重にも重なる人形の背後をさぐり、背丈十二、三センチの人形を拾い上げた。

髪を島田に結い、小袖を着ているが、足がない。

「ああ、これ、指人形です。江戸のものですね」

画家は、人形の裾から手を差し入れ、三本の指であやつってみせた。

縫いぐるみの動物などの指人形は、玩具売場でよくみかけるけれど、江戸風俗のは初めて目にした。

「元禄のころの肉筆浮世絵に、女たちが指人形を使って遊んでいるのがありますよ。もっとこれより大きい、両手をつっこんであやつる突っ込み人形もあったようです。ぼくは持っていないけれど。その後も、春信や政信や、いろんな絵師が、突っ込み人形を弄《もてあそ》ぶ女を描いています。ああ、あれもやはり、見ていただこうかな」

画家は、指人形をぽんとケースに放り入れた。邪険な動作が、逆に、人形との緊密なかかわりを感じさせる。

せかせかと、画家は隣室に行った。犬がまつわりついて甘える気配だ。あれもこれも、あれもこれも、と、全部見せたくて画家は気がせくようだ。なにごとも忙《せわ》しげなのは、残された生の時間を始終みつめているからだろうか。

持ち重りのする藤尾さんを膝からおろし、他の人形たちのあいだにたてかけて坐らせ、私はようやく麦茶をのんだ。

画家はなかなかあらわれなかった。襖が開いて入ってきたとき、画家は人形を両手で抱いていた。

「このひと、みてやってください」

画家の声にはじめて、情愛がこもった。

それまでも、人形へのいとおしさが溢れそうになるのを、しいて冷淡な仕草をみせていたのだけれど、この人形を前にしては、もう、よそおいきれなくなった、というふうだ。

〝ひと〟という画家の言葉は、文字をあてれば、〝女〟だ。

背丈は、童子人形や藤尾さんよりさらに高い。背丈に比して顔はほっそりと小さく、目尻がきりりときれあがっている。

「珍しいですね。人形でこんな顔の、初めて見ました」

「英泉か国貞描く、といったふうでしょう。鉄火で婀娜《あだ》で」

よほど古いのだろう、髪は、地肌がみえるほどに抜け落ち、顔の胡粉《ごふん》がまだらにはげ、唇の紅も薄れている。もとは笹色紅をさしてあったのだろうか、わずかに残る色は紅というより青に近い。

「古いものにはちがいないんです。江戸のものですね。でも、持ち主が大切にしていたのか、ぼくがはじめて逢ったときは、こんなに汚れてはいませんでした。綺麗だったんですよ。胡粉だってはげてはいなかったし、着物も、こんなにすりきれて真綿がのぞいたりはしていなかった。髪もね、つぶし島田っていうんでしょうか、結い上げてありました。古道具屋で、ふっとみかけましてね。そういうことって、ありませんか、一目みたとたん、ああ、これは、自分のためにあるものだ、って感じる」

私はうなずいた。

「ぼくが戦争から帰ってきてまもなくでした。たぶん、暮らしに困った旧家から売りに出たものだったんでしょうね」

「出征なさったんですか？」

意外に感じた。

たしかに、赤紙で戦場にかりだされた年代ではあるけれど、カーキ色の兵隊姿は想像しにくい。大戦前の巴里《パリ》で、半ばジゴロのような画学生だったとでもきけば、さもあろうとうなずきたくなる雰囲気を持つ画家である。

「戦争末期に台湾に船で送られました。機雷と爆撃で、いっしょの船団の船が次々に沈んでね」

沈んでゆく船の船尾に一かたまりになって立った春婦たちが、母国語でたいそう静かな歌を歌っていた、と画家は言った。

「敗戦で復員しましたけど、そのとき、ぼくは、奥さんをもらうとか、子供を持つとかっていう普通の生活、まったく考えられませんでした。ぼくはひとりで暮らして、ひとりで年をとるのだ、って……。そんなときにね、お六姐さんに出会ったんです。ほんとに、綺麗でした。素寒貧《すかんぴん》だったけど、無理して、買いました。そのときね、ぼく、お六姐さんに——ああ、このお人形の名前です——お六姐さんに、言ったんです。いっしょに、年をとっていこうね、って。まだ二十を幾つか過ぎたばかりでしたけれど、ぼく、そう思っていたんですね、人間は、年をとるって。だから、あなたもいっしょに年をとってね、って」

江戸末期に作られたとしても、と、画家はつづけた。

「ぼくが買うまでに、少なくとも八十年以上——百年近く経っているわけですけれど、まったく、汚れていなかったんです。骨董品として、大事に保管されてあったんでしょう。でも、まさか、ぼく、こんなにまで生きるとは思っていませんでしたから……。三十までも生きられるかどうか……って。四十、五十まで生きる自分なんて、考えられなかったですもの。それが、五十を過ぎても死なないで、六十過ぎてもまだ生きていて、七十ですもの。しみだらけ皺だらけになって、髪が白くなって。ぼくが五十過ぎたころから、お六姐さん、急激に汚くなりました。髪が抜けますし、胡粉がはげますし、ぼくが頼んだとおりに、いっしょに年をとってくれているんです」

画家は、人形の帯をといた。荒い手でさわればほろほろと破れそうに、布は痛んでいた。縞《しま》の小袖、長襦袢《じゅばん》、肌襦袢と剝《は》ぎとられ、湯文字一つに、人形は、なった。

腕は肩の付け根と肘《ひじ》と手首、三つの部分が動く。足と同じ三つ折れである。左の腕を持ち上げ、胴中の脇の下に近い部分を示した。掠《かす》れた墨の文字は、お六、と、どうにか読み取れた。

「最初に逢ったとたんに、お六姐さんと呼びたくなったんですよ。いかにもぴったりの名前でしょう。ところが、連れて帰って着物をぬがせたら、この文字でしょう。驚いちゃいました。持ち主が名づけて書いたのか」

「人形の作者が書いたのかも……」

と言いながら、私は、人形の指先がどれも黒ずんでいるのに気がついた。

「実に精巧にできているんですよ。そこも見ていただきたいんですけれど、変な意味におとりにならないで」

その言葉で察しがつき、

「大丈夫ですよ」

私は笑い声になった。

「何を見たって、赤くなる年じゃございませんもの」

## 3

「そうか、これが、佐七で、これが久松か」

老人は、女の指を、一本ずつゆっくりとねぶる。

老人の住まいは、葦《あし》の生い茂るなかにぽつんと一軒立った草葺《くさぶ》きの掘っ立て小屋であった。

広い土間に築かれた竈《かまど》は種火がわずかに残っているばかりだが、膠《にかわ》のにおいがこもっていた。

束ねて巻いた藁苞《わらづと》に、人形の頭《かしら》が二つ三つ突き刺してあり、散らばった木屑《きくず》のあいだに彫りかけの頭がころがっている。

一段高い板敷の間に、薄い夜具が敷きっぱなしで、そこで、老人は女を抱き込んだのであった。

「あれァ、紀伊国屋じゃねえか。そっちァ大和屋だ」

と、女は棚に置かれた人形の首に目を投げる。

「爺さん、おめえ、似顔人形師か。役者の顔がたんとあるの」

「ちかごろは、目はかすむ、手はふるえる、で、仕事はとんとしなくなった。昼間は弟子どもがきて、注文仕事をやっておるがの。夜は、この仕事場には、儂ひとりだ」

と言いながら、老人は女の裾を剝く。

「本宅は日本橋にあるのだが、人が多くて気ぶっせいでな」

「あれ、おれのおっ母が……」

あたりを見まわしていた女が、声を上げた。

簞笥の上に坐った人形が、ふたりを見下ろしている。

髪はそそけ、顔の砥の粉が剝げ、着物は古びて布目がすりきれている。

「あれは、土手のお六という、昔、向こう両国で評判をとった蛇使いの女の似顔人形だよ」

「おれア、あんな婆じゃあねえわ」

「あのお六という女が若くて美しくて、たくみに蛇を使っておったころ、儂が作ったのだよ。親方から独り立ちして、初めて作った似顔人形だった。儂といっしょに生きたから、お六人形も年をとった。秘所《つび》も、すすぼけてしまったよ。たいそうみごとなつびであったものをなあ」

土手のお六はな、と、老人は心の中だけで、語った。

ひばかりに嚙まれて死んだわ。お六が使うひばかりは、毒の牙をぬいてあったのだが、お六に迷った男があってな、男の女房が怒り猛り、他の蛇使いから毒牙を持ったひばかりを買い取って、こっそりすり替えた。

「お六にはな」と、老人は、今度は声に出した。

「小さい娘がおってな」

それは愛らしい女の子だった、と、思い返すと、その子のつびが瞼《まぶた》の裏に、花開く。

ふっくらした羽二重餅のくぼみをおしひろげると、桜の花びらをかさねたような、淡い桃色の花弁がのぞくのだった。彼の陽物は、そのころはたいそう威勢がよかったのだけれど、幼女の新鉢《あらばち》を割るには、たくましすぎた。

痛いか。

痛いけれど、兄《あに》さん、おめえなら、辛抱するよゥ。おめえにとぼしてほしいもの。ほかの男じゃあ、いやだ。

それじゃあ、こうしてやるから、と、中指をそっとあてがい、核《さね》の上をやわらかく撫でてやると、ああ、いいの、と、女の子はうっとりと目をとじ、彼にからだをまかせたのだった。

追憶にひたりながら、老人は、中指を女の秘所に突き入れる。

「手がふるえるって、おめえ、そこを弄りながらふるえられちゃあ、ああ、てめえ、女の泣き所をよく知っていやがる。てめえの指といえば、萎縮《ちぼけ》へのこより、よほど……。あれさ、小憎らしい逸物《てれつく》だ」

「そうだろうよ。思い出さぬか」

「何をよ。そう、ずかりずかりと突きなさんなよ。あれ、抜くんじゃあねえよ。どうもじれってえわな。じらさずに、いれておくれよ。ああ、せつねえ。いっそもう、殺しやがれ。色惚け爺」

のけぞって、ぐったりとなった顔の、口のはしの吹き出物が、老人の目に入る。

いまはまだ保っている美貌も、やがて、病いにくずれ果てよう。

その前に、儂が、作って残してやろうの。おまえの姿。

おまえのおっ母さんのようにの。

と、簞笥の上のお六に、目を送る。

「ああ、おれがまだ、五つだったか、六つだったか、おっ母が死んでしょんぼりしていたら」女の声は、とろりと甘くなる。

「おれの核をこうやって、極楽みてえな気分にしてくれた兄さんがいたっけが。いなせな男だったっけよ」

「そうかそうか」

老人は、女の、やがて病いにくずれるであろうほとを優しくさすってやる。そうして、篳篥のうえのお六に、無音の声を投げる。おまえの導きかの、この再会は。

足が弱らぬようにと、杖をたよりにどこへというあてもなく、気散じに歩いているとき、蒲鉾小屋の淫声が耳についたのだった。

「久松に勘平、と、こう名をつけても、みんな、芝居の上のこと。これだけはな」と、節の先がない中指を、女はあからさまに見せ、「その兄さんになぞらえたわな。ところが、こいつがぶまで、兄さんのようには、できねえの。おれァ、腹が立って、どろんこに酔ってもいたから、つい、お手打ちにしてしまった」

つがもねえ、と、ふっと笑い、

「さあ、また始めてくんな。それ、そう動かしな。方々へ突っぱらかしてくんな。ふたつめだから、じきにいくよ。もっときつくしてくんな。あれ、どうも、そこをひどくしておくれ」

蛇を肌にまきつかせ、秘所にもぐらせるさまを人目にさらして銭を取る、その銭も、あらかた香具師《やし》の親方に巻き上げられる憂さ辛さ、それらのすべてを、このひととき、からだの快さが忘れさせてくれるのだろう。

「おまえ、破れても、ひっ裂けてもよいから、もっと奥口深く入れて……あれ、子壺の頭をそうくるりくるりとなでられちゃあ、死ぬわな。どうも、からだじゅうが一っところに寄るよ」

「ご陰液は羅綺《らき》にあふれおん褥《しとね》に流れみなぎるばかり」と、老人は、春本の一節をくちずさみ、女の手中にある萎えきった一物にも蜜の感覚がよみがえる心地がして、

「それ、いいか。いっしょに気をやろうの」

「ああ、恨みだよう」

浪声をあわせたとき、簞笥の上から人形が転がり落ちた。

糸目が弱っていた着物は煙のようになり、顔かたちは土塊《つちくれ》に返った。

「お六は成仏したか」

老人のつぶやきは、女の耳にはとまらず、

「ああ、兄さん、もどってきておくれだねえ」

うわずった声でそう言ったのは、老人がその兄さんとわかったのではない、ただ、指の感触のみが、記憶のそれと重なったのであった。

「儂はもう、仕事はやめていたのだが」

と、老人は言った。

「一世一代、おまえの人形をつくってやろうの。おまえが使う指に、情人《いろ》の顔も描いてやろう」

「おれの情人といっちゃあ、兄さんしかいねえわな。とうに、行き方知れずだ。いや、おれが、方々に売られて、江戸をはなれて久しかった。兄さんから言やあ、おれが行方知れずなのだろうな」


二代目お六は、中指の欠けた手に、目をむけた。

4

画家は、湯文字をそっとひらいた。

まことに精巧につくられていた。

「ここも、年をとりました」

と、画家は言った。

私は、人形の指の汚れが気になった。

バッグから老眼鏡を出して、かけた。

汚れではない。指先の一つ一つに、顔が描かれているのだとわかった。

凛々《りり》しい若衆の顔やら、武士らしい顔やら、さまざまだ。

右の中指に描かれた顔は、画家の顔の特徴をつかんでいると私は思い、訊《たず》ねた。

「この指の顔、ご自分でお描きになったのですか」

江戸の昔から描かれていたのなら、とうに薄れ消えそうなものだと思えたからだ。

顔？　と、画家はけげんそうな表情をみせた。

そうして、お六姐さんの少し黒ずんだ花びらを、指の先でそっと撫《な》でた。

# みぞれ橋

ちっと、莨《たばこ》をくんねえな。

けちけちするねえ。ほんの一服だ。

総体《そうてえ》、てめえは、ゆうずうがきかねえの。橋賃も、相手をみてとりねえな。大店《おおだな》の旦那も、おいらみたようなしがねえお貰《もら》いも、ひとしなみに、銭をとるやつがあっていいものか。

なに、橋番の決まりだァ？　黴《かび》の生えた古餅みてえな、固えことを言うねえ。

うう、寒《さぶ》いや。あたらしてもらうよ。しかたあるめえ。銭を払わねえじゃあ、橋を渡らせねえと、てめえが言うから、おいらァ、行きどころがねえわな。

ここでな、火にあたりながら待っていて、通る人があったら、銭ィもらって、それから、払ってやるわ。

てめえの煙管《きせる》、貸しな。

汚ねえ煙管だ。羅宇《らお》がつまっていら。紙縒《こよ》りでな、じいさん、よく通しておきなよ。

吸いつけてやろうかと思ったが、やめた。あんまり汚ねえもの。

ほんの十年昔なら、おいらの吸いつけ莨を吸うためには、祝儀が二分《ぶ》だぜ。

あ、みぞれだ。寒いはずだ。

酒ェねえのか。

めっぽう、寒いじゃねえか。熱いのをよ、さしつさされつ。

あるじゃねえか。一升徳利。

御用中だァ？　べらぼうめ。てめえの寝酒が減るのが惜しいのだろう。けちりんじじいめ。

おめえ、知るめえがな、ほんの十年昔なら、おれと差し向けえで盃をかわすだけで、おめえ、二分や三分はとんだんだぜ。

その茶碗でよこしな。ひでえ茶碗だ。縁が鋸の歯みてえに欠けてら。

ぐっとつぎなよ、ぐっと。しみったれるんじゃねえよ。

袖屏風があるのか。橋詰の番小屋にしちゃあ、豪的だァ。

すきま風の吹きっつぁらし。せっかくの袖屏風も、こっちにたてりゃあ、そっちから吹き込む。そっちをふせげば、こっちからだ。

ずいぶんと、貼り雑ぜだの。

役者絵じゃねえか。

鬼次か？　すてきに不細工に描いたものだ。

おれの知ってるやつが、こんな絵を描いたっけが。


一世一代、女方の顔だったが。

何年前だっけな。おれが、まだ、振袖《ふりそで》長屋にいたころだ。

そいつが、ふらふら迷い込んできたと思いねえ。

雪解けで、それでなくても足元の悪い道が、溝《どぶ》泥《どろ》のようだったっけよ。

差配のじじいが、店賃《たなちん》をとりにきていたときだ。しょったれた、じじいでの。

鳴子板《なるこいた》をもってな。店賃ァ、日銭よ。

「ほい、ごめんよ」一軒一軒、油障子を引きあけて土間をのぞきこんでは、「はい、三日分だよ」「はい、おまえのところはこれで、十日溜まっているよ。今日は、まとめてはらっておくれ」「はい、はい、おまえのところは感心だ。溜めこまねえで、毎日、律儀だ」店貸をとりたててまわるやっさ。

銭を受け取ると、鳴子板に下がった名札を引っくり返す。

おれァ、懐手《ふところで》のくわえ楊枝、土間の柱にもたれて眺めていたの。

洗い髪に横櫛、緋の色が褪《あ》せた長襦袢《じゅばん》の上に袖無し羽織。すりきれて綿がはみだしているという御装束。

婀娜《あだ》だったぜ。いまだって、婀娜だろうが。もうちっとましな衣裳をつければ、そうして、この顔の傷さえなければ、歌麿の美人画に描かれても恥ずかしくねえっす。

「おろくさん、三十と七日分だよ」

差配め、手ェ出しやがったから、

「無《ね》えものァ、無えの」

懐手のまま、ぶっきらぼうにつきはなした。道理だろう、無えものァ無えわ。

「溜めるほど、払いがきつくなるだろうに。頭分のおまえがきちんと払ってくれなくては、仲間のしめしがつかぬだろうが。律儀に払ってくれるものもいるというのに」

と、差配のじじい、説教をくれやがるから、

「お菰《こも》から銭ィ奪《ば》いとろうたァ、ふてえ了見だ」

おれァ言い返してやった。

するってえと、

「お菰なら、お菰らしく、橋の下で暮らさっし。屋根のある家で暮らすのなら、それ相応の出銭を惜しんじゃあならねえ」

「へ、死にざかりのごうつくめ。これが、屋根のある家か。ごみためじゃねえか。馬小屋の方がよっぽどましだ」

まったく、ひどいぼろ長屋だったっさ。破れた軒がたれさがり、板壁の裾《すそ》には青苔が盛り上がっていたよ。畳もなくて、床は粗板《あらいた》むきだし。

「屋根にぺんぺん草が生えるなァ珍しくもねえが、この長屋ァ床のすきまから、ぺんぺん草がのびていらァ。それも、お天道さまにあたらねえから、豆腐の幽霊みてえにまっ白《ちろ》けだ。柱も床も芯まで腐って、焚きつけにもならねえわ」

「そう言う口の下で、おまえがたが床板をはがして薪がわり、竈《へっつい》にくべるから、床に穴があいてしまったではないか。畳など敷いてみなさい、売り飛ばすにきまっている」

「おれっちが住んでやっているから、曲がりなりにも大家は店賃《たなちん》が入るのだ。ありがたく思いねえ」

そのとき、昼間っから酒の入ったようすの若い男が、ふらふら歩いてきた。

酔ってもいたが、近間にきたら、足も悪いのだとわかった。右の足ィ引きずっていた。脛まで泥まみれだったな。

「この長屋の差配さんだね」

男は言った。

おれより、三つ四つ年下に見えたな。一本気で強情っぱりというふうで、癖の悪そうな面つきじゃああるが、まあ、ちょっといい男だった。おれア、あいつの目に惚れたのかな。哀しいんだか明るいんだか皮肉なんだか、わからねえような、おかしな目だったよ。お平《ひら》の長薯《ながいも》みてえなつっころばしは、おれア、いい男たア言わねえの。

月代《さかやき》は伸びほうだい、髷《まげ》の根に、簪《かんざし》を一本突き刺していた。そんな気障《きざ》ななりが似合うふうでもねえのに。

「空き店《だな》ア、ありませんか」

差配のじじいア、詮索するような目を男に向けて、首を振ろうとしたが、おれが、先に教えてやった。

「隣が空いてるよ」

＊

隣との仕切りは薄い漆喰壁なのだが、ところどころ壁土が落ち、木舞《こまい》があらわれている。その竹桟もへし折られて、人ひとり通れるほどの穴になっている。

壁の穴から、おろくは、顔を隣に突き出し、

「こう、こっちにこねえか」

新入りの男に声をかけたのだった。

「引っ越しの祝い酒ぐれえ、ふるまってやるぜ」

「そいつァ、豪気だな」

「外にまわることァねえや。こっから入ってきな」

おろくが頭をひっこめると、男は、悪びれもせず、這《は》いずって闖入《ちんにゅう》した。

「おめえ、いい男だ。気に入ったぜ」

徳利に残った酒を、茶碗についでやる。

「姐《ねえ》さん、ひとりものか」

「おおよ」

「こんな抜け穴があっちゃあ、不用心だろうが」

「おめえを用心棒にしてやるわ」

以前隣に住んでいた男が、と、おろくは話してやった。

夜這いするために、あけたのだ。

「いっそ壁をずっかりとぶち抜いて、二間をひとつにして所帯をもとうか、などとそいつァほざきやがったが、おれの稼ぎをあてにしているのは、こっちァお見通しさ」

「何で稼いでいなさる」

「見たとおりの、お菰さ」

女門づけの仲間の、おろくは頭分で、正月だけは、編笠をかぶって、鳥追と呼ばれる。浮世絵に描かれる鳥追は風情があるし、一人二人の門づけは哀れをもよおすけれど、おろくたちは、そんなしおらしいものではない。門口にたむろし、ろくな音もでない三味線をべこべこひき鳴らし、脅し半分、大勢でわめきたてれば、たいがいの家は辟易《へきえき》して、追い払うために小銭をよこす。富裕そうな商家に目をつけ、祝い事があるたびにおしかけて、頼まれもしないのに縁起のいい言葉をつらね、「おめでとうございます」と祝儀をねだるのである。

「せっかく気楽な一人暮らしなのに、所帯なんざまっぴらだ、と、つっぱねたっけよ。そいつァ、消えた。どこかの大店《おおだな》に、けちな強請《ゆすり》をやらかしたのだが、逆に出入りの鳶に、痛い目にあわされ、居場所をつきとめられたから、このままここにいては命も危ないと、逃げ出したものさ」

「なにも、お菰でなくっても、姐さんの縹緻《きりょう》なら、廓《くるわ》でお職がはれる」

「おや、よく見抜いたの。わっちゃ、これでも昔は北州《ほくしゅう》の半籬《はんまがき》で」

北州は、吉原の別称である。

「花魁《おいらん》だったのか、姐さん」

「この長屋の女たちァ、みな、もとをただせば、吉原の鳳凰さ。だから、この長屋を、花魁長屋だの振袖長屋だのというわ」

なに、そんな綺麗な名で呼ぶのは、住人ばかり。鳴子長屋、お菰長屋でとおっている。

「ここに住むのは、女ばかりか？」

「極楽だろう。と言ってやりてえが、亭主持ち、子持ちもいらあな」

病気持ちもいる。いや、大半が、病いにおかされている。男相手に身を売る商いで、病いにかからずにすむのはよほど運がいい。おろくにしたところで、まだおもてにあらわれてはいないけれど、すでに蝕まれているのかもしれない。

華やかな花魁といっても、男相手に色を売る、結局のところは、夜鷹《よたか》や舟饅頭と、行為はかわりはしないのだ。しかし、吉原の大籬や半籬の花魁は、格式ばって遊興費も莫大、なまなかなことでは遊べぬ相手である。男にとっては、憧憬の対象だ。

「わっちゃ、年季があける前に、日本橋の、大店の旦那に身請けされたものさ」

口からでまかせを、おろくは言った。半籬で部屋持ちの花魁だったのは事実だが、間夫《まぶ》とのいざこざで顔に傷。身請けどころではなくなったのだ。

「それが、どうして……」

「身請けされたり年季をつとめあげたりで、花魁が世間に出ると、とかく、じだらくがあらたまらず、困り者になるのさ」

「そんなものかい」

「そんなものだァな」

廓にいるあいだは、床遊びの相手で夜をすごし、昼近くまで寝ていて、それから風呂を浴びて化粧して見世張り、という日々である。

「堅気な地味な女房暮らしに、すぐになじむのは苦労だよ。せめて妾ならつとまったのかもしれないが、本妻にむかえられての。奉公人が二、三十はいるけっこうな見世だった。表のことは主人と番頭がとりしきるけれど、奥向きは、女房がにらみをきかせなくてはならない。昼まで寝ているようじゃあ、奉公人の手前、困るとよ」

平素の挨拶ひとつでも、花魁あがりは、うまくはいかない。

「吉原の花魁と名がついて着飾れば、華やかじゃああるけれど、もとをただせば、あちらこちらの田舎から銭で集められた女だもの。お国訛《くになまり》を消すために、ざます、ありんす、の廓言葉を教え込まれ、廓から足を洗い、堅気になっても、知っているのは、廓言葉でなければ、国訛。大店のおかみさんにふさわしいものの言いようは、すらすらとはでてこない。ああせい、こうせい、と指図され、そんな窮屈な暮らしは、わっちゃ、まっぴら」

こっちから追ん出てやった、と、威勢よく言った。

「姐さんは、国訛がねえの」

「わっちゃ、生まれは深川さ。深川がわっちの国訛だ」

「せっかく、大店のおかみさんにおさまったのに、もったいないことをしたな」

「なに、お菰のほうが、どんなにか、気分がよいわ。他人の機嫌気褄《きづま》をとることもねえ」

お菰が気楽でいいというのは、あながち、虚勢ではなかった。

「喉を聞かせてほしいな」

破れ壁にたてかけた三味線に、男は目を投げ、そう言ったが、

「商いものを、座興にしちゃあすまねえな」

「すまねえと思ったら、鳥目《ちょうもく》をはずみな」

おろくは笑い、

「はずむ鳥目がありゃあ、振袖長屋の住人にはならねえな」

「嘘ァねえや」

男も苦笑を返した。

「わっちの身状は話したよ。で、おまえは?」

「話すほどの身の上ァねえよ」

そう言いながら、おろくのくずして坐った膝のあいだに手をのばした。

「合い惚れの女がいるのだろうにさ」

男の髷の簪におろくは目を投げ、男の手をはさんだ腿《もも》に力をこめた。

「ちょんの間だって、座蒲団くらいは敷くわな。いま蒲団を敷くから、ちっと待ちねえな」

＊

色模様をきてえだろうが、じいさん、なに、変わりばえもしねえ。お富士さんと同じさ。するがよい、だ。

させろ、だ? すっとんちきめ。てめえ、おけらだろうが。このみぞれじゃあ、橋ィ渡るやつもいやしめえ。

銭ィとらねえでさせるほど、おれァ後生楽じゃねえの。

惚れた男なら、こっちから貢ぐわな。

おれァ、嫌えじゃあねえの。貢ぐなァ。

足駄ァはいて首ったけ。惚れたら、身の皮はいで尽くすわ。

あいつァ酒が好きだったから、きらさねえように、おれァ工面したわ。

あいつなら、壁ぶち抜いて、一つ所帯にしてもいいとさえ思ったんだが、あんまりひっつこいのもなあ、と、このおろく姐さんが、殊勝なことだ、こっちから言い出しもならずさ。

あらたまって身状を話しはしなかったが、酔えば、問わず語りの言葉の端に、こぼれおちるわな。

芝居者だったとよ。

なに、名題どころか、稲荷町《いなりまち》にもなれねえ、呼び込みさ。

〈河童〉ともいうぜ。河童ァ、人を川にひきずりこむ。芝居小屋の河童ァ、「入《へ》えらっし、入えらっし」と、人の袖をつかんで小屋にひっぱりこむやつさ。

河童でもな、ただ一つ、舞台にたてる役がある。じいさん、知っているか。

馬の足だよ。

狐だの、狸だの、猪だの、生きものの縫いぐるみに入るのは、役者の数にかぞえてもらえねえ稲荷町だが、馬だけは、それより落ちる、河童がつとめるの。

その馬の足がうますぎたの。

あいつが、てめえの口から言ったのだから、真《ほ》実《ん》のことっちゃ、ほんのことなんだろうけれど、てめえ褒《ぼ》めかもしれねえな。

なに、ほんのことっちゃ、だれにも知れねえものさ。当人にだって、わかりゃあしねえわな。

色っぽかったんだとよ、馬の足が。

あいつの脚ァ、しみしんじつ、色っぽかったから、嘘じゃあねえかもしれねえな、馬が出ると、じわがきたというのは。

たとえ、縫いぐるみの中に顔をかくした馬の足でも、舞台に立つのァ、いい気分だったというよ。その上、じわがきたんじゃあ、こたえられねえ。

それでも、役者ァ、おさまらねえわな。馬の足が立役者を食うなんざ、もってのほかだ。名題の他はな、舞台で目立っちゃあならねえものだ。『熊谷陣屋』の組討の場さ。敦盛の馬をつとめた。須磨浦、馬上でむんずと組んだ敦盛と熊谷、〝たがいに鐙《あぶみ》を踏みはずし、両馬が間にどうと落つ〟で、浪幕振り落とし、空《から》の舞台を、乗り手を失った敦盛の馬が、上手から下手へ走り込む。

ほんのちっとの間じゃあるけれど、馬のひとり舞台さ。

そのとき、鮮やかにやりすぎた。

決まりごとのほかの余計なことをしちゃあならねえところだ。

後でな、向う脛を力まかせに棒で撲られた。

脛の骨がぶち折れた。

だれも、役者を責めはしねえ。じわは、立役者がもらうもの。それを横取りした馬の足が、身のほど知らず。

脚の折れた馬ァ、使い物にならねえわな。

引っ張りだけならつとまるのだが、名題もまわりも、気分が悪いわな。そいつに幕内にいられては。

脛の骨がぶっちがって、皮を突き破って、くの字になったまま固まっていた。

その話をしながらも、あいつはおれに、恨み言はこれっぽっちも言わなかったよ。

根っから舞台が好きだったのだなァ。あの大酒くらいが、馬の足をつとめるときは、前の夜から一《ひと》ったらしも、酒は口にしなかったとよ。宿酔《ふつかよい》じゃあ、馬の足はつとまらねえそうな。

おれが、どれほどどつくしても、あいつ、髷の簪は捨てなかった。

小屋を追ん出るときに、くすねてきたのだとさ。

大和屋だか、浜村屋だか、立女方が芝居で使ったやつだよ。惚れていたのだろうよ。ハ、ハ、おめえだって、じいさん、笑うだろう、馬の足が立女方に。及ばぬ鯉の滝のぼり、蚯蚓《みみず》のじだんだ、すっぽんの居合い抜きだ。

あいつも強情な。惚れていたとは、言わねえの。

おれたちといっしょに、稼ぎにでるようになった。

奢侈《しゃし》はいけねえ、贅沢はいけねえと、窮屈なご時世でさ。

奢侈も贅沢も、最初《はな》っから、こっちァかかわりはないが、それでも、景気が悪いと稼ぎにひびくわな。

松平様とやらいう御老中が、ご禁令をだしたのだというな。

それが、ほれ、いつだっけか、やめたじゃねえか。その御老中が。

みな、浮き立ったたっけな。野暮な御改革とやらが、おしゃぎりになるだろうと。

そうでもないと、すぐわかったたが。

それでも、あの年の花見ア、久々に賑やかだったな。

おれたちも、稼ぎ時さ。向島にくりだした。色は褪せても袖はちぎれていても、緋縮緬《ひぢりめん》の長襦袢は、こういうときの晴着の振袖さ。お菰の花魁道中。肌が悪いと名たてでたもるな。都女郎衆の衣かつぎ。だれか浅草浅いとおしゃる。さこそ深川ふかうござる。おくんなさいやし。とらせてやってくんなんし。

さこそ深川ふかうござる。裾をからげて、観音様をちらちらと御開帳。じじい、涎がこぼれているぞ。

あいつも、緋縮緬ぞろりと着て、紅白粉。髪は簪さ。

水茶屋に、札差かなにかの大旦那だろうな、取り巻きひきつれ、贔屓《ひいき》なんだろう、大名題らしい役者まではべらせて、酒盛りの最中だった。

あいつが、さ、ずぶろくに酔っぱらって、「あれさ、太夫、浜村屋の太夫」と、役者の膝にもたれかかったものだ。

「一杯《いっぺい》くんなせえまし」と、役者の呑みさしの盃を、かってにとって、おしいただいて飲み干して、「身にしみじみ嬉しく酔いんしたわいなあ」

その後ァさんざんさ。若い衆らがよってたかって袋叩き。

それでも、なんだか、あいつァからんと明るい目をしていて、おれァ、ちっとばかり辛かった。

おい、じじい、空《から》だよ。なに、手酌でやるわ。徳利をこっちによこしなせえ。

あいつ、ときどき、絵を描いていたな。紙も筆も、やはり小屋からくすねてきたのだ。

どんな絵を描いていたのか、おれァ知らねえよ。

あいつがおれのところにくるのは、呑むときか、抱き寝のとき。絵はてめえのところで描いていたよ。

花見の後、夏も過ぎて、秋も過ぎて、年が変わった正月だっけな。ふいっと、いなくなっちまって。

一年の余も行方知れずだったな。おれァ、淋しかったよゥ。

あれ、目からみぞれだ。

あんまり寒いからよ、涙が、でるはしからみぞれになるじゃねえか。

徳利をよこしな。

なんだなあ、抱えこんじまって。よこしな、よ。だれも通らねえじゃねえか。てめえ、橋番だろうが。通行人もいねえのに、お手当てぇもらって、それじゃあ、お天道さまにすまねえだろうが。てめえがそういうごうつくだから、お天道さまがかくれちまって、こうも寒いのだわ。

火イ、もっとかっかとおこせ。炭がこれっきりだ？　しみったれな。

だれか浅草浅いと、おしゃる。

てめえ、深川が見てえのだろう。ももんじいめ。こうか。もっと深いのを渡ってやろうか。

ここまでめくるか。深川ふかうござる。やめた。ただで目の法楽たァ、厚皮《あつかわ》だ。徳利一本じや、おろく姐さんの深川ァ見せられねえ。

あいつのいねえ一年の余は、長かったなあ。あしかけで言やあ、二年だぜ。

へ、男ァ、いくらでもいらあな。

めっぽう酒がまわりやがる。

あの野郎、馬の足でも、浄瑠璃をかたるなァうまかったぜ。声色もな。

なに、めったにァやらねえ。ずぶ六のときだあな。

おれの三味線、あいつの浄瑠璃で、そのときァ、あいつが座頭《ざがしら》だ。もっとも、見物衆ァ鼠と野良猫だったがな。

人前じゃあ、あいつ、けちりんも、やらねえの。お菰稼業のときにしろ、世の中なにも面白えことァねえ、というふうに口むすんで、気のねえ顔をしていたり、やけっぱちに大声あげて、むちゃくちゃに踊りまくったり。

で、芝居のしの字も口にすることァなかった。

たまにもらいがよくってふところが暖かくても、三座どころか、掛け小屋にも足ァいれなかった。だって、おめえ、脚の傷がさ、血ィ噴こうじゃねえか。

おれと二人きり、しだらなく酔ったときばかりァ、大舞台で大みえの立役者だ。

〝無官の太夫敦盛は、道にて敵を見失い、御座船に走《は》せついて、父経盛に身の上を告げ知らさんと急がれけり〟から、どんちゃんになって、熊谷と敦盛の一騎打ち、熊谷が花の若武者敦盛の首かき落とし、敦盛様の許嫁・玉織姫の落ちいりまで、ひとりでやってのけ、〝右に轡《くつわ》のあわれげに、檀《だん》特山《とくせん》の憂き別れ〟から、〝涙ながらに〟で、きっと見得。おれがちょんと柝《き》をいれるのをきっかけみてえに、ひっくりけえって、寝入っちまう。いっそかわゆかったよ。

いなくなってから、耳に入った噂が、あいつがなんとかいう版元に目ェかけられて、役者絵を描いているとか。

なに、ただの噂さ。そりゃあ、あいつは、ひとりでいるときァ何だか絵を描いていたっさ。だが、つもってもみねえ。お絵師ってなあ、歌麿にしろ、清長にしろ、ずいぶんと、修業をつんだものだ。あいつァ素人だもの。版元の目にとまるわけもねえ。

役者の奇天烈《きてれつ》な大首絵が売り出されたとかいう話は、そういえば、ちっと聞いたなあ。一度か二度発市《うりだ》したものの、その後、さっぱり聞かねえの。あまり醜い顔を描くから、まるきり売れねえで、大首絵はだめだと版元が見切りをつけて、次ァ細版の立ち姿、それも、顔見世の芝居の広告《ひろめ》にあわせて、何十枚だかとんでもねえ数を、手抜き仕事でやれと言ったが、その絵師ァ強情で、いやだと、けつまくって、それきり筆を断ったのだよ。なに、噂だ。これが、その絵師の絵か。袖屏風の破れふさぎの役者絵。なるほど、これじゃあ、売れめえよ。役者をこうも醜く描いちゃあ、役者にも贔屓にも恨まれるわ。

あいつは、絵なんざ、描けねえように、なったの。

我から、その道を断ったのだわ。

なぜって、聞きねえ。こう、酒がねえよ。つがもねえ。なんだ、神棚にお神酒があるじゃねえか。信心深えの。柏手をうって、と。これァ何の神さんだ。稲荷大明神か。ま、何でもいいわ。ありがたく頂戴つかまつります。

あいつが、ふらりともどってきたの。振袖長屋に。

日暮れがた、おれが行灯《あんどん》に火ィいれているとき、一升徳利の首に縄をつけて、ひきずって、おれんとこじゃねえ。隣のてめえの住処《すみか》に入った。おれァ壁の穴から見ていた。

硯箱が置きっぱなしになっていたの。甕《かめ》の水ァとうに空だ。徳利の残り酒を墨のこびりついた硯に注いで、すって、太え筆をどっぷりひたして、床板にぐいとおろした。

すさまじい筆勢だった。

おれァ、のりだして、穴から這い出して、あいつの後ろに立った。

気がつかねえで、一気よ。

女方の顔だった。

見覚えのある顔だった。醜い顔だが、美しかった。

髷の簪をぬいて、床板の上の女の髷の根元に突き刺した。

そうして、落款というやつかな、四角い文字をいくつか書いて……おれは、四角い字は読めねえの。床にころがっていた鉈《なた》をつかんで、ふりあげた。止める間もなかったわな。筆を持った右腕をぶち折った。筆が落ちた。

二度と絵は描かねえと、覚悟が見えた。

おれは、おれの住まいから、油と行灯をもってきた。絵の上に油をぶちまけて、行灯の火をうつした。

そうして、あいつを抱きしめて、床に火が燃え広がるのを、眺めていたよ。

この絵ァ、おれひとりのものになったなあ、と、そう思ったっけよ。

柱も床板も芯まで腐って焚きつけにもならねえと悪く言ったが、燃えたよ。

よく燃えた。

火が迫ってくると、あいつァ、ちょっと身をひいたが、思い直したのか、おれを抱いた手に力をこめてくれた。

それだけで、おれァ満足したよ。

あいつを外につきとばしてやった。おれァ、残った。

あいつの最後の絵は誰も知らねえ。見たのは、おれひとり。嬉しいじゃねえか。

火が、屋根裏にまでまわって、上も下も火炎地獄だ。
ちっと熱かったが、じきに楽になったよ。
いまァ、寒くてならねえわ。
酒……ねえな。お神酒も空だ。
うう、さぶ。
こう、じじい。……いねえか。
だれも、いやせんね。
みぞれのせいか、小屋も橋もじじいも溶けちまったの。
三途の川の川っぷちか。
渡し守……か。くるなら、早くきやがれ。
渡し賃ァ、ねえよ。

# 単行本未収録連作短篇

PART 3

# 薄暮劇場

## 1

淡い雪に濡れ、黒い舗道は獣の皮膚のように病んだ。

右腕をにぎった眉輪《まよわ》の手に力が入った。

「気をつけて。すべりますよ」

男と呼ぶには華奢すぎる指が、思いがけぬ強さで上膊に、細い杭のように食い込む。

視野はまだ閃光に侵されたままで、黒い炎を紅いビイドロで透かし見たような闇の中に、トランプの残像が黒く燃える。その中央にスペードのエースが白い。

十日間十五ステージの短い公演だったが、打ち上げも終わった後の昂揚と虚脱のいりまじった奇妙な気分を、わたしはもてあます。

その上、視野の異常がおさまらない。

打ち上げのささやかな酒宴のあいだ、時間がたてばなおるものを、医者のなんのという騒ぎになっては、せっかくの楽しい時間がだいなしだと、周囲に気づかれぬように、さりげなくふるまっていた。

ただひとり打ち明けた相手が共演した若手の眉輪で、それも半盲目のあいだのひそかな手助けを頼むためであった。だから、テーブルにおいたままのグラスをわたしの右手にもたせ、ビールを注いだのは、眉輪だった。飲み干したグラスをおくとき、眉輪の手はわたしの右手を包み込み、グラスが傾かないようにした。ころをみはからって、つまみの串揚げをわたしに持たせたのも、眉輪だった。

いま、街路のようすがまったく見えないわけではない。闇の周辺部はいくぶん明るみを帯び、飲み屋の看板をつらねた雑居ビルのあいだを歩いているとわかるのだけれど、炎を噴き上げて旋回する円盤の中心に黒いトランプが光をゆらめかせる幻影はいっこうに消えず、このまま失明するのかと胸の底に不安がわだかまるのをふりはらって、もう一軒寄るか、とつぶやくと、「だめですよ」眉輪はおとなしい声でたしなめた。

「二次会、パスしたでしょ。なのに……」

「それじゃ、マユだけ行きな」

「そうはいきません。アネゴをちゃんとうちまで送りとどけなくちゃ。キヅさんにもガミにも言われているんです。責任もって送れよって」

「いらないおせっかいだよ」

「目、大丈夫なんですか」

くだらない質問だ。まだ大丈夫にならないよと言ったらどうするつもりだろう。うろたえて、木《き》蔦《づた》の携帯に電話を入れるか。深夜、病院で診察を受けるためには、救急車で乗りつけるほかはあるまい。

「ガミもキヅさんも、気がついてましたよ。だから、心配して、ぼくに……」

遺書を残さず自殺した弟の過去をさぐる姉の物語である。

ふだんは劇団の稽古場に使っている定員百人そこそこの小さい劇場――劇場というより、小屋の呼び名がふさわしい――『実験舞台』は、劇団研修生や若手の勉強会と、商業舞台にはかけにくい前衛的実験的な作品の上演にあてられている。

プロセニアム・アーチがなくて、四角い空間に舞台と客席を自由に構成できる。能舞台のように客席が舞台の二方を鉤の手にかこむ、あるいは花道を十文字に交差させ、その交点を舞台にするなど。

演出の木蔦は方形の床のほぼ三分の一を舞台に、残りを階段状の客席にするという、プロセニアム・アーチに近い尋常な形を採った。

舞台は、死んだ弟が借りていたアパートの一室という設定である。借り手が死んだので、解約しなければならない。その手続きと、部屋の整理のためにやってきた姉は、弟が残した雑多な品々を点検しながら、それらの物から、弟の死の理由を推察しようとする。

弟にかかわる数人の人物の出入りがあり、眉輪は、部屋がすでに空いたと勘違いして、借りようと入ってくる若い男をつとめた。

二十代の半ばになるのに、眉輪はどこか発育不全のように小柄で、骨がしんなり細い。本人は常識をわきまえ礼儀もこころえ、まあ、芝居に身を投じるなど変わり者といえばそうだけれど、役者にありがちな癖の強さも薄く、ごくおとなしいのだが、舞台に立つと、頭をささえるには細すぎ長すぎる首だの、ひょろりとした手足だの、バランスを欠いたからだつきが奇妙な雰囲気をただよわせ、小さい役でも観客に強い印象を残す。そのせいか、正団員になったばかりなのに、よく役はついている。

女は、少年のような若い男と話しながら、ときに彼を弟と錯覚し、男もまた女の錯乱のなかに巻き込まれ、弟として受け答えしたりもする。女をめぐる登場人物のうち、もっとも重要な役であった。

台本は、劇団で一般から公募したときの応募作である。プロで名のある戯曲作家を選考委員に頼んだが、下読みは劇団の幹部や若手数人でおこなった。『薄暮劇場』と題されたその一編は、最終候補にも残らず落ちたのだが、下読みした木蔦が気に入り、実験舞台でとりあげたいと幹部会議にはかり、許可されたのだった。

応募原稿は、住所氏名、ペンネームであれば本名も、そして電話番号を明記する規定だが、その原稿には、〈水木なを〉という名前と携帯らしい電話番号しか記されてなかった。旧仮名遣いで名前には使わない〈を〉をもちいているところから、作者はよほど年輩の女性ではないかと憶測がたった。

木蔦は何度か作者に連絡をとったが、携帯電話は電源を切られていることが多く、ようやく通じても、会うことを相手は拒んだ。原稿の手直しの相談は、電話のやりとりにかぎられた。

内容にくらべてタイトルが大げさすぎると、木蔦は言ったが、相手は変更を承知しなかった。

上演するからには、台本の稿料が出る。その振込先を知らせてほしいと言うと、相手は、上演してもらえるのならそれで充分だ、稿料はいらないと辞退した。未払いというわけにはいかない。交渉がつづくうちに、携帯電話は常に不通になり、連絡がとれなくなった。そのころにはもう、上演はスケジュールに組み込まれ、タイトルも配役も公表されて稽古が始まり、作者の所在が不明だからといって上演中止はできない状態になっていた。稿料未払いの問題はペンディングのまま、稽古は進められた。

弟はトランプのひとり遊びが好きだった。その思い出を語る場があるのを伏線に、最後に近く、ベッドの下からスーツケースが引きずり出される。

蓋を開け、弟の思い出の品々を取り出す姉。草野球のボール、バット、雑誌、油絵具の一式……。トランプを取り出したとき、スーツケースは火を発し、すべての品々を燃え上がらせる。

そう台本には指定されているのだが、実際にどのようにしたらよいか、木蔦は苦慮した。

マグネシウムを焚いて爆発をおこさせ、特殊な薬剤で加工したトランプを燃え上がらせるということにした。それも、スペードのエース一枚だけ。台本が指定するようにすべての品を燃え上がらせるのは、技術的に不可能であった。

仕掛けを演出部の若手の茅上《ちがみ》が担当した。演出部員は、演出や舞台監督ばかりではなく、大道具の制作から舞台の掃除、雑用までやる。今度の舞台で爆発物をとりあつかうことになった茅上は、消防署に許可をとりに行った。

スーツケースの内側にマグネシウムと発火装置をとりつけるのと、加工したスペードのエース一枚を雑多な品々のあいだにひそませておくのは茅上の仕事であり、舞台で、スーツケースの角に取り付けられたスイッチを台詞にまぎらせながら客にわからぬように押して、マグネシウムを爆発させるのは、眉輪の役割であった。一枚のトランプは一瞬に燃え上がり燃えつきる。見た目は派手だが、危険はほとんどない。

ゲネプロ——本番直前の舞台稽古——のとき、トランプが引火せず、間が抜けた。仕掛け物は、うまくいかなくてあたりまえ、成功したら拾い物という気持ちでやろうと木蔦は言った。

木蔦は、荒い声は出さない。まず役者の思うままにやらせ、演技の途中でダメをだすときも、「ごめん、眉輪」というふうに静かな声でさえぎる。「ごめん」は、「あ、ちょっと」のかわりだ。「そこ、もう少し迷っている気分をだして」「そこへ行くのに、まっすぐ歩かないで、大きく曲線を描いて」「眉輪と野分《のわき》、ふたり並んで立つとき、もう少しはなれて。舞台のリアリティとふつうの在り方は違う。はなれたほうが、密着感がでる」

トランプが燃えなくても、照明と音響で、異様なことが起きたという状況はあらわせる。しかし、稽古場の隅で茅上がにきびの浮いた頬を手の甲で拭っているのを、わたしは目にした。

にきびが濡れて、瞼は赤くふくれていたので、決して失敗はすまいとわたしは思い、本番の舞台では常に、マグネシウムの仕掛けの真上に顔の位置をさだめ、トランプをかざし、狙い過たぬよう身をのりだし、発火の一瞬を待つようにした。怖いと思えば、おのずと、顔をそむけがちになる。手元が狂う。

　視野の異常は、最初からおとずれた。白いトランプは黒い光の残像となって、視野を占めた赤い火の中心に居座り、目を閉じようと開こうと変わらず、楽屋の化粧前に腰をすえてもなおつづいた。中央には白い残像となったスペードのエースの記号が消えない。

　作者は、稽古の間はもちろん、初日にさえ姿をみせなかった。

　初日、楽屋に薔薇の花束がとどいていた。出演者六人がいっしょに狭い楽屋を使っている。花束は眉輪とわたしにそれぞれ一つずつで、ほかの古参の役者にはきていなかったから、眉輪はひどく恐縮していた。わたしには黒に近い真紅、眉輪にあてたのは、白。〈水木なを〉の名を記したカードがそえられていた。

　十五ステージ、わたしは発火の瞬間をみつめつづけた。

　楽屋の内部を左右逆に映す鏡の手前に、炎とトランプの残像があり、どことも知れぬあやふやな距離に、舞台化粧の濃い顔が映っていた。顔は炎の色を吸って膨れ歪み、とりとめなくにじみ、不安に叫びだしそうになったとき、霧が晴れるように幻像は去って、鏡はおだやかに澄んだ。空気がそうであるように、水がそうであるように、鏡はその存在さえ忘れさせ、大げさに騒がないでよかったと、ドーランをぬぐいとったのだった。

　視神経は、マグネシウムの閃光になじんだ。いや、そうではない、わたしが、視野の異常になじんだのであった。時間がたってそれが消滅するとき、晴れやかさ、安心感とともに、一抹の名残惜しささえおぼえた。

　だれにも告げなかったことを、よしとした。だが、最終の舞台を終えたこの夜、真紅の闇と黒くゆらめく残像は、去ろうとしない。死んだ弟が背後から抱きしめ、目隠しをしているように。

花束は、最終日の今日また、楽屋のわたしと眉輪の化粧前にあった。贈り主の名をそえて。

眉輪に花束を持った片腕をささえられ、手さぐりで闇の街路を歩きながら、『瑠衣《るい》』の入口にきていると気がついた。右脇に穿《うが》たれた穴の石段を下りていけば、『瑠衣』と刻んだ、名刺判くらいの小さい金属のプレートを貼りつけた扉にいきあたる……はずだ。

しばらく足をはこばなかったので、今も存在しているかどうか、たよりない。

闇の穴に一足踏み出す。靴の裏を固い石の感触がささえた。壁に右手をつき、左の腕は眉輪がとるのにまかせ、もう一段下りようとすると、

「どこへ行くの?」

眉輪のささやき声が耳朶《じだ》を濡らした。

「地獄」ささやき返す。「怖い?」

「怖いですよ」

「だから、ひとりで二次会に行けばって、そう言ってるだろ」

「だめですよ」

いっそう力をこめた眉輪の手をふりほどき、濡れた石段を踏みはずしかけた。素早く眉輪はささえた。

## 2

瑠衣のゆるやかな黒い服は、まがいもののビロードで、光沢がいささか粗い。カウンターに五人も並べば満席になる小さい店は、ほかに客がいなかった。

退屈をまぎらすように、瑠衣はひとりでカウンターにカードを並べているところだった。トランプより少し大きい。TAROTと呼ばれるカード

で、銀細工の大きい指輪をかざった瑠衣の手にしっくりなじんでいる。

「きれいだね」と瑠衣は花束にちょっと顔を寄せ、空いた椅子におくように言った。わたしは眉輪を瑠衣にひきあわせた。

「なおったわ」

「なにが」

背後の棚に手をのばし、ボトルをとりながら瑠衣は訊いた。ゆたかな体軀にふさわしく、瑠衣の口調はおっとりしている。

「目」

「目がどうかした?」

舞台の仕掛けで、と手短に話し、

「まだ、あったんだ、わたしのボトル」

「三ヵ月やそこら、キープしとくよ。坊やも同じのでいいの?」

「なおったんですか。よかった」眉輪は心底ほっとしたふうに言い、「あ、ぼく、何でもいいです」とつづけた。

「三ヵ月って……わたしこの前きたの、ずっと前じゃないの」

「やだね」瑠衣は、目鼻をきゅっと中心に寄せて笑った。「物忘れする年じゃないでしょうが。わたしが忘れるのはしかたないけどね」

瑠衣の年を正確には知らないが、来年六十七になるわたしの母親ぐらいにはあたりそうだと見当をつけている。

十……何年前になるか。つきあっていた男が、わたしをここに連れてきた。フランソワズ・ロゼエに似ているだろ、と男は自分の母親を自慢するように言い、おっかあ、と瑠衣に呼びかけるのだった。あの仏蘭西の大女優より、おっかあのほうが、かわいいけどさ。四十男にかわいいといわれて、嬉しいかよ。目鼻をきゅっと中心に寄せる瑠衣の笑顔を、そのとき、はじめて知った。わたしはまだ劇団附属の養成所に入りたての二十代であり、男はポルノ映画の監督だった。

そのときも、瑠衣はやはり退屈そうにカウンターにカードをならべていたのだった。

あたるんだよ、ママは。占ってもらえよ。まんざら冗談でもない口調で男はすすめ、占いなんて信じるようじゃだめだよ、と言ったのは、瑠衣だった。

「カードなんてね、どういうふうにでも読めるの。ただの遊びだよ」

あまり真剣な口調でそう言うので、なにか悪い結果がでたときを案じて、前もって安心させておこうというのだろうか、占いが遊びごとだというくらい、念をおされなくてもわきまえていると、そのときはまだ若くもあったから、本気にしてはいませんよと無遠慮に苦笑で示し、そのくせ、占ってくださいよ、と言ったのは、ほどほどに興味がありもしたからだ。

わたしの両親はどちらも肩肘張った無信心で、七五三も初詣でも、神社にはいっさい足を向けない、死んでも戒名はいらない、坊主は嫌いだと、ことさら新しがっていた。それにかえって反発して、わたしは友人とお神籤《みくじ》をひいて吉の凶のと騒ぎもしたけれど、その場限りで、まじめにとりはしなかった。

街頭の占い師に、手を突き出したこともある。そのときも打ち上げの後で、ひとりで酔いをさましながら歩いていた。ふと気まぐれに出した手のひらの筋を、くたびれた背広によれたネクタイ、しおたれたサラリーマンのような風情の占い師は、人差し指でいとおしむようにたどり、「あなたは、たいそう女らしい、内気なやさしいひとだ」と言った。酔いが悪いほうに出て、滅入っているのが顔にあらわれていたらしい。母親の胎内で、胎児が手を握りしめているときにできる皺が、何を語るものか。その前だったか後だったか、劇団の後援者で姓名判断に凝っている人がいて、私の名前〈野分泉《いずみ》〉の画数をかぞえ、「勝気で派手でがんばりやだ」と言ったが、アネゴの渾名を知っているのだから当然だろう。

一番簡単なやり方だよと、瑠衣はカードの一部をわたしによこし、シャッフルさせてから受け取ったのだった。

一枚一枚の絵が、それぞれ意味をもっていて、カードをめくって置く位置にも決まりがありそれをスプレッドということだの、開いたカードの絵柄と位置から占うこと、カードの上下が正位置か逆位置かによってまったく異なること、などの知識を瑠衣から得たのは、そのときだ。過去、現在、未来、と瑠衣は一枚ずつ三枚ひらき、絵を表にカウンターにおいた。その絵が何だったか、記憶に残っていないし、瑠衣が告げた言葉のすべてもおぼえてはいないが、「過ぎたもの、過ぎたことを、いつも忘れようとしているね。ほんとうは、忘れられないから、よけい、忘れようとする」と言ったことだけは、こころに残っている。

——そうだったろうか。そう言ったのだったろうか。歳月によって歪んだような気もするけれど。

そのときの男とは、半年ぐらいつきあって、別れた。男はだれか若い映画女優と結婚した。

その後も、わたしはときどき『瑠衣』をおとずれた。いつもひとりで。よくこれでやっていけると思うくらい、『瑠衣』の客は少なかった。わたしが訪れるときはたいがいだれもいなかった。たまにいても二、三人。狭い店だから、わたしが入って四人になると、ずいぶん賑わっている感じになるのだった。

「三ヵ月前にさ。思い出さない？」

「……そうだっけ。わたし、ここにきたの？」

「何もおぼえていないの？　ずいぶん酔ってたよねえ、あのとき」

「いやだな。ほんとに、わたし、きた？」

「芝居のことで、迷っているとかって、言ってたよ」

「やめようか、どうしようかって言ってた？」

「何を迷っているんだか、それは聞かなかった」

「やめようって思ったこと、あるんですか、アネゴ」

――まさか、いま、そんなこと考えてないですよね。声にださない眉輪の言葉を、わたしは聞いたような気がした。

「三ヵ月前っていうと、台本の完成稿がちょうどあがってきたころですね。あの本、やりたくなかったんですか」

意外そうに眉輪は訊いた。

わたしは目を閉じ、あのときのカウンターに並べられた三枚のカードを記憶の底からよみがえらせようとしたが成功しなかった。

打ち上げで飲んだ酒の酔いが、『瑠衣』の水割りによってさらに増し、かすかな目眩がこころよい。

カウンターの上のカードの山に手をのばすと、瑠衣が先にとって、一部を選びだし、わたしに手渡した。

「大アルカナですね」眉輪がちょっと身をのりだした。

「知ってるの？　タロット」

「ええ」

「占いできる？」

「読み解いて、もっともらしく話すの、だめなんです。ぼく、カリスマ性がないですから、占い師にむかないんです。でも、知識はあります。蘊蓄《うんちく》をひけらかしましょうか」

「どうぞ」瑠衣はいささか芝居がかって会釈し、

「この子、猫に似ているね」とわたしに言った。

みゃお、と眉輪は鳴いて、言葉をつづけた。

「タロットって呼びならわされていますけど、正確には、英語ならタロウ、フランス語ではタロ、イタリア語ならタロッコ、ドイツ語ならタロックです。日本では、無声であるべきTを発音するまちがった呼び方が定着しちゃったんです」

七十八枚あるカードのうち、二十二枚を大アルカナ、残りを小アルカナと呼ぶこと、いま瑠衣が選びだしたのは、大アルカナであること、現在使われている、トランプと俗称される十三枚四スートは、小アルカナの五十六枚がもとになっていること、ジョーカーはＴＡＲＯＴの愚者のカードがしのびこんだものだということなどを、眉輪は、少しはにかんだ様子で喋った。

「小アルカナは、剣と杯と杖と貨幣、四種類が、それぞれ一から十までと、王、女王、騎士、小姓の四枚があるでしょう。これが、いまのスペード、ハート、クローバー、ダイヤに変化したんです」

「トランプの絵札は三枚だよ。キング、クイーン、ジャック。騎士がない」

「騎士のカードが消滅したのは、十四世紀の始めごろ、テンプル騎士団がローマ法王によって絶滅させられたことに関係しているという説がありま す」

「へんなことをよく知っているんだね。わたし、西洋史は弱い」瑠衣が苦笑して言う。

ふたりのやりとりを聞きながら、ああ、弟も、トランプのひとり遊びをよく知っていた……と、ふと浮かんだ。

「スプレッドの仕方も知っている？」

瑠衣が問う。

「ええ、幾つかは。絵の意味もわかります。浪人していたころ、おぼえました」

「受験勉強がいやだったんだろ」瑠衣の言葉に、くっ、と喉声で眉輪は笑い、「逃避ですね」とうなずいた。

「次の年、大学と劇団の養成所と受けたら、養成所の方だけ受かったんで、道がそれちゃった」

一枚一枚、絵をながめていると、記憶の底に埋もれていたものが鮮明になってくる。

ふたりのやりとりを聞き流しながら、わたしは、おぼえのあるカードを三枚、抜き出した。

「三ヵ月前のって、これじゃなかったかな」

「すごいじゃないですか！　記憶力もだけど、カードがすごい」

《法王》《星》《力》と眉輪はカードの名をあげた。

「このとおりの順序でした？」

わたしは目を閉じた。瞼の裏に、記憶の底から浮かんだものと、いま見たものが一つに重なった。わたしはうなずいた。

「過去を示す《法王》の持つ占い上の意味は、〈忠告、顕示、知恵や啓蒙を与える者〉。現在の《星》は〈希望と輝かしい未来〉。そして未来の《力》は、〈危険をおかす勇気さえあれば計画を実行できる機会〉」

でも、あのとき、瑠衣は何と言ったのだったか……。

「ぼくは、占い師のようにうまくは喋れないけれど、こんなカードがでたら、迷わずおやりなさい、って言いますね。危険かもしれない。でも、勇気を持っておやりなさい。かならず、いい結果が出ますよ、ってはげますな」

眉輪のはずんだ声にもかかわらず、狭い空間は息苦しくわたしには感じられた。

瑠衣がふとだまりこみ、それから、沈黙のきまずさを取り除くように、とってつけたような笑い声をあげ、「いい結果、出ただろ」と言った。

「いいこと、ないわ。目がおかしくなったって、話したでしょ」

「でも、なおったんだろ」

不愉快な異常がふたたびぶりかえし始めている。一度消えかけた残像がまた浮かぶなどということがあるのだろうか。

「その花束、ファンから?」

瑠衣は話題をかえた。

「作者。この芝居の」

「水木なを」と、花束にそえられたカードを瑠衣は読んだ。「知らない名前だな。もっとも、わたし、戯曲家の名前はだれも知らないけれどね」

「応募作なんですよ」と、眉輪が事情を話す。

「正体不明? へえ、なんでだろ」

「とても内気な人で、人の前に顔をだすのが嫌いだとか」眉輪は言い、わたしにちらりと目配せした……ような気がした。

「あるいは、顔に大きい傷があったりして……」

瑠衣が言う。

「それだって、稿料もいらないっていうの、おかしいですよ。住所も教えないんですから」

「なを。女だね」

「ずいぶん前、『ユリイカ』の投稿詩の欄に常連でのっている人がいたの」わたしは言った。

「話がとぶんですね」眉輪が言い、

「『ユリイカ』って、何」瑠衣が訊いた。

「詩の雑誌でしょ。アネゴ、詩なんか書く人だったんですか」

「弟が毎月とっていたんだよ」

「弟さん、いるんですか」

弟……。いや、弟がいるのは、芝居のなかの女だ。

「常連の投稿者の名前が岩佐なをっていうの。どういう人を想像する?」

「名前の印象? なんか暗い感じだな」瑠衣が言う。

「わたしね、なぜか、区役所の戸籍係の女の人って思った。じみで、無口で、いつも陰のほうでひっそりしていてね。だけど、その人が創る詩は、土俗的で、大胆に幻想的で、わたし、好きだった。ところが、何かの女性誌に〈期待の新人〉っていうグラビアがあって、いろんな分野の人が紹介されていて、そのなかにいたの、岩佐なをが。口髭をはやした大柄な男性だった」

「イメージ狂ったね」

「めちゃめちゃ狂った。本名が直人だか直彦だかだった」

「だから、水木なをも、男かもしれないってわけ？」

「占ってよ、男か女か」

「そんなのは、タロットでは、わからないよ。だけど、その作者、あんたに何か悪意をもっているのかな」

「どうして」

「火を燃やせって台本に指定して、そのおかげで、あんた、目がおかしくなったんでしょ」

「応募原稿だから、採用されるかどうかわからない」

「作者は自信があったとかさ。かならず受賞して舞台にかけられるって」

「でも、配役がどうなるか、わからないんだよ。たまたま、演出の木蔦さんがわたしを指名したんで、水木なをには、わたしがやるかどうか、わからない。うち、座員多いから」

「ミステリなら」と、カウンターに頬杖をついて眉輪が言った。「水木なをはキヅさんだという説がかならず、出ますね。偽名で応募する。落選しても、自分で採用できる。役者も指名できる」

「キヅさんが、どうしてそんなことをするのよ」

「動機は、いろいろ考えられるでしょ、ごくありきたりなやつなら、情事がらみの怨恨」

「キヅさんが聞いたら、気を悪くするよ」

「しませんよ。アハって、苦笑するだけでしょう。キヅさんがどういう人か、新米のぼくだってよく知っていますす。これは、あくまで、架空のミステリの話です」

「おまえ、ミステリ好きなの？」

「別に。でも、関係者すべてを疑えって言うの、ミステリの常道でしょ」

「それじゃ、おまえも疑われるんだ」

「ぼくじゃないという理由は、二つあります。まず、ぼくには台本書く才能がない。それから、動機がない。アネゴ、どうして、偽名で台本応募したり、花束を自分とぼくに贈ったりしたんですか」

「マユに贈ったんじゃない。弟に贈ったの」

自分の口から出た言葉に、わたしは驚いていた。

「なによ、謎の作者って、泉ちゃん、あんた自身なの?」瑠衣の呆れた声が耳をかすめ、眠いなあとわたしは思う。視野にうずまく赤い闇の中に黒いカードがあり、その中心で白いスペードのエースが燃える。

弟が視たものを、いま、わたしは視ている。ひとり遊びに夢中で振り向かない弟は、あのとき幾つだったか。十五……。わたしが弟のカードの端に燐寸の火を近づけたのは、悪戯のつもりだったのではなかったか。悪意があっただろうか。いいえ、あったのは、過剰な……。

「ぼく、アネゴの字を知ってますから」

花束にそえられたカードの文字を、眉輪は指した。

「わたしじゃないわ」

瑠衣の言葉が目の底に傷をつける。「過ぎたもの、過ぎたことを、いつも忘れようとしているね。ほんとうは、忘れられないから、よけい、忘れようとする」

……弟なんて、いなかった。

ここにいますよ。眉輪の声が耳を濡らす。ここにいるよ、姉さん、ぼくは。みやう、と眉輪は猫の声を出す。

「偽名で台本書いたり、花束を贈ったり……悪戯でしょ」

眉輪の言葉がとぎれた。三枚のカードをみつめていた眉輪が、「瑠衣さんが、アネゴを占ったんですよね、三ヵ月前」と、たしかめた。

「くどいな」わたしの声は不機嫌になる。

「カード、こう並べてあったんですね」

念をおされ、わたしはようやく気がついた。

カードのスプレッドにまちがいはない。けれど、目の前に並んだ三枚は、占う瑠衣から見れば、すべて逆位置なのだ。

「逆だと、どういう意味になるの？」

問いかけるわたしの声は次第に赤い闇に侵されていく。

「ぼくは、占い師のようにうまくは喋れないけれど」眉輪の声も、黒いカードが燃える赤い闇に溶ける。

「こんなカードが出たら、おやめなさい、って言います。危険です。ぜったい、やってはいけない」

「カードなんてね、どういうふうにでも読めるの。ただの遊びだよ」瑠衣の声も溶ける。

自殺した弟がわたしを背後から抱きしめ目隠しをしている。

弟の指は、ひんやりと冷たく、骨がしんなり細い。拍手の音が耳にひびく。見えない観客に、わたしは深々と頭をさげ、盛んな拍手の波を浴びる。ブラーヴォの声が耳にこころよい。瞼の裏でみぞれが降り、炎を消していく。灰色の闇がすべてを覆う。

# 鞦韆《ぶらんこ》

## 1

灰桜色のブラウスは同じ生地のフリルで襟元をかざった野暮ったいもので、耳の下で切りそろえた髪の先を前の方に少しカールさせ、ブラウスと同系色のベレーを斜めにかぶったスタイルは大正時代のモダンガールのようで、現代のファッションに触れることなく暮らしている女が精一杯お洒落をしたというふうだ。

五十前後と瑠衣は見当をつけたが、目尻の皺の具合や口元のたるみからみると、もう少し上かもしれない。

逆三角形の顎の細い輪郭に、くるりと丸い眼が、もう少し険があれば蟷螂《かまきり》に似るだろうが、幸い、愛らしい。

背丈はあるがひょろりと痩せて猫背で、雪掻きシャベルで押しつぶしたように胸が平たい。細かい花柄のスカートは踝《くるぶし》までとどく長いものだけれど、流行のスリムな形ではなく、ウエストにたっぷりギャザーが入っていた。

『瑠衣』に、ふりの客はめったに入ってこない。間口のせまい五階建ての雑居ビルは、建ててから数十年になり、外壁は塗りなおしもしたけれど亀裂までは隠しきれず、エレベーターは上下するたびに軋んだ音をたてる。地下の『瑠衣』へは細い暗い階段を下りなくてはならない。下り口に看板も出してないから、通りすがりの者がふらりと入ることはない。

その女も、二十数年来のなじみである鹿野《かの》が伴った。鹿野の背に隠れ、気後れした様子でおずおず入ってきた。

　五人並べば満席になるカウンターは、ふたりがくるまで空だった。鹿野のボトルを棚からおろし、冷蔵庫から氷塊を出し、錐で割りながら、「同じのでいいの?」女に訊いた。製氷皿でつくる氷は味気ないと瑠衣は思っている。

「三藤真代《みとうまよ》さん」と、鹿野はひきあわせた。

「飲めないんだ、このひと。ジュースかウーロン茶にして」

　三藤真代はきまり悪そうに肩をくねらせた。甘えた仕種が瑠衣の癇にさわったが、すぐに顔に出すほど幼くはない。鹿野の水割りをつくってから、もうひとつのグラスに氷を入れ、ウーロン茶の缶をあけて注いだ。

　なんで、こんなのを連れてきたのよ。言葉には出さないが、鹿野には通じるはずだ。人の好き嫌いが瑠衣は激しい。嫌いなのは男女を問わず気取った奴に威張りくさった奴、媚びる奴、卑屈な奴。しねくねと甘える女も、胸が悪くなる。そういう客にはあしらいが素っ気ないので、重ねてはこなくなる。

　そのかわり、一度くると足がとぎれない常連客もいて、鹿野もその一人だ。大手の新聞社の社員だが、新聞の紙面にはたずさわらず、書籍編集部に属している。新聞社としてはあまり重要視されていない部署だ。一度次長か何か肩書がついたのだけれど、二年足らずで平に戻った。事情は瑠衣は知らない。相手が話せば親身に聞くふりをして聞き流す。こちらから質問攻めにはしない。

　陽の高いうちから飲んだくれているところだけは、昔のブンヤ気質を受け継いでおり、瑠衣が店をあける準備をしている六時ごろ、しばしばほろ酔いの声で電話をかけてくる。部の冷蔵庫に常備してある缶ビールは、四時から解禁になる。「飲んでるんだろ」「飲んでるよォ」が、電話の決まり文句で、八時九時ともなればろれつが怪しく、十時過ぎに『瑠衣』に顔をだすときはもうできあがっている。昔よりずいぶん弱くなったと、瑠衣は思う。口調がとろくなるだけで、しつっこくからみはしないから、酒癖はいいほうだ。

たいがい女連れだが、仕事に関連した装幀家や作家などが多く、どれもきびきびしている。

今日は鹿野にしては珍しいタイプを連れてきた。しかも、鹿野自身アルコールがあまり入っていない。

「このひと、こういうところは、初めてなんだ」

とりなすように、鹿野が言った。

「こういうところって、どういうところよ」

「つまり酒場とかさ」

「銀座のバーなら行くの」

「バーもスナックも、行ったことないって」

「珍しいね、いまどき。重要文化財ものだ」

三藤真代はまた肩をくねらせる。自分が話題になるのを嬉しがっている。

瑠衣はますます小意地の悪い気分になる。

「よほどお嬢さまだったのね」過去形で言ったのだが、その刺には気づかないようで、「あら、そんな」と、三藤真代は両手で顔をおおい、肩を動かしてくすくす笑った。

「童話を書いている人なんだよ」

「へえ」気の抜けた声しか、瑠衣はでない。「童話ねえ」

瑠衣に思い浮かべられるのは、アンデルセンとグリムぐらいなものだ。

「俺が、今度、このひとの本を作るの」

「新聞社が童話を出すの？」

「うち、童話賞を公募しているんだぜ」

「へえ、鹿野ちゃんが童話ねえ。鬼が大福を食べるくらい似合わないな。それで、三藤さんは受賞者ってわけ？」

三藤真代は、恥ずかしくてたまらないというふうに身をよじり、ストゥールから転げ落ちそうになった。

「今日が授賞式だったの？」

「そう」

「飲めるひとなら、お祝いにシャンパンだけど、ウーロン茶じゃ冴えないね。どこでやったの」

「うちの会議室」

「ホテルじゃないの」

「そういう大きいのじゃないから。選考委員の＊＊さんと、あと、うちの部のものが五、六人」

「＊＊さんて、知らないな。選考委員はその人一人なの？」

「三人なんだけど、ほかのふたりは都合がつかなくて、欠席だった」

「あの、選考委員の方にお目にかかれるなんて思いませんでしたから……わたし、あがっちゃって」

三藤真代は頬に両手をあてた。

「賞金をいただきました。おかね稼いだの、わたし、生まれて初めてだわ」

「おっとめしたこと、ないんですか」

「ないんです」

これも天然記念物だね、と口にでかけ、言葉にするのはつつしんだ。

「童話は、前から書いているの？」

「ええ」

「絵本を何冊か出したことがあるんだって。素人じゃないんだ」

「それなら、初めて稼いだってこと、ないでしょう」

「自費出版です。稼ぐどころか、持ちだしです」

早口で露悪的に言う。

「授賞式のあと、部長と三人で『ドーミエ』でディナーをとって、それから、ここにご案内したってわけ」

ドーミエは、社屋に入っているレストランだ。

三藤真代は肩をくねらせ、瑠衣と鹿野に交互に視線を向け、鹿野にしきりに目で合図している。

言いたいことがあるなら、自分で言いな、と瑠衣は伝法な口をききたくなる。三藤真代が肘で鹿野をつつき、横目を使ったので、瑠衣はうんざりした。半世紀昔の日本映画にでもありそうな仕種だ。

「やってあげてよ」鹿野が言うと、三藤真代はまたも顔をおおって、大袈裟に笑った。

「何を」わかっているけれど、瑠衣は気づかないふりをする。

「カード」

「あの……タロット占いをなさるって」

占わなくても、世間知らずの三藤真代が受賞で舞い上がっていることや、鹿野が自分に特別な好意を持っていると思い込んで、馴れ馴れしく振舞っていることなど、たやすく察しがつく。気心の知れない相手には緊張し、取り澄まして気取り、いったん気を許すと過度にくだけた態度になる。相手との距離をはかるのが下手なのだ。

「お願いします」

くねくねと、三藤真代はカウンターにからだを乗り出した。

「占いって、流行っているんですね」

場馴れた態度をとろうとして、三藤真代の声はかえってぎごちなくなる。

「今日、新宿の通りで」三藤真代は、占い師が小さい机をならべる場所の名を口にした。「驚いたわ。女の子がずらりと行列をつくって順番を待っていて」

「女性週刊誌とか、かならず占いのページがあるものね」気のない相槌を瑠衣はうつ。

「新宿って初めてなんですよ。めったに東京まででてくることがなくて」

東京の近県の名を三藤真代はあげ、そこに住んでいると言った。「田舎なんですよ」そう言いながら、否定されるのを待っている。

話の接ぎ穂を探すのが面倒になって、カードの入ったケースをカウンターの上におくと、「あら、やっていただけるんですか」と、はずんだ声をあげた。

二十二枚の大アルカナを抜き出し、シャッフルし揃え、瑠衣は真代の前においた。「はい、カットして」

そう言ったとき、扉が開いた。

## 2

「ワオ」と、気軽な挨拶で入ってきた佐城苗子《さじょうなえこ》に、瑠衣は笑顔になった。笑うと目と鼻がきゅっと一つに寄るのが瑠衣の癖だ。その笑顔は、気のあうものにしか向けない。

佐城苗子は、「ワオ」と、これは鹿野に向け、鹿野をはさんで三藤真代と反対側のストゥールに腰をおろす。

鹿野と同じ出版局内の編集企画室に、佐城苗子は籍を置いている。名称からするといくらでも新鮮で意欲的な仕事ができそうだが、佐城たちの社にあっては、この部署は、室員はほとんど老人ばかり、部長職など一応遍歴したものの、重役コースからははみだした、覇気のない、やる気のないものの吹き溜まりになっている。

企画をだし、営業面で赤字がでないとみきわめがつけば許可が下りるのだが、一匹狼ばかりで、手足になって働く部下がいない。ひとりで面倒な作業をするか、それがいやなら編集実務のできるフリーに個人的に依頼して、その手数料を自分ではらわねばならず、そんな意欲をもったものは、企画室にはほとんどいないのだった。

佐城苗子は四十二で、この部署で唯一の女性であり、一番若い。大学、それも名のあるところの出身でなくては管理職につけない社にあって、高校卒の学歴しか持たない佐城苗子は、長年雑務ばかりやらされてきた。仕事の能力はなまじな大学卒よりはるかにあるから、フラストレーションが大きく、上司の無能ぶりに苛立ってしじゅう突っかかり、もてあまされて、異動のたびにたらい回しにされ、この春の異動で編集企画室にまわされた。自分の企画は出せず、ここでも雑務ばかりだ。目下、角田という室員の仕事の実務を手伝っている。

鹿野とは気があって、佐城を『瑠衣』にはじめて連れてきたのも鹿野だった。それ以来、佐城はひとりでふらりと『瑠衣』をおとずれるようになった。

佐城のボトルを棚からおろそうとすると、「俺のでいいよ」鹿野は言った。「仕事、すすんでる?」

「あいつ、ほんとにばか」佐城は言い捨てた。

「どっちが?　角さん、それとも著者?」

角田は、知人の自費出版本を手がけている。社によっては自費出版を専門にあつかう部署をもうけ、費用を全額本人が負担するかわりに、発行元に社の名前をもちい流通機構も利用させるというシステムをとっているところもあるが、鹿野の社にはそれはなく、角田の知人の本は、社の名前を借りない非売品である。

「定年退職おじさんの自分史って、どうしようもないよ。だれが読むんだか。けっこうなおかねかけてさ。あれ、よくない流行だよ。自分史って」

「カルチャーなんとかの講座にもなってるってね。自分史」瑠衣は相づちを打つ。

「原稿がはいってきたんだけど、ひどいの。文章になってないんだ。全部、赤いれたくなっちゃう。角田、何もしないんだからね。原稿、読みもしない。まるまる、わたしの仕事」

佐城は上司の名を呼び捨てにした。社長の名も『瑠衣』では呼び捨てだ。

「焼茄子あるよ。食べる?」

「食べる、食べる」

「俺にも」

冷蔵庫を開け、焼いて皮をむき冷やしてあったのを小鉢二つにとりわけ、「そっちのお嬢さまは」瑠衣の声は冷やかしぎみになる。

「いただきますわ」

ぎごちなく気取った声が応じた。

削り節と醬油をかけて、カウンターに置く。

「焼茄子に水割りか。日本酒の冷やって言いたくなるな」

「ないよ。冷酒は。外の自動販売機で、箱入りのやつ売っているよ。欲しい人は自分で買ってくる」

「煙草くれないか。セーラムおいてあるよな」

「切らした」

「男がメンソール喫うんじゃないの」と佐城は、

「おなか空いているんだ。いままで残業でさ。もっと何かある？　焼おにぎりとか」

「素麵ゆでてあげようか」

「いいな」

「鹿野ちゃんも？」

「俺たちはいいよ。飯は食った」

「『ドーミエ』ですませたんだったね」

「あんなまずくて高いとこ」佐城が言う。

「あ、食べますか、素麵」鹿野は三藤に訊いた。

「いいえ」首を横にふって、三藤真代の目はカウンターに置かれたカードにむけられ、お八つをとりあげられた子供のような顔だ。

熱湯はジャーに常備しているから、鍋で湯を沸かし一束の素麵をゆでるのに、五分とかからないのだが、そのあいだに、三藤真代は、得意さを押し隠して気恥ずかしそうにしていたのが、萎をはがれた蓑虫のようなみじめな様子に転落していった。

瑠衣は、目顔で鹿野に、三藤をかまってやるように促した。

「苗さん、こちら、うちの童話賞の受賞者。三藤真代さん」

「え、うちで童話賞なんて、やってた？」

「今年からだよ。知らなかったの？」

「知らないよ」

「三藤さんが第一回の受賞者」

ふーん、と佐城苗子はことさら関心ない声で応じ、そのとき瑠衣がゆでて水にさらした素麵をのせた浅い笊《ざる》を前においたので、割り箸を二つに割り、つゆにつけたのを口にはこび、「うまあい」と声を上げてから、とってつけたように「おめでとうございます」とかるく会釈した。

佐城苗子は、三十代のころから、創作をこころみていた。佐城が愛好するのは私小説を尊重する純文学とは遠く、ジャンルわけされる読物とも遠い、実験小説、前衛小説のおもむきがあり、受容される場がないまま、いつか止めていた。

「俺が本にするの」鹿野が口にしたとたん、佐城苗子は吹き出した。「鹿野ちゃんが童話！」

「ねえ」瑠衣も口をはさむ。「ミスマッチだねえ」

「あの、童話といっても、絵本なんです」

三藤真代が言ったので、瑠衣と佐城苗子の笑い声はいっそう高くなった。

「うちに童話のわかるのなんていないよ」佐城苗子は断言した。「まして絵本となったら。鹿野ちゃん、絵本見たことあるの」

「桃太郎にかちかち山だろ」瑠衣が言う。

「グリムぐらい読んでるよ」

「あの……」三藤真代はおずおずと、しかし優越感もふくんだ声で口を挟んだ。「外国の童話だと、いろいろ、いいのがあるんです。……アン・メイスンとか」

「わたし、童話ならヴィーヘルトだ」佐城苗子はきっぱり言い、三藤真代のほうに身を乗り出した。「どう思います、ヴィーヘルト」

三藤真代は頰を赤くし、「知りません」と言った。

「ドイツの作家なんだけど」

頰をひきつらせる三藤真代を、鹿野は、「聞いたことないな、ヴィーヘルトなんて」といってそれとなくかばった。「苗ちゃんが好きなのなら、超マイナーでカルトなんだろう」

「岩波で出たんだよ。カルトってことはない。でも、もう絶版だ。凄く暗いから、売れなかったんだろうな。暗くて重くて、読んだあと頭をおさえつけられるような気分になる」

「苗ちゃん好みだな」

「第二次大戦の前後に書いた人なのね。だからって、戦争中の子供の生活なんかをくそリアリズムで書いた話じゃないよ。王さまがいて王妃さまがいて、といったふうな、形としては典型的な童話スタイルなんだ。だけど、ナチのあれがあったからね、重いものをこころにかかえていたのね。寓話というほどあからさまではないけれど、哀しみがにじみでている。童話っていうと、鹿野ちゃんみたいなおじさんは馬鹿にするけれど、いいかげんな小説より、ずっといいのがあるよ」

「そうなんですよね」三藤真代は乗り出して大きくうなずいた。「アン・メイスンの童話もいいんです。アン・メイスン、ご存じですか」

「いいえ」興味ないふうに、佐城苗子は首を振る。わたしが知らないのは、ろくなものじゃないからだ。そう相手に思わせる態度だ。

「女の子がぶらんこを漕いでいるんです。いつもいつも、ぶらんこを漕ぐんです」

「それで？」

「あの……、そういう話なんです」

「今度の三藤さんの受賞作も、ぶらんこの話ですね」鹿野がとりなす。

「あ、そうなんですけど」

「候補作って、何編ぐらいなの」佐城が訊く。

「十五編」

「応募は？」

「百編以上あったな」

「その中で、一人だけ受賞したんだから、すごいわね」この場合、言うべき決まり文句を瑠衣は言ってやった。

「童話がほんとうに好きなひとって、そう多くはないんです。子供のだから、書くのもやさしいと思うんですね」

「ぶらんこって、なんだか難しい字を書くんだったな」瑠衣が言うと、

「そう。ややこしいんだ」コースターに、佐城苗子はボールペンですらすらと、鞦韆と書いた。

「昔の中国でさ、流行ったんだって、ぶらんこ」

「あの、うちにも、あるんです、ぶらんこ」三藤真代が口を挟んだが、佐城は無視して、「語源はポルトガル語」とつづけた。「ふらここが訛ったんだ」

「ファンタジーなんです、わたしが書いているのは」三藤真代は一生懸命割り込む。「生活童話じゃないんです。わたし、あの、小説でもいいのはみんな、ファンタジーの要素を持っていると思うんです」

「ああ、それ、＊＊が言ってますね」佐城苗子は評論家の名をあげ、鹿野にむかって、「どういうふうにでも言えるよね。小説はすべてミステリの要素を持っているとかさ。でも、それって、何も言ってないのと同じだよ」

三藤真代は、瞼にじわじわ涙を滲ませながら、微笑をつくる。

瑠衣はカードの束を三藤真代にさしだし、

「カットして」と言った。

とまどった顔を、三藤真代はみせた。

「どうやるんですか」

「好きなだけ、切るんですよ」鹿野が手つきをしてみせ、佐城苗子はカウンターに肘をつき、顎を手の甲にのせて、小馬鹿にしたふうに見ている。

切ろうとして緊張したのか、三藤真代はカード

を取り落とした。うろたえてかき集め、切りなおす。

瑠衣は上の一枚をひらく。

「あ、いい札だ」のぞきこんで佐城が言った。

「《女教皇》。最強だね」

「これが、三藤さんの過去」瑠衣は告げた。

「力と希望をもたらすの。あなたは、霊感をもっていて、周囲に影響をおよぼすことができた」

三藤真代は目を見開く。

「このカードの持つキーワードは、理解力、深い学識、清純さ、聡明さ、知性。そして、遠慮深くもあるの」

最後の言葉に、納得したように三藤はうなずく。

「内的世界が深いの。でも、なかなか周囲に理解されない。だから、引き籠もって他人と距離をおきたくなる」

「それって、わたしみたいだな」佐城が口を挟んだ。三藤真代は不快そうな目を佐城に向ける。

「直感力が鋭いわね。勘で判断して、あとでそれが正しいとわかるの」

「それもわたしだ。瑠衣さん。わたしのこと占ってるんじゃないの」

目と鼻をくしゃくしゃとちぢめて、瑠衣は笑った。

「苗さんを占ったこと、一度もなかったね。苗さんは、信じないだろ、占い」

「そうでもないよ。瑠衣さんの、結構あたるもの。人のをやるとき、わたし、しょっちゅう見ているから」

「困ったことがあるとき、意外なところから助けがきたでしょ」

瑠衣が言うと、三藤真代は考え込んだ。

「ああ、やっぱり、わたしのことじゃないな」佐城は言う。「わたし、助けが外からきたことは一度もなかった。いつも、自力で解決してきた」

「忘れていた過去の記憶が突然よみがえって、ショックを受けたことがあるでしょう」

「あったかしら……」あやふやに、三藤真代は考え込む。

「何も変化のない時をすごしていたのね。ところが、ふいに、物事がスムースに動きだした」

「そうね。そうだわ」

二枚目を、瑠衣は開いた。

「これが、三藤さんの現在。《愚者》というカード」

「《愚者》。愚か者ですか」三藤真代は眉をひそめる。

太陽を背に、中世の放浪者の服装をした若い男が、荷物をくくりつけた杖を肩に右手でささえ、左手には一輪の花を持ち、楽しげに空をあおいで歩む。その足元は崖の縁だ。

「これはいいカードなのよ。いまのトランプでいえば、ジョーカーにあたる」

「婆抜きの……。よくないわ」

「ゲームによっては、ジョーカーはオールマイティよ。《愚者》は、運命の新しいサイクルがはじまることを示すカード。三藤さんは、創造的な夢想家というタイプね」

「どうしてわかるんですか」

「《愚者》はそういうカードなの」

「童話で受賞したんだから、たしかに創造的で夢想家なんだろうな」鹿野が口をはさむ。

「このカードの持つキーワードは、信念、希望、信頼、充足。そして、より明るい明日への可能性。あなたの運命には宇宙のエネルギーが流れ入っているわ」

「わあ」と子供のような歓声を三藤真代はあげた。

「だれにも、希望は打ち明けないでいたのね。それなのに、望んでいたものがやってきた」

「そうなんです。応募することを、わたし、だれにも話さなかったんです」

「三藤さんが童話で受賞したってことを瑠衣さん

が全然知らないで、いまのようなことを言ったんだったら凄いんだけどな。わたし、ことあるごとに、瑠衣さんに占ってもらっちゃうよ」と佐城。

「自分の目的の役に立たなくなった場所からは、立ち去ることね。それによって、成功を手にすることができる」

「どういう意味かしら、それ。今の家をでろということですか」

「そんなに深刻に考えなくていいのよ。今の家にいることは、目的の役に立っているんでしょう」

「そうですねえ……。どうだろう」

「目的を達したんだから､家をでることはないわ」

「でも、これからなんですよね。書きつづけたいから」

「いま、児童書の売れゆきって惨憺たるものなんだから」佐城が水をさす。「大変よね、これから」

「あの、わたし」ひどく決然とした口調で三藤真代は言った。「売れるとか売れないとか、気にしていないんです。売れなくてもいいの。書けさえすれば」

「はあ、はあ。正論ですねえ」頬杖をついたまま、佐城の口調は、露骨に厭味をふくんだ。「こっちは売れ行きが勝負なんですけどねえ。作家も、売れないと生活できないんですけど、奥さまはいいですねえ」

「主婦の趣味でやってるんじゃないんです」

「だれも、そんなこと言っていませんよ。主婦の趣味だとは。そういうコンプレックスがあるんですか」

「あたくし、キャリアウーマンじゃありませんから……」

「キャリアウーマンなんて、今はもう、わざわざ言いませんよ。アナクロニズムですよ。仕事をしているほうが、普通です」

鹿野は携帯電話で、社に待機しているハイヤーを『瑠衣』にこさせるように手配した。

「あたくし、奥さまじゃないわ」

「まるで、奥さまや主婦であることが、悪いことだと思っているみたいですね」

「そんなこと、ありません。アン・メイスンも、おつとめをしたことはないんです。童話だけ書いていたひとなんです」

「それで食べていけるんなら、気楽なものだわね」

「いえ、けっこう、大変な思いもしているんですよ。でも、運命に宇宙のエネルギーがそそぎこまれて、うまくいったんですね」

「瑠衣さん、未来はどうなるの？」ふたりの女の険悪な雰囲気をやわらげようと鹿野は話題をそらす。

三枚目のカードを、瑠衣は開いた。

「このカードは《塔》といって……」

瑠衣の言葉を電話のベルがさまたげた。

「車、前の通りまできているって」と、受話器を鹿野にわたす。『瑠衣』の電話は、複雑な機能をもたない昔ながらの黒電話だ。

「やたら早いな」

電話を切った鹿野は、「迎えの車がきていますから」と三藤をうながした。

「まあ、すごいこと」胸の前で手を組み、古風な言い方で三藤は感激をつたえた。

「車で送ってくださるんですか」

鹿野の腕をとらんばかりだ。

「私はお宅までお送りはできませんが」

「どうしましょう。あたくし、道がわからないわ」

「運転手がこころえています。住所を教えましたから」

「黙って乗っていていいんですか」

「そうですよ」

「とても偉い人になったみたい」

「偉いんですよ。わが社の童話賞の、第一回受賞者です」

三藤真代は優雅にストゥールを下りた。

「嫌いなものは嫌いなり」ひとりごとめいて、佐城がつぶやいた。

「何ですの、それ」

出口まで歩んでいた三藤は、耳聡く振り向いた。

「気にしないでください。わたしの口癖」

「夏痩せて、だったね」と、瑠衣。

「そう。夏痩せて嫌いなものは嫌いなり。三橋鷹女の句」

「あら、いい句ですね。あたくしも、そうだわ。嫌いなものは嫌いなり」三藤真代はにっこりした。

エスコートした鹿野が後ろ手に閉めたドアに佐城は目を投げた。「プリマバレリーナ退場」

車が動きだすまで見送って、鹿野はもどってきた。

カウンターの上には、三枚のカードがならんでいる。

「最初と二枚目はいいのがでたけれど、最後で破滅だね」頬杖をついて佐城がけだるく言う。

「これ、悪いカードなの?」《塔》を鹿野はとりあげた。

黒い空にそびえる高い塔。稲妻の先端が塔の先端を砕き、炎が燃え上がり、窓も火を吹き、ふたりの人間が落下する。

「キーワードが、逆境、災難、爆発、破局だからね。もう一つずつ作ろうか」

「ああ、おれ、濃いのを」

「わたしも」

瑠衣は氷塊を割る。

「あのひと、どんな童話を書いたの」カードをもてあそびながら、佐城が訊いた。

「タヌキのポンちゃんがウサギのミミコちゃんと遊びました、っていうようなの?」

「いや、受賞するだけあって、ちょっとしたものだったよ。苗ちゃん好みじゃないかな。父親がいなくて、母親がひとりで働いていて、生活が苦しいの」

「それで、親孝行な子供がけなげに稼ぎましたって話？」

「まあ、そうだけれど、その稼ぎ方がね、ファンタジーなんだ。ぶらんこを漕ぐの。子供が必死にぶらんこを漕ぐと、母親の仕事がうまくいく。それをわかっているのは、子供だけ。だから、力のかぎり、漕ぎつづける。親は成功するけれど、子供は力を使い果たして」

「あ、それ、まずいよ」佐城苗子はカウンターを叩いた。「ぱくりだよ」

「ぱくり？」

「外国の短編にあるよ。ぶらんこじゃなくて、木馬なんだけどね。子供部屋の木馬。子供がのって、ぎーこぎーこ、漕ぐの。それによって、親の仕事がうまくいく。株の売買だったかな。わたしも昔読んだんだからうろおぼえだけれど、とにかく、発想が同じだよ。木馬のかわりにぶらんこになっているだけだ。そんなの受賞作として本にしたら、非難が殺到する。けっこう有名な話なんだよ。スタインベックだったかな」

「スタインベックがそんな童話書くか？」

「作者の名前がいまいち、確かじゃないんだけど、童話専門の作家じゃなくて、外国の大人の小説家の作品だった。その話も、童話というより幻想怪奇ね」

「アンなんとか……。アンなんだっけ、彼女がほめていた、あの作家じゃないんだな」

「ちがう。アンなんとかなんて名前、はじめて聞いたもの。選考委員、だれも知らなかったの、先行作があること」

「童話の人たちだから、大人のは読んでいなかったのかな。やばいな。おれ、読んでみるわ、その木馬の話。今日の授賞式の写真を明日の夕刊にのせるんだけど、ストップさせておかないといかんな」

鹿野はあわただしく携帯電話のナンバーを押した。

## 3

恭《うやうや》しくドアをあける運転手に会釈して、三藤真代は黒塗りのハイヤーをおりた。ビーズの手提げから出した小さい鍵で、門扉の錠前をあける。

戦前、真代が生まれたころは、この一帯は山林の多い寂しい場所だった。三藤家は代々地主だった。相続税だの生活費だののために、だいぶ切り売りしたが、まだ、庭はひろく残っている。

門から玄関までのあいだの敷石のまわりは、雑草と松葉牡丹がいりまじり、植え込みに藪枯らしの蔓がからまる。

裏木戸から庭にまわり、敷石に靴をぬぎ、ガラス戸をあけて縁側から座敷に入った。玄関の扉は把手がとれて開けることができない。何年も替えてないので座敷の畳はけばだち、湿気をふくんで腐りかけている。

二階建てだが、階上の部屋は雨戸をしめたままで出入りしない。階段は埃で白い。ひとり住まいに、部屋数はたくさんは要らない。

座敷とならぶ六畳間に、座卓と本棚がある。本棚から、真代は一冊抜いた。アン・メイスンと片仮名で印刷された名前に、いとおしく目を投げる。もう一冊、抜く。片仮名でアン・メイスン。さらにもう一冊。アン・メイスン。三冊のアン・メイスン。どれも、ぶらんこを漕ぐファンタジー。同じ話。だれにも読まれることのなかったアン・メイスン。もう、アン・メイスンの名前は捨ててもいい。三藤真代の名前で、しかも、粗末な装幀の自費出版ではなくて、大きい新聞社から、本になる。

部屋の隅におかれた姿見の覆いを後ろにはねた。フリルで飾ったブラウス、花柄のスカートの姿が映る。爪先立ってくるりとまわると、スカートは大きくひろがった。

鏡に微笑みを投げ、もう一度庭に出た。

藪枯らしの蔓は庭を一面におおい、雨樋から屋根にまでのびている。ぶらんこの支柱にも這いのぼる。綱に絡まった蔓はちぎれ萎れている。

真代はぶらんこの板に腰掛け、両側の綱をにぎり、爪先で地面を蹴った。

力をこめて漕げば――ぶらんこではなかったけれど――願いが叶うという話を読んだのはいつだったか。

板に、真代は立ち上がった。強く漕いだ。風がスカートを舞い上がらせる。

困ったことがあるとき、意外なところから助けがきたでしょ。……いいえ、ちゃんと自力で解決した。苗さんという女のように。

忘れていた過去の記憶が突然よみがえって、ショックを受けたことがあるでしょう。……いいえ、いま、思い出したことがあるけれど、別にショックは受けないわ。


庭の土が固くて掘るのに困ったけれど、だれにも助けてもらわなかった。

風に腐臭がまじる。兄も嫂《あによめ》も、死者はしつっこい。思い出させようとしてにおいを風に託す。

わたしが生まれ育ったこの家をこわしてマンションにすると兄夫婦に言われても、わたしは困らなかった。自力で解決した。

宇宙のエネルギーが、腐臭とともに、運命に流れ入る。

# 青い絆

## 1

扉を開けて顔をのぞかせた客を一瞥するなり、瑠衣は小さい吐息をついた。——今年も、あまりいいことはなさそうだな。正月休み明けの最初の客がこの女か。

ふりの客はめったにこないのだが、万一印象の悪い新顔が入ってきたら、うちは会員制です、とそっけなく断る。会員制をきどるようなご大層な店ではないのだが。あいにく、前に、常連の鹿野に連れられてきたことのある女だった。冷たく追い返すわけにもいかない。

「おぼえていらっしゃる？　ずいぶん前だったかしら、忘れられちゃったかしら」

「オジョウサマ」声に出さず、〃の化石〃とつけくわえ「入って」と瑠衣はうながした。

「しばらくです」三藤真代は、あいかわらず、くねくねと肩をくねらせる。耳の下で切りそろえた髪に灰桜色のベレーは、最初のときと同じスタイルだ。もこもこしたコートを脱ぐと、下は細い縞柄のセーターで、裾の長いウールのスカートはギャザーの入った花柄と、せいいっぱいお洒落をしようとして野暮ったくなってしまうのも、最初のときとかわらない。五十をすぎているのに、自分を少女と錯覚している。

連れがあった。「タヌキさんです」と三藤真代はひきあわせる。

「タヌキ？」

「いやだわ。失礼よ」三藤は肩をくねらせ、わざわざ首をねじり、横目づかいになって瑠衣を睨んだ。笑いをふくめている。この店の馴染みだと、連れに強調するふうに。「タヌキなんて。カヌキさん。河に貫くと書くの。河貫。有名な絵描きさんなの」

有名な、と、誇らしげに言葉に力を入れる。

背の低いわりに肩幅のひろい中年の男は、「文字を見て、そそっかしいのは、河童と読むよ」と、苦笑してみせた。上唇をかざるふっさりした口髭がなければ、童顔だ。「〝カドウと読むんですか？　まさか、カッパじゃありませんね〟なんて言われる」

「いくら、あたくしが童話を書いているからといって、タヌキやカッパを連れては来ないわ」

気のきいた冗談を言ったつもりで得意気な三藤に、瑠衣はつきあって笑う気にもならず、無視する。河貫は大声で笑っている。

「いいお店でしょ」三藤の言葉に、

「そうね」河貫は、かるく言い、また笑う。

どんなに好意的な眼でみても、〝いい〟お店といえないことは、瑠衣自身が承知している。インテリアに神経を使った小洒落た店が増えている昨今、数十年も前に居抜きで借地権を譲り受け、その後ろくに手を入れてない『瑠衣』の店内は、薄汚れ、殺風景で、テープで流す曲は、半世紀も前のジャズやスウィングという古めかしさだ。

「今度ね、河貫さんと、絵本をつくるの」

祝福されることを期待した声だ。

三藤の盗作が問題になったことを、瑠衣が知らないと思っているのだろうか。

三藤真代は、新聞社が募集する童話賞の第一回に応募し、受賞した。しかし、内容が、海外の作家の短編と酷似していることが明らかになり、受賞は取り消された。ささやかな賞であるし、他社も選考委員の面子と立場に配慮し、大きなニュースにはせず、ほとんど黙殺した。

「何にします？」

「あたくし、飲めないって、知ってるじゃないの、瑠衣さん」

十年も馴染んでいるような口調で、三藤は咎め、肩で押すようなしぐさをする。最初にきたときは借り猫状態。二度目の馴れ馴れしさ。

「そちらは」

「あ、ぼくは水割り」

「うちは、ボトルを入れてもらうんですけどね」

「そうなの」河貫はちょっと鼻白み、「ボトルだって」と三藤の顔を見た。「かまいませんか」

勘定を持つのは三藤だと、瑠衣は察する。

「あら、それ、どうぞ」お嬢さまの化石は、明らかに、〝ボトルを入れる〟の意味がわかっていない。

棚にあるボトルを瑠衣は示す。

「シーバス……にするかな……」

画家は語尾を濁し、三藤を見る。

「何でも、どうぞ」鷹揚に三藤は微笑する。

童話賞を担当し予選にもたずさわった鹿野から聞いたところでは、盗作を指摘された三藤真代は、憤然とし、偶然の一致だと主張した上で、有名な外国の作家と同じことを考えついたって、褒められてもいいんじゃございませんの、と言ったそうだ。

水割りのグラスを口に運ぶ河貫に、「あたくしね」と、三藤は舌足らずな甘えた口調で言う。「宇宙のエネルギーが運命に流れ込んでいるって、瑠衣さんに言われたの」

「そういうカードが出たっていうことよ」三藤を相手にしてると、瑠衣は、つい意地悪くなる。

「あたくしね」と、三藤はまた言う。「子供のころから、賞って、一度もいただいたことがなかったの」

避けたいであろうと瑠衣が慮り、話題にしなかったほうへ、三藤真代はすすんで話をもっていった。

「だから、あの新聞社の童話賞、嬉しかったのよ。一等賞ですもの」

「一等賞……」瑠衣は思わず苦笑する。

「何か、三藤さんは酷い目にあったそうですね」

河貫が言う。

「もう、よろしくてよ、そのことは」

「大新聞社というのは、かってなことをすると、僕も義憤を感じたんだが」

「どういうことなんですか」

盗作問題を、三藤がどんなふうに作り替えて河貫に話したのか。

「瑠衣さんの占ってくださったタロットカード、三枚目に、あたくしの運命がはっきり出ていたんですってね」三藤は話をそらせた。「あとで、鹿野さんからうかがったの。あたくし、お迎えの車がきたから、見ないで帰ってしまったんですけれど」

過去、現在と二枚ひらいて、未来を告げる三枚目のカードは、《塔》だった。

「鹿野さんがカードの意味を教えてくださったわ。〝逆境。災難。爆発。破局。自分への信頼が揺らぐ。世間がわからなくなり、自信を失う〟。あたくしの運命を、瑠衣さん、ぴったり言い当てていたのよね。驚いてしまったわ。本当にそうだったわ。あたくし、世の中っていうものがわからなくなって、もう、立ち直れないと思ったわ。どん底の気分だったのよ」

瑠衣は冷蔵庫をのぞいた。作りおきの玉葱のスライスを皿に盛り、梅干の肉を混ぜた手製のドレッシングをかけ、カウンターに置く。

「でもね」くっくっと笑って、三藤はつづけた。「鹿野さんは、あたくしの不運をとても気の毒がって、いろいろ励ましてくださったの。《塔》には、〝自分の限界を知り、他人の力を借りようという気になる〟という意味もあるんですって。瑠衣さんがそう言っていたって、教えてくれたの。そうでしょ、瑠衣さん。そういう意味、あるんでしょ」

「あるわ」

「だから、あたくし、思いついたのよ」

三藤は流し目を画家にむけた。そうして、「ねえ、瑠衣さん」と、甘えた。「河貫さんのことを占ってよ。タロットカードで」

2

過去。《皇帝》。

「凄いわ。ぴったりよ」

三藤は息をはずませんばかりだ。

「カードの意味、わかるの?」瑠衣の問いに、

「いいえ」三藤は首をふったが、「でも、なんとなく察しがつくじゃない。皇帝ですもの。偉いんだわ。河貫さんは、もと華族の血筋なの」

三藤の言葉に、扉の開く軋んだ音がかさなった。入ってきたのは常連のひとりである佐城苗子だ。

〝困ったね〟〝あらら〟〝ちょっと、ちょっと〟〝どうしようね〟

幾つかの言葉が瑠衣の喉の奥でごったがえし、結局、目と鼻をきゅっと顔の真ん中に寄せる、気のあう者にだけいつも向ける、独特の笑顔になった。

佐城は一瞬立ち止まったが、視線は三藤真代の上をさりげなく通りすぎた。

「満席だね。ほかをまわってこよ」

「あら、あいていましてよ」

三藤には、佐城の刺は通じなかった。

やれんなあ、と表情にみせ、佐城は奥のストゥールに腰掛けた。三藤真代の盗作を最初に見抜いたのは、佐城苗子だ。三藤は知らない。

「ボトル、切れたよ。鹿野ちゃんのを使おうか」

鹿野と佐城は、同じ新聞社の出版局につとめている。鹿野は図書出版、佐城は編集企画室で、部署は異なるが、親しい。

「あ、いいよ。新しいの入れて」

新しいシーバスの栓を開けようとすると、「あら、これをお使いになったら」と三藤は自分の前のボトルをさした。

佐城は首を振って、瑠衣に目でうながし、瑠衣は新しいボトルを開けた。

「あら、もったいない。いくつも開けなくたって」

一言ごとに、〝あら〟の間投詞がつくのが、瑠衣には耳障りだ。

「ママ、ひとつ、作ってあげてください、そちらの方に」河貫が、自分の前のボトルをちょっと押しやった。

自分で勘定を持つ気になったのだね、と瑠衣は思う。佐城の前で、連れの女に勘定をはらわせるわけにはいくまい。


佐城は、若いころから、通称〈美女〉である。くっきりした大きい眼とか、細い顎とか、幾つかの美女の条件をクリアしている。男に言い寄られるのは始終だから、あしらいも悪びれない。

「あ、どうも」と、あっさりグラスを受けた。

やりとりの意味はまるでわかっていないが、河貫が佐城に強い好意と関心を持ったことだけは敏感に察して、三藤真代は、ウーロン茶を舐めるように啜りながら、「この方、有名な画家さんなの」と、佐城になれなれしく話しかけ、自分の連れであることを強調する。「過去のカードに《皇帝》が出たんですよ。凄いでしょ。もと華族さんのお家柄なの、河貫さんは」

「はあ、華族さん。いつの話ですか」佐城の小馬鹿にした口ぶりに、

「まったく、いつの話ですかねえ」と、河貫は同調した。「三藤さんはロココ趣味で、日本の旧華族に過大な幻想を持ってしまっているんですよ」

三人集まれば、かならず二対一にわかれる。河貫は佐城と同盟を結ぼうとしている。たしかに、三藤真代は、他人の嗜虐心をひきずりだすタイプであり、瑠衣もうっとうしくてならないのだけれど、あほを自覚しないあほの三藤と小利口をひけらかし感覚のあわない他人をばかにしたがる佐城の鞘当てを見ていると、あほの三藤にいささか同情したくもなる。

「素敵じゃありません、舞踏会とか」

「なかったですよ、そんなのは、日本では。大昔の鹿鳴館の茶番をのぞいたら」河貫は諭す。

「ヨーロッパでは、今でも、貴族のネットワークが緊密なんだってね」瑠衣が話の流れを変えようとすると、

「テレビだろ、それ」佐城はそっけなく言った。

「わたし、テレビは見ないんだけれどね、たまたま、社で、昼休みに」

テレビは見ないというのを佐城苗子は自慢にしている。瑠衣がテレビ番組を話題にのせると、〝わたしはテレビ見ないから〟と言う。テレビなんか見るあんたはばかだよ、と言われているようで、佐城と気の合う瑠衣でも、ときどき、かちんとくる。佐城がテレビで見たというときは、〝ふだんは見ないんだけど、たまたま〟と必ず枕言葉をつける。

「国の違いは関係ないんだよ。貴族という階級で結ばれている」日ごろ軽蔑している、テレビの受け売りを自分の意見や知識として口にするテレビ漬けオバサンそのものに、佐城はこのとき、なった。

「あの……、タロット」と、三藤がうながした。

「まあ、いいですよ」河貫はおしとどめる。

「あたくし、この前やっていただいたとき、《女教皇》でしたの」と三藤は、「河貫さんが《皇帝》。ご縁があるのよね」

「女の教皇なんて、あるんですかね」河貫が言う

と、「あるんですよ」すかさず、佐城は博識を披露した。「わりあい有名な話でね。もっとも、信憑性は確かじゃないですけどね。九世紀ぐらいだったと思う。だれにも疑われず、男として生活していたの。才能があって、ついに教皇にまでのぼりつめたんだけれど、儀式の最中に赤ん坊を産み落として、正体がばれてしまった」

盗作がばれたあてつけとも聞こえるのだが、三藤は、感じないようで、「ねえ、瑠衣さん」と、甘えた鼻声を出す。七つ八つの子供ならともかく、五十をすぎた女だから、瑠衣は虫酸が走る。

「河貫さんの占いをつづけてくださいな。ぜひ、お願いよ。あたくしのためと思って」

三藤のこの一言が、ふたたび、瑠衣を小意地の悪い気分にした。三藤真代の口調は、瑠衣に生母を思い出させる。権高で、世界は自分のためにあると思い込むタイプであった。〃わたしが頼むんですから〃そう言えば、だれもが、喜んで彼女のために奉仕する。そう思って疑わない。いまだに、瑠衣は生母に対する嫌悪を捨てられない。

「実行力、決断力のある方ですね」《皇帝》のカードのキーワードを、瑠衣は口にする。「いつも、目的を達成してきた。そうして、新しいパートナーの出現によって、現状はさらに変化する。着手した仕事は、すべて成就する」

「瑠衣さん！」と、三藤真代は感極まった声をあげた。「そうなのよ。あたくしが、その、新しいパートナーなの。よかったわねえ、河貫さん」

「このカードは、女性の影響力をあらわしてもいるの。賢明で霊感を秘めた女性が、影響をおよぼしている」

「まあ、あの、あたくしのこと……？」三藤は身をよじる。

「きみしか、思い当たる女性はいませんね」河貫の言葉に、三藤は薄く涙さえ浮かべた。

かたわらで、佐城は頬杖を突いて冷笑している。

瑠衣は二枚目のカードをひらく。

「現在。《力》。いいカードね」

　小さい歓声をあげて、三藤真代は胸の前で拳をにぎったりひらいたりする。

「不可能なことでも可能にする不屈の精神と忍耐力がありますね。やりとげるには、困難がつきまといます。でも、あなたにはカリスマ的な力があるので、周囲の人に感化をおよぼすことができる。困難を克服する過程で、あなたは、精神力がますます強くなり、周囲を圧倒することができる」

「やりましょうね、河貫さん」三藤は両の拳をにぎる。「いろいろ、困難はあるかもしれないけれど、あなた、やりとげられる人なんだわ」

「それほど、困難な仕事じゃないんだがね」

　照れたように、河貫は首筋を掻き、「三藤さんに、絵本をいっしょにと頼まれているんですよ」と告げた。

「そうなの」三藤はたてつづけに、大きくうなずく。「あたくし、以前から、河貫さんの童画のファンだったの」

　五年前だったわ、と三藤はうっとりしてつづける。

「あたくし、めったに遠出はしないんですけれど、ときたま、不意に、突然、無性にお洋服が欲しくなりますの。それはもう、天啓のようにあたくしを捉えるの」

　かってに喋らせておけ、というふうに、佐城は「こないだ、『アンダーグラウンド』って映画を見てさあ」と瑠衣を相手に話しだした。瑠衣はふんふんとうなずきながら、聴覚の半分は三藤のほうにむけている。

「うちのほうは田舎ですから、気のきいたお店がないの。それで、銀座まで出たんです。銀座ってわかりにくいですわ。うちからだと、ＪＲに乗り換えて、有楽町でおりるんですけれど、そこから銀座通りまで出る道がよくわからなくて、迷子になってうろうろしていたら、童画展の看板が――看板ていうのかしら――目に入ったの。あたくし、心細くて泣きそうになっていたんですけれど、童画という文字を見たとたんに、仲間がいる、って感じたの。あれは、なんというビルでしたっけ」

河貫は佐城の話に聞き入っていて、三藤の質問が耳に入らない。

「ビルの名前はどうでもいいわ。その地下に、あたくし、下りていったの。そこで、河貫さんの絵を、はじめて見たの。あたくしの勘はあたっていたわ。あたくしの感覚にぴったりなの。あたくしに絵の才能があれば、こういう絵を描くだろうというような。でも、あたくし、童話を書く方の才能しかありませんから……あら、傲慢？　才能があるって言ったら。いつか、この方と組んで絵本を作りたいと念願していたんですわ。その会場に、感想と名前、住所を書くノートがおいてあったので、あたくし、書きました。それから、毎年、展覧会のたびにご案内をいただくようになって」

「ボタンを押すとね、床が二つに割れて、地下への通路が開くんだけど」と、佐城は映画の話を続けている。「床の上の机も、その上の花瓶まで、真っ二つに割れるの。けっこう笑える。これ、あまり気がついた人いないんだけどね」目配りのよさを、常々、佐城は誇っている。こまかいギャグに自分は笑うのに、ほかのものはだれも笑っていない、気がつかないんだね、と、よく口にする。

瑠衣はうなずいて、感心してやった。

「ぼくも、あの映画は見たんですが、花瓶が割れるところまではわからなかったなあ」河貫が賛嘆する。「カメラ、かなりロングだったでしょ」

「それで？」と、瑠衣は三藤真代に話の続きをうながす。まるで、わたしゃ、幼稚園の先生だよ、と思いながら。幾つになっても、人間関係の構図ってものは、変わらないんだね。

「それで、〝他人の力を借りる〟という《塔》の意味を教えられたとき、河貫さんに絵をお願いして、絵本を出そう、って」

「どこから、出すんですか」映画の話を中断して、冷静に佐城苗子が訊いた。

三藤真代は文芸書では一流の出版社の名をあげた。その声が少しぎごちないのを、佐城は敏感に耳にとめ、「あそこは、児童書の出版部門はないですよ」と言い捨てた。

「あの、頼めば出してくれるって聞きましたわ」

「ああ、自費出版」

「え、自費出版なんですか」河貫には初耳だったようだ。「＊＊社から出すというから、ぼくは……」

「＊＊社は、流通……なんていうんでしたっけ。あの……あそこから出すと、書店の店頭に並ぶんです。自費といっても、最初の費用をこちらが出すだけで、後は、ふつうの出版物と変わらないんです」

「そういう話だとは、ぼくは、聞いてなかったな。いや、だからどうだっていうんじゃないんですが」

「＊＊社は、自費出版をあつかう部署はあります」佐城苗子は、てきぱきした口調で言う。こういうときの歯切れのよさは、瑠衣にも心地よい。「持ち込まれた原稿をみて、確実に売れると予測がつけば、あそこでやっている新人賞に応募をすすめたりもします。受賞すれば、自費じゃなく、＊＊社から出します。でも、それは小説かノンフィクションですね。売れ筋のミステリなんかなら、最初から自費出版じゃなく、賞に応募しますよね。絵本や童話は、あそこは出しません。自費出版物は、著者がひきとって、知人に配ったりするだけです」

「あたくし、何百冊も配るほど知り合いはいませんし、お店に並べて、大勢の人に見てほしいんですわ。だから＊＊社ならと思って……」

「＊＊社は、自費出版に関しては、社の流通機構にのせることはしていません」きっぱりと、佐城は言う。

「＊＊社の方では、どう言っているんですか」河貫は三藤の顔をのぞき込んだ。

「どうって……。原稿と絵が揃ってからでなくては、持って行かれませんもの」三藤は肩をくねらせた。

「それじゃ、まだ、社の方には、何も？」

三藤真代は少し萎れたが、すぐに、活き活きと笑顔になった。「困難を克服するって、このことなのね。不可能を可能にする！　不屈の精神と忍耐力。カリスマ的な力があるので、周囲の人に感化をおよぼす」

「それは、あなたのことじゃないでしょ」佐城がさえぎる。

「河貫さんよ、もちろん。河貫さんは、＊＊社の人に会って、カリスマ的な力をおよぼすのよ。不可能を可能に。困難を克服する過程で、河貫さんの精神力はますます強くなって、＊＊社の人も圧倒され、前例のないことをやる気になる。やりましょうね、河貫さん」

カリスマと呼ぶには、河貫はあまりに凡庸だ。

「河貫さんとあたくしって、不思議なご縁があるのよ。初めて見た河貫さんの絵は、川縁を飛ぶカワセミだったの。青い矢のような。あたくし、その前の日にカワセミを見ているの。うちは田舎だから、東京の方に馬鹿にされるんだけど」

「ひがみっぽいんですね。だれも、あなたの家のあるところを田舎だなんて馬鹿にしていませんよ」佐城はうんざりした声で言う。

「二十分ぐらい歩くと、川があるんです。カワセミの巣があるので、カメラマンよくくるんですのよ。そのときも少し離れた上流のほうにテントをはって、三脚を据えて望遠レンズをとりつけたカメラで、プロらしい人が待機していたわ。あたくしは、なにげなくぼうっとしていたの。そうしたら、カワセミが、あたくしの目の前を飛んだのよ。くるっとまわってみせたわ。あたくしだけのためにパフォーマンスをしてくれたの。カメラマンのほうなんか、行かないの。あたくし、ざまみろって思いましたわ」

瑠衣は「は?」と間の抜けた声をだした。「ざまみろ、なの?」

「だって、いい気味じゃありません。何時間も待っていたって、だめよ。あたくしにだけ、みせてくれたの。そして、次の日、河貫さんのカワセミの絵と出会ったの。あのときから、あたくしと河貫さんは、結ばれたの。恋人を結ぶのは赤い糸っていいますわね。あたくしたち、青い光の矢で結ばれているのよ。瑠衣さん、未来のカードは?」

「ちょっとごめんなさい」瑠衣は三藤の前におかれたグラスを取ってにおいをかいだ。

「ウーロン茶だわね。まちがえて、水割りを飲ませたかと思った」

「あたくし、アルコールはいただきません。あたくしたちの未来は、どうなるのかしら。出版、うまくいきますように。あたくしの書く童話は、なかなか、わかってもらえませんの。少数派っていうんですわね。同じ着想でも、外国の作家だと、傑作といわれるのに、あたくしが書いたら、盗作。あんまりだと思いますわ。瑠衣さん、いいカードをだしてね」

小さい吐息をついて瑠衣が三枚目をひらこうとすると、

「絵本のことだけど」河貫が三藤に固い声で言った。「ちょっと考えさせてもらわないと……。話がちがう」

「あら、どうして」目を大きくしたので、三藤の額はマンガの蛸《たこ》のように横じわが寄った。

「市販する絵本の話だとばかり」

「市販できるように、がんばりましょう。不可能を可能に」三藤はいっそう目を大きくして言う。

「どういうストーリーなんですか」佐城が口を挟んだ。

「あなたに話すつもりはないわ。喋っているあいだにプロットが固まるというタイプの作家さんもいるそうですけれど、あたくしはだめなの。喋ってしまうと、それでできたような気になって、あと、書く気がなくなるの」

「ぼくもまだ、聞いていないんだが」

「完成したら、まっさきに、河貫さんに読んでいただくわ。そうして、絵を描いていただいて、＊＊社に」

「持ち込み……。ぼくは……」

「持ち込まなくても注文の仕事をかかえていらっしゃるんでしょう」と、佐城。

「数年分ね。でも、＊＊社から出すというのはなかなか魅力があるんで、ほかのを差し置いてもと思ったんですが」

「瑠衣さん、またくるね」佐城は人差し指でバツ印を作って勘定の合図をし、席を立った。

数字を書いた紙を、横から河貫が受け取った。

「ぼくのもいっしょに」と、札を瑠衣にわたした。「あ、お釣りは」と手をふる。

「送りましょう、そこまで」

佐城と肩をならべて戸口を出る河貫の背をみつめていた三藤は、カウンターに向き直った。子供っぽい笑顔になっていた。

「やさしい方なの、河貫さんて。とてもやさしいの」

カウンターの上には、瑠衣がひらいた三枚目のカードがある。木の枝に逆吊りにされた若い男をみて、三藤真代は眉をしかめた。

「あんまりいいカードじゃないみたい」

「《吊るされた男》。そう悪い札ではないのよ。男の顔、苦しそうではないでしょ。微笑しているでしょう」

以前、佐城はこの絵を目にしたとたん、マゾだ、と言ったのだった。

「逆さになると、目に見える景色が上下逆になるでしょ」瑠衣はカードの持つ意味を教える。「このカードは現実にたいする認識の誤りを告げているの。苦境から抜け出したいという願望があるわね。いまは、人生がむなしく感じられても、正しい認識をもてば、展望がひらける。努力はむくわれ、すばらしい贈り物、あるいはたいへん魅力的な仕事の申し出を受けるようになる」

「河貫さんの未来ね。ぴったりだわ」三藤の目はもう一度大きくなり、額は蛸になった。「自費出版とか持ち込みとかを低く見る、その辺の認識を、河貫さん、あらためなくてはいけないのよね。そうしたら、あたくしの申し出た仕事がどれほどすばらしいか、わかる」

はあ、そうなっちゃうのかねえ。占い師にできるのは、カードの持つ意味を教えるだけで、それを自分の問題と結びつけどう解釈するかは、相手の勝手だ。

「河貫さんの童画家としてのキャリアを大きく変える仕事になるのよね、きっと。なにか大きな賞をいただけるかもしれないわ」三藤真代は、肩をくねらせてくすくす笑った。

「ウォルター・ミティみたいだわね、三藤さんは」

瑠衣は言ったが、古い映画『虹を掴む男』もその原作も三藤真代は知らず、「え？」とけげんそうな顔をしただけだった。何をやってもだめなくせに、妄想の中でたちまち英雄になってしまう男。映画はアメリカ産なので、原作の苦さを抜き取って、ハッピーエンドにしてあったが。

「あたくしは、この前、瑠衣さんに占っていただいたわね。あたくしは、創造的な夢想家。霊感をもって、周囲に影響をおよぼす《女教皇》。困ったことがあれば、自力で解決したわ」

そう言ったとき、三藤真代の口もとに浮かんだ微笑の意味を、瑠衣は知らない。

三藤家代は思い出していた。生まれ育った家をこわしてマンションにすると、兄夫婦が言いだしたとき、——わたしは、自力で解決した。兄夫婦は、土の下で腐敗している。庭の土は固くて掘るのに困ったけれど、だれの力も借りなかった。そのことを知る人は、だれもいない……。

「あたくしね」と言って、三藤はまた笑った。

「自分のものを人に取られるの、大嫌い」

「だれだって、そうでしょ」

「部屋に一緒にいる人が深呼吸すると、腹が立つわ。あたくしの吸う空気が少なくなる」

下手な冗談だと瑠衣は思ったが、三藤の表情はまじめだった。

「あたくしを馬鹿にする人は、ざまみろ、という結果になるのよ」といって、くすくす笑う。

「お連れさん、遅いわね」帰ってこないつもりかもしれない。「タクシーがなかなかこないのかな。このごろ、空車多いんだけどね」

「やさしい人なのよ、河貫さんは」

「三藤さん、ひとりで帰れるの？」

「あら、もちろんですわ。子供じゃありませんもの」

「もう、店、閉める時間なんだけど」

「あら」と、三藤は声だけで笑った。目は笑わないので、奇妙な顔になった。

二度とこないで、という意味を、どうしたら、この女につたえられるだろう。瑠衣が思案しているとき、電話のベルが鳴った。

「河貫さんからの連絡かもね」と、受話器をとった瑠衣の耳に、切迫した佐城苗子の声と救急車のサイレンがかさなってとびこんだ。

受話器をおき、「車の事故で河貫さんが」と告げた。三藤真代のくちびるが動いた。ざまみろ。

## いやな女

人の噂はめったにするものではない。「あのオジョウサマの化石」と、鹿野がつい口にしたばかりに、本人を呼び寄せてしまった。石の階段を下りてくる足音に、ふといやな予感がして、それでも、足音はひとりだ、あの女が単独で新宿の地下の酒場『瑠衣』にまでくることはあるまい、と思いなおしながら、あれからは、もう、こないんだろ、とつづけようとしたとき、猫背の痩せた女が扉を開け、入ってきたのだ。

三藤真代の服装は、いっそう大時代になっていた。細身のセーターにロングスカートなのだが、そのセーターの首のまわりに、連ねた造花をとじつけその端を肩に垂らし、いつものベレーのかわりに、広いつばが波うつ、これも造花で飾った帽子を斜めにかぶったところは、ミュシャのアール・デコスタイルを下手に真似たふうだ。これが似合うと思っているらしい。鹿野は女性のファッションの移り変わりには関心がないけれど、センスのよしあしには敏感だ。

「しばらく」三藤真代はくねくねと肩をくねらせ、鹿野の隣に腰をおろし、足元に大きな紙袋をおいた。歓迎されるのを期待している。つばの縁が顔に触れ、鹿野はやや大げさに身をよけたが、三藤は帽子をぬぐ気はない。

カウンターの中の瑠衣は、鹿野と視線があうと、かすかに唇のはしを曲げてみせ、それから「いらっしゃい」と声をかけた。

「一人？」

「ええ」

「オジョウサマがよくお供なしでこられたわね」

瑠衣の声音にひそむからかいにはまるで気がつかず、

「あら、お嬢様だなんて」

三藤は肩をくねらせる。

「鹿野ちゃん、今日、ここで落ち合う約束していたの？」瑠衣の問いに、

「いや、いや、とんでもない」と首を振ったが、否定の語気がいささか強すぎたかと鹿野は思った。

「偶然ですのよ。ほんとに偶然。嬉しいわ、あたくし」

どうしたらこの喜びをあらわせるかというふうに、三藤は身をよじる。

「めったにこないんですのにね。あたくしって、勘がいいのね。第六感」ひとりで手を叩き、鹿野に目交《めま》ぜする。


鹿野の勤務先である新聞社が、社風にあわない童話賞をつくり公募したとき、第一回の受賞者となったのが三藤真代であった。公表する寸前に、アイディアが海外の作家の短編と酷似しているところから盗作の疑いが生じ、受賞は取消になったといういきさつがある。三藤は偶然の一致だと主張している。社としてはことを荒立てたくないので、賞金は贈呈するという折衷案をだしたら、三藤はそれで納得した。

応募作に付記された年齢は四十七となっていたが、これも詐称らしい。遠目であれば五十代そこそこでとおるが、間近につくづく見ると、唇のまわりの巾着を引き絞ったような皺といい、羽をむしられた鶏に似た顎の皮膚のたるみぐあいといい、六十も半ばを過ぎているのは明らかだ。猫背で顎を前につきだした姿勢は、ミュシャ風のよそおいには不似合いに老いを丸出しにしている。おそらく老眼であろうが見栄をはってか眼鏡をかけ

ていないから、ものを見るとき眉根を寄せ目を細め、唇の皺が深まる。

「おたくは、たしか……」三藤が住む近県の名をあげようとしたが、鹿野は思い出せない。

「田舎ですわ」

「こちらに、なにか、おついでが？」

鹿野は強いて堅苦しい言葉づかいをし、三藤と距離を保とうとする。

「いいえ」

「へえ、うちにわざわざ？」瑠衣が口をはさむ。

「そうよ」

「何の用？」

「何の用って……」

「飲めないんでしょ」

「あら、でも、こちら、ウーロン茶とかジュースとか、あったんじゃありません？」

「そりゃ、あるけどさ」

ウーロン茶やジュースで長々とねばられるのは、酒場にとっては迷惑だということは、お嬢様の化石には通じない。

苦笑して瑠衣はウーロン茶を缶からコップに注ぐ。

「で、何の御用？」

瑠衣はわざと口調をあらためる。

からかわれていると三藤はわからず、「あの……、ただ遊びにきたんですわ」と生真面目に釈明する。

「遊びにねえ。遠いのに、ご苦労な」

「タクシーできてしまったの」

「そりゃ、贅沢だねえ」瑠衣はからかうのを忘れ、本気で目を丸くした。

「ウーロン茶一杯飲むのに、＊＊市からタクシーでねえ」

「あら、いいえ、銀座からですわ。今日、お買物に出てきたの」

足元においた紙袋をもちあげてみせた。

「お洋服を買ったの」

「お洋服ねえ」

瑠衣は、〈お〉を強調した。

「うちのほうには、いいお店がないんですもの。ときどき、急に、お洋服が欲しくなるの」

「ああ、前にもそう言ってたわね」瑠衣がうなずいた。「めったに遠出はしないけれど、ときたま、不意に、突然、無性にお洋服が欲しくなるって」

「あら、あたくし、そう言いましたっけ。そうなの。欲しいとなったらもう、我慢できませんの」

「あの……ちょっと変わった名字の絵描きさん、なんだっけ」

「河貫さん？」

「そうそう、その人と知り合ったのも、銀座に〈お洋服〉買いに出てきたときだったっけね」

そうでしたわね、と三藤は冷淡に応じ、「気に入ったお洋服が手に入ると、ひとりでファッションショーをしますのよ」と自分の話をつづけた。「持っているお洋服を全部床にひろげて、鏡の前でとりかえひきかえ、着てみるの。とりあわせを考えて、いろいろ組み合わせて。モデルさんのように、くるっと回ってみたり。あたくしね、着るもののセンスがいいって、前に河貫さんにほめられたことがあるわ。いろの取り合わせには、あたくしも自信があるの」

「河貫さん、どうなの？」

「さあ、どうなんでしょうね。怪我したのが頭だから、もうだめなんじゃありません」

三藤はそっけない。

この『瑠衣』を出てから、河貫が自動車事故にあって重傷を負ったという話は、鹿野も瑠衣から聞いている。

童画家の河貫は、三藤に絵本の挿絵を頼まれ承知したが、それが自費出版ときいて断ったいきさつがある。しかも、『瑠衣』でいっしょになった女性に河貫が目を奪われ、三藤はみじめな立場になったのだった。女性というのが、鹿野も親しい同じ新聞社の社員の佐城苗子であった。佐城からも、河貫が車にはねられたときの様子を聞いた。

佐城の勘定も河貫はいっしょに払い、三藤を店におきざりにして送って出た。交差点で、信号が赤にかわり、車がいっせいに目の前を横切りはじめたとき、河貫はふらふらと車道に泳ぎだした。車はまだ速度をあげていなかったからたいした衝撃ではないようにみえたのだが、頭を強くうち昏倒した。現場にいあわせた義理で、一度だけ見舞いにいった佐城の話では、面会は謝絶、その後意識不明の状態がつづいているという。

「今日買ったお洋服、見てくださる？」

がさがさと音をたてて、三藤は袋を開いた。

鹿野が予想したのは、花模様の安っぽいウールのワンピースであったが、三藤がもったいぶった手つきで取り出したのは、蛇の皮のような模様がついた、着れば肌に密着して肉体の描く曲線をそのままあらわすであろうと思われるブラウスであった。こんな服を着て魅力を発散するのは、十九世紀ごろの、伯林《ベルリン》か巴里を舞台に妖艶な売春婦を銀幕で演じる西欧の女優ぐらいなものだ。シャベルで押しつぶしたような胸の三藤が着たら、衣紋掛けに吊るされた布きれになる。

「凄いわね、これ」瑠衣は魅了されたようだ。

「高かったでしょう」ためつすがめつする。

「ものはなんだろ。シルクかな。もっとごわごわしているわね。年代物にみえるけれど。デパートだの、普通の店じゃ、ちょっと売ってないね。どこのブランド？」

「アンティーク・ショップでみつけましたのよ」

「骨董、お好きなんですか」

鹿野は口をはさんだ。彼は目利きではないが、古いものになにがしかの魅力をおぼえはする。

「日本の軸とか焼物とかはわかりませんけれど、

西洋の古いものって好きですの」

「わたしじゃ着られないな。破れてしまうね」

瑠衣の胸は国産のブラジャーではまにあわず、アメリカの輸入物を使っている。

「時代物だけあって、傷んでいるじゃない。手荒にとりあつかえないね」

「試着してみたんですのよ。あたくしにぴったりでした。まるで、あたくしのために特別に誂えたようだって、お店の人、言っていましたわ。ちょっと着てみせてあげましょうか」

あ、いいわよ、と瑠衣が手を振るのが目にとまらなかったようで、三藤はミュシャばりの帽子をぬいで大事そうにおき、服をかかえ、カウンターの奥にかってに入りこんだ。

「あ、お客はこっちにきては駄目」

瑠衣がたしなめるのを無視し、しゃがんでもぞもぞ着替えている。瑠衣は絶望的な身振りを鹿野にみせ、ふたりは目顔だけで言葉をかわしあった。

少し……どころか、だいぶいかれてるね。

変なのが常連になっちゃったね。

「それでさ」

瑠衣はカウンターに頬杖をつき、三藤を無視して話題をかえた。

「なんだっけ、さっき、話しかけていたの。途中で話がそれて……」

この人のことになって……と、カウンターの下に視線を走らせる。

「ああ、豪華本の話ね」鹿野は応じた。

三藤の顔がカウンターからのぞいた。

「豪華本？」

興味津々という顔つきだが、首の下がまだ裸なので、いそいでひっこめた。

「あら、破れてしまった。瑠衣さん、すみません。針と糸を貸してくださらない」

「店においていたかねえ、裁縫道具なんか」

あちらこちらひっかきまわし、瑠衣は小さい裁縫箱をだしカウンターの下にさしのべた。

「布目が弱いんですわね。悲しいわ。でも、古いものって、そこがお値打ちですものね。あら、うまく糸がとおらないわ。瑠衣さん、お願い」

「わたしもだめだよ。老眼でね」

「鹿野さん、お願いできません？」

「ぼくにできるかな。やってみましょう」

「鹿野さんて、やさしい方だわ」

大仰すぎるほど感激した声を三藤はあげ、カウンターに手だけのぞかせて、糸巻と針をよこした。

「やさしい方って好きよ」

あなたに好かれても困るんだが、と声には出さず、何度か失敗したあげくにようやく糸を通した針をカウンターにおいた。瑠衣がそれを三藤にわたしてやる。

「フランスなんか、限定版と普及版と、二種類つくることが多いんだよね。限定二、三十部、普及版で数千部とかね。限定版は十分に金をかけて」

鹿野はゆっくり水割りのグラスをかたむけ、

「ぼくは、パソコン詳しいんですよ。社で、講習の講師もしている。インストラクターの資格を持っているんだ」

「それじゃ、社をやめても、そっちで食べていかれるね」

「退職なさるんですか」カウンターの上に、三藤の目だけがのぞいた。

「いえいえ」鹿野は軽く否定し、

「瑠衣さんは、パソコンはやらないんだっけ」

瑠衣は首を振る。

「苦労してワープロはじめてさ、ようやくワープロ名人になったと思ったら、もう、ワープロは生産中止で、パソコンの時代だっていうじゃないの。ついていけないよ、まったく」

「あら、あたくし」

と、カウンターの下から浮き浮きした声が言う。

「できますの、パソコン」

「へえ」

信じがたいという顔を瑠衣はした。また口からでまかせを、と鹿野も思う。

「ワープロはもちろん、できますわ。なにが役に立つかわからないものですわね。昔、短大で英文タイプをならいましたの。それで、十何年前になりますかしら、わたくし、ほら、童話を書きますでしょ。ワープロで書こうと思い立ったんですわ。決心すると、あたくし、実行は早いんですのよ。自分で言うの、なんですけれど、すぐにマスターしましたわ」

「へえ」と瑠衣は素直に感心する。「わたしは苦労したけれどねえ」

「そしたら、このごろ、急に、パソコン全盛になりましたでしょう。あたくし、やろう、と決心しましたわ。決心すると、あたくし、実行は早いんですのよ。自分で言うの、なんですけれど」

三藤はとくいげに同じせりふをくり返す。

「すぐにマスターできたの？」

疑わしげに、瑠衣は訊く。

「機械を買ったお店の人に、その場で詳しく教えてもらいましたの。そして、立ち上げっていうんですか、やってもらいましたから、持って帰ってすぐにできるようになりましたわ」

「インターネットもやっているんですか」

「いいえ」

「珍しいね」と瑠衣が、「たいがいの人、メールのやりとりが目的じゃない？」

「興味ございませんの。メールなんて。それに、あたくしの家の電話、古い黒電話でコードの差し込み口もないものですから、――あの、古い電話って、とてもいいんですのよ、あたくし、あの感じが好きなの。新しいのにとりかえようなんて気は起きませんわ。あたくし、猫電話っていう童話を書きましたわ」

「ちょっと、風邪ひくよ。いつまでも下着のままでいたら」

「もう一針二針なんですわ。あら、また破れてしまった。あたくし、縫物って大嫌い。いまでも足踏みミシンがうちにあるんですけれど、もう十何年、使っていませんの」

三藤の話はほとんど脈絡なくあちらこちらに飛び跳ねる。

「足踏みミシンの間にもぐるのが、子供のころ好きでしたわ。そこだけ普通と違った空間で」

「いまはどうです」

「ミシンがもう埃だらけで」と、三藤は少しずれた返事をした。「とてももぐれませんの」

「黒い電話機って、黒猫を連想させません？　あたくし、想像力がよほどゆたかなんですわね。電話機から猫なんて、普通、思いつきませんもの。そういうところが、あたくし、童話を書くのにむいているんだと思いますの」

顔はみえず、カウンターの下から聞こえる声だけを相手にしていると、鹿野はいささか奇妙な気分になる。

「でも、あたくしの書くものって、なかなか理解していただけないんですわ。少数派っていうんですかしら」

電話と猫を結びつけるくらいで〈少数派〉かと、鹿野は憮然とする。

「電話が猫になるのではなくて、猫が電話なんですのよ。あたくしの後をついて歩く黒猫が、必要なときは電話の役をするという話。猫の胴をこういうふうにぎゅっと——あら、痛い。針をさしちゃったわ。ぎゅっと握ると猫が口をあけますでしょ。送話器のかわりになるでしょ」

「けっこう残酷なことを考えるんですね」

「猫の耳が受話器よ。この前童話賞をいただいたとき、受賞第一作というのを書くんでしょう、そのために考えたんですの。河貫さんに絵を描いていただいてって思ったんですけれど」

でも、あの方ったら、自費出版ではいやだなんておっしゃって……と不愉快さをこめて三藤は言い捨てた。

「コードいらずで、最新式でしょ。いまの親子電話なんかができる前に、あたくし、この話を考えていたんですもの。時代の先端をいくっていうんですかしら。ああ、それで、電話なんですけどね、そういう古い電話機だから、インターネットをするには、新しい電話機にとりかえなくてはだめだって、パソコンのお店の人に言われたの。でも、電話を取り替えるのは嫌ですし、お店の人に家の中に入られるのは、もっと嫌ですもの」

「人に入られるのが嫌なんですか」

鹿野の問いに、

「ええ」

三藤は短く答えただけだった。偏屈な女だからな、と鹿野は思い、そのとき三藤の脳裏に、土の中で静かに腐蝕しつつある二つの骸が浮かんでいることなど、察しようもなかった。

「ちょっと、何の話をしていたんだっけ。なんか、本の話じゃなかった？　どうして電話の話に」

瑠衣が言ったのと、

「さあ、ごらんになってちょうだい。ファッションショーの始まり」

勢いよく三藤真代が立ちあがったのが同時であった。

くるりと回るには狭すぎる。カウンターの上に飛び乗りかねない顔つきをしたが、さすがにそこまで悪のりはせず、端をぐって止まり木のほうに来た。

いっそモデルのように堂々とふるまえばいいものを、いかにも気恥ずかしげに顔をおおってみせる。酔いがまわっているならともかく、まだウーロン茶さえろくに飲んでいない。

「似合いますよ」

おざなりに鹿野は言ったが、間近に見る服の素地に目を引かれた。

「ちょっと失礼」

肌に触れないよう気をつけて、服の端をつまんでみる。

鱗模様はプリントではないようだ。まるで本物の蛇の皮を剝いで綴じあわせたようだ。

「これ、いいな」

思わず口に出る。

「いいでしょ」

「いや、その、服としてより、本の装幀に……」

「豪華本の？」と瑠衣が「その話をしかけていたんだったよね。だけど、急にパソコンなんて持ち出すから」

「うちは新聞社だから。出版にはあまり熱意をもたないんだよ。いい本を作ろうという気構えがないんだ。読み捨てではなく、本の造りそのものが魅力的で、手元におきたい、っていう書物、あるじゃないですか」

「ああ、昔の革装の本なんか、立派だったね。わたしが子供のころ、まだ、おじいちゃんの蔵書にあったねえ、革の本。重々しいのが」

「モロッコ革に金箔を押して」

「そうそう。背表紙に、こうふくらんだ筋が横に」

「綴じ紐の部分ね。でも、近代になると、もう、昔のような紐綴じはしなくなったから、もし、イミテーションでなければ、おじいさんの蔵書は、すごく古い貴重なものだ」

「それじゃ、ただ形だけまねたイミテーションだね。うちのおじいちゃん、特別な愛書家というわけではなかった」

「その本、見たいな」

「焼けちゃったよ。空襲で」

「古本屋で小口に金を塗った革装の古い洋書をみかけると、わくわくする。古典劇の開幕を待つように。手に取るだけでも嬉しい。だいたい、書物というのは、そういうものだったと思うな。教養ある一部の知識階級だけが」

「あ、その知識とか教養とかいう言葉、あたくし、大好き。すごくかっこういいとお思いになりませんん」

三藤が口をはさむたびに、鹿野はげんなりする。

「わたしはもう、本はさっぱり読まなくなったな。細かい字がだめだ」

「たしかに読書人口は激減しているけれど、本当に読書好きな者の数は、昔からそう多くは」

言いかける鹿野の言葉に、三藤が意気込んでかぶせた。

「そうなんですのよ。たしか、テレビでだれかが言ってましたけれど、昔は、よく売れる本でせいぜい二千とか三千部だったんですってね。あたくし、それで十分じゃないかと思うんですよ。二千人の人があたくしの童話を読んでくれる。すばらしいことじゃございません」

鹿野はすぐにむかっ腹をたてるたちではないのだが、三藤の口に拳を突っ込んだらさぞせいせいするだろうと思った。

気を取り直して、瑠衣にむかい、

「前は日本でもあったよね、フランス装。仮綴のアンカット」とつづけた。「このごろの読者は、アンカットの本なんて、見たこともないだろうな。二十年ぐらい前になるかな、日本のある出版社が凝ったつもりでアンカットの本を出したら、返品続出だったって。買った読者はもちろんのこと、書店の店員にも知らないのがいたんだね。あれは、買った者が製本家に頼んで好きな装幀をつける。世界に一部だけの自分の本ができる」

「いいですわねえ、世界で一冊だけの本。あたくし、そういうの好きだわ。あたくし、ほかの人と違う、っていうのが好きですの」

賛意を表明しているのだから喜ばしいことであるはずなのだが、あたくし、という気取った一人称に、鹿野はむしょうに腹立たしく不愉快になる。

「大部数の本をだすのはむずかしい状況になってきているけれど、逆に念入りな手作りの本を少部数だしたいという人は必ずいると思うんだ」

「いますとも」

三藤の声を、瑠衣も無視して、

「それを、鹿野ちゃん、やりたいわけ？」

「そう。パソコンだと、一冊だけの本というのを造れるんだ。割付して印刷するまで、ひとりででできる。装幀、製本は専門家の仕事になるけれど、そっちも勉強しようと思ってね。マーブル紙ってあるでしょう。大理石のような模様。見返しや遊び紙に使う」

「墨流しみたいなのね」

「大量生産のやつは印刷だけれど、少部数の豪華本は、一枚一枚、そのつど手作りで。革も、内容にあわせて染める。一部何万てかかるけれど、作家でも、自分の気に入った作品を非売品の私家版として残したいという人はいると思うんだ」


「私家版！　いい言葉ですわねえ」感に耐えないというふうに、三藤は吐息をついた。「自費出版ていうのと、全然ちがいますわね。あたくし、断然それにするわ。あのときいただいた賞金、まだ手をつけないでとってありますのよ。自費出版につかうつもりでしたけれど、その私家版にするわ。でも、鹿野さん、童話の絵本のことはあまりご存じありませんわね。大人の本とはちょっと違うんですよ。あたくしが教えてさしあげるわね。外国の絵本て、いいんですよ。日本のはだめ。野暮ったくて」

「実はね」と鹿野は、瑠衣だけを相手にした。「社をやめようと思うんだ。退職金で、フランスに行って、何年かみっちり装幀製本の勉強をしてくる」

瑠衣はちょっと息をのんだ。

「本気なんだねえ。食べていけるのかねえ」

「ずいぶん考えたさ。でも、安価大量生産時代のいまだからこそ、本物の技術を持った人間は強い」

「まあ、身一つだからなんとかなるね。これで家族持ちだったら、おやめって言うけれど」

「あら、鹿野さん、独身でいらっしゃるんですか」

華やいだ三藤の声に、苦笑を鹿野は返した。数年前離婚したのだが、そんな事情をこの老女に話す気はない。

たぶん、しっかりと鏡を見たことはないのだろう、この女は。そう鹿野は思う。皺にかこまれた丸い大きい眼は、かつてはくりくりと愛らしかったのだろう。まわりの大人たちに可愛がられたのだろう。気持ちはそのときのまま固まってしまい、老いていく外形を認めないのだろう。

「瑠衣さん、こういうときこそ、占ってさしあげなくては」

三藤が身をくねらせるたびに、きしきしと蛇皮のきしむ音が聞こえるような気が、鹿野は、した。

「いや、いいですよ。やめておきましょう」

手を振る鹿野に、

「あら、どうして」三藤は不満そうだ。

瑠衣のカード占いは、けっこうよく当たると言われている。三枚のカードで、過去、現在、未来の運勢を指摘する。

瑠衣自身は、カード占いはただの遊びだと言っている。三藤の受賞作が盗作だったことを、瑠衣の占ったカード《塔》は示していたし、河貫が自動車事故にあう直前のカードは逆向きの《吊るされた男》だった。

「悪いカードがでると、いやですからね。おみくじだって、〈凶〉がでたら、あまりいい気分はしないでしょう」

「あら、悪いカードが出たら、その計画はおやめになればいいんだわ」

「やめる気はありませんよ。瑠衣さん、勘定」

＊

鹿野が出ていったあと、狭い部屋に瑠衣と三藤、ふたりだけが残った。

気詰まりなことだと瑠衣は思う。肩をくねらせ、年に不相応な甘えたそぶりをみせる三藤を、ゆとりをもってからかっていたのだが、ふたりだけになると、およそ似合わない蛇皮めいた服を着た老女の躰が、少しずつ大きくなるような錯覚を持つ。

河貫が事故にあったと佐城が電話で知らせてきたとき、三藤のくちびるが〈ざまみろ〉と動いたのを、瑠衣は思い出していた。

事故の知らせの前に三藤が口にしたのは、〈あたくしね、自分のものを人に取られるの、大嫌い。部屋に一緒にいる人が深呼吸すると、腹が立つわ。あたくしの吸う空気が少なくなる〉という言葉だった。そうして、〈あたくしを馬鹿にする人は、ざまみろ、という結果になるのよ〉とくすくす笑った。

その通りになった。偶然だと思うのだけれど、瑠衣自身の占いよりよほどどきみの悪い一致だ。

「鹿野さんのこと、占ってさしあげないの？　瑠衣さん。それじゃ、あたくしがあの方の新しいお仕事の成否を占うわ」

ビーズとフリルで飾った手提げ袋から、三藤真代は黄色い箱をだした。RIDER WAITE TAROTと記された箱の蓋をひらき、二十二枚の大アルカナをカウンターに置いた。

「あたくしね、瑠衣さんの真似をして、カードの占いをおぼえたの。簡単なんですよね。それぞれのカードの持つ意味をおぼえればいいんですものね。でも、まだアンチョコをみないと駄目なんですけど。あたくし、物覚え悪いの」

「もう、店、閉める時間なんだけど」

あら、と三藤は笑い、カードを切りまぜた。きしきしと、服のきしむ音を瑠衣は聞いた。

眼を閉じて、もったいぶった手つきで一枚を開く。

「《世界》。ええと、なんでしたっけ、《世界》は」

カードの箱に入っている青い表紙の小さいパンフレットを三藤は開く。

アンチョコに頼らなくても、瑠衣はカードの意味するものを熟知している。

「すばらしいこと!」三藤はアンチョコを読み上げた。「完成、完全、成功、能力……とても強い運勢のカードだわ。鹿野さんて、前途洋々だったんですね。さあ、現在は?」

ふたたび目をつぶって、二枚目。《法王》。

「慈悲心、親切心、善良、同情。まあ、あの方そのままじゃありませんか。あたるんですわねえ、カードって。さあ、いよいよ、未来」

三たび、目を閉じてなにか念じながら三藤は、カードを開いた。

三藤が瞼を開ける前に、瑠衣はすばやく、カウンター上におかれた三枚目のカードの上下を逆にした。

目を開けた三藤は、

「いんちきをなさっては駄目よ」

と、カードの上下を元通りにした。損失、失敗、破壊、終局、そうして、絵のあらわすとおり死を意味する《死神》のカードを見下ろし、三藤真代は嬉しそうにくすくす笑い、笑い声は次第に大きくなった。

「遊びよ。カードは」瑠衣は言い、そのときチリと鳴った電話に目を据えた。

# 夜光る鱗

この酒を空しと云ふや？　……波は酔ひたり！
われは見き潮風のうちにさかまく
いと深きものの姿を！

——ポオル・ヴァレリイ
（堀口大學訳）

何年前になるか。Ｙ・Ｓの訃報をきいたのは、『瑠衣』の最後の夜だった。

古いジャズのテープが流れていた。自分のうちではさすがにＣＤを聴くというが、この店では、瑠衣はいつも、古いテープをかける。それもジャズのスタンダードナンバーばかりだ。麻布が擦れあうような掠れた音だ。

「どうせ手離すんならさ、おっかあ、バブルのころにやめとけばよかったんだよな」

板谷が口にした。常連客の中で瑠衣をおっかあと呼ぶのは板谷だけだった。以前はポルノ映画の監督をしていた板谷は、最近はテレビの脚本を書いたり演出したり、新聞のラテ欄に時折名前が載るようになった。

「あのとき売っぱらっとけば、今頃、左団扇なのに」

「ま、それはもういいから」やや苛立った口調でさえぎったのは、〈土手ふんばり〉だった。佐城苗子と私が陰でつけたあだ名だ。カウンターに五人並べば満席になる『瑠衣』の、私の隣のストゥールが二つ空いていた。いっしょに飲む約束をしていた佐城苗子が、まだ来ていなかった。

あだ名にたいした意味はない。郷里がどこかとか、どんな風習があるかというような話題になったとき、飛蝗《ばった》のことをうちのほうでは〈土手ふんばり〉と呼ぶと、いかにも踏ん張った顔つきで言ったからだ。

瑠衣は冷蔵庫から氷の塊をだして錐でがしがし砕き、空になっていた私のグラスに入れ、ボトルのウィスキーを注いだ。

「薄ウくね」私が言うと、「スポイトで一たらしね」わかってるよ、というふうに、瑠衣は丸い顔の目鼻をきゅっと真ん中に寄せる表情で笑い、その笑顔を板谷にむけた。「左団扇って、今の若いタレントには通じないだろ」

「ああ。左団扇も左褄もだめ。でも、どうして左団扇っていうのかって意味を訊かれたら、俺も困るんだけど」

「まったく、話が通じないようになった」土手ふんばりが割り込んだ。「俺の孫が、夏休みにホームステイとかで、イギリスに一ヵ月滞在したんだ。その家族が方々に連れていってくれたんだが、墓地に行くときだけ、おまえはくるな、って言われたんだそうだ。戦没将兵を埋葬した、あれは何といったっけ、国の墓地だ。日本軍と戦って戦死した者の墓参だから、ジャパニーズ・ガールはノーって。帰国してから孫がびっくりしたように俺に訊くんだよ。日本とイギリス、いつ戦争したの？　って」

「そういうの、言いだすときりがないよ」瑠衣はまた目鼻をきゅっと寄せて笑った。「老兵は消え行くのみだ」

「そのせりふも、もう通じないよ」苦笑しながら板谷が言った。

「だから、わたしもついに店を畳む」

地上げ屋が跋扈していたころ、この老朽化したビルも買い取るという話になったのだが、ビルのなかに雑居している零細な店子が、団結して反対した。

ビルの持主は地上げ屋に権利を売り渡し、地上げ屋の嫌がらせが続いて、店子たちは出ていった。瑠衣は意地をはって居すわっていたが、そのうちバブルが終わり地上げ屋も手を引いて、ビルは立ち腐れた。瑠衣は店の権利を手離す潮時を失った。ようやくどこか大手の不動産会社がビルをそっくり買い取り、壊してマンションを建てることになり、瑠衣はわずかな立ち退き金で店を畳む羽目になった。

「我々、いささか生き過ぎたな」土手ふんばりが慨嘆した。「あ、板谷くんは別だよ。二世代違う」

「それでも、マッカーサーは知ってますよ」

「我々って、だれとだれのことよ」瑠衣が笑いながら抗議した。「板ちゃんの他は、三人とも同世代じゃない。わたし、生き過ぎたなんて思ってないよ。ねえ」と、私に同意を求めた。

「私、生き過ぎたな」私は応じた。「三十年も前にさ、新人賞もらって小説書き始めたとき四十過ぎてたでしょ。あのころ、まだ、平均寿命五十歳っていわれていた。だから、後せいぜい七、八年だなって思ってた。ところが平均寿命がどんどんのびるじゃない。走っても走ってもゴールラインを後ろに下げられている感じ」

「織田信長の歌いけり」と土手ふんばりが胴間声で歌いだした。この店にはありがたいことにカラオケはないので、これまで客が歌うこともなかった。「人間わずか五十年」

好きな歌なので、私も声を合わせていた。

「夢まぼろしのごとくなり」

瑠衣も歌った。「か、どうだか知っちゃあいないけど」


やりてえことをやりてえな。

てんでかっこよく死にてえな。

人間わずか五十年、

てんでかっこよく死にてえな。

「盛り上がってるな」と、苗子が入ってきて、私の隣の空いたストゥールに腰をおろした。

「苗ちゃん、知らないだろ、この歌」

そう言って、土手ふんばりは歌の先をつづけた。

異国の聖《ひじり》、のたまいぬ。
見よや野の百合、空の鳥、
明日は明日の風が吹く。
か、どうだか知っちゃあいないけど

……


「福田善之の『真田風雲録』の主題歌」と、私は教えた。「大坂冬の陣、夏の陣に六〇年安保の挫折を重ねたミュージカルで、作曲は林光。映画にもなったよ。中村錦之助が猿飛佐助で、民芸だの新劇の俳優たちも出てた。あと、若きころのミッキー・カーチスとか」

「六〇年安保なんて、わたし、まだ小学生だよ。知るわけないじゃん」苗子は鼻先で笑った。五十代ではあるけれど、この顔ぶれの中では苗子がいちばん若かった。

「みんな素敵な奴だった、その名も真田十勇士、音にきこえた十勇士」と、土手ふんばりの歌は感傷的になった。夏の陣、決戦に打って出た十勇士が後続部隊の援護を得られず、一人ずつ戦死して減っていく場面だ。

五年前には知らなんだ、
十年前にも知らなんだ、
若い仲間の俺たちが、
こんなになるとは知らなんだ。

忘れたところはごにょごにょと誤魔化し、「身には弾丸傷剣傷」と続けた。

草葉の陰で泣いている
友の姿が目に浮かぶ。

「アンポだのデモだの、わたしは関係なかったけどさ、あの舞台と映画はおもしろかったな」瑠衣は追憶にふけり、「なんだか、いろいろ通り過ぎていったね。岸を倒せ、の次に、大学紛争で、それからシラケで、バブルで、崩壊で。神武景気だの、鍋底だの」

「いま、ヨーロッパの戦間期の資料を少し読んでいるんだけどね」私は口を挟んだ。「二〇年代と今と、似てきたね。頽廃。享楽。不安感」

「二〇年代か、ディートリヒだな」土手ふんばりが懐旧の眼になった。

苗子が私に顔を寄せ、小声で「Y・Sが死んだね」と言った。


小説を書くようになる少し前、私は苗子と知り合った。児童文学の作家たちが教えている講座で、週に一度ずつ六ヵ月だが、最初の講義で私は興味を持った。

最初の回は、二人の講師が一時間ずつ、間に十五分の休憩をはさんで独演した。

実作者でもある講師たちは、児童文学というものは、生活リアリズムにもとづき、子供に戦後民主主義を教えるものであるという信念のもとに、希望に満ちた子供たちが連帯して社会を改革してゆくような話を書くものであると言った。

最初の講師は、小川未明の『赤い蠟燭と人魚』を、資本家の搾取と労働のなんとかという立場から徹底的に論難する説を世に出したことを誇り、次の講師は「〈子供〉と書いてはいけません」そう言って、黒板に白墨で大きく〈子供〉と板書し、供の字に強く傍点をうった。「これは、お供という意味です。子どもは大人のお供ではない。

諸君が戦後民主主義を尊重するなら、必ず〈子ども〉と書かなくてはいけない」

終わったとたんに、隣の席の若い受講者——後で、佐城苗子と名を知った——が、「つまんねえの」と小さい吐息をついた。私は共感の笑顔を送った。前の席の受講者が振り向いて私たちを睨んだ。

開講の半月前までに受講者は全員十枚ほどの掌編を提出している。それをガリ版刷りにして綴じ合わせたものが配られた。

毎回異なる講師が二人ずつで、次回から、前半は講師の講演、休憩をはさんで後半は受講者の掲載作を二、三作ずつ選評し、その後質疑応答ということなので、二度目も出席してみた。

席は自由なのだが、私と佐城苗子は言いあわせたように並んだ。

受講者の全作品に、私は前もって一応目を通していた。短いものばかりだから、十分もあれば読めた。

一番つまらないと思った作品が、講評のさい激賞された。田舎から都会に転校してきた子供が、教室の中に燕が舞い込んだので喜びましたという生活童話であった。

終わってから、二人でビアホールに入った。

「受講料返せって言いたいよ」苗子はジョッキをあおった。

「ああ、そうだね」私もジョッキに口をつけた。

「あれじゃや、戦前の『綴方教室』だ」

「なに、それ」

問い返されて、苗子との年代の差に思い当たった。「貧しい家の小学生が、身の回りのことをありのままに書いたら担任が激賞して、本になって、映画にもなって、すごく評判だったの」

「へえ、古いこと知ってるんだ」

「私もそのころ小学生だったもの。童話って、自由になんでも書けるものだと思って講座に入ったんだけど、生活くそリアリズムのがんじがらめだね」

「だから、今の日本の創作童話だの児童文学だのって面白くないんだ。がちがちの教条主義で」

「そのつまらない児童文学の書き手が講師なんだから、期待したこっちが悪かった」

「あれって、自分たちができなかった理想を子供に押しつけたいんだよね」

「受講料もったいないけど、私、やめる」

「自分の書いたのの、講評聞かない？」

「あんな価値基準であれこれ言われたら、腹がたつだけだ。井上ひさしと筒井康隆を、ああいうのを真似してはいけませんてけなすような講師、信頼しない。井上ひさしの『表裏源内蛙合戦』て芝居、見た？　凄いよ」

「ＳＦ全然わかってないしね」

「面白いのは通俗、通俗は悪いって思ってる。だから面白い筒井をみとめない」

「返してくれないかな、受講料。飲み代にまわしたいよ」苗子は言って、その後、「いい店知ってるから」と『瑠衣』に伴ったのだった。

二人とも講座はそれきりやめたけれど、新聞社につとめている苗子から夕方、「これから社出るんだけど、『瑠衣』で飲まないか」と誘いの電話がしばしばかかるようになった。

瑠衣はいつも歓迎してくれた。話しているうちに、瑠衣の弟が、私も何本か出演作を見ている若くして死んだ映画俳優だったことや、女学校での私の同級生が、子供のころ瑠衣と家が近く、遊び友達だったことがわかって親しみを増した。

そのころ苗子は二十代だった。北陸の出身で、父を早くに亡くし、長兄が父親がわりだった、というような話を、親しくなってから、ぽつぽつ喋った。

「上の兄貴、家長って意識が強すぎて、たまんなかったよ。母親は兄貴に世話になってると思うもんだから、全然何も言えないの。兄貴の言いなり。高校出てすぐ、わたし上京したの。新聞社でアルバイト募集してたから、就職できた」

苗子と私は『瑠衣』で会っていないときは長電話をかけあった。

私はじきに児童向けではない小説を書くようになり、苗子は新聞社勤務をつづけながら、どこに発表するあてもなく、何かしら書いていた。

そして、苗子は結婚し、子供を産み、じきに離婚した。子供は苗子がひきとり、土曜日曜は元夫が子供の相手をする生活がしばらくつづいたが、保育園に入れたので、元夫はこなくなった。小学校にあがってからは放課後、学童保育にあずけた。元夫は賭マージャンに凝りサラ金から大金を借金し、それが離婚の大きな原因になったほどだから、養育費も払わず、苗子は勤めを続けざるを得なかった。書きたいけれど時間がないと苗子は苛立っていた。

二時間も三時間も、電話で何を話しあっていたのか、切れば忘れてしまうような冗談ばかり言いあっていた。読んだ本の情報と書籍小包が行き交った。坂田靖子の『天花粉』を教えてくれたのは苗子であり、高野文子の『絶対安全剃刀』は私が読了したのを苗子にまわした。私の方が長く生きてきた分蔵書も多かったから、トゥルニエだのアラバールだの、ずいぶん送った。

Y・Sの名前を私が知ったのは、短編集『架空の庭』だったように思う。彌生書房から出た最初のは知らず、私が触れたのは大和書房から再刊されたものだった。それともY・Sが訳したポール・ギャリコの『スノーグース』を読んだのが先だっただろうか。ギャリコの作品の大半を訳しているのがY・Sだと認識したのはずいぶん後になってからだ。翻訳書と小説、どちらを先に知ったのだったか、もう思い出せない。——Y・Sと、思わせぶりなイニシャルでしか書けないのは、彼女の死が、未だにあまりになまなましくて、とてもそのままでは記せないからだ。

ようやく、おぼつかない短編を二つ三つ小説雑誌に載せられるようになったころ、新宿の酒場『薔薇土』に、親しい編集者に伴われた。

中井英夫と日影丈吉、泡坂妻夫という眩い顔ぶれによる『秘文字』という本が出版されたのを祝う、ごく内輪だけの会だった。三人が暗号をモチーフにした短編を書き下ろし、それぞれ異なる解読法による暗号で記した、色刷り、函入りの、なんとも贅沢な豪奢な書物が、奇跡のように世に出たのだった。

まだアマチュアにひとしい身が雑魚のととまじりができたのは、私が中井英夫の『虚無への供物』に逃れようもなく心を摑まれた一人であることをその編集者が知っていたゆえだろう。

私は隅の席にひっそり腰掛け、華麗な映画の一場面の観客となっていた。

『薔薇土』のマスターが、中井英夫が分身と呼ぶ人であることも、何も、そのときは知らなかった。

その席に、Y・Sがいた。むろん、Y・Sは私を知るよしもなく、そして、私は、原書の選択に信頼のおける翻訳者、いたいたしいほど繊細な作家としてY・Sを知るのみだった。小柄な華奢なY・Sは、自分の家の茶の間にいるようにくつろいでいた。

ファンらしい若い女性が三人の作者に真紅の薔薇を一輪ずつ贈り、中井英夫はそれをさりげなく胸に挿した。他のものなら気障にみえるであろうその仕草が、中井英夫には如何にもふさわしかった。

『虚無への供物』も苗子にまわしたのだが、性にあわなかったらしい。

苗子とは好みが重なる部分は多いけれど、何から何まで同一というわけにはいかない。

Y・Sの詩集『ことばの国のアリス』をまわし

たら、いたく気に入って、深夜、電話をかけてきた。

「こういうの、わたしも書きたいんだよ。掛け詞の遊びね」

「あの中の歌が、唐十郎の『唐版　風の又三郎』の主題歌に使われてたよ」私はくちずさんだ。

　ふるさとすててちまたにすめば
　あのこもこひしこのこもこひし
　よのひとなべてなつかしやさし

「それから、これも使われてた」

　一かけ二かけて三かけて
　四かけて五かけて恋仕掛
　駈落ちしかけてちょい待った
　はるか向うをながむれば
　十七八のねえさんが
　髪ふりみだしかけてきて
　　にいさんにいさんどこ行くの
　　わたしをどうしてくれる気か

「曲もよかった」

「わたしの好きなのは、これだよ」苗子はさえぎった。「アリスとテレスとプラトオとってやつ」

　アリスはあたし　愛編むアリス

　プラトオは犬の仔
　プルトオのいとこ

「こういうんでいいんなら、わたし、幾つだって書けるな」

　じゃ、書いたら、と刺を含んだ言葉を投げたくなるのを、私は飲み込んだ。

　新聞社の出版局につとめアパートの家賃を払い

独りで子供を育てている苗子には、書くための時間も場所もなかった。ナオがいなかったら、と時折苗子は子供の名前を口にした。社なんかやめて、もっと自由な仕事みつけるんだけど。

こんなんでいいなら、というのは、苗子の口癖だった。わたし、幾つでも書けるよ。でも、発表する場がないんだ。わたし、瞬発力と、とんでもない発想する能力はあるから、五、六枚なら書ける。でも、そういうの募集しているところないだろ。三十枚とか五十枚とか、そんな長いのは書けない。だから……童話なら短くていいと思ってやりだしたんだけど、社会主義にのっとった生活童話しか認めないんだもんなあ。

プロレタリア文学の流れだね、あれ。

私が書く場を与えられるようになった小説誌も、社会主義、教条主義でこそなかったけれど、求められるのは風俗に密着した話で、現実から浮遊したものはなかなか許されなかった。雑誌が対象とする読者の大半が男性サラリーマンなのだから当然で、そんなことも知らずに書きはじめた私が悪いのだった。

卸金で大根みたいに足からすりおろされてる気分だよ、と電話で苗子に愚痴りながら、けれど、日本の作家なら古井由吉、中井英夫、澁澤龍彦、赤江瀑、多田智満子、高橋たか子、そして海外ならブルーノ・シュルツやジュリアン・グラックなどの、悽愴の気を含んだ芳醇な香りに潤されて、私はどうにか書きつづけていた。

Y・Sのエッセイを時折目にした。〈齢四歳にしてこの子は、それまでの数々の経験により、自分が子供社会の中での完全な敗北者でしかないことを、すでにして十分知りつくしてしまっていたのである〉〈群れきそうのびやかな同輩たちのたわむれを物蔭からじっと見守っていたあの頃、わたしの耳は「なべてのもののわれに向ひて死ねといふ」その声をはっきり聞きとってしまったような気さえする、この子はいっそそのまま死んでしまえばよかったのか〉Y・Sは、生き延びた。〈断ちがたい生への執着の結果として。というより、くりかえし身内にわきあがる（略）熄みがたい思いの遣り場を、幸いにも他に見出すことができたから〉似ていた。

澁澤龍彦が逝った。玲瓏とした作を遺された。その数年後、Y・Sの長編『兎とよばれた女』が刊行され、私はY・Sとかのひとのいたましい関わりを知ったのだった。

中井英夫が逝った。瞬時の死ではないゆえに、なおのこと中井英夫の闘いは壮烈だった。

苗子との電話は間遠になった。苗子は時折『瑠衣』にも顔を出していたが、わたしは明け方まで飲んで遊ぶような気力はなくなっていた。

Y・Sは、数多い質の高い翻訳書と何冊かのエッセイ集をだしていた。

ブレヒトの詩『子供の十字軍』は、Y・Sの翻訳がなかったら、私は知らずに過ぎただろう。

中世、子供たちばかりの集団が、熱に浮かされたように聖地をめざし、マルセイユまで辿り着いたものの騙されて奴隷に売り飛ばされたという史話は、マルセル・シュウォッブが『少年十字軍』という作品に仕上げ、日本でも翻訳されている。

ブレヒトの『子供の十字軍』は、ポーランドが戦火に蹂躙されたとき、保護者を失った幼い子供たちの群れがさまよい歩く話だ。

（略）

小さな指揮官がちゃんといて
しきりにみなをはげました。
ひそかに胸を痛めながら
――なぜって道を知らなかったんだ。

十一になる少女の手に
四つの子がすがってた。

母さん役なら足りるのに
平和の地だけはないのだった。

この子供たちは、Ｙ・Ｓや私と同じ年代にあたる。子供たちはただ彷徨うほかはない。死んだ仲間を弔い、迷い犬を連れ、幼い恋をし、なおも歩く。そして——

ポオランドでは　その正月
犬が一ぴきつかまった。

犬の首には一枚の紙きれがついていた。

助けてください！　と書いてある。
ぼくたち道に迷っています
みんなで五十五人です
この犬についてきてください。

射ち殺さないで。この犬だけが
ぼくたちの居場所を知っています。
犬が死ねば
ぼくたちもうおしまいです。

字は子供の手で書かれていた。
百姓たちがそれを読んだ。
一年半もまえのこと
犬は飢え死寸前だった。

詩はそこで終わる。

鬱々と、私は時代小説を書いていた。
一葉の絵葉書が届いた。『花櫓』を面白く読みました、陰ながら応援しています、というような簡単な文面で、差出人は澄子とあるだけだった。
澄子という名は、Ｙ・Ｓしか思い当たらないのだが、面識はないに等しい。遠い『薔薇土』の一夜、言葉も――簡単な挨拶すら――かわさなかった。

Y・Sが私の名前を知っているだけでも不思議な上に、『花櫓』は新聞連載の時代物で野放図な幻想は自粛している。Y・Sが興味を持つはずもないものであった。

違っていたらとんでもない恥ずかしいことだと思いながら返事を書いた。

後で思い当たったのだが、Y・Sと私は同い年だ。男尊女卑の時代。戦争の時代。そして、家庭の状況も読書漬けの子供時代も、読んだ本のくさぐさも、似通っていた。身近にいた大正教養主義の大人たちのおかげで、Y・Sも私も、幼いときから書物には恵まれていたのだ。外国の童話が記憶の底辺にあるのも同じだった。

Y・Sは、一時期、日本ファンタジーノベル大賞の選考委員をしていた。その選評を読むと、どれほど女性の作家の擡頭を願っていたか、感じられる。第三回の大賞受賞作、佐藤亜紀さんの『バルタザールの遍歴』は、まことにこれが二十代の日本人の手になる作かと目を瞠る完璧さで私も魅了されたのだが、破格、抜群というY・Sの選評は嬉しさが溢れ零れていた。「とうとう女性の頭に栄冠がかがやくことになった」と冒頭に記している。

私の書くものにY・Sが目を止めたのも、同性、しかも同年代という理由が大きかったのではないだろうかと私は推察した。女であるというだけで貶められる時代を、会うおりはなくても、共に歩んできたという思いをY・Sは持ってくれたのではないか。Y・Sは、私よりはるかに苛酷な状況を経てきていたけれど。

店を閉めるという知らせを瑠衣からもらい、久しぶりに訪ねようかと思っているとき、苗子からこれも十何年ぶりに手紙がきた。

「ナオが壊れた」といきなり書いてあった。「外に出なくなっちゃった。小さいときから、ずっとわたしが外に出てて、ひとりっきりで留守番させてたから、それがどうしようもなく淋しかった、全部ママのせいだって責める。わたしも壊れちゃうよ。どうしたらいいか、わからない。電話はかけてこないでね。ナオに聞こえる」

手紙を出した。『瑠衣』が閉めるってね。私行くけど、そっちは」

「わたしも行く」と、走り書きの葉書が届いた。

「Y・Sが死んだね」

「知らない」

「新聞の死亡欄に載ってただろ」

「新聞とってないから。ほんと？　病気だったの？」

自分で死んだ、と、苗子は言った。

店を出てから、苗子と私は駅のほうにむかった。土手ふんばりは店に残った。みんな一度にいなくなると瑠衣が淋しいだろうと思いやったみたいだ。

板谷が送るというのをことわって、二人だけで歩いた。

「今日、ナオは？」

「部屋に籠もってる。つきあって、わたしまで籠もってても仕方ないしね。わたしがいればいるで癇をたてるし、遅く帰ればこれまでほったらかしにしといたくせに、今頃あやまったって無意味だって、二十何年分まとめて大爆発するし。ナオ、自分でも自分をもてあましてるみたいなんだ。うまくいかなかったことの何もかも、わたしのせいにするのは、違う、って自分でわかっているもんだから、なお、めちゃめちゃになる。……ナオが小さいとき、先にひとりで寝せといて、わたし社の帰り、飲んだくれてた負い目があるしな」

「男ならそれやっても、だれも責めないのにね」

専門のカウンセラーに相談したら。それぐらいのことしか、私には言えなかった。

ナオがまだ小学校低学年のころ、苗子の躰の具合が悪くて、一日、預かったことがあった。利発で愛らしい子供だった。

「なに、つけてるの？　腕輪？」苗子は私に目を投げた。「珍しいな。アクセサリーしない人なのに」

半袖の服の上に、透ける生地の上着を私は羽織っていた。

鉛色の夜のなかで、小さい鱗の黄金の煌きが、星の瞬きに似た。

上着の片袖だけ私は脱いだ。

「これ、根元に少し血が滲んでるね」

「生えるとき、痛いんだよ」

「Y・Sが死んだから生えたの？」苗子は察しがよかった。


「そうだと思うよ。こっちが中井英夫が死んだとき生えたの。もう固まったけど、ときどき、痛い。死んだ人は何も知らないことなんだけどね。昼間は光らない。夜だけ光る」

無言でまた歩いた。

苗子が言った。「今日、だれも瑠衣にカードの占いをやってって、言わなかったね」

「占ってもらいたかった？」

「まさか。触ってもいい？」

「いいよ」

熱いんだね、鱗って。苗子は言った。

作中の引用は、以下の本によりました。
矢川澄子『矢川澄子作品集成』（書肆山田）
矢川澄子『いづくへか』（筑摩書房）
ベルトルト・ブレヒト『子供の十字軍』（矢川澄子訳　マガジンハウス）

# エッセイコレクション

## PART 4

## 清冽なる二人の女の愛と、ゆたかなる男の愛

### 性を超えた熱い魂の交流

ジュリアは、女性であるとともに、男性の理想的な部分を兼ねそなえた存在として、多感な少女リリアンの前にあらわれる。

聡明であり、果敢であり、すがすがしく、そして、美しい。

富豪の家に生まれ育ちながら、誰に教えられるまでもなく、貧富の差の残酷さ、上流社会の偽善を鋭く感じとり、強い憤りを持っている。

リリアンの心に、ジュリアへの熱い憧憬が生じる。二人のあいだに結ばれた絆は、単に友情という言葉ではいいつくせない、ほとんど崇高なまでの魂の交流といえる。

稀有なことは、この少女期の熱い恋が、二人が成人してそれぞれの人生を遠く離れて歩むようになった後も、なお、いっそう強く持続したということである。

ジュリアは、リリアンの熱い憧憬に値するすばらしい女性であり、また、リリアンも、ジュリアのすばらしさを充分に感得できる魂の持主だった。

男が男に惚れる。命を賭した熱い連繋が生じる。これは、しばしば、みられる。映画や小説の題材にもなる。気《き》っ風《ぷ》のよさ。腕っぷしの強さ。人間としての大きさ。いわゆる男らしい男に惚れこむわけである。

女が女に命を賭してまで惚れこむ。セクシュアルな絆を中心にした関係ではなく、性を超えた熱い魂の交流。めったにないことである。

それを、映画『ジュリア』は、強い説得力をもって描ききった。

この映画を観るにあたって、私は、ほとんど何の予備知識を持っていなかった。

前もってわかっていたのは、劇作家リリアン・ヘルマンの自伝をもとにしたものであること、ジェーン・フォンダとバネッサ・レッドグレーヴが主演すること、監督がフレッド・ジンネマンであること、そのくらいだった。

それだけで、かなり期待は持たされた。見ごたえのある作品に出会えそうだという予感がした。

第一に、リリアン・ヘルマンに興味があった。彼女の戯曲は、しばしば映画化され、そのいくつかは、日本で公開されている。ことに、彼女の処女戯曲『子供たちの時間』(映画邦題『噂の二人』)は名作として知られている。二人の女教師の緊密な愛情が、子供たちの残酷、無責任な放言から、醜いスキャンダルとされ、世間から排斥され追いつめられてゆくという、この作品の世界は、私にとって関心のあるものだった。

また、ジェーン・フォンダ、バネッサ・レッドグレーヴ、フレッド・ジンネマンという結びつきも、興趣をそそられた。この三人が組む以上、凡作愚作ということはあるまいと思ったのである。

嬉しいことに、期待はみたされた。

おそらく、リリアン、ジュリア、それにリリアンと同棲し、彼女をささえはげます、ダシェル・ハメット、この重要な三人の人物が厚みをもって描かれていたからだろう。

## 日常の倖せとは結びつかぬ女の自立

物語は、すでに年老いたリリアンが湖上に小舟を浮かべ、うずくまった背を見せて過去を回顧するモノローグからはじまる。

回想の冒頭は、リリアンが処女作『子供たちの時間』を執筆しているところである。

仕事が思うように進まず、リリアンは苛立つ。たてつづけに煙草を喫い、髪をくしゃくしゃにかき乱し、まさに七転八倒する産みの苦しみである。

これをそらぞらしく、わざとらしく演じられたら、観る方はしらけきってしまうのだけれど、ジェーン・フォンダというのは、そこにいるだけで不思議な存在感のある女優だから、煙草の喫い方一つ、タイプの音一つで、その背後の苦しみがひしひしと伝わってくる。

彼女をささえはげますのが、ダシェル・ハメット。『マルタの鷹』『ガラスの鍵』等、ハードボイルドの傑作を残した、あの、ハメットである。ハメットは、このときはすでに、作家としての最盛期を越えていたようである。リリアンの才能に着目し、書け、とすすめたのは、彼であった。この二人の愛のありようも、また、理想的に美しく描かれている。作家同士が一つ家に日常を共にしているのである。実際には、傷つけあう部分もあったのかもしれないが、映画は、おおらかな愛情でリリアンを包み、よりかからせ、しかも、作品に対しては厳しい目をむける、愛人であると同時に後輩を育てあげようとする作家であるハメットの姿を浮き出させている。

行きづまったリリアンは、パリに渡るが、このあいだに、少女時代の回想が入る。

ジュリアと過ごした日々である。

この少女期のジュリアに扮したリサ・ペリカンが、適役だった。美しく、凛凛しく、知的で、幼いリリアンの憧憬をかきたてたのもさこそと、うなずけるのである。この映画の成功は、ジェーン・フォンダ、バネッサ・レッドグレーヴの二大女優によるところが大きいのはもちろんだが、リサ・ペリカンの素材としてのよさも見逃せない。

成人したジュリアはウィーンで反ナチの地下運動に参加する。社会の不正に対する少女期の憤りは、青春期の一過性のハシカではなく、彼女の生そのものとなる。ウィーンで、労働者が立ち上がり、官憲が力で制圧し、血なまぐさい騒動が起きる。ジュリアは全身に大怪我をし、入院する。リリアンがヨーロッパに渡ったのは、この時期だった。ベッドに横たわり口もきけないジュリアとの再会。その翌日、ジュリアの姿は病院から消え、消息が絶える。

アメリカに帰り、リリアンは戯曲を完成する。これが大成功し、彼女は一躍有名人になる。その誇らしさと、何か虚しいような不安。「黒テンのコートを買うわ」と叫ぶ彼女は、その黒テンが、書くという行為とは無関係な、作家としては何の意味もないものであることを、ハメットに言われるまでもなく、十分に承知しているのだ。

モスコーに招かれたリリアンは、途中、パリで、ジュリアからの連絡を受ける。反ナチ運動の資金五万ドルをヨハンという男から受けとり、ベルリンにいるジュリアのもとに運んでくれというのである。危険きわまりない仕事だ。さすがに、リリアンは迷う。劇作家として華やかな未来が開けた矢先である。ジュリアは、決して強制はしないとことづけてきている。決断はリリアンの意志一つ。

ここから物語はクライマックスであるサスペンス部分に入る。しかし、私はこの部分でちょっと異和感をおぼえたのである。この映画の他の部分はすべて、リリアン、ジュリア、ハメット、三人の人間像に密着し、重厚に緻密に描いている。ここにきて、観客の興味は、厚みのある人間たちから五万ドルの行方に移らざるを得ない。金はチョコレートの箱の中か、それとも帽子の中か。列車内の二人の同室者は敵か味方か。国境を無事に越えられるか。

もちろん、サスペンスとしてきわめてうまく作られているし、また、この緊張した時間をリリアンが乗り越えたからこそ、ウィーンでのジュリアとの再会が、こよなく感動深いものとなるのだけれど。

人間を密度濃く描くことと、サスペンスのおもしろさを調和させるむずかしさを感じた。私事になるが、私自身が、作品を書くのに、ストーリー性と人間追求の深さの合致ということで苦労しているため、この点が特に気になったのかもしれない。「女の自立」という言葉が流行語のように用いられるこのごろだが、女の自立は、なまぬるい日常の倖せとは結びつかない。倖せを秤にかけた生き方は、この二人の女性は、最初から考えてもいない。

二人の女の清冽な愛と、ゆたかな河のような一人の男の愛が、印象に残る映画であった。

（「キネマ旬報」78年5月下旬号）

# ラストにみる〝男〟の顔の変貌

## 人間の自由が剝奪される——

刑務所、及び脱獄を扱った映画は数多い。

記憶に新しいもので『パピヨン』、更にさかのぼれば、タイトルもずばりの『脱獄』、権力とのあくなき闘いを描いた『終身犯』、英国の監獄を諷刺した『泥棒株式会社』、囚人側の自衛組織活動『コンクリート・ジャングル』、反ナチ投獄者の孤独で強靭な『抵抗』、裏切者のドラマ『穴』、そのほか、まだまだあるだろう。

監獄は、人間の自由がいっさい剝奪される場所であり、権力がその残忍さを誰はばかるところなく、むき出しにする場所である。

したがって、ドラマは多くの場合、自由の復権、権力への無謀に近い挑戦という、多くの人々の共感を呼ぶ骨格を持つことにある（『カッコーの巣の上で』も、舞台は精神病院だが、同様の構造を持っていた）。

『ミッドナイト・エクスプレス』もまた、自由を求め国家権力と闘う男の物語であった。

深夜特急《ミッドナイト・エクスプレス》とは、刑務所の囚人たちのあいだで、深夜の脱獄を意味する。

この映画の、他の刑務所物、脱獄物にくらべての特色といえば、主人公にごく平凡な、平均的アメリカ青年を選んだことが、その一つだろう。

ビリー・ヘイズは、度胸のすわった犯罪常習者でもなければ、筋金入りの政治犯でもない。このような事件にまきこまれなければ、ディスコで踊ったり女の子をくどいたり、といった、あたりまえの男の子、そうして、数年後にはあたりまえのサラリーマンか何かになってゆくところだったにちがいない。特別勇敢でもなければ、特別反権力意識が強かったわけでもない。それが、映画のラストでは、みごとな〝男〟に変貌するのである。

イスタンブールで、タクシーの運転手に売りつけられた二キログラムのハシシが、彼の人生を激しく変えた。

ハシシを喫うのはトルコ国内では日常茶飯事だし、アメリカでも普及している。たいした罪悪感もなく、帰国したら友だちに売りつけて儲けようといった軽い気持で、彼は買いとったのだろう。

しかし、プロの売人ではない。はじめての違法行為ということで、〝あたりまえの男の子〟である彼は、ハシシの包みをガムテープで腹に巻きつけながら、もうまっさおになり、あぶら汗を流して緊張している。まるで、怪しんでくださいと言わんばかりだ。

折しも、中東はゲリラのテロ活動が激しく、空港の警戒は厳重である。ボディ・チェックにひっかかり、簡単に露見してしまう。

異国である。言葉が通じないということが、彼の不安と恐怖を倍加させる。

これは、実話をもとにしたものだということだ。一九七〇年、ほんの数年前に起きたことである。

アメリカの青年の目をとおしたものであるから、中東人のありようが彼の理解を越え、実際以上にグロテスクに感じられた面があったかもしれない。その点を割り引きしても、彼が国際政治のかけひきのスケープ・ゴートにされたことは、まぎれもない。

係官の前で全裸にされることから、彼の屈辱の第一歩ははじまる。

自らの意志で裸身を他人の目にさらすことはある。それは、決然とした一つの態度の表明である。恋人にみせる裸身は、やさしい愛の表現であり、〝ヘア〟の俳優たちは、自由をうたいあげるために舞台で裸身となった。

しかし、権力者の前で強制的に衣服を剝ぎとられた裸身は、強姦される女よりみじめである。

次《つ》いで、彼はハシシを彼に売りつけたタクシー運転手の面どおしのため、街中に連れ出される。街には、阿片を吸飲する人の姿がざらにみられる。この国では、阿片吸飲自体は罪悪ではない。罪悪とみなされるのは、それを持って国境を越えることである。なぜなら、それが違法だから。法律がそれを禁止しているから。

## 法とは何か罪とは何か?

この映画の大きなテーマの一つに、〝法とは何か。法によって規定された罪は、絶対的な悪なのか〟ということがある。

捉えられた彼と、悠然と阿片のパイプをくゆらす人々との対比に、まずその問いかけが見られるようだ。

この国は、麻薬(主としてヘロイン)の供給地として、世界各国から非難を浴びている。そのために、当局は麻薬取締まりにかくも熱意をもっているということを、実績をもって世界に示さなくてはならない。求刑は苛酷になる。

売人逮捕のすきをねらって、彼は逃げ出す。無謀な逃走である。身に一銭の金も持たず、着のみ着のまま、冷静な状況判断も何もありはしない。野犬狩りにひっかかった犬がしゃにむに逃げるように。

ここに、自由への欲求の本然的な激しさが、まず、象徴的にあらわれる。

この映画では、登場人物の一人一人、場面の一つ一つが、ほとんど象徴的な意味あいを持たされているように感じられる。

再びつかまったビリー・ヘイズがぶちこまれる監獄の残忍きわまりない看守長は、個性を持ったハミドゥという名の一人の男である以上に、権力の残忍さの象徴の役割りを持つし、牢内の卑劣な密告屋は、また、人間のあいだに遍在する卑劣な裏切者の象徴的存在である。

そうして、これは私の深読みのしすぎにはちがいないのだが、ドラマが進みクライマックスに達するにつれ、このビリー・ヘイズという若者に、私は現代のキリストの死と復活の投影を見る思いがしたのである。

この作品はもちろん宗教的な色彩を持つものではないし、ビリーとキリストを重ねあわせるのが強引すぎることは承知の上で、なお、私はその印象を捨てかねている。

ビリーには、人間の救済だの、人類の罪を背負っての服刑などといった意識はありはしない。彼は、あくまで平凡な一アメリカ青年にすぎない。

単なる麻薬不法所持か、麻薬密輸か、罪名のつけ方によって刑は大きく違ってくる。

はじめ、彼は不法所持ということで四年の刑を言いわたされる。獄内の生活は凄まじい。虚しく費やされる青春の四年は長すぎる。しかし、彼はがまんしている。仲間に脱獄を誘われたときも刑期の残りを数えて加わらない。いかにも平凡な人間らしいやりかたである。

彼が変貌せざるを得ないときがくる。検事の控訴が効を奏し、彼は再審で麻薬密輸の罪名を付せられ、刑期三〇年の判決を言いわたされる。若者にとっては終身刑にひとしい。

このとき、彼の眼は世のすがたを明晰にとらえるようになる。法とは何か。罪とは何か。国により時代によって異なる法によって罪とされるものが、絶対的な罪か。この鋭く激しい問いかけを、凡庸な一青年が絶叫するにいたるのである。法は揺れ動く。それは、私たちも叫びたい。今日讃えられたことが明日は糾弾され、昨日の罪人は今日の聖人となる。そういう例を長い歴史のなかにどれほど見てきたことか。

再び地獄のような監獄に突き戻された彼は、これまでの彼とは違う。心を許しあった二人の仲間とともに、脱獄の実行にとりかかる。

この映画が、陰惨な監獄内部を描きながら、どこか明るい抒情性を失なわないのは、仲間たちとの友情、そうして後のシークエンスで激越に描かれる彼の恋人との愛、それらが屈折することなく高らかにうたいあげられているからだろう。

牢内の密告屋によって脱獄計画は露見し、仲間のうちで脱獄の前科のある男が捕えられた。この男は口を割らず一人で責めを負う。

もう一人の仲間も、密告屋の小細工により、拷問刑を受けることになる。ビリーの怒りが爆発する。ここに至るまでに密告屋の卑劣さ、獄内の悲惨さが十分に描きこまれているので、ビリーの凄絶な報復行為が、単なるショックではなくほとんど美的な感動をもたらす。

ビリーは監獄内の精神病棟にぶちこまれる。他人の舌を嚙みちぎるという行動のあと、人は正常でいられるものではない。

虚ろな表情の男たちがうごめく病棟は、死者の住む窖《あなぐら》にひとしい。ここに、私は、死せるキリストを見る思いがしたのである。

復活の力は、故国から面会にかけつけた恋人によってもたらされる。

ガラス窓越しにむかいあう、女と、ほとんど廃人と化した男の、これ以上激しく美しいラヴ・シーンを私は知らない。性と生は一つになり、男は闇の底からよみがえる。

脱走の成功は、これまでのドラマの重みをささえるべく、いささかあっけなさすぎる。帰りついた彼を迎える社会がアメリカの中産階級であるのも、事実だから仕方ないけれど、一抹の抵抗感が残る。しかし、ラストにクローズアップされる〝男〟の顔の変貌は、くり返して言うが、みごとである（それは、危険な変貌かもしれないのだが……）。

（「キネマ旬報」78年10月下旬号）

## 憎悪と愛執の両極のはざまに

### 女に溺れ込む男の業の深さ

男は生来、漂泊を求め、女は地に根をはってとどまることを望む。――と言いきってしまうと物言いがつくだろうし、私自身、この通説には異議申し立てをしたいのだけれど、その点に深入りすると本題をそれるので、ひとまず措《お》き――、流れ者の男が、土地に根づいた女とかかわりを持って足をとどめる構図は、さまざまなヴァリエイションを持って、映画にも小説や戯曲にも、数多く用いられてきた。

テネシー・ウィリアムズの「地獄のオルフェ」、カースン・マッカラーズの「悲しい酒場の唄」といった秀作がまず思い出されるし、西部劇や股旅物にも、このパターンは実に多い。

漂泊する男は、孤独な空洞を心に持ち、その男の足を蔓草のようにからめとる女もまた、言いようのない涸きに苦しめられている。だいたい、満ち足りた家庭は、漂泊者を受けいれるやさしさもゆとりも持たない。不幸という亀裂こそ、漂泊者がしばし憩う安らぎの場所なのだ。

「郵便配達は二度ベルを鳴らす」も、このパターンに属するが、この作のきわだった特徴は、通俗的な甘さや俗受けのするヒロイズム、往々にしてつきまとう感傷、その他余分なものをいっさい剝ぎとり、男と女の性の本能とエゴイズムに焦点を絞りきった点にある。

漂泊者が立ち寄ったガソリン・スタンド兼レストランの経営者の妻は、不幸をまとった豊潤な肉である。夫であるギリシャ人は、妻を愛してはいるけれど、その愛は女の心にそったものではない。

夫の無神経ぶりをあらわすこんなエピソードがある。おまえをびっくりさせるいいものをみせてやるよ、と夫が言う。どんなプレゼントかと、妻もそうして観客である私たちも思うのだが、彼が嬉々として妻の前にひろげてみせるのは、彼自身が着る絹のガウンなのである。

このとき、妻がみせる表情が、彼女のこれまでのみたされない日々を、十分にあらわしている。夫の無邪気なまでの独善ぶりは、どう変えようもないと、妻は知りつくしあきらめている。苦い無気力な微笑。

肥りかえった夫の脂っこい体臭も、妻には耐えがたくなっている。

外側の状況がどのように変化しようと、決して魂がみたされることのない種類の人間がいる。この女も、そういった種族の一人であるように私には思える。常に、ひりひりと涸いている。寂寥が骨がらみになっている。こういう女が若く美しく肉感的であるとき、男にとってはまことに危険な存在になる。

彼女は、自分の不幸の根源は、脂ぎった体臭の独善的な醜いギリシャ人の夫にあると思っているだろうが、彼女の存在そのものが、不幸が凝固して形をとったものなのだ。

漂泊の男は、行く先々で盗みやら強姦やらの犯罪を重ねてきた無知な卑劣漢である。

それでも、女にとっては、耐えがたい境遇から救い出してくれるたのもしい相手にみえる。

原作では二十四歳の青年だが、映画は、したたかな中年のジャック・ニコルソンをあてることによって、女に溺れこむ男の業の深さをいっそう抜きさしならぬものにしている。

　この男もまた、細胞の一つ一つが不幸で形成されているような人間である。もちろん、彼自身はそのような自覚は持たぬ。安らぎへの憧憬。いつかは倖せになれるのではないかという幻想。

　男と女は互いの肉に惹かれあう。

　夫の留守中に、男が女を襲うのは、当然の成行きである。

## 破滅の沼の底にいる男と女

　小説と映画は表現方法がまったく違うのだから、原作とくらべるのは意味のないことかもしれないが、ジェームズ・ケインの原作がきわめて簡潔に、かつ鮮烈に、描いている部分だけに、くらべてみたくなった。

〝女を抱き寄せて、その口に自分の口を押っつけた……「噛んで！　噛んで！」

　噛んでやった。歯が、女の唇に深く食いこみ、血がこっちの口のなかへ噴き出るのがわかった。女を抱いて二階へはこんでいくとき、血は女の首すじを流れていた。〟（田中西二郎訳）

　映画はこの部分を厚塗りの油彩画のように、十分に描写する。

　女は、これから後もだが、しばしば、欲情を貪欲に開いた口であらわす。

　官能という言葉は、この女の肉の牽引力をあらわすのに足りない。猫のような甘やかな官能ではない。もっと荒々しい、餓え涸いた野生のピューマや豹のように、男をむさぼりつくす。そうしなくては生きておれないほどの切迫した行為である。

　映画の前半は、男と女の狂おしく求めあう肉を描くのに全力が注がれる。

　寂寥と焦燥にたえずひりひりしている女の内面は、たやすことなく吸いつづける莨と、腰かけるときじだらくに股をひろげるポーズで、目にみえる形となる。

夫の外出中に、二人は逃亡を試みる。挫折するのは、男のせいである。

この緊急な、大切なときに、賭博にのめりこむ男は、あさはかであるとともに、うわっつらの理性などでは制御しきれぬ人間の業の魔性が、ぬうっと立ちあらわれる感がある。

女は、男の卑しさを十分に知りながら、なお、別れることはできない。

二人が共謀して夫を殺そうとして失敗するあたりから、ストーリーは外にひろがりを持ちはじめ、彼らは二度めの殺人を共謀する。

自動車事故をよそおった犯行が、成功したものの、生命保険がかけてあったことから検事に疑われ、辣腕の弁護士の手腕によって無罪釈放されるまでの、二転三転する経緯は、倒叙ミステリーのおもしろさに通ずるが、真のおもしろさは、その間の男と女の感情の振幅にある。

男は女によって、女は男によって、破滅の深みに陥ちこんでゆく。弁護士の奇計によって無罪を勝ち得たといっても、二人が破滅の沼の底にいることには変りない。彼らにはそれが見えないだけである。

憎悪と愛執の両極のあいだで、彼らはもがかねばならぬ。

女の妊娠が、束の間の和解を二人にもたらす。まるで無垢な少年と少女のようなピクニック。突然の自動車事故が、女の命を奪う。

映画はここで終わっている。

しかし、原作には、更に二つの重要なポイントがつづく。

一つは、女の夫を殺した事件では無罪になった男が、全く無実の女の事故死で、殺人犯の判決を受けるという、皮肉な結末である。

これは、そこまで説明しなくとも、男が有罪となるだろうと観客が想像力を働かせるだけの布石はうってあるから、あえてカットしたのかもしれない。

もう一つ、小説は、それまで、せりふと行動だけで通し、内面に言及することがほとんどなかったのが、ラストのほんの一、二ページを、男の内面の告白にあてている。

それによって、ハード・ボイルドのルーツといわれているこの小説が、一気に形而上的な領域に踏みのぼる。野鄙な男の愚かな生が、魂の悲劇に昇華する。

映画は、あくまで、地上の、日常的な男女のドラマに終始する。その是非を言うつもりはない。私の好みからいえば、小説のラストに惹かれるというだけのことである。

最後に、映像の美しさを讃えたい。スクリーンいっぱいにひろがる深い青みを帯びた闇からはじまるプロローグは、それにつづく映像美を期待させるに十分であり、その期待は、最後まで裏切られない。

（「キネマ旬報」81年11月上旬号）

## 流氷上にみなぎるスタッフの熱気

### 三重のフィルターを通した少女の変貌

ロケ現場は零下二〇度ときいて、同行の担当編集者I氏がビビった。もっと暖かいところにしましょうよ。伊豆あたりでロケやってないか、ぼく探します。

二月。北海道は厳寒期だ。これから書き下ろすミステリーが、映画のロケ隊が長期ロケを行なっている最中に殺人が起きる、という設定にしたので、実際のロケ現場を見たい。たまたま、松竹映画「きつね」のロケ隊が北海道で撮影中と知り、取材させてもらうことにした。幸い、「きつね」の監督、仲倉重郎氏とは面識があった。

「きつね」撮影のルポが目的ではなく、こちらの仕事に利用させてもらうのだから、スタッフの方々には、いささか申しわけない。

零下二〇度。どのくらいの寒さか見当がつかない。うっかり洟《はな》をかむと鼻のあながくっついてしまうとか、凍傷で足の指が落ちるとか、出発前、まわりの悪い人たちがふきこむから、I氏はますますくらーい表情になる。ぼく、裏に毛のついたコート持っています。今まで一度も使わなかったのが役にたつんだから、喜ばなくちゃ、と、けなげに自分をふるいたたせている。

だって、人跡未踏の極寒地に行くんじゃないのよ。地元の人はちゃんと生活しているんだし、まして、主演の少女十四歳ががんばっているんだから。私は佐藤愛子さんではないからりりしく叱咤激励はできないけれど、せいぜい強がった。――そそっかしい私は、この取材行の帰り、宿にスーツ・ケースを忘れて空港にむかい、とりに戻ってもらうなど、I氏にさんざん世話をやかせたので、今では彼に頭があがらないのだ。

十四歳の少女が恋を知り、死期を知っているために激しく燃焼し、固い蕾が花にかわってゆくさまと、北海道の四季のうつりかわりをかさねあわせた「きつね」は、すでに去年の夏から撮影に入っている。

映画の製作本数が減少し、ベテランの監督でも思いどおりの仕事がしにくくなっている。昭和四十年松竹入社以来、助監督をつとめてきた仲倉さんの、これが監督第一作となる。夏の北海道からの便りにも、どれほどこの作品に打ちこんでいるかがうかがわれた。

仲倉監督はわたしに、くらもちふさこの「いつもポケットにショパン」を読め読めと強制した人だ。少女の感性を敏感に捉える触覚を持っているのだろう。（わたしは山岸お涼さまの「日出処の天子」の方がおもしろかったですよ、監督。）

仲倉監督は、また、四十歳近くなって突如オートバイにめざめ、二十三回の挑戦の末、ナナハンのライセンスを獲得したという人だ。その苦闘記は、「風の中、心はいつもアウトバーン」という本になった。それを読むと、彼のなかに少年の部分が大きなウエイトを占めているのが感じられる。そうして、現在の彼は四十二歳、中年の男性なのだから、その視座は三重になる。三重のフィルターをとおして、少女の変貌が描かれてゆくわけだ。

## 痛感したスタッフの仕事への愛情

二月二十三日。釧路空港から車で、海沿いに知床半島の付根にある漁港羅臼《ラウス》にむかう。陽は落ち、海は暗く、道路のきわまで迫る山肌の雪がライトに照らされた部分だけ白くうきだす。突然、宙に光のかたまりが滲んだようにあらわれたのが、羅臼の町だった。光の正体は帰港した漁船につらねられた灯であった。

宿に着くと、ちょうど夕食の最中で、大広間に二列に膳を並べ、雰囲気は陽気に盛りあがっていた。

主演の岡林信康さんと高橋香織さん（十四歳の少女）は部屋にひきあげた後だったが、監督をはじめ、製作の野村芳樹さん、ベテランのカメラマン坂本典隆さん、チーフ助監督の佐藤曠さん等、二十人あまりのスタッフと、漁師の親方を演ずる山谷初男さん、漁師役の阿藤海さん。

焼酎〈樹氷〉をあおりながら長身の阿藤さんが大声をあげているのは、宣伝のやりかたがまずいと言っているのだった。

よ、せっかくこうやってロケに来てるんだからよ、この部屋の壁にだって、「きつね」のポスター、でかいのをばんと貼ったらいいんだよ。宣伝部、何してるんだ。

そう、どなるのも、その日の撮影がめったにないくらいの好天気に恵まれ、最高うまくいったので、嬉しさに昂ぶった気持がどうにも鎮まらないところからきていると、だんだんわかってきた。

食事が終わると、隣りの旅館の一室で、プレス関係の人のインタビューがあるということで、監督、カメラマン、チーフ助監督などはひきあげ、大広間に残ったのは、山谷さん、阿藤さんのほか、録音の島田さん、撮影助手の今村さん、照明の八亀さん、その助手の野田さん、装飾の剣持さん、メークの坂本さんなど、スタッフのなかでも、〃縁の下の力持〃として、脚光のあたらないところで映画作りをささえている人たちばかりになった。酒宴は壮絶なほどにぎやかになった。くりかえし、その日の撮影がどれほどすばらしかったかが語られた。

羅臼から根室海峡に船で乗りだすと、たちまちソ連領海である。その、すれすれのところまで行ったんだ、と、阿藤さんは、感動を十分に伝えられないのがじれったそうだ。監督たちがこの場でいっしょに感動をわかちあわないのが不満で、酔いの深まった剣持さんが荒れはじめる。その気持がわかる、みんな、映画が好きなのよ、本当に打ちこんでいるんだよ、と、山谷さんが涙を流しながら笑っている。

観客の眼は、スクリーンに活躍するスターや、監督にしかとどかないけれど、そのかげで働く人たちの仕事への愛情の深さを、ロケ同行のあいだに痛感した。

たとえば、装飾の剣持さんだ。装飾というのは、小道具いっさいの担当だ。話が少しとぶけれど、三日め、網走に移動して、流氷のシーンを撮っていたときだ。

撮影のあいだ、剣持さんはあまり仕事がない。寒いので、空罐に炭火を燃して、手のあいた者は軀を暖めている。きつねをおびき寄せる餌として、〃装飾〃が調達してきた小魚がある。流氷上では、主演の岡林さんが、きつねよ、あらわれよ、と祈りをこめた手で、小さい魚を氷の上におく。少しはなれたところに、また一つ、おく。死を予告されている少女に、わたしを愛しているのなら、きつねを射ち殺して、と言われたのだ。少女の死病の病原菌は、きつねを媒体としてもたらされたものだった。完成された映画の中では、おそらく山場の一つになる場面だろう。スタッフは、カメラのまわりに集まり、すべりやすい流氷の上にかがみこんで餌をまく岡林さんを注視している。

そのあいだ、剣持さんは、餌の小魚を炭火の上にわたした針金にのせ、こんがり焼いていた。ほどよく焼けると、うまそうに食べる。撮影なんかそっちのけって感じだった。

ところが、きつねを射つ場面になった。生きたきつねを氷上に放したら、カメラのフレームにおさまらず、どこに走って行ってしまうかわからない。それで、この場面は、剥製のきつね（これも〝装飾〟さんが調達してきた）を使う。

剣ちゃん、たのむよ。

あいよ。剣持さんの表情が、あっと思うほど、一変した。生き生きしたのだ。

岸近くに据えたカメラから離れて、氷の山のかげに腹這いになる。人形つかいの要領で、人間の姿はかくし、剥製のきつねを、ちらりとのぞかせる。すばやくひっこめる。また、ちらりと出す。きつねがあたりをうかがっている様子だ。名演技！　と、喝采が湧いた。

録音というのは孤独な仕事だなと思ったのも、このときだ。カメラを中心に、スタッフが協同で仕事にあたっているとき、録音技師の島田さんは、一人、集音マイクを持って氷原のはてに行き、流氷がきしむ音をおさめていた。

主演の少女の瞳の美しさ、根室海峡の流氷に群れる尾白鷲の壮観、射ちとめたアザラシの腹からとりだされた金毛の胎児などについて書くには紙数が尽きたが、それらは画面に十分にあらわれることだ。

思ったほど寒くなかったですよね。やっぱり、行ってよかったです、と、帰りの飛行機のなかでＩ氏は言い、でも、寒かったな、とつぶやいた。

ところで、犯人はだれにします？

「ロケ隊殺人事件」（仮題）は今秋発売予定、乞御期待、と、ついでに宣伝してしまおう。

付記　今日試写を見たら、剣ちゃんの名演はカットされ、本物のきつねが活躍していた。

（「キネマ旬報」83年6月下旬号）

## 二冊の本のこと

『笛――その芸術と科学』という古びた書物が手もとにある。

表紙は紺色のラシャ紙に『笛　田辺尚雄著』と題簽《だいせん》を付した、二百ページほどの薄い和綴の書である。中の紙は仙花紙のような粗末なものだ。昭和二十二年一月の発行なのだから、紙が悪いのは当然である。

笛という楽器とその音色に常に惹かれていたので、古本屋でみかけたとき、ためらいなく求めた。

笛に関して、さまざまな視点から考察したこの書物の内容はたいそう興味深かったのだが、それと同時に私が心を打たれたのは、序文の最後に、註として記された数行であった。

引用すると、「本書は昭和十九年に完成し、校正を終了して正に印刷に取かからんとする時戦災を蒙って全部焼失してしまったそれには本書独得の珍貴なる挿画、写真版等約百箇を挿入してあったが、今再び之を版にするに際し、今日の事情は之を許さず、涙を呑んで之れを省略することにした」

昭和十九年といえば、世の中は戦時色に塗りつぶされ、戦意昂揚に役立たない書物は紙の割当も乏しく出版が困難な時期だったと思う。

『笛』には、時局の影はいっさい射していないのである。芸術と科学、という副題のとおり、その芸術性と科学的な解明に視点を絞った著作であり、笛に対する愛情と熱さが、客観的な記述の行間から強く伝わってくる。

あの時期に、こういう著作に没頭しておられる方があった。

この一文を書くために、あらためて『笛』を手にして気づいた。表紙のラシャ紙は、何か他のことに使われた紙らしいのである。見返しの紙が破れ、表紙の裏がのぞけた。ちょっとした模様と『商業図画』『美育振興会』の文字が読みとれた。図画の教科書の表紙に用いた紙の余りを、『笛』は利用しているのだ。

和綴にしたのも、ごく少部数を、一冊一冊、手作りにする便宜のためだったのだろうと、思い当たった。

題簽の文字も、墨のにじみ具合が、どうも手書きらしく見える。

物のない、経済的にも一部の特権者をのぞき窮乏をきわめていた中で、この書を出版しようとされたのだ。

著者が、戦前から戦後にかけて、日本音楽史、東洋音楽史等多数の名著をあらわしておられるのを、私は、『笛』を入手した時は、知らなかった。

好きな場所は？　と問われたら、私は多分、古本屋をその一つにあげるだろう。

少しかびくさいような埃くさいような古本の山の間に佇むと、気持が和み、たいそう懐しいところに身を置いた気分になる。そうして、『笛』のように、内容ばかりかその本の生い立ちにまで触れられるよろこびも、古本屋では、時に得られる。

古本とは限らない、新刊書が多くのよろこびを与えてくれるのは、もちろんである。

最近心に残ったのは、『軍艦島』という写真集である。二年前に発行されたものだから、新刊とはいえないが、私は、うかつに、最近まで気づかなかった。

軍艦島の資料を必要があって探し始めたとき、出版物のリストの中から、目にとびこんできたのである。

写真の迫力は、今さら言うまでもない。出版当時大そうな話題になったのを、私が知らなかっただけだ。

書物の後尾に、同行した作家の一文が添えられている。その方のお名前は知っていたが、文章を読んだのは始めてであった。写真家は三十代の若い方である。作家も四十ぐらいの方という印象を受けたのだが、執筆当時七十三と知って、私は眼が洗われる思いがした。

老人の文章は、えてして、懐古的に、あるいは説教臭の強いものになりがちなのに、風すさぶ孤島でジャズを聴くこの方の感性は、年齢がなかった。ただ、透明な深さがあった。私は、年をとるのがたのしくなった。


（「中央公論」88年5月号）

## 『江戸にフランス革命を!』

橋本治さんは、〈太平洋戦争から二十年後に起こった〝戦争中〟〉に、江戸に修行にいっていた。その結果は、江戸に関する膨大な知識を身につけただけではなかった。

『江戸にフランス革命を!』は、〈江戸の様式〉〈江戸の段取り〉〈江戸の〝総論〟〉〈江戸はなぜ難解か〉〈私の江戸ごっこ〉〈その後の江戸――また は石川淳のいる制度〉その他……と、江戸を多彩に腑分《ふわ》けしながら、同時に複眼で、明治以後の近代・現代を視ている。

昔から糸引納豆でつながってきた日本は、明治の開化運動、太平洋戦争の敗戦、と、二度、たちきられた。ことに、敗戦直後のぶったぎりかたは、徹底的だった。戦争中、国粋主義を力ずくでたたきこまれた反動で古典、伝統にたいするアレルギーが蔓延《まんえん》した。

それでもある期間がすぎると、橋本治さんのようなひとがあらわれ、江戸に遊びに行く。二度ぶったぎられた地点から出かけたから、押しつけられた常識とか、あいまいな情緒とかに曇らされない、正確な目で、江戸を視、現代にかえってくる。

うわべだけの、いい加減な〝当たり前〟や馴れ合いをこばみ、正確に、まっとうに、対象をみきわめる橋本治さんの目は、「桃尻娘」以来、一貫している。

明治、敗戦と、二度ぶったぎられたにもかかわらず、そうして、江戸は〈とっても異質〉であるにもかかわらず、個が確立していないという点では、現代は、いっこう、ぶったぎられてはいないのだった。

〈江戸には〝個人とはこういうもの〟っていう、基本単位に関する確定作業が欠けてるんだからさ、制度の一員としてやってく〝個人〟になるんだったら、実際になんでもやってみるしかない。マニュアルなんてないの。

近代というのは、人間というものは何であるのかをちゃんと考えた時代だからさ、「もう分かってる」で、マニュアルばっかりになっちゃった。〉

〈現代は、贅沢を黙認する寛容にして曖昧な江戸時代であり、と同時に、そのことを「それは個人の自由だ」というセリフで置き換える、近代という第二の予定調和の時代なんだね。〉

橋本さんは、江戸の町人たちは、明治維新のための思想を用意するという発想がなかったことを、視る。

表向き〝四民平等〟の明治維新は、それをささえる思想ゼロ、影響力ゼロ、という異常なことになった。

敗戦後の民主主義も同様で、思想抜きのマニュアルから突出する部分は、削られ、地均《じなら》しされ、対立や差異は隠蔽《いんぺい》され、なんとなくのっぺりしたまま、ずるずるきている。

仲良く丸く異をたてないでの既成概念から突出した〈鬼子〉の橋本さんは、私には江戸は終わった時代だよ、と言いながら、刺激的に江戸を分析し、その目で現代をきちんと見てごらんよ、と言う。

この本には、もう一つの柱がある。歌舞伎である。もちろん、歌舞伎についてかたることは、江戸をかたることになる。

学生のころ、南北全集によって、江戸歌舞伎の世界にじかにはいりこみ、作者、役者を身近な同時代人とした橋本さんは、さらに、役者評判記によって、新たな発見をする。

役者評判記の構成は、その役者の演技評を中心に、司会者兼概説者の〝頭取〟、好意的な〝贔《ひい》屓《き》〟、反対の意見をのべる〝悪口〟とバランスよく配置され、さらに、〝娘〟だの〝年寄り〟だの、が、雑多にしかも適材適所に配され、役者をトータルにかたる。

そこに、橋本さんが発見したのは、個が埋没しているかにみえる前近代に〝総体〟を把握する構成を〝創作〟した〝個人〟の存在だった。

この本を読むことは、橋本治の〝個〟の魅力を読むことでもある。

（「週刊文春」89年12月14日号）

# 資料が語らない謎を解く
## ——森田誠吾氏の滝沢路女

謎は、人をひきつけてやまない。

森田誠吾氏の「滝沢路女のこと」(『江戸の明け暮れ』〈十一月、新潮社刊〉に所載)は、冒頭から、一つの謎が提起される。

滝沢路女、すなわち、滝沢馬琴の息子の妻お路である。

滝沢馬琴の名は、『南総里見八犬伝』とともに、江戸の戯作にまったく興味のない人のあいだにまでも、知れ渡っている。

馬琴が、きわめて気難しい、極度にプライドの高い、偏屈な男であったことも、かなりよく知られている。

また、馬琴が晩年失明し、畢生の大作『八犬伝』の後半は、お路に口述筆記させたものであり、その間の馬琴とお路の苦心は、さきに、森田氏が『曲亭馬琴　遺稿』で充分に書き尽くしておられ、知る人も多い。

しかし、そのお路がどういう人物であったか、ということになると、これまで、言及されることは、少なかった。

忍耐強い女性であったにはちがいない。

平仮名しか読み書きできない女が、馬琴のあの晦渋な文章を、耳から聞くだけで、書き取り、膨大な物語を綴ってゆくのである。

馬琴が『八犬伝』の後書きに記した文を森田氏の著書から孫引きさせていただけば、馬琴は、

〈……一字ごとに字を教え　一句ごとに仮名使いを教うるに　婦女《おうな》は　普通の俗字だも知るは稀に

て　漢字《からもじ》雅言《がげん》を知らず　仮名使い　てにをはだにも弁《わきま》えず　偏傍《へんつくり》すら心得ざるに　ただ言葉《ことば》をのみもて　教えて書かする……〉

　そうして、お路は、〈まいて教えをうけて書く者は　夢路を辿る心地して　困《こう》じて　はてはうち泣くめり〉

　という、状態であった。

　もっとも、森田氏の眼は、お路は書簡の代筆などにより、かなりな書写能力をすでに身につけていたはずだ、と冷徹に、行間をみとおしておられる。さらに『八犬伝』以前の代筆の苦労を後書きにまとめて記したのは、馬琴がお路に賞賛と謝意を贈ったのだと、暖かい洞察をつけくわえられた。

　評伝は、評される人物の器量とともに、評する書き手の心の深浅もまた、おのずとあらわれる。

　日記や書簡は、小説ではないから、お路の性格を、ことさらどうこうと分析して書いてあるわけではない。一、二行のそっけない文章から、何をどう読み取るかによって、書き手自身の心のありようまでが、読者につたわる。

　馬琴が残した膨大な日記、お路がひきつづいて記した日記、それらから、森田氏が抽出するお路像は、まことに生彩に富んでいる。

　ただ、おとなしく、歯をくいしばって逆境にたえる女ではない。馬琴の息子、病弱で癇癖の強い宗伯に嫁す前のお路は、明るい、お俠《きゃん》な下町っ子だった。

　馬琴の謹厳な堅苦しい家風とは、正反対である。

「お路方《かた》へ　里より使札《しさつ》　この方へ沙汰なし　むら　これを告ぐるによって知るのみ」

　むらは、下女の名である。

　馬琴の日記に書かれた短い一行から、森田氏は、家族はすべてを家長に告げるべし、を家の掟とする馬琴の不快感、渋面まで、読み取り、お路の当惑、反発、と、不和の増大してゆくありさまを推察される。

森田氏は記される。

『馬琴日記』は、的のしぼりようによって、様々なことの成り行きを捕らえ得る一貫した日記である」

冒頭に一つの謎を設置し、それを焦点にして、馬琴日記、路女日記は、時代背景まで明確にしながら、森田氏によって読み解かれてゆく。

馬琴の妻お百、夫宗伯の性格もあいまって、お路をとりまく状況は、悲惨をきわめる。

馬琴の死後、周囲の中傷などもあり、いっそう状態は悪くなるが、お路の侠気はかわらず、路女日記の筆は、愛らしい風来猫の消息にまでおよぶ。

冒頭の謎は、お路が夫に金子二分をねだったが、金銭の出入りにきわめて厳しい舅馬琴に、金子が必要な理由をついに明かさない、という点にある。資料が語らない謎を、森田氏は行間からたちあらわれるお路像によって、明確な答えを最後にみちびきだし、読み終えた読者も、こころよく納得するのである。

（「波」92年11月号）

# 三つの〈生〉

渡辺保氏の御著書を読むとき、私はいつも、三つの……と書きかけて、迷った。三つの、の次に続けるもっとも適切な単語を、決めかねたのである。その単語をひとまず〈……〉として文を先に進める。三つの……を感じる。〈……〉は、私の持つ乏しい語彙では言いあらわしきれない、限定しきれない、充実した、〈何か〉なのである。〈もの〉といっては、あまりに漠然としているし冷たすぎる。私が感じるのは、もっと熱い、活き活きした、血のような、体温のような、――〈いのち〉と言えばいいのだろうか。〈いのち〉という抽象的な言葉でも意を尽くしきれない。生きている〈身体〉も、また、重要な要素であるからだ。

〈生命体〉と言っては、固すぎるだろう。〈生〉という言葉を、ひとまず、使うことにする。

三つの〈生〉の一は、まず、そのときどきに、とりあげられた対象である。

『女形の運命』でいえば、中村歌右衛門というひとりの女形が、『娘道成寺』では道成寺を踊った数多い江戸の役者が、対象となる。『日本の舞踊』においては、舞踊そのものと舞踊家と、双方がとりあげられる。

対象がひとりの役者であっても、あるいは、舞踊、歌舞伎、といった広汎なものであっても、つねに、私は、対象が〈生きている〉ように感じる。

幼時から歌舞伎をはじめ多くの古典芸能に親し

まれた渡辺氏の、知識の累積は、厖大なものと思う。しかし、渡辺氏の著作は、知識の羅列や解説ではなく、対象にいのちを通わせる。『歌舞伎手帖』といった、歌舞伎に関してはごくごく初歩の読者向けの解説書においてさえ、それぞれの演し物に血肉がかよい生きている、と感じるのである。

それは、著者が、対象を、この上なく真摯に誠実にみつめ、疑問にとりくみ、自分で細部まで納得した上で的確な文章にあらわすということをされているからではないか、と私は思う。

そこで、対象の〈生〉と同時に、感じられる二つめのものは、著者渡辺保氏の、眼である。著者の〈生〉である、と、言い変えさせていただく。著者の血と肉、そうして僭越な言い方になるけれど、魂を、我が手に触れるように、感ぜずにはおれないのである。

さらに、もう一つ、感じられるもの。それは、素材を書きながら素材を超えた、普遍的な〈生〉である。

ひとりの役者を書きながら、ひとつの芝居について語りながら、それが、普遍的な、本質的なひろがりを持って、迫ってくる、そのことである。

氏の著書が持つその力は、どこからくるのかと、私は不思議だったのだけれど、『日本の舞踊』のあとがきを読んだとき、いくらかわかる気がした。「舞踊にとっては、目に見えるものだけが全てではない。目に見えないものを語ることは危険なことでもあるが、それが理解されなければ、舞踊は本当に理解されないだろう」著者のこのあとがきの〈舞踊〉という言葉は、役者の芸とも、歌舞伎とも、浄瑠璃とも、置き換えることができる。

舞踊も、芝居も、浄瑠璃も、芸能は、何であれ、目に見え、耳に聞こえるけれど、その深奥、肉眼や生物的な聴覚を超えて視えるもの聴こえるものこそが、芸なのだ。

　観念的な理論ではなく、役者の指の動きひとつ、浄瑠璃の些細な言葉の端ひとつといった具体的なものに、著者は、芸の深奥の世界への入口を発見し、喜びを持って、そこをさし示し、その奥の道を教えてくれる。

　人形浄瑠璃の名人を語った『昭和の名人豊竹山《とよたけやま》城少掾《しろのしょうじょう》―魂をゆさぶる浄瑠璃』（九月、新潮社刊）を読んだとき、対象である山城少掾の生と少掾が語る浄瑠璃の生、それに著者の生がかさなって、普遍的本質的なものに迫る力を、ことさら、私は感じたのだった。

　迫力の根源は、「芸人は、芸によって立つ」その芸を視る著者の目と、その目が視たものを伝達する文の的確さにある。

　前近代の産物である浄瑠璃と現代の間に存在するギャップが、著者の洞察によって埋められる。

　大序から二段目、三段目とすすみ、章ごとに演し物を一つずつあてる凝った構成は、演し物を読み解くことによって少掾の芸を読み解く、みごとな趣向になっている。

（「波」93年9月号）

## 静かに、そうして、勁《つよ》く

挿絵画家の西のぼる氏が、はじめて、上梓されたエッセイ集『さし絵の周辺』は、著者の他にやさしく己にきびしい人柄がにじみでる好著であった。

三十代はじめの若さで挿絵画家としてデビューした氏は、その後十数年、ひたすら、独特の画法で、挿絵の道を歩みつづけてこられた。

その道程のおりおりに、静かな声で書かれた言葉の数々が、金木犀を思わせる香り高い一冊となった。

どの一篇もあじわい深いのだが、しばしば西さんに挿絵をおねがいしている私にとって、ことさら心に残ったことが二つある。

一つは、西さんが、岩田専太郎氏の流麗な挿絵に魅了されて挿絵画家を志されたということだ。いや、それにもかかわらず、専太郎の模倣ではなく、まったく独自の、面によって画面を構成する画法を案出された、そのことに、私は感動したのだった。

これまでに、だれひとりこころみたことのなかった画法である。

もうひとつは、挿絵画家は、文章の行間を読み取って絵にする、という西さんの心構えである。岩田専太郎氏の教えだそうだが、西さんはこれをご自分のモットーとしておられる。

文章で書いてあることをただなぞって絵にするのではなく、そのもうひとつ奥まで読み込んで、画家の独自の世界を画面に構築する。

画家にとって、楽な仕事ではないけれど、そのようにして描かれた挿絵は、読者にもたいそう魅力のあるものになる。

　書き手にとって、挿絵画家は、大切なパートナーである。私事になるが、新聞、週刊誌などの長期連載で西氏に助けていただいた経験から、画家の伴走がどれほど頼もしいささえになることか、痛感した。

　読者からの手紙に、「さし絵がとてもいいですね」と、しばしば書かれていた。

『さし絵の周辺』は、エッセイのほかに、これまでの挿絵が、五十点掲載されている。

それを見て感じたのは、全体をとおして〈西のぼるの独自の世界〉が浮かび上がるとともに、個々の作家の個性もまた、絵によって表現されている、そうして、登場人物の特性と、それぞれの物語の雰囲気が、たちのぼるということであった。

　別の言葉で言えば、画家の内面世界と作者の内面世界、そうして、作品のそれぞれの世界が、ときにあたたかく、ときに鋭く、渾然となっていると思えるのである。

　素顔の西さんは、控えめで、謙虚な方だ。そうして、挿絵も、文章をたてることをこころがけておられる。

　しかし、西のぼるの挿絵に内在する強靭な力がどこからくるのかを、このエッセイ集は垣間見せてくれる。


（「波」95年1月号）

## 『日本人の心をほどく　かぶき十話』

〈心は、自分の心だという以前に、数代にわたってつくられている〉と、本書の著者（上原輝男氏）は、まず、記す。

歌舞伎を通して、日本人の心の仕組みを考えてみよう、というのが、本書のテーマである。

さまざまなかぶき狂言を、著者はとりあげ、光をあてる。すると、日本人の心性が、鮮やかにあらわれてくる。

歌舞伎は、そもそもは、〈かぶく〉という行為から発生している。時代の転換期に、民衆のエネルギーが爆発し、ひろまったのが、かぶき踊りであった。

「いざや、かぶかん」

と、塗り笠をはっと投げ捨て、出雲阿国が男姿の顔をさらして艶然と笑めば、見物は沸き立った。

為政者は、民衆がエネルギーをほしいままに発散させるのを好まない。しばしば、禁令を出してエネルギーを閉じ込めようとする。

しかし、女歌舞伎が禁じられれば、美少年をそろえた若衆歌舞伎で禁令をくぐりぬけ、色気がありすぎるからと若衆の前髪を禁じれば、紫帽子で月代をかくして、さらなる色気で見物を魅了した。

歌舞伎のたのしさは、近代劇とは、まったく性質をことにする。

個人の心理をみつめ社会とのかかわりを掘り下げる近代劇の視点で歌舞伎を観ると、筋がとおらない、難解だ、ということになる。

江戸時代、歌舞伎は、ちっとも、むずかしいものじゃなかった。長屋の熊さん八っつあんから子供にまで親しまれていた。歌舞伎の世界としてもちいられる『曾我物語』だの『源平盛衰記』だの『太平記』だのが、ハイブロウなインテリではない、その日暮らしの人々のあいだにも、共通の知識としてあったからだ。とりたてて学問をしなくても、日常の暮らしにそれらは根づいていた。曾我兄弟といえば、あるいは畠山重忠といえば、それだけで、見物は共通のイメージを持つことができた。

江戸の歌舞伎の初春狂言は、かならず曾我物ときまっていた。登場人物をむりにでも、曾我兄弟に結びつける。現代でも人気がある『助六』も、助六実は曾我五郎、白酒売り実は曾我十郎という設定である。

なぜ、それほど、曾我兄弟は江戸の人々に愛好されたのか。

著者は、その源流にさかのぼってゆく。

助六の出端で重要なのは、〈傘〉である。揚げ幕から花道に登場し、七三でぱっとひらいて見得をきめる姿は、強いインパクトを見物に与える。現在もおこなわれている〈曾我の傘焼き〉という神事が写真入りで紹介される。

芸能と神事の結びつきは、服部幸雄氏もかねがね詳説しておられるところであるが、本書にも、〈神がかる能力の持主でなければ芸能はできない〉と、芸能の本質を説く一節がある。

〈傘〉が、まずキーワードになり、ひいては、〈雨〉にたどりつき、さらに、田植えの神事に、結びつく。

日本人の季節感覚が、くっきりと見えてくるのだが、著者の目はさらにさかのぼり、太古から現代にいたるまでの、心性の流れを見据える。『日本書紀』の、天上界を追われる須佐之男の神話から『太功記』十段目の武智光秀、明治維新のさいの『七卿落ち』までが、一つの視野にはいってくる。

〈心は、自分の心だという以前に、数代にわたってつくられている〉と、冒頭の言葉が、説得力を持って読者につたわる。

尼御前岬に著者自ら立ち、その風景が身体に訴える直感から『勧進帳』を見直す一節の迫力は、初期のかぶきが内蔵したエネルギーにも似て、読みながら、こころよい刺激を受けたのだった。

（「週刊文春」95年6月22日号）

# 好きと嫌いと無関心

何をするにも本を読みながらというのは、読書好きというより活字中毒症、れっきとした病気だ。それゆえ、医者であった父に始終怒られていた。まことに娘が本を読むのは親にとっては悪徳の最たるもの。どうしてああも叱られなくてはならなかったのか。ダンゴムシのごとく便所にひそみ、ゴキブリのごとく椅子のかげに隠れ、親の目のないのは外の往来ばかり、天下の大道を歩きながら読む。と、目の前に立ちふさがった親父《おやじ》様。往診の途中であった。往診には車を使うのだが、そのときはたまたま近所の患家に徒歩で。私は運が悪かった。

歩きながら読むと目が悪くなる、食べながら読むと消化不良になる、雪隠《せっちん》で読むのは不潔、風呂で読むのは論外、だれが触れたかわからぬ古本は、これまた不潔だから買ってはならぬ、加えて母親の曰く、役にたたない本を読むのは時間の無駄です、と、おびただしい禁忌をかいくぐり、勇猛果敢に雑読したのだが、自分で書くようになったら、みるみる量が減った。

それでも、書店をのぞくのが日課になっている。毎日、昼少し前に目がさめると、何もせずにまず二子玉川のデパートの中にある喫茶店に行く。ゲラを読んだり資料を読んだりして過ごし、それから同じデパートのなかにある書店に行き、棚をひとわたり見てまわるうちに日が暮れる。

(いつ書くんだ?)

去年だったたか、『オール讀物』のグラビアに

〈私の散歩コース〉というテーマでと担当編集者のN氏にいわれたとき、散歩はしないとご辞退したのだが、いま思えば、屋根裏を歩くのも散歩なら、書店のなかを歩きまわるのも散歩。Nくん、ごめんよ。私もまた散歩者のひとりであったよ。

デパートのフロアの一郭にある店だから、さして珍しい本はないけれど、新刊の、まだ書評も出ず人の口の端にものぼらぬまっさらなのを、発売のその日に、予備知識、先入観、いっさいなしに第六感だけを頼りに手にできるのが楽しい。

子供のころは、手にする書物ことごとく黄金と化す面白さであった。戦争の空白をはさんで、戦後も書物に関しては飢餓をおぼえずにすんでいたが、ここ十数年のあいだに澁澤龍彦逝き中井英夫去り、ジュリアン・グラック絶版、ジュリアン・グリーン絶版、ドノーソ、シュルツもその後つづかず――シュルツの全集が出るときいたような気がするけれど、見逃したのだろうか――、塚本邦雄、赤江瀑の新刊なく、秦恒平の新作に接すること能わず、なにやら索漠とし、書店をまわっても大海のまんなかで渇きを癒すすべなき心地、ぽつりぽつりと翻訳されるスティーヴ・エリクソンを甘露としていたが、寡作だ――の嘆きは、篠田節子、久世光彦の登場で癒された。

而して、今年になって奥泉光の『グランド・ミステリー』、古川日出男の『13』と、たてつづけに堪能できたのは幸せであった、と思っていたところ、セオドア・ローザックの『フリッカー、あるいは映画の魔』、このタイトルに〈「サンセット大通り」と「薔薇の名前」が出会った！〉というキャッチフレーズ！　中身をたしかめることもせず、レジに持っていった。狙いあやまたず、菊判二段組五七六ページに、みっしり（©京極夏彦）楽しさがつまっていた。こういう本を予備知識なしに読めるというのは、まったく幸せなことだ。

もっとも、当方の好みからいささかはずれるのは、暗いゴシック的材料をあつかいながら明るく風通しがよい点で——そこがいいという読者、評者が多いだろうが——同じ映画制作を素材にしたものでも起承転結を無視してイメージが錯綜し氾濫するエリクソンのほうが、はるかに好みにあってはいるけれど、ここまで潤沢に書いてくれたのだ、贅沢は言うまい。後半の途中で、ああ、やはりアメリカン（南部作家を除く）か、社会を維持するのが正義でそれを壊す力は悪、正義の暴力が悪に勝つ図式になるのか……と、がっかりしかけたのだが——『スタンド・バイ・ミー』を、ついビデオを買って観てしまい後悔した——そうはならず、ああ、あの手かァと嬉しいラストであった。これから読む読者のために、これ以上内容にはふれない。

あ、いま気がついた、『フリッカー、……』の版元は文春だ。同じ冊子に紹介がのるかもしれない。しかし、あらすじも何も知らずに読んだほうがいいですよ。あなたが物語と映画が好きなら、抜群に楽しく読めることは保証しますから。もし期待外れだったらどう「保証」してくれるんだ、うん？（©茶木則雄）

大丈夫です。エンターテインメント系本命大当たりですぜ。

内容を分析したりかいつまんで紹介したりする才能は、私、皆無で、好きと嫌いと無関心、たいがいの作品はこの三種にわかれるだけだ。あとは、好きと嫌いにそれぞれ大がつくか否かぐらいだから、書評家にはなれない。

今日はアイラ・レヴィンの『ローズマリーの息子』を買ったのだが、これは大はずれのすかすかの駄作であった。だいたい、『ローズマリーの赤ちゃん』が私にはまるきりおもしろくなかったのに、続編を買ってしまった私が悪い。

帰宅したら新刊『善人はなかなかいない』が送られてきていた。おお、フラナリー・オコナー。

好きな作家はと問われたとき、まず名をあげる何人かの一人だ。長編『賢い血』を読んで惑溺したのは、何十年前だったか。もちろん絶版で、ぼろぼろになった一冊を大事に持っている。短編は新潮文庫でいまも読める。それと重ならない作品をえらんだ短編集だ。これは精神状態のいいときに、ゆっくり読むことにする。薄い一冊だけれど中身は濃密で暗い。ローズマリーの口直しになるだろう。と、ここまで書いて、まだ規定枚数に達しない。好きと嫌いだけでは、なかなか枚数が増えない。いったい、何を書いているんだろうね。要するに、私、生まれたときから本が好きなの、というだけのことだ。胎児のときから読んでいたのかしら。

（「本の話」98年8月号）

## 『秘密』

新刊が出るたびに、今度はどのような趣向でどんな楽しみがあたえられるのかと期待して手に取り、読後裏切られることのない信頼できる作家がいる。東野圭吾さんもそのひとりである。

東野さんのミステリの作風は多岐にわたる。ジャンルわけした名称にあまり意味はないかと思うが、通称にしたがえば、学園を舞台にした青春ミステリにはじまり、本格、叙述トリック、奇想、SFに分類されてしかるべきもの、そして、本格ミステリをおちょくりまくった、天下一大五郎を探偵役にした一連のシリーズ……。さらに、怪笑小説、毒笑小説のような、シニカルでユーモラスな短編集もある。

ミステリの醍醐味のひとつに、さりげなく緻密にはられた伏線が、ラストになって活き活きと血がかよい、物語の別の顔があらわれるということがある。東野さんは、この手法の達人である。例えば、『むかし僕が死んだ家』。

突拍子もない謎を、理路整然とクールに解きあかす『探偵ガリレオ』も最近の収穫だった。

最新作『秘密』は、ごくふつうのおだやかな家庭の朝からはじまる。

〝予感めいたものなど、何ひとつなかった〟という冒頭の一行が、その後につづく波瀾の予感を、読者にあたえる。

自動車部品メーカーの生産工場に勤務する杉田平介が夜勤明けで帰宅する。

今年四十歳になるといっても、夜勤はからだに辛いのだが、朝食を家族といっしょにとることができるのが、彼には楽しい。妻直子と小学校五年生になるひとり娘藻奈美を、彼はこよなくいとしんでいる。残業は、家庭の団欒《だんらん》のときを奪うが、夜勤の疲れは娘の笑顔を見ながら妻の手料理を食べることで消し飛ぶ。

しかし、この〝予感めいたものなど、何ひとつな〟い夜勤明けの朝、彼はひとりでわびしく朝食の支度をしなくてはならなかった。

妻直子が従兄の告別式に出席するため、長野の実家に帰り、娘もスキーをやりたくて同行したためだ。

まるで炊事のできない平介のために、直子が用意しておいてくれた料理の数々が細やかに記される。いささか太り気味でお喋りだけれど、こころくばりのゆきとどいた妻と、素直な娘。三人のおだやかであたたかい家庭生活が、読者の目に浮かんだところで、テレビが衝撃的なニュースを平介につたえる。

スキーバスが転落した。死傷者が多数でた。重傷で入院したもののなかに、妻と娘の名があった。

三人の家族は、この事故の結果、二人家族になる。しかし、実際は三人ともいえる、奇妙な事態になる。

娘を庇って体の上におおいかぶさった直子は、血みどろになって死んだが、娘は瀕死の状態から、奇跡的によみがえった。

ところが、娘の肉体に宿った意識は、妻直子のものであった。

外見は娘、内容は妻である存在と共に、平介は生活をつづけることになる。

コミカルにでも、シニカルにでも、どのようにでも描きうるシチュエーションである。

東野さんは、異常な事態に誠実に対処する夫婦の姿を、誠実な、そして冷静な筆で描出する。視点を平介にさだめ、中年の男性である平介のこころの揺れと、幼い女の子から少女にそして娘にと成熟していく体を持たされた直子のこころの揺れを、細やかに明瞭に読者につたえる。

　夫は、娘の肉体を持った妻を抱けるか。妻はどう感じているのか。

　ふたりとも、ストイックなまでに互いに誠実である。しかし、男の肉の欲は理屈では鎮まらない。平介の心情は、多くの男性読者の共感を得るだろう。

　娘の肉体を持った妻は、奇跡的に所有した二度目の人生を、意志的に生きようとする。それは、いつの日か、この体に娘がもどってきたときのために、最善の器をつくることでもある。医学部にすすむ準備をはじめる直子のありように、女性読者の多くは共感を持つだろう。

　事故を起こし死亡したスキーバス運転手の家族の秘密もからみ、物語に興趣をそえる。

　哀切なラストの秘密は、物語の終焉ではなく、新しい出発を読者に予感させる。

（「週刊文春」98年10月8日号）

# 後記

このコレクションでは、編者日下三蔵さんが古い作品やエッセイを拾い集めてくださり、どうやって探し出しておられるのだろうと、感嘆しています。

キネマ旬報に映画の感想を載せたことは、まったく憶えていませんでした。『深夜特急《ミッドナイト・エクスプレス》』も『郵便配達は二度ベルを鳴らす』も、映画会社から寄稿を依頼され、試写を見て書いたのだと思います。どちらも、自分から望んで観たものではないので、記憶が薄いのでしょう。好みは、ベルイマンやタルコフスキー、ブニュエル、ヴィスコンティでした。新宿のＡＴＧには足繁く通っていました。七〇年代です。

キネマ旬報からどうして原稿の依頼があったのか、不思議です。

それでも『深夜特急』は、タイトルは忘れていましたが、ゲラを読み直したら、映画の内容はよみがえりました。かなり強烈な印象を受けていたようです。忘れられないのは、投獄された青年に父親が面会に来る場面です。莫大な罰金を払えば許されるらしい。その金を、父親に貸してくれと青年が頼む。出獄できたら、働いて返すから、と。金で済むのなら、息子に頼まれなくたって父親は払うのが普通だろう、貸し借りの問題じゃないだろう、アメリカはそこまで、父子関係が互いに独立しているのか、と思ったのでした。戦後、日本人は自立心が乏しい、アメリカを見習えと、うるさく言われました。もっとも、この場面は私の記憶違いかも知れないのです。記憶はしばしば、自分の思いこみで変容するので、あてになりません。

七〇年代当時、もう一本、試写に招かれパンフレットに寄稿した映画に『デュエリスト／決闘者』（リドリー・スコットのデビュー作）があります。これは素晴らしかったな。思い出したのを機会に、ＤＶＤを入手して、もう一度見よう。

皆川博子

# 編者解説

日下三蔵

本書の編集作業をしていた二〇一五年の十月三十日に、なんともうれしいニュースが飛び込んできた。皆川博子さんが文部科学大臣の選ぶ文化功労者に選出されたというのだ。共同通信の記事では「時代小説やミステリーなど幅広い分野で第一線の活躍を見せ、若手にも大きな影響を与える」と業績が紹介されているが、皆川さんによると「過去の作品がまた出版され、再評価されている」というのも理由のひとつに挙げられていたという。であるならば、これは〈皆川博子コレクション〉をお読みいただいている読者の皆さんひとりひとりが勝ち取った栄誉ということが出来るだろう。

短篇もエッセイも、当初の予想を大幅に上回る数の作品が発掘されているが、そのどれを読んでも面白く、どういう形でまとめようか、知恵を絞っているところである。ここまで〈皆川博子コレクション〉にお付き合いいただいた皆さんには、改めて言うまでもないかもしれないが、どうか引き続きご期待のほどをお願いいたします。

第九巻の本書には、『雪女郎』(96年1月/読売新聞社)と『朱紋様』(98年12月/朝日新聞社)、二冊の時代小説集を合本にして収めた。いずれも初刊本以来、再刊されるのはこれが初めてである。

各篇の初出は、以下のとおり。

雪女郎　96年1月　読売新聞社
雪女郎　「オール讀物」95年2月号
少年外道　「別冊歴史読本」93年12月号
吉様いのち　「小説宝石」94年12月号
闇衣　「小説宝石」94年6月号
十五歳の掟　「小説推理」79年2月号
夏の飾り　「問題小説」94年8月増刊号

最後に意外な語り手の正体が判明する「少年外道」は、二〇一〇年の作品集『少女外道』の表題作と対を成すタイトルだが、書かれたのはこちらの方がだいぶ早い。
九〇年代の近作をまとめたラインナップの中で飛びぬけて古いのが、七九年に発表された「十五歳の掟」である。本コレクション第二巻所収の『夏至祭の果て』や第五巻所収の『海と十字架』といった長篇作品はあったものの、短篇作品としては、これが初めての時代小説となる。皆川さん自身は掲載誌も発表年も忘れてしまっていたところ、元版の担当編集者の大野周子さんが発掘に成功し、収録がかなったものだという。
初出誌では「新鋭一〇〇枚シリーズ」の一本として掲載された。作品に添えられた著者紹介は、以下のとおり。

30年京城生まれ。71年「ジャンシーズの冒険」で第17回江戸川乱歩賞の佳作に入賞。73年「アルカディアの夏」で第20回小説現代新人賞を受賞。74年「トマト・ゲーム」、77年「夏至祭の果て」で二度直木賞候補になった。
寡作だが、推理小説だけでなく、かっての児童文学から幻想的なもの、中間小説まで幅広い分野をカバーしている。
もろいほど繊細な、個性的なロマンの世界を創りあげており、端正な文章がそれを支えている。

「新鋭」というには語弊のある筆歴だが、本誌には、口絵企画（78年7月号「夜のリフレーン」）以来、小説では初登場、それも著者初めての時代推理である。

同誌の「口絵企画」は、福田隆義氏のイラストに合わせて、さまざまな作家がショートストーリーを添えるというもの。『画家から作家へ　絵の贈り物』（81年9月／ＰＨＰ研究所）として画集アンソロジーにまとまってはいるが、皆川さんの個人短篇集に収められたことはないので、いずれ再録の機会を作りたいと思っている。

なお、本書では、切り絵作家・宮田雅之氏の奥さまのご厚意で、初出時のイラスト四点をすべて収録することができた。元版の「あとがき」にもある「別冊太陽」の宮田雅之特集では、四点中最初の一点しか収録されていないので、今回の機会を得たことは喜ばしい。宮田氏の切り絵は皆川さんの「あとがき」で触れられている作家の他にも、角川文庫版の江戸川乱歩作品集や、山田風太郎忍法帖の後期作品（『忍法聖千姫』講談社）、明治ものの初期作品（『警視庁草紙』『地の果ての獄』いずれも文藝春秋）を飾っており、ミステリ・ファンには馴染みが深い。

なお、巻末に収められた「夏の飾り」は現代ものであり、ボーナス・トラックのような扱いと考えられる。

朱紋様　98年12月　朝日新聞社

雨夜叉　「小説新潮」89年9月号

影かくし　「小説新潮」94年10月号

炎魔　「オール読物」93年2月号

朱紋様　「朝日新聞」94年10月31日〜12月21日付

雲母橋　「小説新潮」96年8月号

恋すてふ　「小説新潮」92年10月号

露とこたへて　「小説新潮」96年1月号

木蓮寺　「小説新潮」91年5月号
仲秋に　「小説新潮」91年10月号
春情指人形　「小説新潮」93年11月号
みぞれ橋　「オール読物」94年2月号

八九年から九六年までの作品をまとめた近作集だが、新潮社や文藝春秋が本にしなかったのは不思議である。新聞連載の表題作が百五十枚の中篇である以外は、短い作品が多いので、単行本にするには分量が足りないと思われたのかもしれない。

第三部には、小さな酒場「瑠衣」を舞台にしたシリーズ五篇を収めた。

薄暮劇場　「オール読物」99年2月号
鞦韆　「オール読物」99年8月号
青い絆　「オール読物」00年2月号
いやな女　「オール読物」01年2月号
夜光る鱗　「オール読物」04年8月号

タロウ・カードの占いが得意な瑠衣の店に集まる演劇関係者や出版関係者の人間模様を描

いたミステリアスな連作である。五篇という半端な本数で中絶したため単行本化されておらず、本書が初めての刊行となる。
それまでモデルとなった人物や事件の匂いをうかがわせながらも、完全な「虚構《フィクション》」として進行していたシリーズは、「夜光る鱗」に至って著者自身を語り手にした「私小説」にシフトして幕を下ろす。作家、詩人、翻訳家だったY・Sが誰であるかは、作品の末尾に付された参考文献でお分かりいただけるだろう。

第四部に収録したエッセイの初出は、以下のとおり。

清冽なる二人の女の愛と、ゆたかなる男の愛「キネマ旬報」78年5月下旬号（735号）
ラストにみる〝男〟の顔の変貌　「キネマ旬報」78年10月下旬号（746号）
憎悪と愛執の両極のはざまに　「キネマ旬報」81年11月上旬号（823号）
流氷上にみなぎるスタッフの熱気　「キネマ旬報」83年6月下旬号（863号）
二冊の本のこと　「中央公論」88年5月号
『江戸にフランス革命を！』「週刊文春」89年12月14日号
資料が語らない謎を解く──森田誠吾氏の滝沢路女　「波」92年11月号
三つの〈生〉「波」93年9月号
静かに、そうして、勁く　「波」95年1月号

『日本人の心をほどく かぶき十話』「週刊文春」95年6月22日号
好きと嫌いと無関心 「本の話」98年8月号
『秘密』「週刊文春」98年10月8日号

今回は「映画評・書評」のカテゴリに属するエッセイを集めてみた。

講談社「IN☆POCKET」連載中の読書エッセイ『皆川博子の辺境図書館』や、二〇一五年に紀伊國屋書店新宿本店で開催されたフェア「皆川博子の本棚」での配布リスト（『アルモニカ・ディアボリカ』ハヤカワ文庫JA版に「「皆川博子の本棚」フェア資料公開」として収録）を持ち出すまでもなく、皆川博子が当代随一の読み巧者、見巧者であることに異論を唱える人はいないだろう。

「キネマ旬報」に掲載された映画評からは、比較的長めの四本を収録。「流氷上にみなぎるスタッフの熱気」のラストで「ロケ隊殺人事件」（仮題）として予告されている長篇は、八四年一月に講談社ノベルスから刊行された『知床岬殺人事件　流氷ロケ殺人行』のことであろう。

「週刊文春」に掲載された書評は無題で取り上げた作品のタイトルしか載っていないので、ここでは書名をそのままタイトルとした。『江戸にフランス革命を！』は橋本治、『日本人の心をほどく かぶき十話』は上原輝男、『秘密』は東野圭吾の作品である。

実は文庫解説もかなり書かれており、作品への愛情と深い洞察に満ちたものばかりなのだが、紙幅の都合で本書では短い書評を何本か収録するに留まった。これについては次の機会を待ちたい。

［著者紹介］
## 皆川博子
（みながわ・ひろこ）

1930年、京城生まれ。東京女子大学英文科中退。72年、児童向け長篇『海と十字架』でデビュー。73年6月「アルカディアの夏」により第20回小説現代新人賞を受賞後は、ミステリー、幻想、時代小説など幅広いジャンルで活躍中。『壁――旅芝居殺人事件』で第38回日本推理作家協会協会賞（85年）、「恋紅」で第95回直木賞（86年）、「薔薇忌」で第3回柴田錬三郎賞（90年）、「死の泉」で第32回吉川英治文学賞（98年）、「開かせていただき光栄です」で第12回本格ミステリ大賞（2012年）、第16回日本ミステリー文学大賞を受賞（2013年）。異色の恐怖犯罪小説を集めた傑作集「悦楽園」（出版芸術社）や70年代の単行本未収録作を収録した「ペガサスの挽歌」（烏有書林）、文庫本未収録作のみを集めた「皆川博子コレクション」（出版芸術社）などの作品集も刊行されている。

［編者紹介］
## 日下三蔵
（くさか・さんぞう）

1968年、神奈川県生まれ。出版芸術社勤務を経て、SF・ミステリ評論家、フリー編集者として活動。架空の全集を作るというコンセプトのブックガイド『日本SF全集・総解説』（早川書房）の姉妹企画として、アンソロジー『日本SF全集』（出版芸術社）を編纂する。編著『天城一の密室犯罪学教程』（日本評論社）は第5回本格ミステリ大賞（評論・研究部門）を受賞。その他の著書に『ミステリ交差点』（本の雑誌社）、編著に《中村雅楽探偵全集》（創元推理文庫）など多数。

Minagawa Hiroko Collection

# 皆川博子コレクション

## 9 雪女郎

2016年3月25日　初版発行

著　者　皆川博子

編　者　日下三蔵

発行者　松岡　綾

発行所　株式会社 出版芸術社
〒102-0073 東京都千代田区九段北1-15-15 瑞鳥ビル
電　話　03-3263-0017
FAX　03-3263-0018
振　替　00170-4-546917
http://www.spng.jp

印刷所　近代美術株式会社
製本所　株式会社若林製本工場

落丁本・乱丁本は、送料小社負担にてお取替えいたします。
©皆川博子 2016 Printed in Japan

ISBN 978-4-88293-466-0 C0093

Minagawa Hiroko COLLECTION

# 皆川博子コレクション

【第2期】

日下三蔵編

四六判・上製［全5巻］

## 6 鶴屋南北冥府巡

定価：本体2800円＋税

歴史のベールに隠された鶴屋南北の半生と妖しき芝居の世界へ誘う表題作、かぶき踊りを創始した出雲阿国を少女・お丹の目を通して描いた「二人阿国」他短篇3篇を収録。

## 7 秘め絵燈籠

定価：本体2800円＋税

「わたいの猫を殺したったのう」昔語りのなかに時を越えて死者と生者が入り混じる——著者初の時代物短篇集である表題作、8篇それぞれに豊かな趣向を凝らした「化蝶記」。

## 8 あの紫はわらべ唄幻想

定価：本体2800円＋税

わらべ唄をモチーフに幻想的な8つの世界を描いた表題作、四十七士の美談の陰で吉良上野介の孫・左兵衛は幽閉され……艶やかで妖しい10篇の物語を収めた「妖笛」。

## 9 雪女郎

定価：本体2800円＋税

〝雪女郎の子、お化けの子〟と虐げられた少年時代を送ったある男の人生——6篇の短篇を収録した表題作、江戸の大火と人々の情念を炙り出した11篇「朱紋様」。

## 10 みだれ絵双紙 金瓶梅

＊

中国四大奇書の1冊を現代日本に華麗に甦らせた——悪徳、淫蕩の限りをつくす西門慶と、3人の美女、金蓮・瓶児・春梅の豪華絢爛かつ妖艶な物語。